해방 전후 역사의 전개와 가사문학

해방 전후 역사의 전개와 가사문학

초 판 인 쇄	2021년 11월 12일
초 판 발 행	2021년 11월 22일
저　　　자	고 순 희
발 행 인	윤 석 현
발 행 처	도서출판 박문사
책 임 편 집	최 인 노
등 록 번 호	제2009-11호
우 편 주 소	서울시 도봉구 우이천로 353 성주빌딩
대 표 전 화	02) 992 / 3253
전　　　송	02) 991 / 1285
전 자 우 편	bakmunsa@hanmail.net

ⓒ 고순희, 2021 Printed in KOREA.

ISBN 979-11-89292-94-2　93810　　　　　　　　　　　정가 38,000원

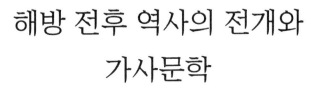

해방 전후 역사의 전개와
가사문학

고순희 저

박문사

이 책이 드디어 출간되어 기쁘다. 필자는 역사·사회에 대응하여 창작된 가사문학을 주로 연구해왔다. 특히 필자는 근대기 이후에 창작된 가사문학 중에 아직 읽혀지지 않은 작품이 많다는 사실에 주목하고 필사본 및 가사자료집을 세밀하게 읽어 의미 있는 가사 작품이나 유형을 발굴해내는 작업을 계속해왔다.

그 동안 필자는 의미 있는 새로운 가사 작품이 발견되거나 유형이 수집되면 그때그때 논문으로 발표를 해왔다. 그런데 필자가 그때그때 발표한 논문에서 대상으로 한 가사 작품은 주제나 창작시기 면에서 뒤섞여 있었다. 19세기 최말에 창작된 가사가 발굴되어 그것을 대상으로 한 논문을 썼는데, 다음에는 해방 직후에 창작된 유형이 수집되어 그것을 대상으로 한 논문을 쓰는 식이었다. 그래서 그 동안은 주제나 창작 시기 면에서 집약된 한 권의 책으로 엮는 것이 어려웠기 때문에 책의 출간이 늦춰지게 되었다.

필지가 그 동안 근대기 역사·사회에 대응하여 창작된 가사문학에 대해 발표한 논문을 엮어 가장 먼저 책으로 나온 것은 일제강점기 '만주 망명과 가사문학'이었다. 그리고 이 책과 거의 동시에 나오게 된 책은 동학농민전쟁, 의병, 갑오개혁으로 인한 도세저항운동, 개화기, 경술국치, 1920년대 일제강점기 등의 역사·사회에 대응해 창작된 가사 작품이나 유형에 대한 논문을 엮어 만든 '근대기 역사의 전개와 가사문학'이었다.

그리고 이제 일제강점기 말인 1930~45년, 해방, 그리고 한국전쟁기까지의 시기에 창작된 가사 작품이나 유형에 대한 논문을 엮어 '해방 전후 역사의 전개와 가사문학'을 출간하게 되었다. 그 동안 발표했던 논문을 수정하고 보완하는 작업을 거쳐 한 권의 책으로 엮었다.

　이 책에서 다룬 가사는 1930년대 유학이나 돈벌이를 위해 일본으로 간 가족과 관련하여 창작된 가사 5편, 1940년대 강제만주이주와 강제징용의 현실을 고발·비판한 〈만주가〉, 일제강점기 말 징병의 현실과 관련하여 창작된 가사 6편, 해방 직후 만주동포 귀환기인 〈일오전쟁회고가〉, 해방 공간의 현실에 대응하여 창작된 가사 13편, 한국전쟁 당시 좌우갈등의 문제를 안고 피난생활을 하는 한 여인의 사연을 담은 〈추월감〉, 한국전쟁 당시에 피난생활이나 자신의 처지를 담아 창작된 가사 7편 등이다.

　이 책은 시기적으로 20여년에 걸쳐 창작된 가사문학을 대상으로 하고 있는데 근대기 이후 역사·사회에 대응해 창작된 가사문학을 대상으로 한 연구의 마지막에 해당한다. 한국전쟁기까지 시기가 올라간 이유는 가사 작품의 창작 실상을 그대로 따랐기 때문이다. 이 책의 2부에서는 이 책에서 다루고 있는 가사 자료를 모두 실었다. 대부분 새로운 가사 자료들이기 때문에 같이 실어주는 것이 좋겠다고 판단했다.

늘 필자의 책을 선뜻 출판해주시는 박문사의 윤석현 사장님께 감사의 말씀을 드린다. 그리고 장인의 솜씨로 원고를 편집해주신 최인노 과장님께 가슴 깊이 우러나오는 고마운 마음을 전한다. 끝으로 연구를 한답시고 끙끙대는 엄마의 옆에서 제대로 된 돌봄을 한 번도 받아보지 못한 아들에게 뻔뻔하지만 용서해달라는 말을 전하고 싶다.

2021년 11월 5일
연구실에서
고순희 씀

목차

제1부 연구편

제1부

연구편

제1장

일제강점기 일본 경험과 규방가사

1. 머리말

규방가사의 대표적인 유형인 신변탄식류가사는 작가에게 중요한
어느 대상을 그리워하면서 그들의 부재로 인한 자신의 신세를 한탄
하는 내용을 담고 있는 것이 많다. 그리고 작가가 그리워하는 대상,
작가의 처지 및 사연 등은 다양하지만, 그 표현이 매우 관습적인 특징
을 보인다. 자신의 성장, 결혼, 대상의 부재로 인한 삶 등과 같은 특정
장면에서 관습적인 표현구를 사용함으로써 일정 표현이 가사 각 편
에 두루 나타나 외견상으로만 볼 때 천편일률적인 특징을 보인다.

신변탄식류가사는 일제강점기에도 양산되어 현재 엄청난 양이 전
해지고 있다[1]. 그런데 이 유형은 외견상 천편일률적인 것처럼 보이

---

1 신변탄식류가사는 다음에 많이 실려 있다. 임기중 편, 『역대가사문학전집』전 50권,
    아세아문화사, 1987~1998. ; 단국대율곡기념도서관 편, 『한국가사자료집성』전12권,

기 때문에 19세기 가사와 20세기 가사를 구분하지 않고 함께 묶어 다루어지곤 했다[2]. 그런데 한 가사의 역사적 배경이 19세기 중반인 경우와 일제강점기인 경우 그 작품의 의미는 매우 달라지게 된다. 한 편 남아 전하는 신변탄식류 유형의 필사본 중에는 아예 다루어지지 않은 작품들도 많이 있다. 이러한 필사본 가운데 의미 있는 가사 작품이 있다면 그것들을 발굴해서 연구해야 한다. 신변탄식류가사에 대한 '세밀한 읽기'를 통해 그 창작배경과 사연을 구체적으로 밝혀 창작시기를 구분하고 그 문학사적 의미도 새롭게 규명할 필요성이 있다.

필자는 이러한 문제의식 하에 신변탄식류가사를 세밀하게 읽어왔다. 그 결과 일제강점기 때 일본을 직·간접으로 경험한 사연을 담고 있는 일련의 가사문학을 수집하게 되었다. 일제강점기 때 식민지 한국의 남성들은 돈벌이를 위해 자발적·강제적으로 일본으로 건너갔다. 또한 극소수의 남성들은 일본 유학길에 오르기도 했다. 그리하여

태학사, 1997. ; 조동일 편, 『국문학연구자료』제 1·2권, 박이정, 1999. ; 이정옥 편, 『영남내방가사』전 5권, 국학자료원, 2003. ; 한국가사문학관(http://www.gasa.go.kr) 필사본 jpg 자료 ; 권영철 편, 『규방가사 1』, 한국정신문화원, 1979, 1~648쪽. ; 권영철 편, 『규방가사~신변탄식류』, 효성여대출판부, 1985, 1~591쪽. ; 이종숙, 「내방가사 자료 ~영주·봉화 지역을 중심으로 한」, 『한국문화연구원논총』제 15집, 이화여대 한국문화연구원, 1970, 367~484쪽. ; 이대준, 『안동의 가사』, 안동문화원, 1995, 186~195쪽.

2 신변탄식류가사를 다룬 중요 연구저서만 소개하면 다음과 같다. 이재수, 『내방가사연구』, 형설출판사, 1976, 1~204쪽. ; 권영철, 『규방가사연구』, 반도출판사, 1980, 1~327쪽. ; 권영철, 『규방가사각론』, 형설출판사, 1986, 1~579쪽. ; 서영숙, 『한국여성가사연구』, 국학자료원, 1996, 1~413쪽. ; 이정옥, 『내방가사의 향유자연구』, 박이정, 1999, 1~388쪽. ; 나정순 외, 『규방가사의 작품세계와 미학』, 역락, 2002, 1~324쪽. ; 정길자, 『규방가사의 사적 전개와 여성의식의 변모』, 한국학술정보, 2005, 1~185쪽. ; 박경주, 『규방가사의 양성성』, 월인, 2007, 1~294쪽.

식민지 국민의 일본 디아스포라로 생활해야 했던 여성과, 일본으로 간 가장이 돌아올 날만을 기다리며 눈물과 한숨으로 지내야만 했던 여성이 있게 되었다. 전자에 해당하는 여성이 쓴 가사로 〈사향곡〉 〈망향가〉 〈사향가〉 등이 있고, 후자에 해당하는 여성이 쓴 가사로 〈원별회곡이라〉와 〈부녀자탄가〉가 있다. 이중 남성의 渡日 계기가 '돈벌이'인 경우는 〈사향가〉와 〈부녀자탄가〉이며, '유학'인 경우는 〈사향곡〉 〈망향가〉 〈원별회곡이라〉 등이다. 이들 여성 작가의 삶은 일제강점기의 특수한 역사를 배경으로 식민지 국민인 가장의 일본행에 의해 결정되고 강제된 것이었다. 이렇게 이들 여성들은 渡日과 관련하여 자신의 경험과 서정을 가사로 담고 있기 때문에, 필자는 이들 가사를 한자리에서 연구하는 것이 합리적이라고 판단했다. 이 연구에서는 '일제강점기 일본 경험과 가사문학'이라는 제목으로 이들 가사를 함께 다루고자 한다.

이 연구는 일제강점기 일본경험과 관련한 가사문학 자료를 제시하고, 그 문학사적 의미를 규명하는 데에 목적을 둔다. 작품세계의 분석은 여성인식과 디아스포라[3]의식에 중점을 두고 논의한다. 먼저 대상 자료를 제시하면서 작가와 창작연대를 고증한다. 이어서 여성 작가들의 삶이 남성에 의해 강제된 삶이라는 점을 작품 내용의 분석

---

3 '디아스포라'의 원래 의미는 '흩어짐'의 뜻으로, 팔레스타인 이외의 지역에 살면서 유대적 종교규범과 생활관습을 유지하는 유대인을 이르는 말이었다. 오늘날 '디아스포라'의 의미는 포스트모더니즘적 논의가 확산된 1990년 이후 강대국에서 활동하는 제3세계 지식인들에 의해 주도된 개념이다. 그리하여 '디아스포라'는 고국에서 삶의 터전을 잃고 타국으로 흘러들어가 생활하는 사람들, 혹은 터전을 잃은 상태를 이른다.

을 통해 살펴본다. 그리고 식민지 여성으로서 일본 디아스포라가 되어 생활했던 가사를 분석하여 디아스포라 의식의 본질을 살펴본다. 마지막에서는 앞의 논의를 바탕으로 이들 가사 유형이 지니는 문학사적 의미를 규명하고자 한다.

② 대상 작품의 개관과 고증

일제강점기 일본 경험과 관련한 가사로 확인된 것은 총 5편이다. 〈사향곡〉[4]는 4음보를 1구로 계산하여 총 158구이며, 작가는 경북 봉화군 닭실마을에서 출생한 안동권씨이다. 작가의 부친은 동경으로 간 후 소식조차 자주 보내지 않았다. 그런데 숙부가 동경을 다녀온 후 부친과 합솔한다는 결정이 내려졌다. 이에 작가는 가족과 함께 고향을 떠나 동경에서 부친을 만났다. 작가는 그곳에서 17세가 되자 김씨가에 시집을 가게 되었다. 그런데 부친이 감옥에 갇히고 생활이 어려워지자 작가는 공장생활을 해야만 했다. 그리하여 작가는 금의환향할 날을 기다리며 고국생각에 젖어있다는 내용의 〈사향곡〉을 창작한 것이다.

〈사향곡〉의 창작연대는 불분명하나 작품 내용으로 보아 일단 해방 이전이 분명하다. 부친의 도일이 '신문명의 종소리가 방방곡곡 들여오는' 때였으므로 창작연대는 1940년대까지는 올라가지 않고 1930

---

4 이종숙, 「내방가사자료-영주·봉화 지역을 중심으로 한」, 『한국문화연구원논총』 제15집, 이화여대 한국문화연구원, 1970, 450~452쪽.

년대 정도가 아닐까 추정된다[5]. 가사를 창작할 당시 작가의 나이는 20대 초반 쯤으로 보인다. 그런데 부친이 일본으로 떠난 해가 문제가 된다.

> 증손여 어린이몸 업고안고 기르실직 / 째째로 한숨이요 질거워도 우수로다 / 만고업난 우리① 빅아 만실이 곳치로식 / 살대갓치 가는광음 이렁저렁 장성흐니 / 우리집 고가쥬법 예의점차 버면할가 / 봉직사적빈긱은 안예지의 할 일리라 / 후원초당 깁흔고대 불츌문의 뭇처안자 / 요조슉여 관저장과 침선방직 공부할직 / ② 신문명의 종소리는 방방곡곡 들여온다 / 야속할수 우리부친 큰뜻절 품으시고 / 동경힝차 슈십년에 소식조차 종종업내

위의 인용구에서 작가는 먼저 자신이 증조모의 애지중지 속에 장성하여 요조숙녀가 될 교육을 착실히 받았음을 서술했다. 밑줄 친 ①에서 드러나듯이 작가는 맏딸[6]이었다. 그러던 중 밑줄 친 ②에서와 같이 신문명의 종소리가 울려 퍼지자 부친이 '큰 뜻을 품으시고' 동경으로 갔다고 했다. 이렇게 앞뒤의 문맥상으로 볼 때 부친의 동경

---

5 작품말미에 "정유 습 월 초팔일 권영자서"라는 기록이 덧붙여져 있는데, 이것은 정유(1957)년 3월 8일에 "권영자"가 필사했다는 것으로 가사의 작가와 창작연대는 아니다.

6 증조모는 작가가 맏이였기 때문에 '맏 伯'자가 붙은 "빅아"로 불렸다. "혈혈무의 우리남믹 모쥬좌우 손을잡고"에서 알 수 있듯이 작가는 모친 및 남동생과 함께 동경을 갔다. 그리고 "푸라트홈 나려서니 인산인히 슈란하다 / 만인중이 손내미며 웅아용아 부르시내"에서 알 수 있듯이 작가의 아버지는 작가와 작가의 남동생을 '웅아용아'로 불렀다. 아무래도 '웅아'의 '웅'자가 남자의 이름에 해당하므로, 작가의 이름은 '용'자가 들어간 이름인 것같다.

행은 작가가 어느 정도 성장했을 무렵이었다. 그런데 작가는 동경에서 17세를 맞이했다[7]. 따라서 작가의 부친이 도일한 지는 '수십년'이 아니라 '수년'이 되어야 앞뒤 문맥과 맞게 된다.

〈망향가〉[8]는 4음보를 1구로 계산하여 총 110구이며, 작가는 경상북도 금릉군 봉계마을[9] 출신인 鄭任順이다. 景淑堂 정임순은 봉계마을의 정진사댁 종가 딸로 1913년에 태어나, 고향에서 초등학교를 졸업한 후 은진송씨 가문으로 1930년 경에 출가했다. 작가는 남편이 일본으로 유학을 떠난 후 남편도 없는 시집살이를 고되게 살았다. 그런데 어느날 일본으로 들어오라는 남편의 편지가 날라 왔다. 그때 마침 친정 아우도 유학을 가는 길이어서 작가는 친정 아우와 같이 동경으로 들어갔다. 동경에 간 작가는 남편과 조선동포들을 만나고 왜인들도 구경했다. 그리하여 일인에게 학대를 당하고 사는 조선인을 생각하며 해방 조국으로 돌아가고 싶다는 내용의 〈망향가〉를 지은 것이다. 작가는 남편과의 사이에서 1남 2녀를 낳았다[10]. 그런데 남편이 일찍 사망하여 삼남매를 데리고 친정으로 내려와 살았다고 한다[11].

7 "십칠식 이내몸은 성인지가 대엿든가 / 나을두고 숙덕공논 여기저기 청혼일식 / 천싱연분 이성지합 김씨이 돈정이라"
8 이대준, 『안동의 가사』, 안동문화원, 1995, 186~195쪽.
9 이대준은 이 가사를 기록하기에 앞서 작품에 대해 간단히 소개를 하면서 "작자는 안동 태생의 정임순 여사이다."라고 적었다. 정임순은 경상북도 김천시 봉산면 봉계마을 출신이기 때문에 여기서 '안동 태생'이라고 한 것은 수정을 해야 할 것같다.
10 "봉계 정진사댁 종가 따님으로 출가, 송씨 가문에 입문, 삼남매 자녀를 데리고 혼자 되시와 친정에 오래동안 머물으셨다"(조애영, 정임순, 고단 공저, 『한국현대내방가사집』, 당현사, 1977, 9~10쪽).
11 "〈저자소개〉 경숙당 정임순 : 경상북도 금릉군 봉산면 예지동, 영일정씨 문중에서 1913년 태생. 향리에서 국민교를 졸업 후 한문학을 독학하다. 은진송씨가에 출가하여 1남 2녀를 두고 있음. 현재도 향리에서 내방가사 창작에 몰두하고 있음(조애영, 정임순, 고단 공저, 앞의 책, 9~10쪽).

한편 작가의 세 살 연하의 아우인 정일영은 작가와 함께 동경으로 가 동경동양상업학교를 거쳐 동경척식만몽전문대를 졸업했는데, 졸업을 할 당시의 나이가 24세였다.[12] 그러면 동생 정일영이 일본에서 전문대를 졸업할 당시 정임순의 나이가 27세인 셈이다. 정임순이 1913년생인 점, 동생이 일본에서 전문대를 졸업하기까지 3~5년이 소요된다는 점, 〈망향가〉를 일본에 도착하여 얼마 지나지 않은 시점에서 창작한 점 등을 종합적으로 생각할 때 작가가 일본에 들어갈 때 나이는 20대 초반이었고, 시기는 1930년대 중후반 정도로 추정할 수 있다. 따라서 〈망향가〉의 창작연대는 작가가 일본에 들어간 직후인 1930년대 중후반으로 추정되며, 가사를 창작할 당시 작가의 나이는 20대 초중반이었다.

〈사향가〉[13]는 4음보를 1구로 계산하여 총 242구이며, 작가는 안동 내앞마을 출신의 여성이다. 작가는 갑술년(1934년) 정월에 일행 8명

---

12 "씨는 일찍이 동경 동양상업학교를 졸업하고 동경척식만몽전문대를 나와 당시 일본의 조선인학병징집 전, 군부에 삼년 의무연한 복무를 계기로 만주 중국에 진출하였다."(윤택중, 「발문」, 『고대사 동방대제국』, 정일영 저, 마당, 1997, 3쪽) ; "재야사학자 정일영씨(80). 그는 우리 역사의 공백으로 남아있는 고대사 연구를 60여 년간 해 온 사람이다. --- 정씨의 고대사 연구는 일제시대로 거슬러 올라간다. 도쿄(東京) 척식만몽 전문대를 나온 그는 24세때 학병징집을 피하기 위해 일본 육군성에 들어간다. 병기창 개설반 행정요원으로 만주 육군성 직할부대에 배속된 그는 기능공 징집임무를 맡으며 하얼빈, 선양(審陽), 창춘(長春) 등을 돌아다닐 기회가 많았다고 한다."(진구자, 「재야 사학자 정일영씨」, 『영남일보』, 1999년 10월 18일 기사)

13 안동 내앞마을(천전리) 김시중선생 소장 필사본 자료. 김시중 선생님은 독립운동가 김대락의 후손으로 경상북도독립운동기념관과 백하구려가 있는 내앞마을에 거주하신다. 문중에서 전해오던 많은 가사문학 필사본을 영인하여 지니고 계셨는데, 필자는 김시중 선생님의 후의로 〈사향가〉가 포함된 이들 필사본을 얻어 볼 수 있었다.

과 함께 내앞마을을 떠나 두 아들이 있는 교토로 들어갔다. 일본에 들어가자마자 아들 세균을 결혼 시켰는데, 며느리 전씨는 매우 훌륭했다. 그런데 뜻하지 않게 숙부의 상을 당해 작가는 큰 아들과 함께 다시 고국땅을 밟게 되었다. 의성에 들러 숙부의 문상을 한 후 친정으로 들어가 노소부인들과 모여 놀기도 하면서 한 달을 머물렀다. 다시 일본을 향해 돌아오게 되었는데 오남매와 손자손녀들이 반겨주었다. 그리하여 금의환향할 날을 고대하며 고국생각이 간절하다는 내용의〈사향가〉를 지은 것이다.

〈사향가〉의 창작연대는 작품 말미에 "정축 츄구월[14]"에 지었다는 기록이 있어 1937년이 분명하다. 그런데 창작 당시 작가의 나이가 문제된다.

시윤시호 송호시숙 눈물오 작별하니 / 륙십지연 늙은몸이 어느때나 다시오리 / 무심한 긔차박휘 어느듯 떠났도다

위는 작가가 안동에서 기차를 타고 친척과 이별하는 장면이다. 밑줄 친 구절에 의하면 작가가 교토로 들어갈 때의 나이가 60세였다. 그런데 이상한 것은 작가의 오남매 자식들의 나이이다. 작가는 교토에 들어가자마자 큰아들을 결혼시켰다. 그리고 안동에서 다시 교토로 돌아온 1937년 당시 셋째 아들의 나이가 16세였다[15]. 따라서 1937

---

14 "정축 츄구월 망간에 심심하기 그지업셔 두어귀 지어 심중 소회를 긔록하니 한 마리 가사 되엿도다 두고 명심하여라"

15 작가는 고국에 갔다 돌아온 어머니를 보고 달려드는 셋째아들 대균에 대해 "어마하고 달여드려 무릅우에 안는대균 / 열여섯살 먹엇스나 세살아히 응정이라"라고

년 당시 큰아들의 나이를 20대 초반 정도로 추정하는 것이 합리적이다. 통상적인 결혼 나이를 감안할 할 때 1937년 당시 20세 초반의 장남을 둔 여성의 나이는 아무리 많아도 40대를 넘어가지 않는다. 따라서 "륙십지연"은 잘못 기재된 것으로 보이며, 창작 당시 작가의 나이를 40대로 추정하고자 한다.

〈원별회곡이라〉[16]는 4음보를 1구로 계산하여 160구(역대가사문학전집본)이며, 작가는 출신지가 불분명한 여성이다. 작가의 남편은 1년여 전 쯤[17] 오사카로 공부를 하러 떠나갔다. 그 이후 복중의 아들이 태어났다. 그리하여 돌아오지 않는 남편을 원망하고 거듭해서 그리워하는 내용의 〈원별회곡이라〉를 지은 것이다.

작품 말미에 "병즈윤삼월 초파일 시족하야 시월초 오일이 맛친 덧"이라는 기록이 있어 가사의 창작 시기는 1936년 10월이 분명하

서술했다.

16 1) 역대가사문학전집본-임기중편, 『역대가사문학전집』 26권, 여강출판사, 1992, 562~570쪽.; 2) 가사문학관본1-한국가사문학관 홈페이지(http://www.gasa.go.kr) jpg 필사본 자료.; 3) 가사문학관본2-한국가사문학관 홈페이지(http://www.gasa.go.kr) jpg 필사본 자료. 가사문학관본2의 제목은 〈말이타국원별가라〉이다.; 권영철-권영철 편, 『규방가사; 신변탄식류』, 효성여자대학교출판부, 1985, 443~448쪽. 이 책에서의 제목은 〈원별가〉이다. 이 연구에서는 세 이본 가운데 역대가사문학전집본을 인용한다.
〈추천이별가〉라는 가사 작품도 〈원별회곡이라〉와 같은 내용을 담고 있다. 권영철이 『규방가사각론』(앞의 책, 60~62쪽)에서 다룬 작품이다. "일제시 일본땅에 가 있는 남편을 그리워하여 잠시나마 생이별하여 있는 동안이지만 일일여삼추격으로 남편을 그리워하면서 空閨의 탄식을 쏟아 놓고 있다"는 작품 설명과 인용한 37구의 내용을 보면 이 연구의 대상 작품임에 틀림없다. 그러나 작품의 원텍스트를 구해볼 수 없어서 이 논의에서는 제외했다.

17 작가는 "이별즁의 양연이라 허송시월 속졀업닉"라고 읊었다. 밑줄 친 '양년'은 작년과 올해를 말한다. 따라서 작가의 남편은 1년 여 전에 일본으로 갔다고 할 수 있다.

다. 작가는 육년 전인 17세 때에 남편과 결혼했다. 따라서 창작 당시 작가의 나이는 22세[18]이다. 〈원별회곡이라〉의 이본으로는 네 편이 확인되는데, 제목까지 다른 이본도 유통되었다는 사실은 일본으로 가 돌아오지 않는 남편을 그리워하며 원망하는 이 가사가 여성들 사이에서 매우 인기가 있었음을 말해준다.

〈부녀자탄가〉[19]는 4음보를 1구로 계산하여 총 274구이며, 작가는 진성이씨가에 출가한 여성이다. 이 가사는 전체 내용 중에서 절반 이상을 죽은 남편에 대한 그리움으로 채웠으며, 남편이 죽은 이유도 일본에서 귀국한 후 한참 후에 걸린 악질 때문이었다. 그럼에도 불구하고 이 자리에서 이 가사를 함께 다루는 이유는 가사의 전반부에서 서술한 남편의 일본행이 작가의 삶에서 매우 중요한 부분을 차지하기 때문이다.

작가는 16세에 결혼 후 잠시 행복에 젖어 살았지만 남편이 돈에 팔려 오사카로 떠나가고 말았다. 독수공방의 서러움과 시아버지를 모시는 괴로움 속에 살고 있었는데, 3~4년이 지난 어느날 남편이 귀국했다. 그러나 남편은 골수에 병이 들었고, 거기다가 시아버지는 장님이 되어 그들을 수발하느라 생활이 고달팠다. 곧이어 시아버지가 사망하고 남편은 다행히 쾌차하게 되었다. 이후 2남 2녀를 길러내며 재미나게 살고 있었는데, 그만 남편이 악질로 사망하고 말았다. 그리하여 죽은 가장을 거듭해서 그리워하며 원망하는 내용의 〈부녀자탄

---

18 "든든한 군자심경 만난직 늇연이라" ; "자모의 은덕으로 십칠식 이진교가 / 반빈이 원지이 월노성 믿진인년" 과거에는 나이나 기간을 계산할 때 통상 햇수로 셈했다.
19 이대준 편저, 『朗誦歌辭集』, 안동문화원, 1986, 23~38쪽.

가)를 지은 것이다.

이대준은 이 가사의 창작시기를 1933년으로 추정했으나[20], 가사의 내용을 검토해보면 '세계대전'이 일어난 1940년대라고 할 수 있다[21]. 작가는 16세에 결혼하여 죽은 남편과 20여년을 같이 살았다고 했으므로 〈부녀자탄가〉를 창작할 당시 작가의 나이는 40세 전후이다.

이상으로 소개한 자료 5편의 개관을 정리하면 다음과 같다. 여기에서 구수는 4음보를 1구로 계산한 것이다.

---

20 이대준은 이 가사의 제목 밑에 다음과 같은 설명을 쓰고 있다. "이 가사(歌辭)는 지금으로부터 약 53년 전에 지은 가사로 추상(推想)된다. 작자(作者)는 안동 도산면 온혜동 진성이씨(眞城李氏)의 가정에 태어나 어려서부터 신동(神童)이라는 칭호(稱號)를 듣던 분이다. 그 후 출가(出嫁)하여 가난한 선비의 가정생활(家庭生活)을 극복(克服)하며 지극한 효성(孝誠)과 특출한 정절(貞節)을 그린 동시 부녀(婦女)의 삼종지도(三從之道)를 세상에 권장(勸奬)하는 애절(哀切)한 사연이 담긴 가사(歌辭)이다."(이대준, 위의 책, 23쪽) 이 설명에 의하면 『朗誦歌辭集』이 1986년이 출간되었으므로 이대준은 〈부녀자탄가〉의 창작시기를 1933년으로 본 것이다. 그리고 이대준은 작가가 '진성이씨'라고 했는데, 가사의 내용에 의하면 작가는 '진성이씨 가'로 시집을 간 것이다. 한편 위의 설명에서는 가사의 내용을 교훈적인 것으로 파악하고 있다. 그러나 이 가사는 남편이 사망하자 과거를 추억하며 남편을 애절하게 그리워하는 내용을 서술한 것이 분명하다.

21 가사의 내용에는 두 가지 서로 일치하지 않는 사실이 서술되어 있다. 하나의 사실은 남편이 사망할 당시 나이는 46세라는 것, 작가의 나이는 49세라는 것, 그래서 남편이 50을 못살고 죽었다는 것이다. 이럴 경우 작가가 16세에 결혼했으므로 이 부부가 같이 산 것은 30여년이 된다. 또 하나의 사실은 부부가 만나 산지 20여년인데 남편의 일본생활과 이후 투병생활을 제하면 편한 생활은 단 10년이 안된다는 것, 남편의 사망을 원통해 하며 '세계대전을 하지 말고 염라국을 쳤더라면 좋았을 것'이라는 것, 사망한 남편을 원망하며 '젊은 처자와 어린 자식을 누구에게 맡겨두고 가려느냐'고 한 것 등이다. 필자는 전자보다는 후자가 사실에 부합한다고 판단했다. 특히 '세계대전'은 작가가 당시의 시국을 염두에 두고 쓴 것일 가능성이 많아 창작시기의 추정에 결정적인 단서로 삼을 수 있다.

제목(구수)	창작연대	나이	작가	사연	비고
사향곡(158)	1930년대	20대 초반	안동권씨	부친 찾아 동경행	활자본
망향가(110)	1930년대	20대 초중반	정임순	남편 찾아 동경행	활자본
사향가(242)	1937년	40대	내앞김씨	아들 찾아 교토행	필사본
원별회곡이라 (160)	1936년	22세	여성	오사카로 간 남편 그리워함	필사본
					필사본
					필사본
					활자본
부녀자탄가 (274)	1940년대	40세 전후	진성이씨	귀국 후 죽은 남편 그리워함	활자본

③ 강제된 여성의 삶

〈사향곡〉, 〈망향가〉, 〈원별회곡이라〉 등은 부친과 남편의 渡日 계기
가 유학인 경우의 사연을 담았다.

신문명이 종소리는 방방곡곡 들여온다 / 야속할수 우리부친 큰뜻절
품으시고 / 동경힝차 슈십년에 소식조차 종종업내 / --- / 동기우에 이
난정이 우리슉부 동경힝츳 / 이쥬일만 회정한니 반갑고도 즐거워라 /
삼품하달 하신말슴 동경합솔 완정일싀 / 어중천에 뜨닌심스 치힝절차
밧불시고 〈사향곡〉

일본으로 유학가신 나의부군 떠나신후 / --- / 살림하여 보내라고
존구님전 편지와서 / 여권내여 수속밟아 보내려고 하실적에 / 친정의
둘째아우 동경유학 간다하여 / 하인와서 기별하니 우리남매 동행하야
/ 일본으로 떠나갈제 〈망향가〉[22]

자모의 은덕으로 십칠식 이진교가 / 반빈이 원지이 월노성 미진인
년 / 만복지원 아라든니 계명식속 원슈로다 / --- / 든든한 군자심경 만
난지 늇연이라 / 즈시야 어이아리 무산공부 힘셔하야 / 상교자 틱울는
가 무정하고 무심하니 〈원별회곡이라〉

〈사향곡〉에서 작가의 부친은 '신문명의 종소리'가 들려오자 '큰 뜻
을 품으시고' 동경으로 행차했다. 그리고 작가의 부친은 뒤에 동경
에서 투옥("우리붓친 영오싱활 무슨힝액 이럿턴고")되었다. 따라서
작가의 부친은 일본 동경에서 유학생활을 하며 그곳 교포들과 함께
독립운동에 참여하고 있었던 것이 아닌가 한다. 그런데 숙부가 동경
을 다녀온 후 '동경합솔'의 결정이 내려지게 되자 작가 일행은 급하
게 동경으로 가게 된 것이다. 〈망향가〉에서 작가의 남편은 일본으로
유학을 떠났다. 그런데 어느날 남편으로부터 '살림하여 보내라'는
편지가 시아버지께 당도했다. 그리하여 작가는 아우와 함께 일본으

---

22 활자본 원텍스트는 한자를 병기했다. "나는듯이 드는양樣이 네어디를 가려느냐 /
백白마馬강江을 찾아가서 낙落화花유流수水 되려느냐 / 떠나가는 저구름아 만萬
리里창滄해海 백白구鷗되어 / 소蕭상湘팔八경景 보려느냐"와 같이 매 글자마다 한
자를 병기하는 형태이다. 한자가 비교적 쉬운 한자이므로 여기서는 병기된 한자
를 생략하고 실었다.

로 가게 된 것이다. 〈원별회곡이라〉에서 작가는 결혼을 한 후 남편과의 행복한 생활을 꿈꾸었다. 그러나 남편이 '개명세속' 탓에 오사카로 유학("무산공부 힘셔하야")을 가버려, 마냥 남편을 기다리는 삶을 살 수밖에 없었다.

이와 같이 일본에서 살 수밖에 없었거나 고국에 살면서 돌아오지 않는 남편을 마냥 기다려야만 했던 여성작가의 삶은 어디까지나 일본으로 유학을 간 부친이나 남편, 즉 남성의 결정에 따른 것이었다. 남성의 일본행과 삶이 자신의 의지에 의한 것이었던 반면 여성작가의 일본행이나 고국에서의 외로운 삶은 자기 의지와는 상관없거나 의지에 반하는 것이었다. 여성작가의 삶은 자유 의지로 행동하는 가장, 즉 남성에 의해 강제된 삶이었다.

이러한 사정은 남성의 渡日 계기가 돈벌이인 경우의 가사에서도 마찬가지로 드러난다.

> 일본일본 들었으나 내가갈줄 어이알가 / 가기야 가지마는 가삼이 멍멍하다 / 누구를 원망할가 불섬한 탓이로다 / 편편약질 저신체에 육체노동 어이할가 / 이겼저겄 생각하니 심신조차 히황하다 / --- / 오래 못본 세균정균 만날난다 어서가자 〈사향가〉

> 넉넉하지 못한살림 안빅락도 생각하고 / 부화부순 살아가니 세상재미 나뿐인듯 / 이렇드시 살아갈제 악마금전 원수로나 / 일본대판 어디메냐 돈에팔려 날떨치네 〈부녀자탄가〉

〈사향가〉에서 작가는 두 아들이 있는 일본을 향해 길을 나서는 즈음에 '가기야 가지마는 가슴이 멍멍하다'나 '누구를 원망할 수 없다'라는 말로 자신의 심정을 표현했다. 그리고 작가는 "편편약질 저신체에 육체노동 어이할가"라고 한 서술에서 드러나듯이 일본에서 육체노동으로 돈벌이를 하고 있는 두 아들과 마찬가지로 자신과 가족들도 일본에 도착하면 육체노동을 해야만 하는 형편에 놓여 있음을 잘 알고 있었다. 작가는 두 아들과 합치기 위해 일본으로 가기는 하지만 마치 도살장에 끌려가는 소처럼 일본행을 내켜하지 않았으며 일본에서 살게 될 삶을 두려워했다. 이렇게 작가의 일본행은 자발적 의사에 의한 주체적인 것이 아니라 아들의 의지에 의한 강제적인 것이었다. 다만 작가는 이왕 고향을 떠나왔으니 두 아들을 만날 수 있다는 기대감으로 일본에 어서 당도하기를 원했을 뿐이었다.

〈부녀자탄가〉에서 작가는 결혼을 한 후 남편과 함께 세상의 재미를 느끼며 살고 싶었다. 하지만 결혼 후 삼사년이 지나자[23] 남편은 '돈에 팔려' 작가를 버리고 일본으로 떠나 버렸다. '날떨치네'나 '악마금전 원수로다'와 같은 표현에서 알 수 있듯이 작가는 남편이 없이 사는 결혼생활을 원하지 않았다. 이렇듯 남편이 오기만을 기다리며 사는 작가의 삶은 남편에 의해 철저히 강제된 삶이었다.

특히 〈원별회곡이라〉와 〈부녀자탄가〉는 서정적인 진술의 홍수 속에서 강제된 여성 작가의 삶이 더욱 비극적으로 드러난다. 〈원별회곡이라〉에서 작가는 일본에서 돌아오지 않는 남편에 대한 그리움과

---

23 "임을향한 일편단심 <u>삼사년을 지낼적에</u> / 철석같이 굳은마음 송죽으로 맹세하고 / 이십춘광 젊은몸이 외무주장 살아갈제"

원망을 거듭하여 서술했다. 삼춘이 돌아와도, 연말연시가 닥쳐도, 밝은 달을 봐도, 기차소리가 나도, 우편배달부가 와도 오지 않는 남편에 대한 생각과 원망에 빠졌다. 그 표현은 "흐로나니 누슈로다"나 "절절리 원통하닉"와 같이 비탄조로 일관했다. 이러한 비탄조의 표현에서 드러나는 작가의 심리적 상태는 우울증에 준하는 것이었다.

〈부녀자탄가〉에서도 작가는 죽은 남편에 대한 그리움을 집요하게 서술했다. 작가가 남편과 만나 산 지 20여년이 되는 동안 남편의 일본생활과 투병생활을 빼면 편안했던 시간이 단 10년이 안되었기[24] 때문에 남편의 사망으로 인한 부재는 작가에게 더욱 큰 충격으로 다가왔던 것이다. 작가는 결혼해서 남편과 살 때는 "새록새록 애정이라"라고 서술하고, 남편이 일본으로 가 홀로 시집살이를 할 때는 "굽이굽이 수심이요"라고 서술했으며, 남편이 돌아와 같이 살게 되자 "이에서 더좋으며"라고 서술했다. 남편의 일본행과 사망으로 인해 남편과 함께 생활하지 못하는 좌절감과 상실감이 작품 전체를 지배하고 있는 것이다.

한편 남성에 의해 강제된 삶을 살아야 했던 여성작가들은 여성으로서의 자신의 삶을 애석하고 슬픈 것으로 인식했다.

충직선조 후예로서 유곡촌서 숨겻시라 / 우리문중 집집마다 명현달실 무수하다 / 혁혁문호 살펴보니 참의참판 기승이라 / 직자가인 몃몃

---

24 "우리부부 만난지가 이십여년 그동안에 / 객지생활 몇해이며 포병으로 몇해던고 / 이리저리 계산하면 행복으로 몇해던가 / 남과같이 편한생활 단십년이 아니되네 / 생각사록 한심하고 생각사록 원통하다"

치며 졀시화용 뉘뉘런고 / 귀가문의 만득으로 ① <u>여자된일 이석할소</u> / --- /
그렁저렁 가는광음 하로이틀 자미로다 / ② <u>여자소회 싱각하니 헛부코</u>
<u>분하도다</u> / 이팔이 가일하고 십육이 감일라 / 십칠시 이내몸은 성인지
가 대엿든가 〈사향곡〉

    ③ <u>슬푸다 우리유힝</u> 고무랄 쓰져두고 / 타문이 잇탁함은 소쳐을 위
하야 / 평싱이 못본사람 원부모 원형지라 / --- / 어화열친 변님닉야 이
싱이 무궁여흔 / ④ <u>후셍이 박가도야</u> 졍막강산 황혼야익 / 고독히 혼자
두고 이몸이 활달하야 / 호글남편 듸그들낭 열두화방 버러녹코 / 녹포
쥬 잔질하야 일빅일비 반취한후 / 삼인풍악 줍피녹코 금셕쥴 골나노아 /
틱평곡 노릭하며 흥미즁 식월을 / 보닉압기 명쳔씨 발원 〈원별회곡이라〉

〈사향곡〉에서 작가는 ①에서와 같이 자신이 여자로 태어난 것을
'애석하다'고 했다. 그리고 나이가 차서 결혼을 한 후 친정을 떠나야
할 때 ②에서와 같이 여자의 인생이 '헛부코 분하다'고 서술했다. 〈원
별회곡이라〉에서 작가는 ③에서와 같이 결혼으로 인해 자신이 태어
나 성장한 문중을 떠나야 할 때 앞으로는 전적으로 타문중에만 의탁
하고 '遠父母 遠兄弟'를 해야 한다는 여자의 삶을 깨닫고 '슬프다'고
표현했다. 이렇게 여성 작가들은 아무리 명문가에서 태어나 성장했
다고 하더라도 결혼만 하게 되면 더 이상 친정과는 가깝게 지내며
살지 못하는 자신들의 삶을 비통한 삶이라고 인식하고 있었다.

심지어 〈원별회곡이라〉의 작가는 ④에서와 같이 후생에서는 남편
과 바꾸어 태어나기를 발원하기도 했다. 그리고 작가는 여기서 더

나아가 여자로 변한 남편을 '적막강산 黃昏野에 고독하게 혼자' 두겠다고 하여 외로운 자신의 삶을 남편도 살아보기를 원했다. 반면 자신은 호걸남편이 되어 주효와 풍악을 차려놓고 세월을 보내겠다고 했다. 작가는 자신의 삶을 '남편의 지원이 없는 시집살이'로, 남편의 삶을 '자유롭게 즐기는 삶'으로 생각한 것이다. 실제로 작가가 생각하는 것처럼 남편이 호기롭게 즐기는 삶을 살았는지는 알 수 없다. 다만 이 구절들에서 분명하게 알 수 있는 바는 작가가 '구속받지 않고 자유롭게 사는 삶'을 간절하게 원한다는 것이다.

④ 식민지 여성의 일본 디아스포라

〈사향곡〉, 〈망향가〉, 〈사향가〉 등에는 작가가 일본에 도착하는 과정[25]과 일본 생활이 서술되어 있다. 작가들은 고향과 동기친척을 눈물로 하직하는데, 기약 없는 이별이었기에 '촌촌간장이 다 녹는다'고 이별의 심정을 표현했다. 작가들은 고향과 동기친척을 이별 한 후 관부연락선이 출발하는 부산으로 가기 위해 자동차와 기차에 몸을 싣게 되는데, 대부분 이것들을 태어나 처음 타보는 것이었다[26].

---

25 경북 지역에 살던 작가들은 거의 비슷한 경로를 밟아 도일했다. 〈사향곡〉에서는 닭실마을을 출발하여 내성에서 자동차를 타고 화산부, 팔공산, 달성을 거쳐 대구에 도착한 후 경부선을 타고 부산에 이르렀다. 〈망향가〉에서는 봉계마을을 출발하여 경부선을 타고 부산에 도착했다. 〈사향가〉에서는 내앞마을을 출발해 안동에 도착한 후 기차를 타고 상주, 김천, 대구, 청도 밀양을 거쳐 부산에 도착했다. 이어서 이들은 모두 관부연락선을 타고 시모노세키에 당도하여 동경행 기차에 몸을 실어 그들의 목적지인 교토나 동경에서 내렸다.

시집을 온 후부터 어쩌다 가는 친정집 외에는 마을 밖을 나가보지 못한 여성작가들에게 이번의 일본행이 새로운 문명세계를 경험하고 타지를 여행하는 기회가 된 셈이었다. 그리하여 이들 가사 작품에서 고향을 나선 이후의 서술은 여행기의 성격을 지니게 되는 것이 보통이었다. 작가들은 부산에 도착하기까지 지나는 곳곳에 대한 감회를 짧게 혹은 길게 서술했는데, 다시는 보지 못할 혹은 처음 보는 고향 산천에 대한 감회를 주로 서술했다.

작가들은 관부연락선을 타고 일본에 도착해서도 눈앞에 펼쳐진 일본의 산천과 문물을 묘사하면서 자신의 감회를 서술했다.

마장경문 셕나서니 이중교가 굉걸할수 / 이천육빅 넘은희예 황국수가 빗낫고나 / 궁셩을 요빅하여 셩은을 봉축하고 / 구단을 도라드니 졍국신스 휜혁하다 / 일억국민 위하여서 쑤린피가 씩씩할수 / 황국지류 영영홀히 무운중구 암축하고 / 천초싱야 차자가니 지싱선경 이안인가 / 가지가지 문화말단 식기모범 자랑일식 〈사향곡〉

일인들의 의복제도 우리나라 하인입은 / 쳥의모방 틀림없고 여자들의 의복모양 / 두다리는 다내놓고 쪽바리 나막신에 / 두발모아 쪼작걸음 볼수록 망칙하다 / --- / 우리민족 이땅에서 / 분하고도 녹록한꼴 말못하게 당하는데 / 조센징 요보요보 차별하여 학대하니 / 나라**뺏**고 임금죽인 이설치를 언제할고 / 흉중에 깊이맺쳐 나날이도 분한마음 / 억

---

26 "자동차이 올러탄니 싱후의 처음이라"(〈사향곡〉) ; "처음보는 긔차불통 굉장하기 말못할네"(〈사향가〉)

누르고 지냈도다 일구월심 못잊겠네 〈망향가〉

처음밟는 일본땅이 하관이란 곳이라네 / 격해만리 수육원정 내가어
이 왔단말가 / 인간인가 별세게야 황홀하기 그지없네 / 움물정 열십자
로 이리저리 갈인골목 / 칠팔층 벽돌집은 반공에 소사있고 / 질비한 각
색점포 사람눈을 놀내인다 / 이곳도 저곳갓고 저곳도 이곳갓해 / 어듸
가 어듸인지 나는전혀 알수없데 / 말이라고 죽기는것 새소리 틀임업고
/ 옷이라고 이분것이 무당활옷 다름업데 〈사향가〉

위의 인용구는 모두 작가들이 일본에 대한 감회를 서술한 부분이
다. 〈사향곡〉에서 작가는 부친과 상면한 후 동경 유람을 나섰다. "황
국수가 빗낫고나", "성은을 봉축하고", "일억국민 위하여서 쌕린피
가 씩씩할시", "가지가지 문화말단 싀기모범 자랑일시" 등의 표현에
서 알 수 있듯이 작가는 일본의 고적, 역사, 문물에 대해 찬양으로 일
관하여 서술했다. 이러한 찬양은 식민지 국민에게 지배국 일본이 자
국을 선전했던 諭示 구호와 크게 다를 바 없는 것이었다. 당시 일본
제국의 식민지배로 고통을 받고 있었던 우리 민족의 현실과 견주어
볼 때 이러한 찬양적 서술은 몰역사성을 드러낸 것이라고 할 수 있
다. 그런데 이러한 몰역사성은 작가의 친일적 사고에서라기보다는
아직은 10대 처녀로서 1930년대 일본이 주입한 사상교육에 침윤된
결과 지니게 된 미성숙함에서 비롯된 것이라고 할 수 있다. 뒤이어
작가는 부친이 투옥되고 생활고가 시작되었음을 서술했는데, 이때
작가의 민족의식이 점차 제자리를 찾아갔을 것으로 보인다.

반면 〈망향가〉에서 작가는 일본에 대해 부정적인 시각을 드러냈다. 일인의 모습을 보고 '망칙하다'고까지 표현한 것은 작가의 민족의식이 작동한 결과라고 할 수 있다. 작가는 우리 민족이 일본 땅에서 '조센징'이라고 불리며 차별과 학대를 받는 현실을 지적했다. 그리고 우리나라가 일본의 식민지배를 벗어나 '雪恥'할 수 있는 날을 고대하며 산다고도 했다. 작가는 식민지 여성으로서 민족의식의 날카로운 날을 세워 처음 당도한 지배국 일본을 바라보았던 것이다.

한편 〈사향가〉에서 작가는 일본에 대해 중도적인 시각을 드러냈다. 작가는 관부연락선을 타고 하관[시모노세키]에 도착하여 '내가 왜 이곳에 왔는가'라고 하여 일본행의 부당함을 암시적으로 드러냈다. 그러나 작가는 시모노세키의 도시 경관을 보고 나서는 '별세계'로 '황홀하기 그지없'다고 하여 문명의 발달에 충격을 받았음을 서술했다. 그리고 시모노세키의 도시 경관을 하나하나 묘사했는데, 거리, 집, 언어, 의복 등 처음 보는 것에 대한 놀라움과 신기함을 있는 그대로 서술하는데 치중했다.

이와 같이 관부연락선을 타고 일본에 도착한 세 작가가 일본을 처음 보고 드러낸 시각은 다양하게 나타났다. 이러한 시각의 차이는 미성숙한 10대 처녀, 유학 간 남편의 영향을 받은 20대 유부녀, 돈벌이 차 일본에 간 두 아들을 둔 40대 엄마 등 작가가 처한 처지의 차이에서 비롯한 것이라고 할 수 있다.

여성 작가들은 지배국 일본에서 식민지 여성 디아스포라가 되어 삶을 영위하기 시작했다. 작가들은 "요부재산 다어이고 너들일본 윈일인야"(〈사향가〉)라는 서술에서 드러나듯이 과거에는 고국의 명문가에서 비교적 풍족한 생활을 누리고 살기도 했었다. 그러나 작가들은 일본의 식민지배로 생존권이 위협을 당하고 삶의 터전을 잃는 처지에 내몰리게 됨으로써 결국 안락했던 세거지를 떠나 낯선 일본에서 디아스포라로서의 힘겨운 삶을 살 수 밖에 없었다. 그런데 작가들 대부분은 일본에 도착한 후 기존에 형성된 교포사회 안에서 일본생활을 영위해갔다. 이미 친척 중에 일본으로 건너가 살고 있는 경우가 많았기 때문에 친척이 포함된 교포사회에 정착해 살 수 있었다[27].

작가들은 식민지 여성 디아스포라로 살아야 했던 자신의 일본생활을 구체적으로 서술하지는 않았다. 다만 아주 짧게 자신의 일본생활을 서술하고 있을 뿐인데, 짧은 서술이지만 그 안에 자신의 일본생활과 디아스포라 인식을 핵심적으로 잘 드러냈다. 식민지 여성으로서 지배국 일본에 이주해온 작가들 앞에 놓여진 삶이란 '차별과 학대'(《망향가》)로 표현되는 삶이었다. 그리고 이들의 일본 생활은 '공장'(《사향곡》)에 다니거나 혹은 '육체노동'(《사향가》)에 시달리는 생활이었다.

식민지 여성으로서 일본 디아스포라로 생활했던 여성작가들의 인식은 고국의 상황과 연결되어 있었다. 이들 작가들의 인식은 늘 고국을 향해 있었다. 이들 작가가 가사를 쓴 목적 자체가 식민지 여성의

---

27 "족당친우 모여와서 담소낙낙 치하로세"(《사향곡》) ; "횡빈역에 당도하니 시숙모님 숙질분이 / 마중나와 계신지라 숙모님께 초면인사 / 부군보고 미소로다 삼촌댁에 당도하야 / 숙부님께 절을하고 동기면면 인사로다 / 조선동포 집결하야 사는동리 모두나와 / 의절하나 일인들도 구경인냥 모여드니"(《망향가》) ; 《사향가》의 경우도 도착하자마자 큰아들을 전씨댁과 결혼시킨 것으로 보아 교포사회에 정착한 것으로 보인다.

일본 디아스포라로서 고국에 대한 그리움을 표현하기 위해서였기 때문에 가사의 제목도 모두 '思鄕, 望鄕'이 되었다.

구곡간장 끈처내니 사향지회 간절하다 / 향슨고택 바라본니 위각말이 머럿고나 / 무심한 뜬구름이 광명을 가리윗내 / 슈륙말이 우리고향 어나쌔나 차자가리 / 슈슈백발 조부모님 정성구절 괴로워라 / 절절심여 억직할亽 만슈강영 복츅일싀(《사향곡》)

높고푸른 하늘아래 내고향은 있건마는 / 못가는맘 둘데없어 부모형제 생각하니 / 방울방울 눈물이요 금수강산 생각하니 / --- / 인생행로 재촉는듯 가고싶은 나의고향 / 꿈속에나 보이소서 신년정초 맞이하면 / 각집딸내 다모여서 며늘내와 편을갈라 / 승벽있게 윷놀던일 삼삼이도 그리웁고 / 삼춘화류 호시절에 친우들이 다모여서(《망향가》)

어느듯 자동차는 천전에 다다랏네 / 동구에 드러서니 셔산에 락일이라 / 은은한 져문연긔 사람심회 도도운다 / 회수남교 도라보니 락동강상 백운정은 / 예젼경치 그양잇셔 말업시 반겨하며 / 질비한 고루거각 예젼일을 자랑한다 / 몃해만에 만난집안 뉘안이 반가우리 / 눈물석긴 목소리로 손목잡아 인사한후 / 이삼일 지쳐하야 예젼집 차자가니 / 고색은 의구하나 고인은 볼수업네 / 후산에 양대산소 가이업기 말못할다(《사향가》)

《사향곡》에서 작가는 '사향지회'에 젖어들었다. 작가는 눈에 보이

지는 않지만 '향산고택'을 향해 서서 '우리고향'을 생각하고 '조부모
님'의 안녕을 기원했다. 그런데 작가가 그리워한 '향산고택', '우리고
향', 그리고 '조부모님'은 작가가 떠나올 때 눈물로 하직한 충재고택,
봉화 닭실마을, 그리고 자신을 애지중지 키워주신 조부모님을 말한
다. 이렇게 작가가 일본에서 그리워하고 있는 대상은 바로 친정임을
알 수 있다.

〈망향가〉에서 작가는 '내고향, 부모형제, 금수강산, 고국산천'을
생각했다. 그리고 '나의 고향'에서 여성들이 모여 윷놀이나 화류놀
이를 한 추억을 떠올렸다. 가사문학에서 여성 작가들은 가사를 쓸 때
대부분 친정에 가서 친정 여성들이 모여 함께 놀았던 것을 서술하는
특징을 보인다. 물론 시댁 식구들과 함께 놀기도 했겠지만 여성 작가
들은 유독 친정에서 오랜만에 친정 식구들과 모여 놀았던 것에 감회
를 느끼고 그것을 가사에 썼다. 따라서 여기서 작가가 생각하는 '나
의 고향'이란 윷놀이와 화류놀이를 하며 즐겼던 친정이라고 보아야
한다. 이렇게 작가에게 남편과 시댁이 있었음에도 불구하고 작가가
일본에서 생각한 고국이란 바로 친정이었던 것이다.

〈사향가〉에서 작가는 일본에 정착하여 자식들과 살던 중에 淑主의
부음을 받고 고국을 잠시 방문하게 되었다. 작가는 숙주의 문상을 마
친 후 시고모댁에 잠깐 들렀다. 그런데 이후 작가는 곧바로 친정인
내앞마을로 들어가 한 달이나 체류하면서 그 기간의 대부분을 동기
간과 만나고 선유놀이도 즐기면서 지내다가 다시 일본으로 돌아왔
다. 따라서 작가가 그리워한 고국은 역시 친정을 말하는 것이라고
할 수 있다.

이와 같이 식민지 여성의 일본 디아스포라로서 여성작가들이 지향했던 고국의 본질은 사실은 모두 '친정'으로 드러난다. 여성작가들은 고국이나 일본에서 결혼을 한 상태였음에도 불구하고, 작품 내용의 어느 한 군데서도 시댁을 지향하는 서술을 하지 않았다. 식민지 여성의 일본 디아스포라로서 여성작가들은 고국을 지향하는 민족의식을 지니지 않을 수 없었는데, 그 민족의식이 친정을 지향하는 의식과 겹쳐서 발현된 것이라고 할 수 있다.

5. 문학사적 의미

일본 경험과 관련한 가사문학의 작가는 모두 여성이며, 여성작가의 출신지는 대부분 경북지역이다. 이 점은 경북지역인이 지리적으로 일본과 인접하여 일본행이 가장 많았던 이유가 작용했을 것이다. 하지만 일본 경험과 관련한 가사문학이 모두 경북지역에서 창작된 것은 무엇보다도 일제강점기에도 경북지역에서 여전히 가사를 창작하고 향유하는 전통을 견고하게 유지했던 가사문학사적인 배경이 작용한 결과이다. 전통시대에 규방가사의 주담당층은 사대부가 여성이었다. 19세기 말과 20세기 초에 근대적인 대중매체가 등장하고 새로운 문학 장르가 출현하여 현대문학기에 접어들었음에도 불구하고, 사대부가 많았던 안동을 중심으로 하는 경북지역에서는 여전히 전통 장르인 가사문학을 활발하게 창작했다. 특히 전통적인 명문가에서는 수많은 가사 필사본을 남겼다. 이들 여성작가들의 출

신지는 안동권씨로 유명한 봉화의 닭실마을, 영일정씨로 유명한 금
릉군 봉계마을, 의성김씨로 유명한 안동의 내앞마을, 이황의 고향
으로 유명한 안동 도산면 온혜동 등으로 모두 가사문학의 창작 전통
이 견고하게 지속되었던 명문가 집성촌이었다. 이와 같이 일본 경험
과 관련한 가사문학 유형이 경북지역에서 대거 창작된 점은 일제강
점기에 경북지역인이 많이 渡日해간 것과 일제강점기에도 이 지역
에서 가사 창작의 전통이 살아 있었던 것이 결합하여 나타날 수 있
었다.

　한편 여성작가들은 자신의 가문에 대단한 긍지를 지니고 있었다.
그리고 작가들은 결혼 후에 명망 있는 자신의 가문에 누가 되지 않도
록 하기 위해 '여자됨의 본분'을 반듯하게 지켰다[28]. 여성작가들은
기본적으로 가부장제가 제시하는 여성의 본분을 잘 알고 있었으며
여성의 생활방식을 체득하고 있었다. 여성작가들은 남편이 홀로 일
본으로 가든, 일본으로 생활근거지를 이주해야 했든 자신이 배우고
체득했던 대로 문중이나 남성의 결정을 수동적으로 따랐다. 그런데
여성작가들은 자신의 가문에 대단한 긍지도 지니고 있고 가부장제
가 제시하는 여성의 본분을 잘 알고 생활방식을 체득하고 있었다 하

---

28 "춤직선조 후예로서 유곡촌서 슴곗스라 / 우리문중 집집마다 명현달실 무수하다 /
　혁혁문호 살펴보니 참의참판 기승이라 / 직자가인 몟몟치며 절식화용 뉘뉘런고 /
　--- / 살대갓치 가는광음 이렁저렁 장성ᄒ니 / 우리집 고가쥬법 예의점차 버면할가 /
　봉직사 적빈긱은 안예지의 할일리라 / 후원초당 깁흔고대 불츌문의 뭇처안자 / 요
　조슉여 관저장과 침선방직 공부할직((사향곡))"; "인생백년 졜큰일이 서사가약
　이아닌가 / 규중심처 남긴몸이 이씨가문 매었고나"((부녀자탄가)); "남편없는 시
　집살이 고된일을 다루내며 / 일일이도 뜻을받아 주야화평 웃는얼굴 / 그믐밤에 더
　듬어도 양반일세 분명하지 / 내속으로 생각하니 그무엇이 장한일고 / 여자됨에 본
　분이지 성공하여 돌아오기"((망향가))

더라도, 자신들의 삶이 남성에 의해 강제된 삶이라는 점 또한 분명하게 인식하고 있었다. 자신이 살아가는 현실적인 삶을 직면한 여성작가들은 여성의 삶이 남성과 다르게 구속 받는 삶이라는 사실을 분명하게 인식했던 것이다. 그리하여 작가들은 여성으로 태어난 것을 한탄하고 남자로 태어나기를 희망하기도 했다. 표면적으로는 가부장제가 제시하는 여성의 본분과 생활방식을 인식·실천하고 있었으면서도, 내면적으로는 여성이어서 부당하게 구속을 당하며 산다고 하는 여성의 정체성을 인식하고 있었던 것이다.

이러한 동전의 양면과도 같은 여성인식은 규방가사에서 흔하게 발견되는 것이다. 이러한 여성인식이 언제부터 규방가사에 드러나게 되었는지를 논의하는 것은 필자의 역량을 넘어서는 일이다. 다만 19세기 중엽 이후부터 근대기에 이르기까지 여성생활사의 일부로 규방가사가 활발하게 창작되면서 이러한 여성인식이 가사문학에 드러나기 시작했으며, 일제강점기에는 이러한 여성인식이 가사문학에 광범위하게 드러나 공유되었다고 추정한다는 정도로만 말할 수 있을 것같다.

일본 경험과 관련한 5편의 가사문학은 대부분 1930년대 중반의 사연을 담았다. 해방 전에 渡日한 한국인의 수를 작성한 표가 있는데, 그 변화 추이를 보면 1932년부터 그 증가수가 대폭 상승함을 알 수 있다[29]. 따라서 이들 가사문학은 도일한 한국인의 수가 대폭 증가

---

29 재일한국인의 전년대비 증가인구는 1929년에 32703명, 1930년에 22060명, 1931년에 20121명인데 반해 1932년에 72331명, 1933년에 75674명, 1934년에 71359명이다. 이렇게 도일 한국인이 1932년부터 갑자기 증가하기 시작했음을 알 수 있다(진희관, 「재일한국인 사회형성과 조총련 결성 배경 연구」, 『통일문제연구』제11

하는 1932년 이후의 시기를 반영한다고 할 수 있다. 〈사향가〉와 〈부녀자탄가〉에서 돈벌이를 위해 도일한 작가의 아들과 남편은 1939년 일본이 식민통치의 일환으로 발표한 '국민징용령'에 의해 도일한 강제징용자는 아니라고 할 수 있다.

　도일의 계기가 돈벌이인 경우 작가의 아들이나 남편의 일본행은 근본적으로 일본의 식민지 통치와 한국인에 대한 가혹한 착취로 인한 한국인의 급속한 경제적 몰락이 원인이 된 것이었다. 당시 한국인들은 경제적으로 몰락하여 생존권마저 위협당하는 현실에 처해 있었다. 그리하여 많은 한국인은 열악하고 차별을 받는 노동환경 속에서 육체노동을 해야 하는 것이었지만, 상대적으로 높은 임금을 받을 수 있다고 믿어 일본으로 건너갔다. 즉 작가의 아들이나 남편이 돈을 벌기 위해 도일한 것은 기본적으로 식민지배의 산물이었던 것이다. 도일의 계기가 유학인 경우에도 유학자의 가족은 생활을 위해 식민지 국민의 일본 디아스포라로서 저임금의 육체노동에 종사해야 했다. 이와 같이 5편의 일본경험과 관련한 가사문학은 1930년대 일본의 식민지배 하에서 생존을 위해 고군분투했던 한국인의 구체적인 현실을 반영한다는 문학사적 의미를 지닌다.

　특히 일본 경험과 관련한 가사문학이 문학사적으로 전혀 알려지지 않은 당대의 여성에 의해 창작된 것이라는 점은 주목을 요한다. 여성작가들은 비록 명문대가 출신이긴 하지만 이미 경제적으로 영락하여 일제강점기를 살았던 일반 한국인 중에서도 가장 소외된

───

권 1호, 편화문제연구소, 1992, 81~87쪽).

여성을 대표한다. 이들 가사는 일본은커녕 국내조차 마음대로 다니지 못한 여성들이 갑자기 관부연락선에 몸을 싣고 일본으로 가야 했던 사연, 일본에 가 있는 남편이 돌아오기만을 기다리며 시집살이를 해야 했던 사연, 처음 본 일본에 다양한 반응을 보였던 여성들의 사연 등 모두 당대에 일본을 직·간접적으로 경험한 여성들의 실제 사연을 담았다. 그리하여 이들 가사문학은 1930년대 식민지 한국 여성의 일본과 관련한 경험과 서정을 사실적으로 증언해주는 다큐멘터리로서 기능할 수 있다. 이렇게 이들 가사문학은 일본의 식민지배와 가부장제의 이중고 속에서 일본을 직·간접적으로 경험한 실제 여성의 삶과 인식을 생생하게 증언해 준다는 문학사적 의미를 지닌다.

6. 맺음말

가사문학은 대부분 4음보 연속의 단순한 틀에 실제로 경험한 사실을 서술하여 생활문학적 성격을 특징적으로 지닌다. 20세기 들어 새로운 현대문학 장르가 출현함으로써 가사문학 장르는 문학사적으로 주류에서 한참 밀려나 주변문학으로 전락하고 말았다. 하지만 가사문학은 일제강점기에도 생활문학으로서의 장르적 성격을 지속적으로 발휘하여, 일제강점기의 역사·사회에 대응하여 다양한 작품세계를 펼쳐나갔다. 그러므로 전하고 있는 수많은 필사본 자료 중에서 일제강점기에 창작된 필사본 자료를 조사하여 의미 있는 가사

작품을 발굴해낼 필요가 있다. 그리고 발굴한 자료에 대한 개별적인
작품론이나 유형론을 전개해 나가야 할 것이다. 일제강점기에 창작
된 개별적인 가사 작품이나 유형적 가사들의 작품세계가 분석되고
문학사적인 의미가 규명되어야만 일제강점기의 가사문학사가 온전
하게 구성될 수 있기 때문이다.

제2장

일제강점기말 현실비판가사 〈만주가〉 연구

1 머리말

일제강점기에도 가사문학은 활발하게 창작되었다. 가사문학의
주담당층인 양반가의 남성과 여성은 조선조 말을 거쳐 근대기에 이
르러서도 활발하게 가사문학을 창작하여 수많은 가사 필사본을 남
겼다. 특히 전통적으로 양반 명문가문이 많았던 안동을 중심으로 한
경북 지역에서는 일제강점기를 거쳐 한국전쟁기에 이르기까지 가사
문학의 창작과 향유가 지속적으로 이루어졌다.

흔히 가사문학은 개화기 때에 그 생명력을 다했다고 말한다. 하지
만 현재 남아 전하고 있는 가사문학 필사본을 개괄해서 보면 일제강
점기 때에 창작된 작품이 가장 많아 일제강점기까지도 가사문학의
생명력은 살아 있었다고 할 수 있다. 일제강점기에도 전통적인 시가
장르인 가사문학이 활발하게 창작되었던 가장 큰 이유는 아직도 향

촌사회에는 19세기 중반 이후에 출생하여 전통적인 교육을 받고 성장한 양반가 출신의 남성과 여성이 많이 존재해 있었기 때문이다. 일제강점기가 지속되면서 문학사는 이미 현대문학기로 접어들었음에도 불구하고 전통적인 교육을 받은 양반가 출신의 남성과 여성은 그들의 문학적 글쓰기의 전통을 그대로 지속하여 가사문학의 창작과 향유를 계속해 왔던 것이다.

일제강점기에 창작된 것으로 추정되는 수많은 가사 필사본은 겉으로 보기에는 이전의 가사문학을 관습적으로 계승하여 천편일률적인 작품세계를 지닌 것처럼 보인다. 그렇기 때문에 그동안은 이들 가사의 문학적 의미가 상대적으로 적다고 인식해온 것이 사실이었다. 더군다나 이 시기에 창작된 가사 필사본은 표기는 한글로 되어 있지만 한문구가 많이 섞여 있는데다가 필사 상태도 무슨 글자인지 도무지 파악할 수 없을 정도로 악필이 많았다. 즉 많은 필사본이 구절 자체를 제대로 읽어내기가 어려웠기 때문에 내용을 파악하는 데에 많은 시간이 들 수밖에 없었던 것이다. 이와 같이 일제강점기에 창작된 수많은 가사 필사본은 상대적으로 문학성이 결핍되었을 것이라는 인식과 내용 파악이 어려운 필사 상태로 말미암아 연구자의 손길에서 벗어나 방치된 상태로 있었다고 할 수 있다.

그런데 일제강점기에 창작된 가사문학 필사본을 자세히 읽어보면 상당수의 작품이 당대의 역사·사회 현실에 대응하여 당대 작가의 삶과 서정을 밀도 있게 담고 있다는 것을 발견할 수 있다. 그러므로 필사본을 읽어내는 작업 자체가 매우 힘들고 많은 시간이 들더라도 아직까지 읽지 않은 필사본을 꼼꼼하게 읽어내려는 시도를 서둘러서 해야 할 필요가 있다. 일제강점기에 창작된 가사 필사본을 한 편 한 편 읽어 내어 각 작품이 지니고 있는 작품세계의 실체를 각론적으로 드러낼 때 일제강점기 가사문학의 총체적인 전개 양상이 밝혀질 수 있기 때문이다.

〈만주가〉의 필사본은 필사에 오류가 많다. 그리하여 구절을 읽어 내어 구체적인 내용을 파악하는 데 어려움이 많았던 탓에 아직까지 학계에 소개되지 못한 작품이다. 필자는 〈만주가〉의 필사본을 자세히 읽고 내용을 파악하려고 노력해왔다. 그 결과 이 가사가 작품의 전편에 걸쳐 일제강점기 말의 현실을 고발하고 비판하는 내용을 지니고 있어 가사문학적으로 독립적인 의의를 지니기에 충분한 작품이라는 판단이 들었다. 가사문학사의 전개에서 중요한 한 축을 이루며 창작되어 온 것은 역사·사회 현실에 대응한 가사 유형이다. 그런데 〈만주가〉는 이러한 가사문학사의 전개에서 매우 중요한 의의를 지닐 수 있는 작품으로 평가된다.

이 연구는 일제강점기 말에 창작된 〈만주가〉의 작품세계를 살펴보고, 가사문학사적 의의를 규명하는 데 목적을 둔다. 먼저 2장에서는 〈만주가〉에 대한 기본적 사항인 창작시기, 작가, 텍스트의 필사 상황 등을 개관한다. 이어 3장에서는 〈만주가〉의 작품세계를 '일제의 한인 강제 동원 현실과 참상', '한인을 향한 당부와 권고', '일본을 향한 비판과 저주' 등 세 가지의 측면에서 살핀다. 마지막으로 4장에서는 앞서의 논의를 바탕으로 〈만주가〉의 가사문학사적 의의를 규명하고자 한다.

② 〈만주가〉의 개관

〈만주가〉의 필사본은 한국가사문학관 홈페이지에 jpg 파일로 올라와 있다.[1] 4음보를 1구로 계산하여 총 234구나 되는 비교적 장편에 속하는 가사이다. 필사본의 필사는 줄글체 형식으로 기사되어 있지만, 다른 필사본과 다르게 1음보씩의 띄어쓰기가 대체적으로 잘 되어 있는 편이다.

〈만주가〉는 장타령처럼 총 52자의 한글 운자에 맞추어 내용을 써내려가는 戱字형의 사설로 이루어졌다. 한글의 자음 'ㄱ'에서부터 'ㅎ'까지 순서대로 운을 맞추어 내용을 서술했는데 한글에서 운을 맞추기 어려운 'ㄹ'만 빠져 있다. 각 자음에서는 '가, 거, 고, 구', '나, 너, 노, 누', '하, 허, 호, 후' 등과 같이 '아, 어, 오, 우'의 모음을 조합한 운자에 맞추어 내용을 서술했다. 한 운자에 4음보를 1구로 계산하여 길게는 7.5구, 짧게는 2구가 서술되었다. 전체적으로 한글 운자에 따라 내용을 잘 맞추어 서술했지만, 자음의 뒷부분인 'ㅋ'에서부터는 운자에 맞추는 어학적 동력이 딸린 듯 서술한 내용이 짧아지는 경향을 지닌다. 경우에 따라서는 '쿠'자의 '쿠큐에 쿠짜운은 쿠수양복 벗트리고 / 쿠두발길 저벅저벅 쿠짜운은 할말읍서 / 크불카이 무언[쿠不可而無言]이라'와 같이 운에 맞추어 쓸 것이 없다는 내용을 서술하기도 했다.

〈만주가〉의 창작시기는 일제강점기 말이다. 작품 내용에 '가고가

---

1 한국가사문학관 홈페이지(http://www.gasa.go.kr) jpg 필사본 파일.

는 만주이민'이라는 구절이 나온다. 일본이 한인에 대해 실시한 강제 만주국책이민은 대부분 농업이민의 성격을 지니는 것이었다. 일제의 강제 국책이민정책에 의해 본격적으로 한인이 만주로 이주한 것은 1937년부터이지만, 〈만주 개척민 연차별 송출 현황〉에 의하면 1939년에서 1942년에 가장 많은 수의 한인이 강제로 만주로 이주했다². 따라서 이 작품은 일제에 의한 강제 한인 만주국책이민정책이 한창 시행되고 있던 시기에 창작된 것이다.

한편 작품의 내용에 '날아가는 비행기야', '넓은 바다 태평양에 너(일본)의 군사 몰살하면' 등의 구절이 나온다. 따라서 이 가사 작품은 일본이 태평양전쟁을 시작한 1941년 12월 8일 이후에 창작된 것이다. 그런데 이 작품의 내용에는 '징병'이라는 용어가 등장하지 않으며, 대신 '보국대'라는 용어가 등장한다. 일제의 한국인 강제 인력동원의 근거는 '국민총동원법(1938)'과 '국민징용령(1939)'에 의한 것으로 이 법에 의해 일제는 한인 '지원병'을 모집하여 군대로 끌고 갔으며 '보국대'를 조직하여 한인의 노동력을 동원했다. 그리고 태평양전쟁을 일으킨 후인 1943년에는 '조선인징병제'를 공포함으로써

---

2 19세기 중엽 이후 시작된 한인의 만주 이주는 경술국치 이후에 본격화되는데, 1920년대까지의 한인 만주 이주는 자발적인 성격을 지니는 것이었다. 그런데 일본이 1931년에 만주를 침략한 이후부터 동원 형태의 한인 만주이주정책이 시행되어 강제적인 성격을 지닌 이주가 많아지게 되었다. 그리하여 1934년에 처음으로 경상남도에서 1천여 명과 충청과 호남에서 9백여 명이 조선총독부 외사과의 통제하에 만주로 이주했다. 이후 1937년부터는 이주자를 모집하면서 한인에 대한 국책이민이 본격적으로 시행되었다. 만주 개척민의 연차별 송출 현황은 다음과 같다. '1937년(2478호), 1938년(5380호), 1939년(10526호), 1940년(15404호), 1941년(10362호), 1942년(10971호), 1943년(9506호), 1944년(3118호)'(신주백, 「한인의 만주 이주 양상과 동북아시아 : 농업이민의 성격 전환을 중심으로」, 『역사학보』제213집, 역사학회, 2012, 233~261쪽).

모든 한인을 강제로 군인으로 총동원했다[3]. 그런데 〈만주가〉에는 '징병'이라는 용어가 사용되지 않은 것이다.

　이상의 사실들을 종합해 볼 때 〈만주가〉의 창작시기는 일제의 강제 국책이민정책에 의해 가장 많은 대한인이 만주로 이주해간 시기이면서 일제가 태평양전쟁을 일으킨 직후인 1942년경이라고 추정할 수 있다. 작가는 대한인의 강제 만주이주와 태평양전쟁의 발발에 충격을 받고 〈만주가〉를 창작한 것이다.

　〈만주가〉에는 "부인반 장동리 부가금과 부가세며 / 부인들의 회이금을 부락마다 고라"라는 구절이 나온다. 일제가 각종 명목으로 부가금과 부가세를 걷어내는 수탈의 현실을 서술한 것이다. 그런데 여기에 나오는 '장동리'가 작가의 거주지로 보이므로 이 거주지를 단서로 하여 찾으면 작가를 구체적으로 알 수 있지 않을까 기대를 해보았다. 하지만 전국에는 '장동리'가 13군데나 되었기 때문에 어느 한 지역을 특정할 수 없는 형편이었다. 어쨌든 '장동리'라는 지명과 만주로의 국책이민이 주로 농촌 거주자를 대상으로 한 점으로 미루어 볼 때 작가는 향촌 거주자로 추정된다.

　〈만주가〉의 작가는 일제강점기 말에 자신이 겪은 개인적인 사연을

3　일제강점기 말 한인의 노동력 강제동원정책과 강제징병에 대한 것은 다음의 논문을 참조했다. 서중석, 『지배자의 국가/민중의 나라』, 돌베개, 2010, 62쪽. ; 정혜경, 「일제 말기 조선인 군노무자의 실태 및 귀환」, 『한국독립운동사연구』 제20집, 독립기념관 한국독립운동사연구소, 2003, 55~91쪽. ; 안자코 유카, 「총동원체제하 조선인 노동력 '강제동원' 정책의 전개」, 『한국사학보』 제14호, 고려사학회, 2003, 317~348쪽. ; 전성현, 「일제말기 경남지역 근로보국대와 국내노무동원-학생 노동력 동원을 중심으로」, 『역사와 경계』 제95호, 부산경남사학회, 2015, 169~206쪽. 정확한 연대는 다음을 참조했다. 한국정신문화연구원, 『한국민족문화대백과사전 26 연표·편람』, 1991, 464~474쪽.

전혀 서술하지 않고 당시 대한의 객관적 현실, 즉 당대의 '시국'을 전
반적으로 문제 삼아 가사를 서술했다. 가사문학사에서 역사·사회 현
실에 대응하여 창작한 가사의 경우 당대의 객관적 현실 자체에만 중
심을 두고 서술한 가사는 대부분 남성이 짓고, 개인의 사연에 중심
을 두고 서술한 가사는 대부분 여성이 지은 것으로 확인되고 있다[4].
따라서 〈만주가〉의 작가는 아무래도 남성일 것으로 추정된다.

　작가는 〈만주가〉의 서술에서 중국의 인물과 고사, 그리고 한문어
구를 꽤나 많이 인용했다. 이로 보아 작가는 한학적 지식을 풍부하게
지니고 있던 인물로 추정된다. 그리고 작가는 전쟁터에 나가거나 만
주로 이주하는 청장년층을 걱정하며 그들에게 몸조심하기를 당부
하고 있는 것으로 보아 노년층의 나이에 든 인물로 보인다.

　이상에서 살펴본 바를 종합해 볼 때 〈만주가〉의 작가는 19세기 말
경에 출생하여 전통적인 한학을 공부하고 개화기와 경술국치를 거
쳐 일제강점기 말 당시까지를 살고 있으면서 향촌사회 내에서 지도
자적인 역할을 수행한 노년의 남성으로 추정할 수 있다.

　〈만주가〉의 필사본은 유일본만 확인된다. 가사의 맨 마지막에 기
재되어 있는 '1972년 2월 1일'은 이 가사의 필사년도로, 이 유일본 필
사본이 비교적 최근에 필사된 것임을 알 수 있다. 〈만주가〉가 가장본

4　역사·사회 현실에 대응하여 창작한 가사 작품이라 하더라도 여성의 가사 작품은
　반드시 개인적 사연에 바탕을 두고 당대 현실을 서술한다. 반면 남성의 가사 작품
　은 개인적 사연에 바탕을 두고 당대 현실을 서술한 작품이 없는 것은 아니지만, 대
　부분 객관적 현실, 즉 시국 전체를 총체적으로 문제 삼아 서술한다. 여성은 당대 현
　실에 의해 굴곡진 자신의 사연에, 남성은 당대 현실 자체에 관심을 두는 경향이 가
　사의 서술에 드러나는 것이라고 할 수 있다.

으로만 전해지면서 향유가 그리 활발하게 이루어지지 못했던 것이
아닌가 한다. 그런데 남아 있는 필사본의 언문 필체가 매우 미숙한
것으로 보아 이 필사본의 필사자는 가사문학을 필사해본 경험이 거
의 없는데다가 한문어구에 대한 지식도 없었던 인물로 보인다. 필사
자는 원가사의 텍스트를 보고 필사를 했을 것인데, 원텍스트의 내용
을 전혀 이해하지 못한 흔적을 역력히 드러냈다. 필사본에 적힌 글자
를 엉뚱하게 파악하여 우리말로 옮겨 적은 곳이 한두 곳이 아닌데,
예를 들어 보면 다음과 같다.

① 소년월들 동산상은 소자첨에 적벽부요

② 자로에 백니무미 자공이도 십철리요

③ 소변석화 하난일도 조심이란 마음심사 / 소고여생 잘아나도 조심
이 엇듬이요

①에서 소동파(소자첨)의 〈前赤壁賦〉 구절인 '소언 월출어동산상
[少焉 月出於東山之上]'을 인용했다. 그런데 필사자는 이 구절을 "소
년월들 동산상"으로 적었다. ②에서 작가는 子路가 매일 쌀을 등짐으
로 백리 밖까지 운반하여 그 운임으로 양친을 봉양했다는 고사를 인
용하고, 子貢의 효도도 '십천리'는 된다고 서술했다. 그런데 필사자
는 '백리부미[百里負米]'라는 한자어구를 '백니무미'로 적었다. ③에
서 작가는 '수시로 변하는[조변석화 : 朝變夕化]' 시기에 조심해서 일

을 해야 하고, '일찍 어버이를 잃고 자라나되[조고여생 : 早孤餘生]'
조심을 으뜸으로 하여 일을 하면 된다는 것을 서술했다. 그런데 필사
자는 이 부분이 '조'자 운에 맞추어 서술한 것임에도 불구하고 '소변
석화'와 '소고여생'으로 적어 한문구에 미숙함을 드러냈다.

이와 같이 필사자는 한문어구에 대한 식견이나 순한글 필사본의
필체를 읽어본 경험이 거의 없었던 인물이었기 때문에 필사하는 과
정에서 원텍스트의 내용을 심하게 훼손하고 말았다. 이렇게 현재 전
하고 있는 필사본은 오기의 정도가 심하여 앞뒤 문맥을 살펴 원래의
구절을 再構해내서 읽어야 하는데, 오기를 再構해서 읽는다 하더라
도 부분적인 難解句가 있을 수밖에 없었다. 하지만 작품 전체의 내용
을 파악할 수는 있었으므로 이 가사에 대한 작품론을 전개하는 데에
는 무리가 없을 것으로 보인다.

3. 〈만주가〉의 작품세계

〈만주가〉라는 제목은 가사의 내용이 '만주'와 밀접하게 관련이 있
어서 붙여진 것은 아니다. 다만 이 제목은 가사가 일제에 의해 시행
된 강제 만주국책이민정책에 의해 고통 받는 조선의 현실을 서술하
는 것으로 시작했기 때문에 편의상 붙여진 것으로 보인다. 〈만주가〉
의 작품세계는 크게 세 가지로 나눌 수 있다. 작가가 가장 중점을 두
고 서술한 내용은 '일제의 한인 강제 동원 현실과 참상'이었다. 그리
고 작가는 중간중간에 '한인을 향한 당부와 권고'를 잊지 않고 서술

했으며, '일본을 향한 비판과 저주'도 서술했다. 이 세 가지 작품 세계를 차례로 살펴본다.

작가는 당시의 한국인을 '조선인'으로 표현했다. 이 논문의 절 제목에서 '조선인'을 '한인'으로 바꾸어 썼지만, 작품 세계를 분석하는 논의에서는 작가가 쓴 '조선인'이라는 용어를 그대로 사용하고자 한다.

1) 일제의 한인 강제 동원 현실과 한인의 참상

일제는 만주를 점령한 이후 자국민의 이주정책을 시행했지만 자국민만으로 일제가 필요한 노동력을 충당하지 못했다. 그리하여 조선인의 노동력을 동원하기 위해서 강제로 한인 만주이민정책을 시행하게 되었다. 〈만주가〉는 일제의 강제에 의해 만주로 이주해가는 조선인의 참상을 고발하고 개탄하는 것으로 시작했다.

> 갸갸에 가짜운은 가고가는 만주이민/ 가는곳이 망하여 가산미수 우리조선 / 가이없이 하직하고 가망읍난 이내신사 / 가기야 실치만은 가령금야 숙항가에 / 가다가 죽드하고 가라고만 득복근니 / 가는거지 별수인니 / --- / 고교에 고짜운은 고생길그 드난아민 / 고향산천 이별하고 고혈한 거사함들 / 고고이도 맺치마음 고진감내 온쟁며 / 고달서히 가난행색 고원이장 재목의 / 고향금야 사철이리

작가는 '가'자 운에서 조선인의 만주이주가 자발적인 것이 아니라 일제에 의해 강제로 시행된 것임을 말했다. 작가는 '조선인들이 嘉山

美水인 조선땅을 하직하고 여러 차례 만주로 이민해 가고 있다. 조선인은 가기가 싫었지만 일제가 가라고 들볶아서 갈 수밖에 없었다. 낯선 이역 땅으로 가는 길에는 마땅히 잘 곳도 없을 것이니[가련금야숙창가 : 可憐今夜宿娼家][5] 가다가 죽을지도 모르는 길이었다'고 했다. '고'자 운에서는 만주로 가는 조선인의 심정과 참상을 서술했다. 작가는 '조선인은 고생길로 가는 줄 알면서도 고향산천을 이별하고 만주로 이주했다. 외로운 만주행[孤子]한 거사을 나서는 그들의 마음속에는 苦盡甘來하며 다시 돌아올 날을 기다리겠다는 각오만 孤高하게 맺혀 있을 뿐이었다. 만주로 가는 그들의 행색과 마음은 高適이 〈除夜作〉[6]에서 읊은 바와 같이 천리 밖 고향을 달리[고향금야사천리 : 故鄕今夜思千里]고 있었다'고 했다. 작가가 만주로 떠나가는 조선인의 입장이 되어 그들의 심정과 참상을 서술한 것이다.

> ① 너녀에 너짜운은 너무나 심한정치 / 너에마엄 채우랴고 너르고 너른천지 / 너에나라 통일하고 너도나도 병정간니 / 너머가는 물꼬개에 너분바다 태평양에 / 너에군사 몰살하면 너에일본 엇지할기 / 노뇨에 노짜운은 노소간에 조선사람 / 노심초사 살수업시 노약만 남겨노코 / 노동씩힐 보국댄지 노상행객 굴먼사람 / 노파지로 잠바저서 노래불너 밤노래라

---

5 "가령금야 숙항가"는 "가련금야숙창가 : 可憐今夜宿娼家"의 오기이다. 王勃의 〈臨高臺篇〉에 나오는 구절로 해석하면 '애닯게도 오늘 밤에는 기생집에서 자겠구나'라는 뜻이다. 이 가사에서는 마땅하게 잘 곳도 없다는 의미로 쓰였다.
6 "고원이장 재목의 고향금야 사철이리"에서 "고향금야 사철이 : 故鄕今夜思千里"는 高適의 〈除夜作〉 제3구에 나오는 구절이다. 고적의 〈除夜作〉 : "旅館寒燈獨不眠 客心何事轉凄然 故鄕今夜思千里 霜鬢明朝又一年"

②차를타고 전쟁가며 차차름 보국대와 / 차회에난 흘련강섭 차처에 늘근부모 / 차마당에 기절한다 차마못볼 거광경은 / 차세상에 안넛드면 차악핫일 안볼터라 / 처쳐에 처짜운은 처지가 이리되야 / 처신이 난처로다 처자권식 이별하고 / 처소로 물너갈제 처마밧개 나서본니 / 처음길이 병정가내

　①에서는 일본의 태평양전쟁 발발과 한인의 노동력 강제차출 현실을 비판했다. '너'자 운은 '너무나 심한 정치'라는 말로 시작했다. 그리고 작가는 '일본 너희는 제국주의의 야망을 채우려고 중국 및 태평양에까지 전쟁을 일으켰다. 넓은 태평양으로 나간 군사들이 모두 몰살하게 되면 너희 일본은 어찌 될 것인가?'라고 하여 일본의 끝간 데 없는 전쟁 야욕을 비판했다. 이어 '노'자 운에서는 일제의 노동력 동원으로 보국대에 끌려가는 조선인의 현실과 참상을 서술했다. 작가는 '젊은 사람들이 전쟁터로 끌려가는 것도 모자라서 노약자를 제외한 모두가 노동력 동원으로 보국대에 끌려가고 있다. 노상에는 굶은 사람들이 쓰러져 밥을 달라고 하는 소리가 난무하니 노래를 부르는 것 같다'고 하여 당시 한인의 처참상을 서술했다.
　②의 '차'자 운에서는 또다시 한인의 참상을 서술했다. 작가는 '한 마을에서 사람들이 차를 타고 전쟁터에 끌려가는 일이 있었고, 다음으로는 사람들이 보국대로 끌려가는 일이 있었고, 그 다음에는 훈련한다고 간섭하는 일이 있게 되었다. 늙은 부모는 아들이 탄 차가 떠나는 마당에서 기절하고 마니 그 광경은 차마 보지 못할 지경이었다. 이 세상에 태어나지 않았더라면 이런 악한 일을 당하지 않았을 것이

다'라고 하며 절규했다. 이렇게 '차'자 운이 작가가 아들을 떠나보내
는 늙은 부모의 입장이 되어 서술한 것이라면 '처'자 운은 작가가 마
을을 떠나는 젊은이의 입장이 되어 서술했다. 작가는 '징병된 처지
가 되었으니 도망갈 수도 없어 妻子眷屬을 이별하고 징병자의 집결
장소로 갔다. 얼결에 집결 장소의 처마 밖을 나서고 보니 꼼짝 없이
병정으로 가게 생겼다'고 서술했다. 앞서 조선인의 입장에서 만주로
강제 이민해 가는 심정을 서술한 것처럼 작가는 강제로 징집되어가
는 아들이나 그 부모의 입장이 되어 그들의 심정과 참상을 서술한
것이다.

> 도됴에 도짜운은 도처춘풍 봄바람에 / 도득심은 날나거고 도불섭유
> 도회지가 / 도적놈에 굴혈뒤야 도득과 청공맹지도 / 도망하여 없으진
> 니 드탄중에 우리들이 / 도저이 댈수없내 두듀에 두짜운은 / 두고살지
> 못할세상 두서차릴 에가없이 / 두번진난 보리나락 두말다시 뺏기고 /
> 두귀로 듣는말과 두눈으로 보는일이 / 두통겨리 절반이라

위에서 작가는 당시 조선의 현실을 포괄적으로 고발하고 비판했
다. 작가는 '도'자 운에서 도회지의 상황을 서술했다. '길에서 잃은
물건을 줍는 사람이 없을 정도로 안정되고 도덕심이 강했던[도불습
유 : 道不拾遺] 도회지가 왜인 도적놈의 소굴이 되어 도덕심은 물론
맑은 孔孟之道가 사라져 버렸다. 이렇게 도탄 중에 빠진 우리들은 이
제 도저히 살 수가 없게 되었다'고 서술했다. 그리고 '두'자 운에서는
농촌의 상황을 서술했다. 작가는 '이 세상이 더 이상 살 수 없게 되었

다. 두서를 차릴 여유도 없어 두 번이나 보리농사를 지을 수밖에 없
었다. 그러나 그렇게 해서 추수한 보리나락도 일제에게 두 말 없이
공출로 뺏기고 말았다. 그리하여 두 귀로 듣거나 두 눈으로 직접 본
것은 보리껍질(통겨리)뿐이었다'고 하여 농촌의 가혹한 공출 상황을
비판했다. 작가는 농촌의 상황을 서술할 때 앞서의 서술과 마찬가지
로 농민의 입장이 되어 그 심정과 참상을 서술했다.

> 무뮤에 무짜운은 / 무궁한 인세행락 무수이 만큰만은 / 무료이 없어
> 지고 무도한 불법지사 / 무상식한 저사람들 무선성공 일우랴고 / 무수
> 작당 떼를지어 무쥐한 양인포책 / 무서운 이세상이 무이화가 언제되여 /
> 무사태평 은잴는가 바뱌에 짜운은 / 바야흐로 직힌마음 바리지 못할오
> 류 / 바이없이 멀리가고 바늘방석 이세상에 / 바지버선 양복쟁이 바른
> 창자 몇몇치며 / 바독장기 상산사로 바랬망자 그뜻지나 / 바위암상 는
> 든신선 바래볼수 읇어또다

위에서는 당시 조선의 사회상과 세태를 꼬집고 비판했다. '무'자
운에서 작가가 말한 '무상식한 저사람들'은 문맥 상 왜인만을 말한 것
이라기보다는 왜인과 왜에 붙어 한인을 핍박하는 사람들 전체를 말
하는 것으로 보는 것이 좋을 듯하다. 작가는 '이제 무수히 많은 人生行
樂이 모두 사라지고 無道한 不法之事만 난무하게 되었다. 상식이라고
는 없는 사람들이 성공을 바라며 서로 작당하고 떼를 지어 죄도 없는
良人들을 잡아 가두니[양인포착 : 良人捕捉] 무서운 세상이 되었다. 언
제나 화평하게 되어[무위화 : 無爲和] 무사태평의 세상이 올 것인가?'

라고 하여 일제에 의해 핍박을 당하는 한인의 현실을 서술했다.

이어 작가는 '바'자 운에서 위기 상황에서 나라를 구해줄 지식인의 존재가 없음을 한탄했다. 작가는 '그 동안 지식인이 지켜왔던 오륜이 없어진 지 오래여서 모두 바늘방석에 앉은 것과 같은 세상이 되었다. 바지버선에 양복을 입은 지식인 중에 바른 마음을 가진 자가 몇이나 되는가?'라고 하여 일제의 강점에 저항할 줄 아는 지식인의 부재를 한탄했다. 그리고 작가는 商山四皓의 고사를 들어 바른 말을 할 줄 아는 지식인의 부재를 한탄했다. 사호는 상산에 은거해 바둑으로 소일했지만 漢나라에 위기가 닥치자 홀연히 나서서 황실의 질서를 세웠던 네 현인을 말한다[7]. 당시 조선에 상산사호처럼 나라의 위기를 구할 절의사가 없음을 한탄한 것이다.

2) 한인을 향한 당부와 권고

작가는 끊임없이 당대 조선의 현실을 고발하고 개탄하면서 중간중간에 한인을 향한 당부와 권고의 말도 서술했다.

마음에 먼전마음 마음대로 안니대나 / 마음이 착실하면 미정방종

---

7 四皓는 東園公·綺里季·夏黃公·甪里先生 등 네 사람을 말한다. 수염과 눈썹이 모두 희다고 하여 '皓'라 하였다. 사호는 진시황의 정치와 혼잡한 난리를 피해 상산에 은거해 뒤에 한 고조 유방의 부름도 무시하고 바둑으로 소일하며 지냈다. 그러나 유방이 척부인의 아들로 황제 계승자를 바꾸려 하자, 이들은 원래의 태자인 여후의 아들을 찾아갔다. 이 사실을 안 유방이 두려워 황제 계승자를 바꾸지 못하였다고 한다. 이렇게 이들은 상산에 은거해 바둑만 둔 것처럼 보이지만, 임금과 나라를 위해 절개 있는 일도 한 것이다.

할찌라도 / 마음심짜 굿계먹어 마구행동 하지말게 / 머며에 머짜운은
머나먼 만주일본 / 머무난 조선동포 머지안은 전쟁시국 / 머근마음 변
치말고 머대비에 칼나상과 / 머물느 행사말고 머리갈일 생각하게 / 모
묘에 모짜운은 모모를 물논하고 / 모책을 연구하다 모시는 제시으로 /
모월모일 언재하고 모수자천 하지말고 / 모리잇게 행동하야 모골리 소
언하근 / 모자부자 상봉하게

위는 일제의 강제에 의해 만주로 이주해가는 조선인이나 전쟁터
로 갈 징병자들을 향해 작가가 당부하는 말이다. '마'자 운에서 작가
는 '마음이 마음대로 되는 것은 아니지만 마음을 착실하게 하면 된
다. 아무것도 정해진 것이 없고 방종해질 수 있는 순간에도 마음 심
자를 굳게 하고 마구 행동을 하지 마라'고 했다. '머'자 운에서 작가
는 '전쟁 시국에서 마음이 변하면 안된다. 칼에 찔려 상처를 입는 것
[칼나상]과 같은 행동을 함부로 하지 말고 오래까지 살아남을 생각
을 해라'고 했다. '모'자 운에서 작가는 '누구든지를 막론하고 謀策을
연구하면 우리가 바라는 독립의 그날은 언제든지 올 수 있다. 그러
니 전쟁터에서 괜히 앞장서 나서는 일[모수자천 : 毛遂自薦]이 없도
록 하고, 꾀 있게 행동을 잘하여 뼈에 사무치게 소원하던 부자상봉을
할 수 있도록 하라'고 했다. 작가는 만주나 전쟁터로 끌려가는 조선
인을 향해 어디까지나 일본을 위해 끌려가는 만주이고 전쟁터이므
로 부디 살아 돌아오는 데에만 힘을 쓰라고 당부한 것이다. 작가가
지닌 현실인식의 처절함과 동시에 작가의 경륜과 인간미를 엿볼 수
있는 대목이라고 할 수 있다.

　① 자쟈에 자짜운요 자고이래 흥망성쇠 / 자기의개 달인바요 자작을
도 잇난비나 / 자시모른 고금사르므 자시알자 글을배위 / 자불가이 불
효하고 자로에 백니무미 / 자공이도 십철리요 자온이도 아철리면 / 자
사는 ○이이라

　② 주쥬에 주짜운은 주야로 고동댑은 / 주장읍는 우리나라 주인되리
는 누길는고 / 주공발안 성인나서 주장여 대고보맨 / 주퇴를 늘히자 주
류천하 통일하여 / 주면석매 편이자고 주류주예를 바로자바 / 주장잇
난 우리나라 주객지에 하여보세

　①의 '자'자 운에서 작가는 조선인을 향해 학업과 효를 강조했다.
작가는 '자고이래로 흥망성쇠는 자기에게 달려 있다. 자신이 직접
깨우쳐 알 수도 있겠지만, 古今事를 자세히 보면 알 수 있으니 글을
배워라. 그리고 자식은 불효하면 안된대자불가이불효 : 子不可以不
孝]. 자로, 자공, 자온, 자사 등도 모두 효도를 했다'고 하며 학업과 효
를 강조했다. ②의 '주'자 운에서는 조선인을 향하여 주장을 가지고
우리나라의 주인이 되자고 계몽했다. 작가는 '밤낮으로 고동댑은[고
동(?)대기는 하지만 주장을 지닌 자가 없으니 우리나라의 주인이 누
구이겠는가? 주공은 스스로 주장하여 정사를 다스림으로써[주공발
안 : 周公發案]⁸ 천하를 통일한 후 한가하게 보낼 수 있었다[주면석매 :

8　武王이 주나라를 세우고 죽자 13살의 成王이 즉위했다. 이때 무왕의 동생인 周公이
　　성왕을 보필하여 天子의 직권을 대행하고 정사를 다스렸다. 東征하여 인근 나라를
　　정복했으며 법률과 제도들을 제정했다. 이렇게 주공은 성왕을 보필한 지 7년만에
　　20살이 된 성왕에게 모든 정권을 내주었다.

晝眠夕寐]. 우리도 주공처럼 주장을 굳게 가져 주객이 전도된 것을 바꾸고 우리나라의 주인이 되자'고 했다. 한인들을 향해 일제의 강점을 기정사실화하여 압제의 현실에 안주하지 말고 우리나라의 주인임을 자각하고 적극적으로 행동에 나서야 함을 강조한 것이다.

> 추츄에 추짜운은 추상강에 달이뜬다 / 추월이 양명화도 추풍에 낙엽한니 / 추수하여 등장이라 추위선 겨울든니 / 추절인 지미가고 추동이 다기내면 / 추추이 오는세월 추칙하여 불지어다

위의 '추'자 운에서 작가는 가을 霜降의 계절을 맞이해 다시 한 번 조선인을 향해 계몽했다. 작가는 '아무리 가을달이 밝게 빛나도[秋月이 陽明火] 낙엽이 지면 겨울 동장군이 찾아와 추위가 매운 겨울에 들어선다. 이렇게 가을이 지나가면 겨울이 오는 것처럼 끊임없이 바뀌는 세월을 추측하여 보라'고 했다. 지금 아무리 추위가 매운 겨울이어도 언젠가는 다른 계절이 오듯이 언젠가는 조선도 암울한 현실이 가고 좋은 미래가 온다는 것을 생각하라는 것이다. 작가는 가사의 마지막 즈음에 가서 조선인 모두를 향해 독립의 꿈과 희망을 잃지 말 것을 넌지시 당부하고 있는 것이다.

3) 일본을 향한 비판과 저주

작가는 '너'자 운에서 태평양전쟁을 일으킨 일본의 야욕에 저주를 퍼부으며 비판한 바 있었다. 그런데 작가는 가사의 후반부에 이르러

서 일본에 대한 날선 비판을 집중적으로 서술했다.

> 터텨에 터짜운은 터늘닐날 조선와서 / 터운업난 느에들이 티세력이 장관이라 / 토토에 토짜운은 토지가옥 매수한다 / 토지사서 무엇하매 토벌띄의 쪼기갈때 / 토지가옥 뜨갈트냐 투튜에 투짜운은 / 투고버서 든저두고 투항하여 쪽기갈날 / 투족도 못할로라 파퍄에 파짜운은 / 파진할일 생각하면 파의할일 만큰만은 / 파면이나 속히하야 파탈하고 도라가라 / 퍼펴에 퍼짜운은 퍼서먹고 잘노라고 / 퍼부리저 땅을치며 퍼진밥이 맛이없으 / 퍼서먹을 에가없아 표표에 포짜운은 / 포악한 느이를이 포함먹고 드라칼때 / 포병객이 댈터이라 포덕천하 우리조선 / 포일한 일이잇서 포준할때 업실손나 / 푸퓨에 푸짜운은 푸달진 느에권세 / 푸림하늘 운무갖이 푸실푸실 훗날니여 / 푸런청춘 악기여서 푸먼마음 푸리내여 / 푸럼바다 조심해라 하햐에 하짜운은 / 하도락서 버리논니 하서출어 진주이라 / 하난님이 정한운수 하월하일 언제라도 / 하교영이 업실손야

‘터’자 운에서 작가는 한반도를 무단으로 점령한 일제를 비판했다. 작가는 ‘영토(터) 운이 없는 너희들이 영토를 늘리려 조선의 영토를 차지하고 어마어마한 세력을 부린다’고 일제를 비판했다. ‘토’자 운에서 작가는 일인이 조선의 토지를 야금야금 매수하는 것을 비판했다. 작가는 ‘토지 가옥을 매수해서 무엇을 할 것이냐? 우리나라의 토벌대에게 쫓겨 갈 날이 있을 것인데 그때 토지를 떠서 갈 것이냐?’며 비아냥거리듯이 일제를 비판했다. 앞에 이어 ‘투’자 운에서는

패전하게 될 일본에 대하여 서술했다. 작가는 '전쟁에 져서 투구를 벗어 투항하고 쫓겨 갈 날이 있을 것인데 그때에는 조선땅에 발도 들이지[投足] 못할 것이다'라며 일제에게 저주를 퍼부었다.

'파, 퍼, 포'자 운에서도 작가는 패전하여 돌아갈 일본에 대하여 서술했다. '파'자 운에서 작가는 '패전할 때[파진 : 破陣]를 생각하면 마음 먹었던 많은 일들을 그만 두어야[파의 : 罷意] 하는데, 조선에서 맡은 직책들이나 어서 내놓고 홀홀히[파탈 : 擺脫] 돌아가라'고 했다. '퍼'자 운에서 작가는 '조선의 모든 것을 퍼 먹으며 자고 있으면 퍼질러 앉아 땅을 칠 날이 있을 것이다. 퍼진 밥은 맛이 없고 퍼서 먹을 여가도 없으니 속히 돌아가라'고 했다. '포'자 운에서 작가는 '포악한 너희들은 함포 사격을 맞아 죽을 것이다. 덕이 많은 우리나라[포덕천하 : 布德天下]가 일본에게 포를 쏜[포일 : 砲日] 적도 있었으니 언젠가는 진을 치고[포진 : 布陣] 너희를 칠 것이다'라며 엄포를 놓았다.

'푸'자 운에서 작가는 일본의 패망에 대하여 저주를 퍼부었다. 작가는 '많지도 않은[푸닥진][9] 너희의 권세는 푸른 하늘에 떠 있는 구름 같이 흩어질 것이다. 태평양에 나가 있는 일본 군인들아, 젊은 청춘을 아끼고 침략 야욕으로 가득 찬[푸린] 마음을 풀어 버리지 않으면 태평양에 빠져 죽을 것이다'라고 일제에게 엄포와 저주를 퍼부었다. 그리고 '하'자 운에서 작가는 예언서인 河圖洛書를 들어 일본의 패망을 예언했다. 작가는 '하도낙서를 펼쳐 놓고 보니 예언[신귀 : 神龜][10]을 내놓았다. 하느님이 언제라도 하교령을 내려 너희는 패망할

---

9 푸닥지다 : 많지 못한 것에 대하여 많다고 비꼬아서 '푸지다'의 뜻으로 쓰는 말이다.
10 여기에서 "하서출어 진주이라"는 "河書出於 神龜이라'이다. 河圖洛書는 고대 중국

것이다'라고 일제를 저주한 것이다.

4 〈만주가〉의 가사문학사적 의의

작가가 〈만주가〉에서 가장 중점적으로 서술한 것은 일제강점기 말 대한의 현실과 대한인의 참상이었다. 작가가 일제강점기 말 일제의 한인 수탈 현실로 문제 삼은 것은 세 가지였다. 첫째는 강제 한인 만주국책이민이었고, 둘째는 강제 한인 징용이었으며, 셋째는 강제 한인 보국대 차출이었다. 작가는 1942년 경 한 마을에서 이 세 가지의 한인 수탈 현실이 동시 다발적으로 자행되는 것을 보고 분노를 참을 수 없었던 듯, 가사에서 이러한 수탈 사실들을 거듭해서 서술하고 개탄했다. 이어 작가의 분노는 전방위적으로 퍼져나가 당대 대한의 현실 전체를 문제 삼는 것으로 나아갔다. 도회지에서는 무상식한 사람들이 죄도 없는 사람들을 잡아 가두었고, 농촌에서는 일제가 각종 명목으로 세금을 수탈해갔으며, 그리고 나라 전체에서는 민족의 위기를 구할 절의사가 부재하다고 했다.

작가는 일제에 의해 고통 받는 대한의 현실을 고발하고 비판하면서 끊임없이 강제로 동원되어 끌려가는 한인들에게 시선을 고정했다. 작가는 아들을 전쟁터로 보내는 부모의 입장이 되기도 하고, 머나먼 만주나 일본으로 끌려가는 아들의 입장이 되기도 하면서 당시

에서 예언이나 數理의 기본이 된 책이다. 〈하도〉는 황하에서 출현한 용마의 등에, 〈낙서〉는 낙수에서 출현한 神龜의 등에 각각 써져 있었다고 한다.

대한인이 처한 상황과 대한인의 심정을 서술했다. 그리하여 〈만주가〉는 일제의 강제 한인동원과 수탈로 인한 대한인의 참상을 생생하게 전달할 수 있었으며, 부당한 일제의 식민지배를 극대화하여 드러낼 수 있었다.

한편 작가는 대한의 현실과 대한인의 참상을 고발하고 비판하는 와중에서도 대한인을 향한 당부와 권고를 잊지 않고 서술했다. 전쟁터와 이민터로 끌려가는 안타까운 대한인들을 목도한 작가는 무엇보다도 한인들의 안위를 먼저 생각했다. 작가가 끌려가는 대한인들을 향해 한 당부는 부디 함부로 나서서 행동하지 말고 독립의 그날이 올 때까지 살아남아 부모와 상봉하라는 것이었다. 그리고 작가는 한인들을 향해서 일제가 시키는 대로만 하지 말고 주장을 내세워 나라를 되찾자고 권고했다. 작가는 직접적으로 독립운동이라는 말을 써서 독립운동을 권고한 것은 아니지만 나름의 용어로 한인의 독립운동 의지를 고취한 것이다.

그런데 작가는 끌려가는 젊은이들을 향해 학업과 효도를 강조하여 유학적 사고에 경도된 면모를 드러냈다. 학업과 효도는 인간이라면 갖추어야 할 기본적인 덕목이긴 하지만, 작가가 문제 삼고 있는 당대 대한의 제반 현실과 견주어 볼 때 이것들에 대한 강조는 현실감이 떨어져 다소 공허하게 들리는 측면이 있다. 하지만 작품 전체에서 작가의 현실비판적인 작가의식에 비해서 유학적인 사고가 차지하는 비중은 그리 크지는 않다고 할 수 있다.

그리고 작가는 비아냥거리기도, 비꼬기도, 저주하기도 하면서 일본을 향해 강하게 비판의 날을 세우며 분노를 표출했다. 작가가 서술한 일본에 대한 날 선 비판은 대부분 일본의 패망과 관련한 것이었다. 일본의 패망은 당시 대한의 현실을 타개할 유일한 해결책이었고 조선인 모두의 바람이기도 했다. 작가는 가사의 마지막 즈음에 가서 그간 일제에 쌓였던 분노를 표출하면서 민족의 간절한 바람을 실어 일본을 향해 저주와 엄포를 퍼부은 것이다.

이상으로 살핀 바와 같이 〈만주가〉의 작품세계는 전반부에서는 일제의 강제 한인동원 현실을 고발하고 대한인의 참상을 드러내는 내용을 집중적으로 서술하고, 중반부에서는 전반부 내용의 연장선상에서 한인을 향한 당부와 권고의 내용을 주로 서술했으며, 마지막으로 후반부에서는 일본에 대한 비판과 저주의 내용을 집중적으로 서술했다. 작가는 한글 운자에 각각 맞추어 내용을 서술하려고 매우 고심했을 것이다. 그리하여 작품의 전체를 관통하여 시상을 전개해 내기가 매우 어려웠을 것이다. 그럼에도 불구하고 작가는 전반부에서 조선의 현실과 참상 고발, 중반부에서 한인에 대한 당부, 그리고 후반부에서 일본에 대한 저주와 비판으로 이어지는 시상의 전개를 갖추어 내었다.

가사문학은 역사·사회 현실에 대응하여 꾸준히 작품을 생산한 전통을 지니고 있다. 가사문학사에서 역사·사회 현실에 대응한 최초의 가사 유형은 임진왜란 후 17세기에 창작된 우국가사라고 할 수 있다. 최현의 〈명월음〉·〈용사음〉, 허전의 〈고공가〉, 이원익의 〈고공답주인가〉, 박인로의 〈태평사〉·〈선상탄〉, 조위한의 〈유민탄〉, 정훈의 〈위유민가〉·〈성주중흥가〉·〈우희국사가〉, 무명씨의 〈병자난리가〉, 강복중의 〈위군위친통곡가〉, 무명씨의 〈시탄사〉 등의 우국가사는 임진왜란과 병자호란이라는 역사적 사건과 극심한 당쟁이라는 정치·사회적 현실에 대한 충격으로 창작되었다. 당시 작가들은 두 전란이라는 충격적인 역사 현실과 이후 전개된 정국의 혼란 상황에 직면하여 당대의 현실을 반성적·비판적으로 성찰했다. 그리하여 당대 작가들은 이러한 역사·사회 현실에 대응하여 당시의 현실을 비판하고 관료들의 행태를 고발하는 한편 민생의 중요성을 설파하는 가사문학을 창작한 것이다[11].

역사·사회 현실에 대응하여 현실을 고발하고 비판한 가사문학의 전통은 18세기 이후 삼정문란기로 이어졌다. 〈갑민가〉, 〈합강정가〉, 〈향산별곡〉, 〈거창가〉, 〈민탄가〉 등의 삼정문란기 현실비판가사는 크고 작은 향촌반란운동의 현장에서 창작되었다. 작가들은 감사·수령·아전으로 이어진 지배층의 가렴주구 현실을 그냥 두고 볼 수 없어 민중의 편에서 민중의 참상을 서술하고 지배층의 수탈 현실을 총체적으로 비판하는 현실비판가사를 쓴 것이다[12].

역사·사회 현실에 대응한 가사문학의 전통은 근대기에 이르러 극대화되어 나타났다. 일제의 강점 야욕이 노골화되고 민족의 운명이 풍전등화의 위기에 처하는 사건이 계속되면서 대한인의 충격과 분노는 다양한 가사문학으로 표현되었다. 19세기 중엽 이후 최제우의 〈용담가〉, 〈안심가〉, 〈권학가〉 등의 동학가사에서는 강력하게 斥倭를 주장하고 나섰으며, 박학래는 〈경난가〉를 통해 동학농민전쟁기의 현

---

11 고순희, 「임란 이후 17세기 우국가사의 전개와 성격」, 『조선후기 가사문학 연구』, 박문사, 2016, 315~351쪽.

12 고순희, 『현실비판가사 연구』, 박문사, 2018.; 고순희, 『현실비판가사 자료 및 이본』, 박문사, 2018.

실과 자신의 경험을 서술했다. 19세기 말에서 20세기 초에는 유홍석의 〈고병정가사〉 및 윤희순의 〈안사람의병가〉와 같은 의병가에서 일제강점의 현실을 비판하는 한편 적극적으로 항일의 전선에 뛰어들 것을 주장했다. 그리고 정익환은 〈심심가〉를 통해 1898년 당시 전개되었던 도세저항운동의 실상을 서술했다. 한편 20세기 초 대한매일신보의 사회등난에 게재되었던 수많은 개화가사에서는 매국노의 처단을 주장하고, 일본의 강제 점령을 통렬하게 비판하며, 일제에 대항하고 민족적 힘을 키우기 위한 문명개화도 역설했다[13].

경술국치 후 일제강점기에도 역사·사회 현실에 대응한 가사문학은 꾸준히 창작되었다. 경술국치후 나라를 잃은 충격에 의해 창작된 가사문학이 1910년대에만 26편이나 되었다. '만주망명가사'에서는 독립운동을 위해 만주로 떠나는 작가들의 삶을 서술하면서 일제가 강점한 대한의 현실을 비판하고 독립운동의지를 고취했다. 그리고 '만주망명인을 둔 고국인의 가사'에서는 일제가 강점한 대한의 현실을 고발하는 가운데 이로 인해 삶의 굴곡을 겪는 작가의 처지와 심정을 처절하게 서술했다[14].

이와 같이 가사문학은 당대의 역사·사회 현실에 대응하여 고발적·비판적인 내용을 담거나 당시의 현실에 의해 굴곡진 개인의 삶을

---

13 동학가사, 의병가사, 사회등가사 등의 개화기 가사 자료는 『개화기 가사 자료집 전 6권』(신지연, 최혜진, 강연임 엮음, 보고사, 2011)에 거의 대부분 실려 있다. ; 근대기 역사·사회에 대응한 가사문학에 대해서는 다음을 참고할 수 있다. 고순희, 『근대기 역사의 전개와 가사문학』, 박문사, 2021.
14 고순희, 『만주망명과 가사문학 연구』, 박문사, 2014. ; 고순희, 『만주망명과 가사문학 자료』, 박문사, 2014.

담는 전통을 꾸준히 이어오고 있었다. 일제강점기 말은 일제의 강제 한인동원과 수탈 현실이 극심하게 진행되던 공포정치의 시기였으며, 그럴수록 일제는 일제에 저항하는 한인에 대한 사상적 검열을 삼엄하게 실시했던 시기였다. 이러한 일제의 공포정치와 사상검열이 극에 달했던 시기였음에도 불구하고 작가는 〈만주가〉를 통해 당시 조선의 현실을 정면으로 문제 삼아 일제를 강하게 비판했다. 이렇게 〈만주가〉는 일제강점기 말에 역사·사회에 대응한 가사문학의 전통을 계승하여 그 맥을 이어주고 있다는 가사문학사적 의의를 지닌다.

한편 일제강점기 말의 역사·사회 현실에 대응한 가사 유형으로 '징병과 관련한 가사문학'이 있다. 이들 작품으로는 무명씨의 〈망부가〉·〈원망가〉·〈자탄가〉·〈신세자탄가〉, 정임순의 〈사제곡〉, 김중욱의 〈춘풍감회록〉 등이 있다. 이들 가사 작품은 모두 당대 대한인의 징병 현실과 관련하여 겪게 된 작가 개인의 사연을 서술함으로써 징병 현실에 대한 직접적인 비판은 거의 나타나지 않거나 부분적으로만 나타난다[15]. 반면 〈만주가〉는 일제강점기 말 대한인의 징병 현실을 정면으로 문제 삼고 있을 뿐만 아니라 강제 한인 만주이민 현실 및 조선의 객관적인 현실을 총체적으로 고발하고 비판했다. 이렇게 '징병과 관련한 가사문학' 유형과 〈만주가〉는 모두 일제강점기 말의 역사·사회 현실에 대응하여 창작된 가사문학이라는 점에서 동일하지만, 전자가 개인적인 사연에 중점을 두고 서술한 반면 후자는 대한의 객

---

15 이 책에 실린 「일제강점기 징병과 가사문학의 양상」을 참고해 주기 바란다.

관적인 현실 자체에 중점을 두고 서술했다. 전자가 개인적인 사연을 중심으로 서술한 '만주망명가사'나 '만주망명인을 둔 고국인의 가사'의 전통을 계승한 반면, 후자는 삼정문란기라는 객관적인 현실을 총체적으로 서술한 삼정문란기 현실비판가사를 계승한 가사라고 할 수 있다.

한편 일제강점기 말 조선의 객관적인 시국을 서술한 가사문학으로 〈ᄉ국가ᄉ〉와 〈조선건국가〉가 있다. 그런데 이들 작품은 모두 해방이 된 이후에 작가가 일제강점기 때의 현실을 회고하면서 지은 것이다[16]. 반면 〈만주가〉는 일제강점기 말을 실제로 살고 있던 작가가 자신이 직면한 당시의 객관적인 현실을 생생하게 비판했다. 이렇게 〈만주가〉는 일제강점기 말 대한의 현실을 당대인이 서술했다는 점, 즉 '당대성'을 담보한 작품이라는 점에서 가사문학사적 의의를 지닌다.

〈만주가〉는 한글 운자에 맞추어 내용을 써내려가는 독특한 형식을 취했다. 가사문학사에서 戱字形 가사는 '풍속은 화순이요 인심은 함열이라'나 '나무나무 임실이요 가지가지 옥과로다'(〈호남가〉)와 같이 각 지역명이 지니고 있는 뜻에 맞추어 내용을 서술한 것이 대부분

---

16 〈ᄉ국가ᄉ〉와 〈조선건국가〉의 구절을 예로 들면 다음과 같다. "이러한 도탄중이 시 계듸젼 쏘다시낫늬 / --- / 더구나 이즁이다 사람공츌 무슴일고 / 지원병이 지도나 셔 혈기당당 결문청연 / 강직로 다려가서 지원힛다 말으하며 / 일션이 즙혀가셔 죽 도ᄉ도 못ᄒ고셔 / 모진홀년 독한일에 피골이 상졉한다 / 울마가 못되야서 징용지 도 정명줘도 / 학병까지 모라ᄂ늬 이것시 홀짓인가 / --- / 이십청년 병졍가고 ᄉ십 즁연 징용가고 / ᄉ오십에 보국대고"(〈ᄉ국가ᄉ〉) 한국정신문화연구원 고전자료 편찬실, 『규방가사 I』, 한국정신문화연구원, 1979, 614~622쪽. ; "노약만 남겨두고 청연자제 몰아가서 증용증병 륙히병과 보국대 이용대로 동서남북 실어다가 전지 로 급송한니 하나라도 위령히여 벌금징역 예사로다 / --- / 이삼개월 훈련ᄒ야 낫낫 치 출군ᄒ니 가가호호 편성ᄒ야 동남동여 구분업시 오합지졸 무엇할고 압서죽일 작정일세"(〈조선건국가〉) 권영철, 『규방가사각론』, 형설출판사, 1986, 370~376쪽.

이었다. 그런데 〈만주가〉는 '일, 이 삼' 등의 숫자에 맞추어 사설을 엮어 흥겹게 부르는 장타령의 희자형 형식을 빌려 서술했다. 작가가 장타령의 형식을 빌려 희자형 가사를 창작한 것은 당시 장타령의 유행에 편승하여 〈만주가〉의 향유를 넓혀보고자 한 의도가 있었기 때문이라고 할 수 있다. 한편 〈만주가〉의 내용은 일제를 비판하고 일제에 저항하며 심지어 일본의 패망을 저주처럼 서술하여 매우 위험한 것이었다. 그렇기 때문에 작가는 일인의 사상적 검열을 피하기 위해 의도적으로 흥겨운 느낌의 장타령이라는 형식 안에 위험한 내용을 배치한 것이라고도 할 수 있다. 어쨌든 〈만주가〉는 민요 장타령의 형식을 도입하여 비판적인 내용을 서술함으로써 가사문학사에서 거의 시도되지 않았던 독특한 문체를 보이고 있다는 가사문학사적 의의도 지닌다.

5. 맺음말

이 연구는 〈만주가〉를 처음 소개하는 자리였기 때문에 〈만주가〉의 작품세계를 충실하게 정리하여 제시하고 〈만주가〉가 지니는 가사문학사적 의의를 규명하는 데 중점을 두고 논의했다. 그리하여 이 논문에서는 〈만주가〉의 미학적·문체적 특성에 대한 논의를 거의 하지 못했다. 추후 서정·서사·교술의 진술양식이 혼합하여 나타나는 미학적 효과, 희자형 형식이 지니는 문체적 특성, 한자어와 순우리말의 혼합 사용에 따른 문체적 특성 등과 같은 미학적·문체적 특성에 관한 논의가 이루어지기를 기대한다.

한편 〈만주가〉가 소개됨으로써 일제강점기 말에 역사·사회적 현실에 대응하여 창작된 남성 작 가사 작품이 하나 더 추가되었다고 할 수 있다. 당대의 역사·사회의 현실에 대응한 가사의 글쓰기 방식은 남성과 여성의 것이 다르게 나타난다. 추후 일제강점기 말에 역사·사회적 현실에 대응하여 창작된 남성 작 가사와 여성 작 가사를 분석적으로 비교하여 남성적 글쓰기와 여성적 글쓰기의 차이를 밝혀내는 작업도 이루어지기를 기대한다.

해방 전후 역사의 전개와
가사문학

제3장

일제강점기 징병과 가사문학의 양상

1. 머리말

일제강점기에도 가사문학, 특히 규방가사는 꾸준히 창작되었다. 정확한 숫자를 알 수 없어 어림짐작하여 말할 수밖에 없지만, 현재 전하고 있는 가사문학 자료[1] 가운데 가장 많은 수를 차지하고 있는 것은 시기적으로 일제강점기에 창작된 것으로 추정된다. 일제강점

---

[1] 가사문학 필사본 자료는 다음에 많이 실려 있다. 전집류여서 각 권의 면수는 생략한다. 임기중 편,『역대가사문학전집』전50권, 아세아문화사, 1987~1998.; 단국대율곡기념도서관 편,『한국가사자료집성』전12권, 태학사, 1997.; 조동일 편,『국문학연구자료』제1·2권, 박이정, 1999.; 이정옥 편,『영남내방가사』전5권, 국학자료원, 2003.; 한국가사문학관 홈페이지(http://www.gasa.go.kr) jpg 필사본 자료. 활자본 자료는 다음에 많이 실려 있다. 한국정신문화원 고전자료편찬실,『규방가사1』, 한국정신문화원, 1979, 1~648쪽.; 권영철 편,『규방가사-신변탄식류』, 효성여대출판부, 1985, 1~591쪽.; 이종숙,「내방가사자료 − 영주·봉화 지역을 중심으로 한」,『한국문화연구원논총』제15집, 이화여대 한국문화연구원, 1970, 367~484쪽. 그 외 각 지방자치단체에서 수집한 필사본을 활자화하여 펴낸 가사자료집이 많은데, 여기서는 생략한다.

기에 창작된 가사문학은 제목, 내용, 문체 등이 매우 관습적인 틀을
지니고 있어 외견상 이미 알려진 작품들과 별반 다르지 않은 천편일
률성을 지닌 작품으로 보인다. 그래서 이들 가사 자료들은 연구자들
에게 별반 주목을 받지 못한 채 방치되고 있는 실정이었다. 그런데
이들 가사를 제대로 읽지 않는 한 일제강점기 가사문학의 전모는 드
러나지 않는다. 따라서 일제강점기 가사문학의 전체적인 지형도를
파악하기 위해서 아직 읽혀지지 않은 가사 작품들을 세밀하게 읽고,
창작배경, 창작시기, 작가의 사연 등을 구체적으로 밝힘으로써 일제
강점기 가사문학을 타시기 가사문학과 구분해낼 필요가 있다.

필자는 이러한 문제의식 하에 그 동안 가사문학 자료를 세밀하게
읽어왔다. 그 결과 일제강점기에 강제 징병으로 고통 받았던 대한인
이 쓴 일련의 가사문학 작품을 수집할 수 있었다. 수집한 가사 작품
은 〈망부가〉, 〈사제곡〉, 〈원망가〉, 〈자탄가〉, 〈춘풍감회록〉, 〈신세자탄
가〉 등이다. 이 가운데 〈춘풍감회록〉만이 징병 당사자 자신의 경험을
담았고, 그 외 나머지 가사는 남편, 아들, 남동생 등이 징병됨으로써
있게 된 사연, 즉 징병자를 안타깝게 그리워하거나 징병자의 죽음을
슬퍼하는 서정을 담았다. 이 연구는 일제강점기 징병과 관련한 가사
문학을 한데 묶어 연구하고자 하는데, 작가의 사연이 일제강점기 징
병의 현실과 개인적·직접적으로 관련한 가사만을 대상으로 했으며,
후대에 일제강점기에 자행되었던 징병의 역사적 현실을 객관적으
로 한탄하고 비판한 가사는 대상에서 제외했다.

총 6편의 가사 가운데 활자화하여 학계에 소개된 것은 두 편이다.
〈자탄가〉가 간단한 해제와 함께 현대역으로 소개되었으며, 〈춘풍감

회록)은 서지사항, 국어학적 특징, 김중욱의 행적 등을 다룬 소개형
식의 논문과 함께 활자본 및 영인본 원문이 소개되었다[2]. 이 외 나머
지 작품은 아직 학계에서 다루지 않은 것들이다.

　이들 가사 작품들은 언뜻 보면 오지 않는 남편을 기다리거나 남편
의 죽음을 애달파 하는 〈자탄가〉나 〈망부가〉와 같은 작품으로 보인
다. 그리고 작품의 창작 연대도 쉽게 드러나지 않는다. 따라서 작품
내용의 분석을 통해 작가, 작가의 사연이 징병과 관련한다는 것, 구
체적인 창작시기 등을 밝힐 필요가 있다. 그리고 이들 가사 작품에
대한 정확한 고증을 위해서는 일제 말기에 대한인의 강제 징병과 관
련하여 일제가 실시한 시책들을 연대기적이고 객관적으로 살펴볼
필요도 있다. 이와 같이 이 연구에서는 징병과 관련한 가사 자료를
제시하고 고증함으로써 자료의 양상에 대한 일차적인 작업에 충실
할 것이다.

　이 연구는 징병과 관련한 가사문학 작품의 자료를 제시·고증함으
로써 자료의 양상을 살피고, 그 문학사적 의의를 규명하는 데 목적을
둔다. 우선 2장에서는 '일제강점기 말 한국인 강제 징병'을 역사적으
로 살핀다. 3장에서는 징병과 관련한 개별 작품들을 제시하고 분석
하여 작가, 창작연대, 징병자의 사연 등을 구체적으로 고증한다. 마
지막으로 4장에서는 앞서의 논의를 종합하여 이들 가사문학의 문학
사적 의의를 규명하고자 한다.

2　최한선·임준성, 「필사본 〈자탄가(自嘆歌)〉 해제」, 『고시가연구』 제28집, 한국고시
　가문학회, 2011, 373~401쪽. ; 백두현, 「일본군에 강제 징병된 김중욱의 〈춘풍감회
　록〉에 대하여」, 『영남학』 제9호, 경북대학교 영남문화연구원, 2006, 419~470쪽.

2 일제강점기 말 한국인 강제 징병

　일제는 1931년의 만주사변과 1937년의 중일전쟁 이후 부족한 노무자나 장병을 보충하기 위해 2천만이 넘는 한국인의 인력에 관심을 가져 한국인을 강제로 징발했다. 이러한 일제에 의한 한국인의 강제 징발은 노무동원(모집, 관알선, 징용, 군요원), 병력동원(지원병, 징병, 준병사), 그리고 여성동원(여자정신대, 일본군위안부) 등의 다양한 형태로 이루어졌다[3]. 한국인의 강제 인력 동원은 처음에는 '모집'의 형태로 시작하여 '관알선'의 형태로 바뀌었다가 급기야는 '징용'의 형태로 이루어졌다. 일제에 의해 강제 동원된 한국인의 숫자는 아직 정확하게 파악되지는 않았지만, 1939년 이후 한국인 강제 징발자가 한반도내 노역종사자 480만, 일본 강제연행자 152만명, 군속(군근무자) 20~30만, 일본군 성노예 14만명 등 699만 명이나 되어, 당시 한국인 인구 2576만 3341명의 29%나 된다는 보고[4]도 있다.

　당시 한국인의 인력 동원과 관련하여 '징용'과 '징병'이라는 용어가 널리 쓰이고 있었다. 그 외 '지원병, 보국대, 학도병, 의용대' 등의 용어도 쓰였다. 이러한 용어가 어떤 경로로 언제부터 쓰였는지를 구체적으로 알면 작품의 고증에 유용할 수 있으므로 이것들을 자세히 살펴볼 필요가 있다. 『한국민족문화대백과사전 26 연표·편람』[5]에

3　정혜경, 「일제 말기 조선인 군노무자의 실태 및 귀환」, 『한국독립운동사연구』 제20집, 독립기념관 한국독립운동사연구소, 2003, 56쪽.
4　서중석, 『지배자의 국가/민중의 나라』, 돌베개, 2010, 62쪽.
5　정확한 연도와 날짜를 기록한 『한국민족문화대백과사전 26 연표·편람』(한국정신문화연구원, 1991, 464~474쪽)을 참조했다.

기록된 것을 중심으로 일제가 시행한 각종 법령과 용어를 중요한 것
만 표로 나타내면 다음과 같다.

연도	월	법령 및 사건
1938년	5월	국가총동원법 공포
		지원병 모집
	6월	보국대 조직
1939년	9월	국민징용령 공포
1941년	12월(8일)	대동아전쟁 발발
1943년	3월	조선인징병제 공포
	7월	해군특별지원병령 공포
	10월	해군병지원자 1기 1000명 훈련소 입소
	10월	학도특별지원병제 실시
	11월	학도병 징용영장 발급
1944년	2월	조선인 전면 징병제 실시
1945년	7월	조선국민의용대 조직

위 표에 의하면 일제의 한국인 강제 인력 동원의 근거는 1938년
'국가총동원법'에 의해 마련되었다. 일제는 이해 국가총동원법에 의
거하여 '지원병'을 모집하고, '보국대'를 조직했다. '지원병'은 일제
가 징병제의 전단계로 실시했던 모집병 제도로, 1938년에 406명이
던 지원병은 해마다 증가하여 1943년에는 6300명에 이르렀다[6]. '보
국대'는 일제가 학생·여성·농민의 노동력을 강제로 동원할 목적으

---

6 서중석, 앞의 책, 63쪽.

로 조직한 것으로 남자는 토목에, 여자는 재봉에 동원하고 심지어는 사상운동가를 감시하는 일에 동원했다. 그리고 일제는 다음해 '국민징용령'을 공포하여 광범위한 한국인 인력 징발을 대비했다.

일제는 대동아전쟁[7]을 일으킨 이후 1943년에 '조선인징병제'를 공포함으로써 한국인 강제 징병을 본격화했는데, 이 해 이 법에 의해 해군과 '학도병'을 강제로 징집하기 시작했다. '학도병'에게 영장이 발급된 것은 이 해 11월인데, 영장을 발급받은 학도병으로는 일본에 있는 한국유학생도 포함되었다. 1944년 1월에 입영한 학도병은 국내 재학생 959명, 귀성 중이던 유학생 1431명, 일본 재학생 719명, 졸업생 1276명 등 4385명이나 되었다[8]. 이어 일제는 대동아전쟁이 막바지에 이른 1944년 2월에 한국인에 대한 전면 징병제를 실시하고, 그 동안 실시하던 지원병 제도는 폐지했다. 1944년 9월부터 입대시켜 전쟁터로 끌고 간 한국인은 육군 18만 6980명, 해군 2만 2290명 등 20만 9270명이나 되었다[9]. 그리고 일제는 패전 직전인 7월에 '조선국민의용대'를 조직했다. 의용대는 남자 12~65세, 여자 12~45세로 편성된 조직으로 일종의 친일단체였다.

처음에 일제는 '국가총동원법(1938)'과 '국민징용령(1939)'에 의

---

7 "1941년 12월 8일 전쟁이 시작되고 이틀 후 정부는 다이혼에이정부 연락회의에서 이번 전쟁의 호칭을 '大東亞戰爭'으로 결정했다. 그때까지 '지나사변'이라 불린 중일전쟁도 포함시켰다. 이 명칭은 점령 후에 연합군 총사령부의 지령으로 사용이 금지되어 미국측이 사용하던 '태평양전쟁'이라는 호칭이 정착했다."(아사히신문 취재반 지음, 백영서·김항 옮김, 『동아시아를 만든 열 가지 사건』, 창비, 2008, 207쪽)
8 서중석, 앞의 책, 64쪽.
9 위의 책, 64쪽.

해 '지원병'이라는 명목으로 한국인을 군인으로 끌고 갔다. 이때 '징용'이라는 용어에는 노무 동원과 군인 동원이 모두 포함되었다. 그러다가 1943년에 '조선인징병제'를 공포함으로써 군인 동원을 따로 '징병'이라는 용어로 나타내기 시작했다. 이와 같이 '징용'이 '징병'을 포함한 인력 동원 모두를 포괄하는 용어였는데, 이후 '징병'이라는 용어가 생성되어 군인 동원에 한정한 개념으로 쓰이고, '징용'은 '노무 동원'에 한정한 개념으로 쓰이는 것으로 기울었다고 할 수 있다. 그러나 당시 일반 한국인들 사이에서는 '징용'과 '징병'을 혼동해서 쓰이는 경향이 있었다. 일제강점기 징병과 징용의 실상을 서술한 가사문학을 살펴보도록 하겠다.

① 이러한 도탄즁이 식계딕젼 또다시낫니 / --- / 더구나 이즁이다 사람공츌 무슴일고 / 지원병이 직도나셔 혈기당당 절문청연 / 강직로 다려가서 지원힛다 말을하며 / 일션이 좁혀가셔 죽도스도 못ᄒ고셔 / 모진흉년 독한일에 피골이 상접한다 / 울마가 못되야서 징용직도 정명쥐도 / 학병까지 모라닉니 이것시 흘짓인가 / --- / 이십청년 병정가고 슴십즁연 징용가고 / 스오십에 보국대고 〈스국가스〉[10]

② 노약만 남겨두고 청연자제 몰아가서 증용증병 류히병과 보국대 이용대로 동서남북 실어다가 전지로 급송한니 하나라도 위령히여 벌금징역 예사로다 / --- / 이삼개월 훈련ᄒ야 낫낫치 출군ᄒ니 가가호호

---

10 한국정신문화연구원 고전자료편찬실, 『규방가사 I』, 한국정신문화연구원, 1979, 614~622쪽.

　　편성흐야 동남동여 구분업시 오합지졸 무엇할고 압서죽일 작정일세
　　〈조선건국가〉[11]

　　〈슈국가소〉와 〈조선건국가〉는 모두 해방 이후에 창작된 가사이다. ①은 대동아전쟁이 발발한 이후 일제가 한국인을 강제로 '공출'했던 당시 시국을 서술한 부분이다. 작가는 일제가 처음에 지원병 제도를 만들어 젊은 청년들을 강제로 데려가면서 '이들이 지원한 것이다'라고 말을 했다고 했다. 1938년부터 일제가 명목상 시행한 지원병제도에 대해 서술한 것이다. 그리고 작가는 일제가 얼마 안가 '징용제, 정명제[징병제], 학병제'까지 만들어 한국인을 잡아 갔다고 했다. 일제가 실시한 1939년의 국민징용령, 1943년의 조선인징병제와 학도병제, 그리고 1944년의 전면 징병제에 대해 서술한 것이다. 그래서 당시 한국에서 '20살 먹은 청년'은 '병정'을 가고, '30살 먹은 중년'은 '징용'을 가고, '4~50살 먹은 사람'은 '보국대'에 갔다고 했다. 여기서 서술한 시국은 구체적으로는 1943년 이후의 한국 상황임을 알 수 있는데, 작가가 '징용, 징병, 학병' 등의 용어를 매우 정확하게 사용하고 있음이 드러난다.

　　②는 일제가 한국인을 강제로 전쟁터로 보낸 상황을 서술한 부분이다. 일제는 노약자만 남겨두고 한국인을 "증용증병 륙희병과 보국대 이용대"로 전쟁터로 보냈는데, 만일 이러한 부름에 응하지 않으면 벌금을 물리거나 감옥에 가두었다고 했다. 그리고 이러한 한국인

11　권영철, 『규방가사각론』, 형설출판사, 1986, 370~376쪽.

들은 고작해야 이삼개월 훈련을 받고 전쟁터에 배치되었으므로 오합지졸에 불과한데, 이들을 앞세워 총알받이로 쓰고자 한 것이라고 했다. 일제가 전쟁의 막바지에 이르러서 '징용과 징병'으로 이루어진 육군·해군은 물론, 보국대와 의용대까지 한국인을 전쟁터로 끌고 갔음을 알 수 있다. 이 가사의 작가는 '징용'과 '징병'을 구분하지 않고 '일제의 강제 인력 동원'을 모두 포괄하는 개념으로 같이 쓰고 있음을 알 수 있다.

이 연구에서는 일제가 1943년의 조선인징병제와 학도병제의 실시에 의해 한국인을 일본이나 중국 등 외국으로 강제로 끌고 간 경우를 '징병'이라고 규정하여 사용하고자 한다. 이 연구에서 대상으로 한 가사 작품에서 작가의 남편, 아들, 남동생이 일본이나 중국으로 끌려 간 시기는 모두 1943년 이후로 나타난다. 그리하여 이 연구에서는 연구 대상에 대해 '징병'과 관련한 가사문학이라는 용어를 사용했다. 각 가사 작품에서 징병자의 징병시기와 사연은 다음 장에서 자세히 다룬다.

3. 가사 자료의 고증과 개관

이 장에서는 징병과 관련한 가사 작품의 자료를 제시하고 고증을 하고자 한다. 각 작품 별로 가사 자료가 실려 있는 소재지를 제시하고 작가, 창작 당시 나이, 창작시기, 징병자의 사연 등을 고증하는데, 논의는 작품이 창작된 시기 순서대로 진행한다.

〈망부가〉[12]의 작가는 20대 초반의 여성이다. 작가는 이 가사에서 '남방국'에서 돌아오지 않는 남편을 기다리는 서정을 서술하고 있다.

> 군속한 살임이나 자미잇게 살자하고 / 나지면 호미들고 밧매기가 제일이요 / 밤이면 길삼방적 치마끈을 졸나매고 / 알쓰리도 사갓든이 ① 야속할사 세월이여 / 남방국의 풍진이라 국가명영 어길손야 / 할수업난 이별이라 군속한 살임사리 / 뉘게다 전장하며 이가정을 버리두고 / 써나가는 그간장 오작 하오릿가 / --- / 애들하고 가소롭다 ② 한달두달 넘어서 / 사시절이 지나간이 일만사가 간심이라
>
> 낭구단을 머리이고 지항업시 나리와서 / 문전애 드러선이 ③ 어린아기 문을열고 / 밥달낙고 우난소래 금수가 안이거던 / 참아엇지 모양보리 어린아기 품에안고 / 방이락고 드러선이 슬슬하기 그지업내 / --- / ④ 도라오소 도라오소 승부을 결정하고 / 하로밧비 도라오소

작가는 17~8세에 결혼[13]하여 없는 살림이지만 낮에는 밭을 매고 밤에는 길쌈을 하며 재미나게 살고 있었다. 그런데 ①에서 야속하게도 '남방국의 풍진'이 일어났고, '국가 명령'을 어길 수 없는 남편은 떠날 수밖에 없었다고 했다. 이와 같이 작가의 남편은 일제에 의해 강제로 전쟁터에 끌려간 징병자임이 분명한데, '국가명령'이라는 용

---

12 한국가사문학관 홈페이지(http://www.gasa.go.kr) jpg 필사본 자료.
13 "십칠팔이 당도하이 동서남북 혼설이라 / 천상연분 배필잇서 허신왕내 하연후에 / 택일하여 바랄적에 유수갓치 닷첫도다"

어로 보아 작가의 남편은 조선인징병제가 본격적으로 실시된 1943년 이후에 징병된 것으로 추정할 수 있다. 그리고 ④에서 작가는 멀리 있는 남편을 향해 '승부를 결정하고 하루 빨리 돌아오라'고 간청했다. 작가는 남편을 애타게 기다리며 "상상봉에 올나가서 남천을 망견"하곤 했는데, 남편이 가 있는 곳은 "머다머다 남방국아 소식좃차 돈절하노"에서 알 수 있듯이 '남방국'이었다. 앞서 '남방국의 풍진'이라는 구절과 함께 생각해볼 때 "남방국"은 일본일 것으로 추정된다[14].

한편 ②에 의하면 작가가 남편을 떠나보내고 기다린 세월이 '사시절'이 지나갔다고 했다. 그리고 작품 내용에는 해방이 된 사정이 전혀 드러나지 않는다. 따라서 〈망부가〉의 창작 시기는 해방 직전일 것으로 추정된다. ③에서 작가는 산에 나무를 하고 집에 돌아와 '밥을 달라고' 조르는 '어린아기'를 '품에 안고' 방에 들어섰다고 했다. 이렇게 작가가 17~8세에 결혼하여 어린 아이를 두고 있었으므로 〈망부가〉를 창작할 당시 작가의 나이는 20대 초반으로 추정된다.

〈思弟曲〉[15]의 작가는 30대 초반의 정임순이다. 정임순은 경상북도 금릉군 봉산면 예지동의 영일정씨 문중에서 1913년에 태어나 향리에서 국민학교를 졸업한 후 한문학을 독학했다. 나이가 차자 은진송씨가에 출가하여 슬하에 1남 2녀를 두었다. 남편이 일본으로 유학을 간 후 남편 없는 시집살이를 살다 1930년대 중반 즈음에 남편이 있는 동경으로 가서 살았다. 다시 고국으로 돌아왔으나 남편이 일찍 사망

---

14 '남방국'은 일본이 아닌 보다 남쪽의 타국으로 생각할 수 있는데, 확인할 수는 없다.
15 조애영, 정임순, 고단 공저, 『한국현대내방가사집』, 당현사, 1977, 133~139쪽.

하여 삼남매를 데리고 친정으로 와 살았다[16].

〈사제곡〉에서 작가는 일본에 있는 남동생을 그리워하고 있는데 작품의 내용만 보면 남동생의 사연이 분명하게 드러나지 않는다. 그런데 이 작품에 대해 조애영은 "왜정치하 때 강제로 끌려갔던 아우 정무영군의 슬픈 사연을 엮은 내방가사 중에서 우리 민족의 수난기와 동기간의 애절한 느낌을 제문처럼 엮은 글이다.[17]"라고 증언하고 있어, 작가의 남동생이 강제로 징병되었던 것을 알 수 있다.

> 하나님이 도우시사 성공귀국 바라더니 / 어이한 일편부운 광명을
> 가리운다 / 어화애재 이왠일고 진몽을 미분이라 / 우리무영 잡은뜻이
> 이러할리 만무하고 / 활달한 그기상이 이런일이 없으리라

위에 의하면 작가는 셋째 아우가 성공하여 귀국하기를 바랬다고 했다. 그런데 '일편 부운'이 '광명'을 가렸다고 하면서 '어화 슬프다 이 왼 일인고'라고 슬픔과 놀라움을 서술했다. 작가의 남동생에게 심상치 않은 사연이 발생했음을 알 수 있는데, 작가는 구체적인 사연을 드러내지 않았다. 다만 '우리 무영 잡은 뜻이'나 '이러할 리 만무하다'는 구절로 보아 작가의 남동생이 일본에서 유학을 하던 중 일제에 의해 강제로 징집되어 전쟁터로 끌려갔던 것이 아닌가 짐작할수 있다. 여기에서 '아우 무영'은 정임순의 셋째 아우 정무영을 말한

---

16 정임순이 쓴 또다른 가사로 〈망향가〉가 있다. 정임순의 생애는 이 책에 실린 「일제 강점기 일본 경험과 규방가사」에서 자세히 알 수 있다.
17 조애영, 정임순, 고단 공저, 앞의 책, 9쪽.

다. 영일정씨 생원공파 교리문중 세계도[18]에 의하면 작가의 세 아우 가운데 정무영은 후사가 없다. 아마도 정무영은 징집되어 사망한 것이 아닌가 추정되는데, 조애영의 진술에서 '제문처럼'이라는 진술은 이 추정을 뒷받침한다. 정무영은 앞서 2장에서 학도병제의 실시에 관해 살펴본 바와 같이 1943년에 영장을 받고 1944년 1월에 입영한 일본 유학생 중 한 명일 것으로 추정된다. 따라서 정무영이 일본에서 '잡혀' 전쟁터에 징집된 것은 1944년이다. 작품 내용에 해방에 대한 서술이 없으므로 〈사제곡〉의 창작 시기는 해방 직전이 분명하다. 그리고 〈사제곡〉을 창작할 당시 작가의 나이는 30대 초반이다.

〈원망가〉[19]의 작가는 20대 초반의 여성이다. 〈원망가〉는 일본으로 간 작가의 남편이 해방이 되어도 돌아오지 않자 안타깝게 기다리는 작가의 심정을 서술했다. 남편이 어떤 사연으로 일본에 갔는지 알기 위해 작품의 내용을 자세히 분석할 필요가 있다.

① 십오십육 가까워서 부모님의 은덕으로 / 무인시월 엽칠일에 서산가약 깊이맺어 / --- / 원근친척 다버리고 명문구택 입문하여 / 수양부모 의를맺고 타인동기 벗을삼아 / 승순군자 의지하고 사오년을 넘겼드니 / 기묘년은 무슨일로 나의액운 있었는가 / 천운이 불길한가 차돌에

---

18 영일정씨 생원공파 교리문중 세계도(http://cafe.daum.net/jin1122/9coq/5). 정임순의 아우로는 周永, 逸永, 武永 등이 있다.

19 영천시, 『규방가사집』, 도서출판 대일, 1988, 117~122쪽. 이 가사에 대한 간단한 설명은 다음과 같다. "소지자: 영천군 청통면 신덕동 입암댁. 결혼 후 사오년에 남편이 일본으로 떠나고 생이별을 한 어느 여인의 눈물어린 마음을 절박하게 표현하고 있다. 물이 깊어 못 오시나 산이 높아 못 오시나 연락선은 어이하여 우리 님을 싣고 오지 못하느냐 하고 처음부터 끝까지 탄식으로 가득한 작품이다."(117쪽)

바람들줄 / 어느누가 알았으랴 부모처자 이별하고 / 수천리 먼먼길에 일본인가 미지련가 / 꿈결같이 원별하니 춘몽중에 생시련가 / 진야몽야 못깨닫네 광음이 유수같고 / 세월이 여류하여 어언삼년 가까우니

② 우리나라 해방될줄 / 어느누가 알았을가 동서남북 수천리에 / 각각으로 흩어진이 고향환고 하는구나 / 오늘이나 소식올가 내일이나 사람올가 / 섭섭하고 헛분마음 풍문은 오건마는 / 영영소식 돈절하니 무슨일로 그러신고 / 산중으로 피란가서 우리조선 십삼도에 / 독립된줄 모르신가 태평세월 만났다고 / 고향을 잊으신가 인간이 만선이라 / 연락이 부족하여 배를몰다 못오신가 / 이삼년 정든땅에 신정이 흠뻑들어 / 이별못해 못오신가 금전에 포한이라 / 사업에 몰두하여 부모처자 잊었는가

③ 그대못본 한탄이야 / 원수로다 대동아전쟁 그전쟁이 원수로다 / 이별이라 할지라도 그다지도 무심하오

①에서 작가는 결혼, 친정과 시가에서의 결혼생활, 남편의 일본행, 그리고 남편을 기다리는 생활을 차례로 서술했다. 작가는 '무인시월 염칠일' 즉 1938년 10월 27일에 15,6세의 나이로 결혼하여 친정에서 얼마간을 살다가 시댁으로 가서 '사오년'을 살았다. 그런데 '기묘(1939)년'에 남편이 일본으로 가게 되어 이별한지 '어언 삼년'이 되었다고 했다. 여기서 문제가 되는 구절은 '기묘년'이다. 작가가 무인년에 결혼하여 대략 5~6년을 살았다면 이치상 '기묘년'이 될 수 없기

때문이다. 이 문제는 뒤의 구절을 함께 고려할 때 해결할 수 있다.

②에서 남편은 해방이 되어도 돌아오지 않는다고 남편을 원망하면서 '이삼년 정든 땅에 신정이 들어서' 오지 않는 것이냐고도 했다. 여기서 '이삼년 정든 땅'이라는 진술은 ①에서 남편과 이별한 지 '어언삼년'이 되었다는 진술과 일치한다. 그런데 위에서 인용하지는 않았지만 뒤에 "차시에 좋은명절 팔월보름 당해와도 / 참으로 아니올가 무정하다 우리군자 / 추석인줄 모르신가"라는 구절이 있다. 따라서 〈원망가〉의 창작 시기는 해방 직후인 1945년 가을임을 알 수 있다. 그렇다고 할 때 창작 시기인 1945년에서 역산하여 남편과 이별한지 '어언삼년'을 빼면 '기묘년'은 '계미(1943)년'이어야 한다[20]. 작가는 1938년에 결혼하여 5,6년을 남편과 함께 살고 있었는데, 1943년에 남편이 일본으로 가게 되었다. 그런데 해방이 되어도 남편이 돌아오지 않자 작가는 남편을 기다린 지가 어언 삼년이 다 되었다고 한 것이다. 그리고 〈원망가〉를 창작할 당시 작가의 나이는 20대 초반이었다.

다음의 문제는 남편이 어떤 사연으로 일본을 갔을까 하는 것이다. ①에서 작가는 남편이 일본에 가게 된 이유에 대해 '나의 액운'이나 '불길한 천운' 등과 같이 추상적인 용어로만 표현했다. 한편 ②에서 남편이 해방이 되어도 오지 않는 이유를 억측하여 나열하고 있는데,

---

20 이 작품에서 정확하지 않은 서술은 다음의 구절에도 드러난다. "어떤사람 팔자좋아 부모양친 묘서두고 / 부부화락 백년해로 이별없이 넘기는고 / 헛부다 내세월은 이팔방년 좋은시절 / 어이이리 더디든고" 이 구절은 팔자 좋은 사람은 부부가 화락한데, 자신은 이팔방년 좋은 시절에 일각이 여삼추처럼 남편을 초조하게 기다리며 산다는 것을 서술했다. 그런데 여기서 밑줄 친 '이팔방년'은 앞뒤가 맞지 않는다. 창작 당시 작가가 젊은 것은 분명하지만 16세는 아니었다.

그 가운데 "산중으로 피란가서 우리조선 십삼도에 독립된줄 모르신가", "이삼년 정든땅에 신정이 흠뻑들어 이별못해 못오신가", "금전에 포한이라 사업에 몰두하여 부모처자 잊었는가" 등의 구절은 남편이 돈을 벌기 위해 일본으로 간 것으로 오해하게 만들기도 한다. 이 구절들은 작가가 전쟁이 끝난 이후 일본에서 남편이 무엇을 하고 있을까 그 행적을 상상해보는 것이므로 남편이 일본으로 간 이유와는 무관하다고 할 수 있다. 그런데 작가는 ③에서 '원수로다 대동아전쟁 그전쟁이 원수로다'라고 하여 남편과의 이별이 대동아전쟁 때문이라고 하며 한탄하고 있다. 그러므로 작가의 남편은 1943년에 공포된 조선인징병제에 의해 강제로 일본으로 끌려 간 징병자임이 분명하다고 할 수 있다.

〈자탄가〉[21]의 작가는 60세 남성이다. 작가는 징병으로 끌려간 아들 '만섭'에게서 편지를 받아보아 아들의 전투지를 알 수 있었는데, 중국 땅이었다[22]. 징병으로 중국의 전쟁터에 있었을 당시 아들의 나이는 28세였으며, 〈자탄가〉를 창작할 당시 작가의 나이는 60세였다[23].

---

21 한국가사문학관 홈페이지(http://www.gasa.go.kr) jpg 필사본 자료. 같은 자료를 최한선·임준성이 「필사본 〈자탄가(自嘆歌)〉 해제」(앞의 논문, 373~401쪽)에서 활자본으로 실었다.

22 "편지야 오근마은 세세정답 하나업고 / 갑신년 윤사월에 편지한장 부치고서 / 내무반장 지내업고 상동병 입경하야 / 다시한번 편지업고 전쟁으로 드러가서 / 남경북경 드려갈제 대륙장을 거우발고 / 호남산성 드려갈제 기치창금 찬란하고 / 금고함성 진동하며 형양양성 공파하고 / 호남성 영릉터와 양부근 다달아서 / 병이가 날라들어 두병화상 홀로누어 / 의사에게 치료할제 목이매여 말못하고 / 중대장 중위 앞에 진충혈성 말을하고 / 음옥장서 들어갈제 부모생각 오작하며 / 이십팔세 청춘으로 처자생각 오작할가"

23 "이십팔세 청춘으로 처자생각 오작할가"(전쟁터에서의 아들 나이) ; "아비나이 육십이요 어미나이 육십오라"(창작 당시 작가 나이)

작품의 말미에 "己亥 十二月 十七日"이라는 기록이 있는데 1959년(기해년)에 필사했다는 것을 말하며, 실제로 가사를 창작한 시기는 작품 내용의 분석을 통해 알 수 있다.

① 임오년 시월달에 자모한갑 잘치르고 / 지원병에 억제하여 사차불피 못면하고 / 결성으로 입소하야 육계월 훈련하고 / 계미년 시월달에 대구로 입영하야 / 일주일 훈련하고 흉지로 떠난후에

② 갑십년에 죽으너을 을유년을 다지나고 / 병술년 삼월까지 날마다 바랄적에 / 어린손자 등에업고 문에서서 바래나니

③ 갑신 정월달에 너아달 낳다고서 / 일흠지어 편지할제

④ 악아악아 우리주기 불상하다 우리악아 / 세살먹은 너에몸이 아비 구경 못해보고

①에서 작가는 아들이 '임오(1942)년'에 '지원병에 억제'되었다고 했는데, 아들이 이 해에 영장을 받은 사실을 서술한 것이다. 이때 당시 일제는 지원병으로 군인을 모집했지만 실제로는 강제된 징병이었음을 알 수 있다. 영장을 받은 아들은 6개월 간 훈련을 받고, '계미(1943)년 10월'에 입영하여 고국을 떠나 전쟁터인 중국으로 갔다고 했다. 그리고 ②에서는 아들이 '갑신(1944)년'에 사망했음에도 불구하고 작가가 아들의 사망 소식을 들은 것은 해방이 된 '을유(1945)년'

도 지나고 '병술(1946)년 3월'이 지나서였다는 사실을 서술했다. 그렇다면 〈자탄가〉의 창작 시기는 일단 1946년 4월 이후라고 할 수 있다.

③과 ④는 작가의 손자인 '주기'와 관련한 사실을 서술했다. ③에 의하면 작가는 아들에게 '갑신년 정월'에 손자 '주기'의 출생과 작명 사실을 편지했다. 그리고 ④에 의하면 가사를 창작할 당시에 손자 '주기'가 3살이 되었다(과거에는 보통 햇수로 나이를 계산하였다). 그러므로 〈자탄가〉의 창작시기는 갑신년에서 햇수로 3년 후인 1946년임을 알 수 있다[24]. 작가는 해방이 되었으나 징병으로 끌려간 아들의 소식을 모르고 있다가 1946년 3월(음력)이 지나서야 아들의 사망 소식을 듣게 되자 곧바로 그 죽음을 슬퍼하며 〈자탄가〉를 창작한 것이라고 할 수 있다.

〈춘풍감회록〉[25]의 작가는 일본군에 강제 징병되었다가 살아 돌아온 20대의 김중욱이다. 가사의 말미에 "정희 윤이월 김중욱 씀"이라는 기록이 있어 '김중욱'이라는 이름의 남성이 '정해(1947)년'에 창작했음을 알 수 있다. "갑신연 츄칠월에 남에쌈에 칼을쌔여"라는 구절로 보아 작가는 대한인에 대한 징병제가 전면적으로 실시된 1944년에 강제로 징병된 징병자였다. 작가는 작품 말미에 전쟁터에서 함

---

24 한 가지 문제는 작품 내용 가운데 "너간후 한달만에 순산으로 생남하야 / 주기라고 이름짖고 편지한장 하얐드니"라는 구절에 나타난다. 앞의 구절에 의하면 손자 '주기'는 아들이 떠나간 지("계미년 시월달에 대구로 입영하야 / 일주일 훈련하고 흉지로 떠난후에") 한 달만에 태어났다. 그렇다면 아들의 탄생년도는 '갑신'이 아닌 '계미'가 될 수 있다. 그러나 전체적으로 볼 때 손자의 출생년도는 갑신이 되어야 앞뒤가 맞는다. 아들이 '흉지로 떠난' 시기가 계미년 12월 달 정도로 생각하면 될 것같다.

25 백두현, 앞의 논문, 419~470쪽. 431~446쪽에 필사본을 옮긴 활자본을 싣고, 447~470쪽에는 원래의 필사본을 영인하여 실었다.

께 싸웠던 전우들의 이름을 나열하고 그들에게 감사의 말을 적고 있는데[26], 해방 되어 고국에 돌아와 어느 정도 안정을 취한 후 1947년에 과거를 기억하며 〈춘풍감회록〉을 창작한 것이다. 작가는 〈춘풍감회록〉에서 자신의 가문이나 고향을 알 수 있는 어떠한 단서도 서술하지 않았다. 그리하여 작가 김중욱이 구체적으로 누구인지는 밝혀내지 못했다. 작가는 징병되어 전쟁터에 배속되는 나이였으며, 가사의 서두에서 "부모쳐ᄌ 싱별ᄒ고" 집을 떠났다고 했으므로 아내와 자식을 둔 기혼 남성이었다. 작가의 결혼 나이를 알 수 없어 넓게 추정해본다면 〈춘풍감회녹〉을 창작할 당시 작가의 나이는 20대였을 것으로 추정된다.

〈신세자탄가〉[27]의 작가는 30대의 여성이다. "일본국에 이주민이 하년하시 오시련가 / 삼생에 좋은인연 만리타국 갈라앉아 그림자도 볼 수 없다"라는 구절로 보아 일단 작가의 남편이 간 곳은 일본이다. 작품 내용에는 "십년후 반평생에"나 "십유년을 고로하여 인의정로 닦은뜻은"과 같은 구절이 나온다. 이 구절들은 작가가 남편을 사별하거나 남편과 헤어져 있었던 햇수를 적은 것이다. 그리고 작품의

---

26 "이 노래를ᄒ고 이슈호ᄒ고 김춘셥 두 영젼에 고하며 동시에 우리들을 마음꿋 보호하여 쥬든 즁국 사람 다암영 보장 장여쳔 육군 소교 오문학 즁교 이경방 힁동되 춍되 장 소장 당신 져위에게 감사의 뜻을 표한다. 졍희 윤이월 김즁욱 씀"

27 이대준, 『안동의 가사』, 안동문화원, 1995, 350~357쪽. 이 가사에 대한 간단한 설명 글은 다음과 같다. "이 가사는 병마로 인해 절망 속에 빠진 한 여인이 깊은 밤 잠 못 이루며 쓴 글로써 세월의 빠름과 남존여비 사상으로 인한 여성으로서 겪은 고초, 그리고 이국 전쟁으로 인해 생이별한 남편의 죽음에 대한 슬픔, 그로 인해 얻은 병과 가난으로 인해 더욱 더 절망에 빠진 여인의 신세 한탄이 담겨져 있다. 그러나 마지막 귀절에 도를 닦으며 여생을 편히 살아가겠다는 희망과 의지가 담겨져 있다. 이 가사는 경북 안동 지방에서 밝혀진 가사로 사료되며, 작자는 미상이다."

말미에 "갑오년 정월 14일 작"이라는 기록이 있다. 따라서 이 '갑오
(1954)년'은 필사년도라기보다 이 가사를 실제로 쓴 창작연대로 보
는 것이 좋을 듯하다. 작가는 일본으로 가서 사망한 남편을 십유년
정도의 세월 동안 줄곧 그리워하며 지내다가 1954년에 〈신세자탄가〉
를 창작한 것이다. 따라서 작가의 남편은 1944년 정도에 사망한 것
으로 추정된다. 〈신세자탄가〉를 창작할 당시 작가의 나이는 "반평
생", "세상안지 수십년에 사정많은 나의역사", "성혼전후 이십년에"
등의 구절을 종합해 볼 때 30대 정도일 것으로 추정된다.

   다음으로 남편이 어떤 사연으로 일본에 갔는지, 그리고 작가의 현
재 상황은 어떤지를 살펴보도록 하겠다.

   어리석은 나의지각 못생긴 유순으로 / ①이국의 화란중에 신고함도
   오즉할까 / 폭격소동 날적마다 간담이 서늘하며 / 심신이 괴로워서 모
   쪼록 위험면해 / 살아서 돌아오길 조모로 비럿더니 / 뜻밖에 일봉서가
   생리사별 잇자하니 / 감언이설 가지로다 이마음 돌려놓고 / 어이없고
   기막히며 사형언도 방불하다 / ②차라리 이럴진댄 이국에 무덤되며 /
   이름없는 무덤될걸 친구님내 권유마라 / 주위에 모든것이 사사이 실망
   이라 / 충천할 분심이야 울분을 못이겨서 / 몸부림 치는행색 부모님전
   죄스러워서[28]

---

28 『안동의 가사』(위의 책)에 실린 텍스트는 한자어구 옆에 매 글자마다 한자를 병기
   했다. 예를 들면 "말 없는 청靑산山이요 무슨 비祕밀密 꿈꾸오며", "인人류類에 최
   最대大기基초礎 청靑춘春에 한 시時절節은" 등과 같은 식이다. 여기서는 병기한 한
   자를 뺀 순한글 표기로 인용했다.

야속할사 그누구요 당신이 누구기에 / ③멀리비췬 그림자에 철갑이
얼켰난대 / 끈토벗도 못하는가 일본국에 이주민이 / 하년하시 오시련
가 삼생에 좋은인연 / 만리타국 갈라앉아 그림자도 볼 수 없다

①에서 작가는 '異國의 火亂' 중에 남편이 오죽이나 고생할까를 생
각했다. 작가는 멀리서 벌어지고 있는 전쟁터의 폭격 소식이 들리면
간담이 서늘해지고 심신이 괴로웠는데, 그때마다 부디 남편이 살아
서 돌아오기만을 빌었다고 했다. 이로 보아 작가의 남편은 전쟁터에
끌려갔던 징병자가 분명하다. '이국의 화란'과 '폭격 소동' 등의 구절
은 대동아전쟁이 막바지에 이른 상황을 보여주므로 작가의 남편은
1943년 이후에 징병된 것으로 추정된다. 그런데 뜻밖에 편지 한 통
이 날라왔다. 곧이어 이어진 '生離死別[살아서 떨어져 있었는데, 이
제는 죽어 영영 이별하게 됨]'이라는 구절로 보아 이 편지가 남편의
사망 통지서였음을 알 수 있다. ②에서 '차라리 자신도 이국땅에 죽
어 묻힐 걸'하는 구절은 작가가 남편의 사망 소식을 듣고 절규하는
것으로 해석할 수 있다. ③에서 작가는 '철갑에 얽혀 끊지도 벗지도
못하고 오지 못하'는 남편을 상상하고 있다. 작가가 전쟁터에서 전
사한 남편의 모습을 상상하며 서술했기 때문에 나온 표현이라고 할
수 있다.

이상으로 살펴본 일제강점기 징병과 관련한 가사문학 6편의 개관
을 정리하면 다음과 같다[29].

---

29 징병자의 생존여부는 창작 당시의 것을 기준으로 작성했다. 〈사제곡〉에서 작가가
가사를 쓸 당시에는 남동생이 살아 있었으나, 뒤에 그 남동생은 사망했다. 한편 징

제목	작가	창작시기	징병자	징병시기	자료형태
망부가	여성 20대 초	해방 직전	남편	1943년 이후	필사본
사제곡	정임순 30대 초	해방 직전	동생	1944년 경	활자본
원망가	여성 20대 초	1945년 (해방 직후)	남편	1943년	활자본
자탄가	남성 60세	1946년	아들(사망)	1943년	필사본 (활자본)
춘풍감회록	김중욱 20대	1947년	본인	1944년	필사본 (활자본)
신세자탄가	여성 30대	1954년	남편(사망)	1943년 경	활자본

4 징병 관련 가사문학의 문학사적 의의

징병과 관련한 가사문학 작품들의 작가는 정임순을 제외하면 구체적으로 누구인지를 알 수 없다. 〈춘풍감회록〉의 작가 김중욱도 이름 석자만 알고 있을 뿐 구체적으로 누구인지는 알 수 없다. 특히 이들 작가 가운데 사회적 약자에 해당하는 여성이 4명이나 된다. 따라서 이들 작가는 당대의 민중을 대변하는 인물들이라고 할 수 있다. 앞 장에서 살펴보았듯이 징병 당사자인 작가, 혹은 작가들이 그리워하거나 애도하는 징병자는 모두 대동아전쟁이 막바지에 이른 1943년

병자의 징병 시기는 영장을 받은 시기가 아니라 실제로 입영하여 고국을 떠난 시기를 기준으로 작성했다. 〈사제곡〉에서 일본유학생들의 영장은 1943년에 전달되었으며 입영은 1944년 1월에 이루어졌다. 그리고 〈자탄가〉에서 작가의 아들은 1942년에 영장을 받았으며, 1943년에 입영하여 고향집을 떠났다.

이후, 일제가 공포한 '조선인징병제'로 인해 강제로 징병된 사람들
이었다. 이들 가사에서 작가 본인, 혹은 작가의 남편·아들·남동생 등
은 대동아전쟁의 막바지에 전쟁터로 끌려갔던 수많은 한국인 '징병
자'의 한 사람이라고 할 수 있다. 이렇게 징병과 관련한 가사문학 작
품은 일제강점기 말에 한국인의 강제 징병이 광범위하게 이루어졌
던 역사적 사실을 반영한다.

징병과 관련한 가사문학 작품은 해방 직후까지 세 편(〈망부가〉, 〈사제
곡〉, 〈원망가〉), 1946~7년에 2편(〈자탄가〉, 〈춘풍감회록〉), 그리고 1954년
에 1편(〈신세자탄가〉)이 창작되었다. 해방 직후까지를 기점으로 하여
이전의 세 편에서는 작가가 자신의 남편이나 남동생의 사망 여부를
알지 못한 채 그들을 기다리기만 하는 상황이 전개되었다. 반면 해방
이후의 세 편 가운데 한 편만이 징병자의 생환 상황이 전개되었고,
나머지 두 편에서는 아들이나 남편의 사망 소식을 듣고 그들의 죽음
을 애달파하거나 자신의 처지를 한탄하는 상황이 전개되었다.

그런데 해방 후에 창작된 〈자탄가〉와 〈신세자탄가〉에서는 징병자
가 사망한 사실이 확실하게 드러나지만, 해방 이전에 창작된 가사 작
품에서 징병자가 사망했는지 여부는 사실 알 수 없다. 〈사제곡〉에서
작가는 학도병으로 끌려간 남동생을 애타게 걱정하고 있는 것을 서
술했는데, 결국 나중에 남동생은 사망한 것으로 밝혀졌다. 〈망부가〉
나 〈원망가〉에서 징병자의 사망 여부도 마찬가지일 것으로 추정된
다. 작가가 가사를 창작할 당시에 징병자는 이미 사망했는데, 다만
작가가 그때 당시 징병자의 사망 소식을 듣지 못했을 수도 있다. 혹
은 작가가 가사를 창작한 얼마 후에 징병자가 사망했을 수도 있다.

이렇게 징병과 관련한 가사문학은 외국의 전쟁터로 끌려 간 상당수의 징병자가 사망했으며, 이들의 사망 소식이 늦게 전달되었던 당대의 사정을 알 수 있게 한다. 이와 같이 징병과 관련한 가사문학은 일제강점기 말 징병 현실과 관련한 다양한 민중사를 반영함으로써 당대의 다큐멘터리로 기능한다는 문학사적인 의미를 지닌다.

한편 징병과 관련한 가사문학 작품의 작가는 출신지를 전혀 알 수 없는 〈망부가〉를 제외하고 대부분 영남지역인일 것으로 추정된다. 〈사제곡〉의 작가 정임순은 경상북도 금릉군 봉계마을 사람이다. 〈원망가〉는 영천시 가사자료집에, 그리고 〈신세자탄가〉는 안동의 가사집에 실려 있으며, 〈춘풍감회록〉은 그 필사본이 봉화에서 수집되었으므로[30] 이들 세 가사의 작가들은 가사가 수집된 지역이나 인근지역의 인물일 가능성이 많다. 〈자탄가〉의 작가도 작품의 내용에 '아들이 대구로 입영했다'고 했으므로 대구 인근 지역인일 가능성이 많다. 이와 같이 징병과 관련한 가사문학 작품의 작가들이 대부분 영남지역인인 것은 가사문학사의 배경이 작용한 결과라고 할 수 있다. 안동을 중심으로 한 영남지역이 전통적으로 가사문학의 창작과 향유가 가장 활발했던 지역이었기 때문이다. 이와 같이 징병과 관련한 가사문학이 일제강점기 말에 영남지역에서 집중적으로 창작되었다는 것은 역시 영남지역이 가사문학 창작의 중심지라는 사실을 확인시켜준다.

징병과 관련한 가사문학의 문학적 양상은 〈춘풍감회록〉을 제외하고 모두 신변탄식류 가사로 나타난다. 논의의 편의를 위해 먼저 〈춘

---

30 이 가사를 소개한 백두현은 "이 가사집의 출처가 경상북도 봉화라 하니 김중욱은 봉화가 고향인 듯하다."(백두현, 앞의 논문, 422쪽)고 했다.

풍감회록〉를 살펴본다. 〈춘풍감회록〉은 작가 자신의 전쟁 경험을 주로 서술하여 신변탄식류 가사의 작품세계와는 거리가 있는 작품이다. 작가는 입영 후 중국의 여러 지역을 지나가며 몇몇 곳에서 치열한 전투를 펼쳤다. 서술한 내용에는 작가가 함께 싸웠던 일본군·징병군과의 관계나 군대에서의 생활은 거의 드러나지 않는다. 오히려 가사의 중간중간에 자신의 군대가 거쳐간 행로에 초점을 두고 서술한 부분이 많아 마치 중국을 여행하는 기행가사처럼 보이는 면이 있다. 그런데 작가는 을유(1945)년 3월에 중대한 결심을 하게 되는데, 바로 일본군을 탈영하는 것이었다. 작가는 탈영을 한 후 중국군에 합류하여 이제는 거꾸로 일본군을 상대로 싸우게 되었다. 그러나 곧이어 해방이 되자 작가는 황해를 건너 고국 땅을 밟게 된 것이다. 이렇게 〈춘풍감회록〉은 김원영의 수기와[31] 함께 보기 드문 징병 당사자의 전쟁 서술이라는 점에서 문학사적인 의미를 지닌다.

그 외의 가사 작품들은 모두 신변탄식류 가사이다. 〈망부가〉는 자신의 탄생·성장·결혼과 남편의 징집·남편과의 이별을 서술한 후, 낮과 밤이 바뀔 때마다 그리고 춘하추동 계절이 변할 때마다 어린 아이를 품에 않고 남편을 그리워하는 서정을 담았다. 〈사제곡〉은 징병으로 전쟁터에 끌려간 남동생을 계절의 순환에 따라 거듭 생각하고 있음을 서술했다. 〈원망가〉는 자신의 성장·결혼·남편과의 이별을 간단히 서술한

---

31 김원영의 수기 〈어떤 한국인의 충승생존수기〉(『진혼』, 한국인 위령탑 봉안회, 1978)는 징용을 당한 김원영이 일기 형식으로 기록한 것이다. 그 외 권병탁의 『게 라마열도』(영남대출판부, 1982)에 징용자들의 구술 자료가 실려 있다고 한다.(강 정숙, 「일제 말기 조선인 군속 동원-오키나와로의 연행자를 중심으로」, 『사림』 제 23호, 수선사학회, 2005, 172쪽에서 재인용)

후, 해방이 되어도 오지 않는 남편을 애타게 기다리는 서정을 장황하
게 서술했다. 〈자탄가〉는 아들의 결혼 전후 사연·징병과 고국 출발· 중
국에서의 아들 행적을 서술한 후, 아들의 죽음을 애달파하는 서정을
거듭해서 서술했다. 〈신세자탄가〉는 자신의 성장이나 결혼에 대한 서
술 없이 신세 한탄에 중점을 두고 서술했다. 남편이 사망한 지 십년이
지났음에도 불구하고 남편의 죽음을 인정하지 않는 듯 홀로 된 자신의
처지·외로움·괴로움 등을 중첩적으로 술회하고, 여성의 신세도 한탄
했다. 이와 같이 5편의 가사 작품은 징병으로 전쟁터에 있거나 사망한
남편, 아들, 남동생의 부재로 인한 작가의 고통스러운 서정을 중첩적
으로 서술하여 신변탄식류가사의 문학적 양상을 그대로 보여준다.

그리하여 이들 5편의 가사 작품은 작품 전체가 그리움과 한탄의 정
서로 점철되어 있다. 작가들은 감정의 절제에 관심을 기울이지 않았고,
그것을 무절제하게 표출했다. 그리하여 자신의 그리움, 고통, 한탄을
반복적으로 표현하여 감정의 과잉 상태를 드러내는 특징을 보인다. 남
편, 아들, 남동생의 부재나 사망은 작가의 정서를 지독한 불안으로 이
끌어 심적 상태가 '병'이 된 지경까지 이르게 한 것이다. 특히 〈신세자
탄가〉의 경우 남편의 사망을 받아들이지 못하는 심리 상태 속에서 자
신 내부의 갈등, 가족·주변인의 시선과의 갈등, 여성의 처지에 대한 비
판적 시각 등을 넘나들며 심리적으로 매우 불안한 상태를 보여준다.

그런데 이들 5편의 가사 작품에는 징병을 강제 당하는 민족의 현
실을 객관적으로 서술하고 비판하는 대목이 전혀 없다. 다만 작가 개
인의 아픔만을 표면적으로 드러내어 서술하고 있을 뿐이다. 그런데
작가들은 자신의 아픈 삶이 민족의 현실로 인한 것임을 너무나도 잘

알고 있었을 것이기 때문에 작가 개인의 아픈 삶 자체만을 서술한 것을 두고 민족의 현실과 무관한 작가의식으로 바로 연결할 수는 없을 것같다. 개인적인 아픔을 깊고도 집요하게 표현하면 할수록 결과적으로 민족적 아픔이 더욱 드러나게 된다. 따라서 이들 작가는 민족의 고통을 개인적인 고통으로 내면화하여 서술했을 뿐이라고 해석하는 것이 좋을 듯하다. 이렇게 민족적 현실이 개인적인 아픔으로 내면화한 징병 관련 가사문학의 작품세계는 앞서 2장에서 살펴본 〈◇국가◇〉나 〈조선건국가〉와 같이 민족의 현실을 직접적·객관적으로 서술한 우국개세의 작품세계와는 다른 것이라고 할 수 있다.

이들 5편의 가사 작품에 드러나는 서정의 반복, 우울한 심리적 상태, 민족의 현실이 개인적인 아픔으로 내면화한 작품세계 등은 신변탄식류 가사의 작품세계에서 종종 드러나는 특징이다. 다만 '전쟁'과 '사망'이라는 요인에 의해 작가들의 심리적 상태가 더욱 극대화되어 나타났다는 점이 다르다고 할 수 있다. 그리고 〈망부가〉와 〈원망가〉처럼 징병자가 남편인 경우 작가의 성장과 결혼, 뜻하지 않은 징병으로 인한 이별, 기나긴 기다림과 그리움 등을 서술하여 결혼이 생애의 중요 국면으로 등장함으로써 전형적인 신변탄식류 가사의 서술방식을 보였다. 특히 〈자탄가〉는 남성이 창작했음에도 불구하고 전체적으로 서정의 반복 서술, 우울한 심리적 상태, 민족의 현실이 개인적 아픔으로 내면화한 작품세계, 아들의 성장과 결혼 서술 등으로 인해 신변탄식류 가사의 문학적 양상을 모두 드러내고 있어 신변탄식류 가사의 장르적 흡인력이 대단했음을 보여준다. 이와 같이 이들 5편의 가사 작품은 해방 전후까지도 신변탄식류 가사가 관습적인 틀을 유지하며 지속되었던 양상을 보여준다. 그런데 해방 후 한참 뒤인 1954년에 창작된 〈신세자탄가〉는 작가 자신의 성장과 결혼 사실을 서술하지 않아 시대가 해방 후 현대로 올라가면서 신변탄식류 가사의 문학적 양상도 변화하여 변용을 거치고 있음을 보여준다. 이와 같이 이들 5편의 가사 작품은 신변탄식류 가사의 지속과 변용 양상을 보여준다는 점에서 가사문학사적 의미를 지닌다고 하겠다.

5. 맺음말

이 연구에서는 일제강점기 징병과 관련한 가사문학의 자료를 제시하고 작가, 창작시기, 징병자의 사연 등을 고증함으로써 가사 자료의 양상을 드러내고 문학사적 의의를 규명하는 데에 중점을 두고 논의했다. 그런데 고증을 하면서 〈춘풍감회록〉의 작가 '김중욱'이 누구인지를 구체적으로 규명하지 못한 점은 아쉬움으로 남는다. 이름이 분명하기 때문에 필사본이 수집된 봉화 지역부터 현장 답사를 하면 작가에 대한 구체적인 정보를 얻을 수 있지 않을까 생각되는데, 현재로서는 후일의 작업으로 미룰 수밖에 없었다. 그리고 지면이 한정되어 있어 징병과 관련한 가사문학의 작품세계를 보다 분석적으로 심도 깊게 논의하지 못한 점도 아쉬움으로 남는다. 추후 징병과 관련한 가사문학 작품을 대상으로 작품세계, 진술양식의 특징, 여성 인식, 여성 및 남성의 문학적 양상의 차이 등에 대한 심도 깊은 논의가 이루어지기를 기대한다.

제4장

만주 동포 귀환기

─〈일오전쟁회고가〉 연구─

1 머리말

현대가사는 현대에 들어와서 창작된 텍스트이지만 전통적 시가 장르인 가사 형식을 사용하여 고전시가 분야에서 연구되고 있다. 최근 들어 상당수 연구자들이 현대규방가사 작품들을 대상으로 논문을 내놓고 있으며, 박요순, 이정옥, 백순철 등은 이 방면에 집중적인 연구성과를 보이고 있다[1]. 그런데 현대규방가사에 대한 활발한 연구

---

[1] 현대규방가사에 관한 연구로는 박요순, 이정옥, 백순철, 성낙희, 나정순, 허철회, 권영호, 유정선, 허미자 등의 논문이 있다. 이들의 기존 연구성과는 김정화의 「현대 규방가사의 문학적 특징과 시사적 의미」(『한국고전문학연구』 제32집, 한국고전문학회, 2007, 139~184면)에 자세히 정리되어 있으므로 참조할 수 있다. 현대규방가사의 자료는 이정옥의 「가사의 향유방식과 현대적 변용문제 ─ 경북의 현대 내방가사를 중심으로」(『고시가연구』 제22집, 한국고시가문학회, 2008, 259~280면)에 자세하게 정리되어 있어 참조할 수 있다.

에도 불구하고 아직 연구자의 손을 기다리는 미발표 현대가사 작품
들이 있다. 이 연구에서 다루고자 하는 〈일오전쟁회고가〉도 미발표
현대가사 작품이다. 〈일오전쟁회고가〉의 필사본은 『역대가사문학전
집』²에 실려 있는데, 작품 제목에서 오해가 빚어진 듯 주제를 "전쟁"
으로 설정해 놓았다. 이 가사는 필사본 읽기 자체가 어려웠던 관계로
연구자의 관심에서 오랫동안 벗어나 있었다.

　〈일오전쟁회고가〉는 1946년에 창작된 만주동포 귀환노정기³이다.
하얼빈 근처에 살던 한 동포 가족이 1945년 12월 말경에 하얼빈 근
처 북만주를 떠나 이듬해 2월 중순 경 고향인 봉화군 봉화읍 내성리
에 도착한 귀환 과정을 내용으로 한다. 만주 동포의 고국 귀환은 일
제강점과 해방이 빚어낸 역사적 민중사실이다. 당시 '귀환행렬'이라
는 말이 생겨날 정도로 고국으로 귀환한 만주 동포의 수가 만만치 않
게 많았던 점과, 가사문학이 생활문학이자 실기문학적 성격이 강한
점을 아울러 고려할 때 만주 동포의 귀환을 다룬 가사작품이 더러 있

2　임기중 편, 『역대가사문학전집』 제16권(여강출판사, 1994), 436~468면. 작품번호
　854번에 〈일오젼징회고가라〉라는 제목으로 실려 있다. 현재로서는 유일본으로 줄
　글체 형식으로 총 33면에 걸쳐 필사되어 있으며, 4음보를 1구로 하여 총 143구이
　다. 『역대가사문학전집』 제51권인 총목록 색인에는 작품명이 "임오전쟁회고가"
　로, 주제가 "전쟁"으로 기록되어 있다(임기중 편, 『역대가사문학전집』 제51권, 아
　세아문화사, 1998, 45면). 이 연구에서는 작품의 제목을 현대어로 고쳐 〈일오전쟁
　회고가〉라고 하였다.
3　작품의 창작 연대는 작품의 말미에 "병술이월필기삿"이라 되어 있어 1946년이 확
　실하다. 작품에서 양력과 음력의 날짜 표기를 아울러 사용하고 있어서 "병술이월"
　의 2월이 양력인지 음력인지는 확실하지 않다. 어쨌든 만주에서 고향으로 귀환하
　고 얼마 지나지 않은 시점에 창작한 것은 확실하다. 일반적으로 작품 제목에 '회고
　가'라 되어 있으면 사건이나 경험이 있은 지 한참 지난 시점에서 짓는 경향이 있는
　데, 이 경우는 작가의 경험이 있은 직후에 지은 것으로 '회고가'라기보다는 '귀환
　노정기'에 해당한다.

을 법하다. 그러나 만주 동포의 귀환 사실을 읊은 가사 작품으로는
이 작품이 유일하다.

〈일오전쟁회고가〉는 시기적으로 그리 오래된 작품은 아니지만 해
방 공간에서의 고국 귀환이라는 매우 특수한 사건을 담고 있다. 그리
하여 작품 내용의 구체적인 이해를 위해서는 당대의 역사적 상황이
나 귀환 풍속을 자세하게 조사하여 참고할 필요가 있다. 우선 2장에
서는 노정을 통해본 작품세계를 자세하게 살펴본다. 그리고 3장에
서는 작가가 복잡하게 전개된 해방공간의 정세를 어떻게 바라보았
는지를 살펴본다. 이어서 4장에서는 앞의 논의를 종합하여 〈일오전
쟁회고가〉의 가사문학사적 의의를 규명하고자 한다.

2. 〈일오전쟁회고가〉의 노정과 작품세계

작품의 제목인 〈일오전쟁회고가〉에서 '일오'는 '日露', 즉 日本과 露
西亞를 말한다. 작품의 서두는 "을유팔월 초팔이은 일오젼징 시초이
라"로 시작하는데, 을유년(1945년) 8월 8일은 소련이 대일선전포고
를 한 날이다.[4] 그런데 작품의 내용은 주로 북만주에서 고향으로 귀

---

4 제2차 세계대전 당시 대일 참전에 개입하지 않았던 소련은 전쟁의 막판에 대일 참
   전에 참가하기로 결정한다. 그리하여 1945년 8월 8일 대일 선전포고를 하고 8월 9
   일 본격적인 군사작전을 개시하였는데, 이때 소련의 공격은 만주의 일본 관동군
   에 집중되었다. 소련군은 동·서·북의 세 방면에서 만주 중앙을 향해 군사 작전을
   개시하였다. 외몽고 지방에서 동쪽으로 진격하고 연해주 지방에서 서쪽으로 진격
   하여 만주 중앙에서 일본 관동군을 섬멸하는 작전이었다(김용복, 「해방 직후 북한
   인민위원회의 조직과 활동」, 『해방 전후사의 인식 5』, 한길사, 1989, 183~185면).

환한 과정을 담았는데, 하필 제목을 '일오전쟁회고가'로 삼았을까 의문이 들지 않을 수 없다. 이 의문은 당시 재만주 동포의 입장에서 생각해 볼 때 풀릴 수 있을 것으로 보인다. 일로전쟁은 만주에서 벌어진 사건이라 한국의 해방사에서 차지하는 역사적 비중이 다른 사건에 비해 상대적으로 적은 편이다. 그러나 당시 재만 동포들에게 있어서 소련의 침공은 일생일대를 바꾸어 놓은 대사건이었다. 한 재만 일본 동포는 소련이 만주를 침공한 이 날을 "운명의 날"이라고 증언할 정도였다.[5] 개척지를 찾아 고국을 버리고 만주에 정착했던 많은 동포들에게도 소련의 침공은 인생의 기로가 된 중대 사건이었다. 소련의 침공이 결정적인 계기가 되어 살던 만주를 떠나 귀환길에 올라야 했기 때문이다. 이후 귀환길에 오른 만주 동포들은 국경선이나 기차역에서 점령군인 소련군의 실체를 실질적으로 경험하여, 일로전쟁의 역사적 체감은 커질 수밖에 없었다. 그래서 작가는 제목을 〈일로전쟁회고가〉로 붙였던 것으로 보인다.

작가는 고국으로의 귀환 과정에서 '첫째 국경, 둘째 국경, 셋째 국경'이라는 어구를 사용했다. 만주 동포 귀환민에게 이 어구는 귀환의 어려움을 상징적으로 표현해주던 것이었다. 노정에 따라 〈일로전

---

5 "1945년 8월 9일. 소련이 참전을 한 이날은 만주에 있던 수많은 일본인들을 일순간에 지옥 밑으로 몰아 넣어버린 운명의 날이었다. 만주에 살던 전 일본인들은 고국을 떠나 만주에서 쌓아올린 재산이나 가업을 뿌리채 빼앗기고 평화롭던 월급장이의 생활도 순식간에 무너지고 말았다. 조상의 땅을 떠나 영주의 각오로 전만주 각지로 들어갔던 개척민들은 이날을 경계로 해서 가장 비참한 피난민의 떼로 변해버렸다."(久住悌三, 「철수하는 날까지」, 『大東亞戰爭秘史 滿洲篇(上)』, 한국출판사, 1982, 404면) 위는 만주에 살던 일본인이 증언한 기록이다. 소련의 침공은 만주에 살던 일본인의 운명을 결정 지었던 대사건이었음을 증언은 말해준다.

쟁회고가)의 서술 단락을 정리하면 다음과 같다.

① 일로전쟁 발발과 만주의 상황 : 1~38구

　　가) 소련의 만주 공격 : 1~14구

　　나) 해방 후 만주의 상황 : 15~38구

② 첫째 국경 월경 : 39구~136구

　　다) 12월 말 출발 : 39~74구

　　라) 하얼빈 도착 및 체류 : 75~100구

　　마) 첫째 국경 월경 및 봉천 도착 : 101~136구

③ 둘째 국경 월경 : 137~182구

　　바) 안동 도착 : 137~166구

　　사) 둘째 국경 월경 및 신의주 도착 : 167~182구

④ 셋째 국경 월경 : 171~216구

　　아) 셋째 국경 월경 및 개성 도착 : 171~220구

⑤ 남한 귀로 : 221~286구

　　자) 경성 도착 : 221- 276구

　　차) 고향 봉화 도착 : 276~286구[6]

---

6 작가는 귀환일정이 총 한 달 23일이 걸렸다고 했다. 하얼빈에서 신정(1946년 1월 1일)을 지내며 10일 간 머물렀고, 신경 근처에서 구정(1946년 2월 2일)까지 지내다 2월 4일에 봉천을 향해 출발하였다. 이런 일정을 감안하면 작가가 귀환을 시작한 것은 1945년 12월 말경이고, 고향에 도착한 것은 1946년 2월 중순 경이 된다. 이상의 노정을 정리하면 다음과 같다. 하얼빈 근처 귀환 시작(1945년 12월 말 경), 일면 하차(1박 2일) ⇒ 하얼빈 도착 및 체류(1946년 1월 1일 포함 9박 10일) ⇒ 봉천행 기차 탑승, 신경 근처 하차 및 체류(1946년 2월 2일 포함 한 달 여) ⇒ 도보 출발(2월 4일), 첫째 국경 도착 및 월경, 봉천 도착(3박 4일) ⇒ 안동행 기차 탑승, 안동 도착(1박 2일) ⇒ 배로 둘째 국경 월경, 신의주 도착(1박 2일) ⇒ 경의선 탑승, 사리원 ⇒ 해

1) 일로전쟁 발발 및 첫째 국경 월경

가사의 서두인 ① - 가)에서 작가는 소련이 만주를 공격한 당시의 상황을 서술했다. 총성이 자자하고 화광이 충천했으며, 공중에는 비행기가 지상에는 철갑차가 밀려왔다고 했다. 나)에서 작가는 해방 후 만주동포와 자신이 처한 상황을 서술했다. 곳곳마다 아우성이고 무지한 되놈(중국인)들은 친일파를 무찔렀으며, 동포들은 돌아 갈 곳이 남북으로 갈려 어느 곳에 가서 臣民을 할지 몰라 야속한 세월을 탓할 뿐이었다고 했다. "고이고이 자란늬논 그양두고 가잔말가"라는 서술에서 작가가 만주 개척지에서 농업에 종사했음을 알 수 있는데, 가을 추수를 기다렸다 식량과 여비를 마련하고 가산도 정리해야 했던 작가의 사정을 알 수 있다.

그럭져럭 겨울듸니 빅셜은 분분코니 / 노소을 물논ᄒ고 남북으로 귀환이라 / 빅곱흔 얼인ᄋ기 줄임을 참지못히 / 엄마아바 불으근만 그 뉘라서 안아쥴야 / 남분셔쥬 피란즁이 부모좃차 일엇고나 / 엽희사람 부여잡고 ᄋᆨ결복걸 ᄒ근만안 / 무졍한 총소릭이 인순인히 홋터지니 / 울고잇든 그아기가 사싱존망 그뉘아리 / 공즁으로 솟은탄환 소낙비셔 더할손야 / 쌍은쩌져 바다듸고 물은말나 육지듸니 / 이거시 날이로다 제각기 도망이라 / 동을갈가 셔을갈가 방향을 못찰며 / 역마당 모인

주선 탑승, 학현⇒도보로 셋째 국경 월경, 청단 도착(1박 2일) ⇒ 개성행 기차 탑승(새벽), 개성 도착(1박 2일) ⇒ 경의선 탑승, 서울 도착(2박 3일) ⇒ 경부선 탑승, 대구⇒ 대구선 탑승, 영천 ⇒ 경경선 탑승, 안동 도착(1박 2일) ⇒ 경경선 탑승, 영주 도착 ⇒ 내성 도착(1946년 2월 16일 경)

군즁 눈물썩인 우름이라 / 석탄실은 바구니와 기관차이 쏙듸기는 / 귀
환인민 가득차셔 다시탈슈 업기듸니 / 남은사람 울음소릭 쳔지가 진동
는다 / 약소민족 히방듸며 동입만식 불엇근만 / 압길이 틱산이니 귀환
동포 가이업다

위는 ② – 다)의 전문이다. 작가는 만주 동포의 귀환행렬과 거기에
섞여 귀환하게 된 자신의 귀환을 서술했다. 작가는 북만주의 엄동설
한기에 귀환을 결행[7]했는데, 그만큼 작가가 고국으로의 귀환 욕망을
강하게 지니고 있었음을 말해준다. 작가는 부모를 잃은 어린 아이가
사람들을 부여잡고 애걸복걸 하지만 무정한 총소리에 사람들은 흩
어져버리고 그 아이의 생사에 대해서는 그 누구도 궁금해 하지 않는
비정한 현실도 읊었다. 소련의 만주 공격은 불과 며칠만에 종식되었
기 때문에 이때의 총소리와 탄환 상황은 아마도 마지막 일본 관동군
과 항일군과의 전투이거나, 중국 국민당과 공산당과의 초기 국공내
전일 것이다. 그리고 작가는 기차역에는 귀환민이 몰려와 있었으며,
기차는 무개차 꼭대기까지 사람을 가득 채워 출발했다고 했다.

---

7 하얼빈은 만주지역에서도 최북단에 속하는 지역으로 겨울에는 영하 38도까지 내
려가고 1월 평균 기온이 영하 20도라고 한다. 작가가 이러한 혹독한 추위를 불사하
고 귀환길에 오른 이유는 당시 전개되었던 만주지역 내 정세 변화 탓도 있었을 것
으로 추정된다. 소련의 침공으로 일본군에게서는 벗어나 민족해방을 맞이하기는
했지만 만주지역 내 현실은 동포민의 안전을 보장할 수 없는 지경으로 치닫고 있
었다. 국민당과 공산당의 내전이 본격적으로 시작된 것은 아니지만 이미 두 진영
간 만주 쟁탈전이 시작되어 국부적인 전투가 이루어지거나 마을민의 포섭활동이
전개되었기 때문이다. 대부분의 우리 동포들 은 하루 빨리 복잡한 만주지역에서
벗어나 해방된 조국으로 돌아가고 싶어 했을 것이다.

근근득신 차을어더 셕탄속이 뭇쳐스니 / 사람마다 도적이요 보호ᄒ
리 바히업ᄂᆡ / 구ᄉ일싱 오은것시 일면가셔 ᄒ차로다 / 쳔힝으로 조션
군ᄃᆡ 무기차고 보호ᄒ니 / 하로밤 여관싱활 어렷든밤 녹히도다 / 그잇
튼날 다시더나 합인을 ᄀᆡ와오니 / 홍군의 사령블너 차가업나 단고이라 /
오늘갈가 ᄂᆡ일갈가 나날이 기둘이니 / 덧업는 광음이야 뉘을위히 기드
리야 / 여관한등 찬바람ᅵ 양역셜을 쉬엿고나 / 그럭져럭 지난거시 활
빈온지 열날이라 / 쥬야불문 모은돈을 도적놈게 ᄭᅦ앗기고 / 젹슈공권
셜은몸이 죽지못히 살자ᄒᆡ

위는 ②–라)의 전문이다. 작가는 간신히 석탄을 실은 기차에 올라
출발했다. 하지만 "일면"이라는 곳에서 하차하여 "조선군대"의 보
호 아래 여관방에서 하루 밤을 묵고 다음날에야 "합인(하얼빈)"역에
도착했다고 했다. 작가가 어느 역에서 어느 기차선을 승차했는지, 하
차한 '일면'이 어디인지, 그리고 일면에서 하얼빈으로 어떻게 왔는
지는 분명하지 않다. 작가가 당시 하얼빈으로 오는 철도 가운데 경빈
선(장춘-하얼빈)을 제외한 빈주선(만주리-하얼빈), 빈수선(수분하-
하얼빈), 납빈선(납법-하얼빈), 북안선(북안-하얼빈) 등의 어느 한
노선을 탔을 것으로 보인다[8]. 작가가 하얼빈까지 오는데 그리 오랜

---

8 당시 하얼빈으로 오는 철도로는 경빈선(장춘-하얼빈), 빈주선(만주리-하얼빈),
   빈북선(북안-하얼빈), 빈수선(수분하-하얼빈), 납빈선(납법-하얼빈) 등이 있었다
   (김경일·윤휘탁·이동진·임성모, 「하얼빈의 조선인 사회」, 『동아시아의 민족이산
   과 도시-20세기 전반 만주의 조선인』, 역사비평사, 2004, 293면). 경빈선은 작가가
   하얼빈에 도착하여 봉천을 가기 위해 다시 오르는 차선이므로 처음 탄 기차는 나
   머지 하나가 된다. 빈주선은 서쪽으로부터, 빈북선은 북쪽으로부터, 빈수선과 납
   빈선은 동남쪽으로부터 오는 선이다. 따라서 작가는 서쪽과 북쪽에서부터 오는

시간이 걸리지 않은 것으로 보이므로, 작가는 하얼빈 인근 지역에서 살았을 것으로 추정된다. 한편 무기를 차고 귀환민을 보호해준 '조선군대'는 조선인의 재산과 생명을 지키기 위해 조직되어, 당시 역 주변의 치안을 담당하며 동포의 귀환을 도왔던 자치적 성격의 조선인 부대로 추정된다[9].

한편 작가는 하얼빈에 도착하자마자 "홍군의 사령불너 차가업나 단고이라"라고 하여 봉천(심양)행 기차표를 얻으려고 애썼다. 그러면서 작가는 그곳의 여관에서 양력설(1946년 1월 1일)을 지내며 열흘간이나 체류했는데, 그 사이에 모은 돈을 도둑에게 빼앗기기까지 했다. 여기에서 "홍군의 사령"은 하얼빈역을 통제하고 있던 '소련군 사령부'의 업무를 일선에서 담당하고 있던 '홍군'을 말하는 것으로 추정된다. 소련은 만주를 점령하면서 일본으로부터 만주철도의 운영권과 소유권을 이양 받았기 때문에, 1946년 1월에 만주의 기차역은 소련군의 엄격한 관리 감독 하에 있었다[10]. 그리고 당시에는 소

빈주선과 빈북선을 탔을 가능성이 제일 많다.

9 1940년대 전반기 만주에서 활약하던 대표적인 항일 한인 무력단체로는 '조선의용군'과 '한국광복군'이 있었다. 전자는 중국 팔로군 소속이며, 후자는 한국 임시정부 소속이었다(김광재, 「조선의용군과 한국광복군의 비교연구」, 『사학연구』 제84호, 한국사학회, 2006). 그러나 해방 이후 만주에서는 이 두 항일무력단체 외에도 조선인 부대가 속속 건립되었다고 한다. 목단강시의 경우 일제가 패망하자 시내를 중심으로 조선인 부대를 조직하였다고 한다. 고려경찰대, 치안대, 자위단 등의 이름과 성격으로 창설된 조선인 부대들은 조선인의 힘으로 조선인의 생명과 재산을 지키기 위해 조직되었다. 이들은 대부분 중국공산당을 지지하여 뒤에 공산당 산하에 편입되기도 하였다(염인호, 「중국내전기 만주 지방 조선의용군 부대의 활동(1945.8~1946.8) - 목단강 지구의 초기 조선인 부대 활동을 중심으로」, 『역사교육』 제86집, 역사교육연구회, 2003).

10 해방 직전 일본이 운영하던 만주철도는 전만주에 걸쳐 1만 킬로를 넘는 대철도망을 지니고 있었으며, 종사자는 40만명으로 종사자의 대부분은 일본인이었다. 해

련군을 '홍군'이 아닌 '적군'으로 불렀다고 한다. 그래서 소련군은 중국인이나 조선인들과는 언어가 통하지 않아 같은 공산당인 "홍군"의 도움을 받았을 것으로 보인다.

> 살영부이 등긔(장)ᄒ여 봉쳔차션 긔와어더 / 그날당일 날엿스나 압길이 쏘쓴친다 / 한쪽은 즁앙이요 남쪽은 팔오로다 / 이두군사 시기ᄒ여 국경을 만들도다 / 하로잇틀 인노라니 여비좃차 써러지늬 / 이럭져럭 기둘이다 음역다시 쏘하엿늬 / 남풍불어 싸쓰하며 거러라도 가련만은 / 압길은 슈말이요 산야이은 젹셜이라 / 오도가도 못할사정 귀환인민 가이업다 / 정월이라 초삼일이 단체로 길을나셔 / 첫제국경 당도ᄒ니 황혼이 듸엿고나 / 하나님이 도움인지 동포군을 만나셔라 / 그군듸의 늬력들어 자시자시 알고보니 / 듸한독입 위하여셔 쥭엄불문 위용듸라

위는 ②-마)의 거의 전부이다. 작가는 소련군 사령부에 등록하여 겨우 봉천 가는 차표를 얻어 기차를 탈 수 있었지만 이번에도 도중에 기차에서 내릴 수밖에 없었다. 그 이유는 한쪽은 "중앙"이, 그리고 남쪽은 "팔오"가 국경을 만들고 있기 때문이었다. 여기에서 "중앙"은 중국 '국민당'을, "팔오"는 중국 공산당 '팔로군'을 말한다. 결국

방 직후부터 만주철도는 엄중한 소련의 관리 하에 들어오게 되었다. 소련은 만철 운영권의 이양을 9월 27일 명령하여 11월에 들어서 인도받았다. 그리하여 12월 11일에 공식적으로 만철 소유권 인도 승락서에 승인을 받게 되었다. 이후 소련이 만주에서 철수하고 국공 내전의 전개 양상에 따라 그 운영권이 바뀌게 되었다. 1946년 4월 장춘에 입성한 중공군에 인계되었다가 6월에는 국민당군에 인계되었다(田中總一郎, 「만철 終末의 날」, 『大東亞戰爭秘史 滿洲篇(下)』, 한국출판사, 1982, 256~273면).

작가는 이곳에서 음력설(당시 양력 2월 2일)까지 지내며 오도가도 못하고 한 달 정도나 발이 묶이게 되었다. 그러다가 작가는 양력 2월 4일에 "단체로 길을 나서" "첫째 국경"에 당도했으며, 그곳에서 조선의용대의 도움을 받아 국경을 무사히 넘을 수 있었다. 조선의용대는 중국 공산당 팔로군에 소속되어 있던 단체로 독립운동을 하던 항일무장단체였다.

1946년 1월 당시에는 국공내전의 전면전이 개시되기 전이었지만, 소규모 무력충돌이 벌어지던 시기였다. 국민당은 철도연변의 대도시를, 공산당은 도시에서 비교적 거리가 있는 농촌을 장악하고 있는 상황에서, 1946년 1월 10일 두 진영은 정전에 합의를 보았다[11]. 작가가 도중에 하차하여 체류한 지점은 아마도 대도시 신경(장춘) 근처일 것으로 추정된다. 만주국의 수도였던 신경을 국민당이 장악하고, 그 남쪽인 봉천 쪽 농촌은 공산당이 점령하여 기차선이 끊겼던 것이다. 여기에서 '첫째 국경'은 그래서 쳐진 국민당과 공산당의 점령 경계를 말한다. 작가는 신경 남쪽 지점에서 발이 묶인 동포들과 함께

---

11 해방 후 중국 국민당과 공산당은 만주 땅을 차지하기 위해 혈투를 벌였다. 그리하여 국민당과 공산당은 누가 만주를 장악할 것인가를 두고 발 빠르게 움직였다. 우선 공산당은 1945년 8월부터 11월 말까지 13만 여명의 대규모 병력과 2만 여명의 간부를 만주로 이동하여 동북을 차지하는 데 노력했다. 만주에서 항일투쟁을 주도한 세력이 공산당과 관련이 있었으므로 세력 확보에 유리했다. 그러나 동북에 대한 공산당의 세력 확장은 10월 국민당의 진황도 상륙으로 제동이 걸리게 되었다. 그리고 소련이 국민당과의 외교적 관계로 인해 공산당으로 하여금 철도연변의 대도시를 국민당에게 양보하라고 요구했다. 그리하여 공산당은 "대로는 양보하고 양측을 점령한다"는 방침으로 농촌을 근거지로 활동하기로 했다. 이러한 상황에서 잦은 무력충돌이 일어나게 되자 두 진영은 1946년 1월 7일부터 정전에 관한 협의를 시작해 1월 10일에 정전명령을 하달하게 되었다(박선영, 「20세기 동아시아사 변동 : 동북에서의 국공내전」, 『중국사연구』 제16집, 중국사학회, 2001, 169~173면).

도보로 공산당이 점령하고 있었던 봉천 쪽 첫째 국경까지 와 그곳 조
선의용대의 도움으로 드디어 첫째 국경을 월경하고 봉천역에 도착
할 수 있었던 것이다.

2) 둘째 국경 월경

> 고마울손 외낫군은 귀환민을 위하여서 / 거리거리 보초보고 남힝열
> 차 틔워쥬니 / 하히갓흔 애국심이 뉘아니 감복ᄒ리 / 그날종일 차즁이
> 셔 축원축슈 ᄒ엿고나 / 밤은깁허 삼경인듸 둘지국경 당도로다 / 만쥬
> 의 ᄯ치듸고 강건너면 조선이라

위는 ③ – 바)의 전반부이다. 작가 일행은 첫째 국경을 통과해 봉천
에 도착했다. 그곳 봉천역에도 하얼빈 근처 "일면"에서와 마찬가지
로 "외낫군[12]"이 있어서 귀환민의 안전한 귀향을 도와주었다. 작가
일행은 곧바로 조선과의 국경 지역인 安東으로 향하는 안봉선 남행
열차를 탈 수 있었다. 그리하여 새벽녘에 이르러 중국과 조선의 국
경인 안동에 도착했다. 작가는 중국과 조선의 국경을 첫째 국경에
이어 둘째 국경이라고 했다.

> 빈한구셕 몸을실어 국경선을 넘엇고나 / 오미불망 팔도강산 눈압픠

---

12 필자는 "외낫군"의 정확한 의미를 파악하지 못했다. 필사본 읽기를 '의낫군' 혹은
'이낫군'(이 필사본에서 '의'는 '이'로 읽고 '이'로 옮겨야 한다)으로 할 수도 있는
데, 쉽게 연결되는 용어가 떠오르지 않아 "외낫군"으로만 표기했다.

닥쳐오늬 / 반갑기은 ㅎ노마난 마자쥴이 그뉘든고 / 신의쥬이 상육ㅎ
니 모든거시 싀로워라 / 그리옵든 고국산쳔 오고보니 젹막ㅎ다

위는 ③ - 사)의 전반부이다. 작가 일행은 안동에 도착한 후 강변의
한 여관에서 하루 밤을 자고 다음날에 배를 타고 둘째 국경인 압록강
을 건너 신의주에 당도했다. 그런데 작가는 그렇게도 고생을 한 끝에
그립던 고국에 당도했건만 오히려 적막하다는 말로 감회를 서술했
다. 그리고 작가는 신의주에는 거리거리마다 동포들이 헤매고 홍군
들이 설치고 다닌다고 했다.

3) 셋째 국경 월경 및 남한 귀로

④ - 아)는 38선, 즉 셋째 국경을 넘는 과정을 서술했다. 작가는 신
의주에 당도하여 하루 밤을 잔 뒤 경의선 남행열차에 몸을 실었다.
그리고 38선에서 가장 가까운 기차역인 사리원에서 하차했다.

북션졍싀 살핀후 남션을 구경코져 / 히쥬방면 도라들어 학현을 당
도ㅎ니 / 무슈한 군즁들은 밤들기을 기다린다 / 삽은쳡쳡 험한길이 야
반도쥬 국경이라 / 산지사방 느린쇠쥴 모르고 발기되며 / 불문곡직 자
바다가 히쥬감옥 슈감이라 / 삼쳘이 금슈강산 삼십팔도 원말삼가 / 면
촌의 달기소릭 국경넘어 쳥낭이라 / 쥬졈이셔 몸을쉬여 미명이 승차로
다 / 싯제국경 근근넘어 기셩을 당도로다

위에서는 작가가 사리원에서 38선을 넘어오는 과정을 서술했다. 작가는 사리원에서 해주 방면의 기차를 타고 학현에서 하차했다. 그리고 밤이 들기를 기다렸다가 산길을 넘어 38선을 넘은 뒤, 다시 기차를 타고 개성에 당도했다. 작가는 당시 38선을 넘어오는 코스 중에서 귀환민이 제일 많이 이용한 사리원 → 해주 방면 기차 → 학현 하차 → 도보 월경 → 청단 도착 → 기차 → 개성의 코스로 온 것이다[13]. 이 월경 코스는 비록 20~24킬로의 산길을 걸어 와야 했지만 한나절이면 넘을 수 있어서 당시 많은 귀환동포들이 선호한 코스였다. 경성 사람들은 해주 방면 월경자를 그 말끔한 차림새로 알아볼 수 있을 정도였다고 한다[14].

⑤에서는 작가가 남한에서 고향으로 귀환하는 과정을 서술했다. 한국철도사에 의하면 당시에 석탄 사정으로 인해 1946년 2월 1일부터 열차 운행이 일시적으로 감축되었다[15]. 작가가 기차를 탄 시기는 바로 이때에 해당한다. 이렇게 귀환민은 많은데 열차 편마저 줄어들

---

13 월경은 서북한의 경우 4가지 코스가 주로 이용되었다. 첫째, 경의선 남단 금교역에서 하차한 후 도보로 토성으로 나온다. 최단 코스이긴 하지만 38선 중심지대여서 소련군에게 발견당하는 경우가 많았다. 둘째, 경의선으로 사리원까지 내려와서 해주선으로 갈아타고 학현에서 하차, 20~24킬로의 산길을 타고 청단으로 빠진다. 가장 인기 있는 코스로 46년 7월까지는 정코스처럼 되어 있었다. 셋째, 사리원에서 해주선과 경의선 사이의 작은 길을 따라 연안으로 나간다. 넷째, 서해안을 배로 인천 부근 앞바다, 혹은 한강을 거슬러 경성의 마포로 나간다(森田 芳夫, 「북한의 우수」, 『대동아전쟁비사 한국편』, 한국출판사, 1982, 167~168면).

14 森田 芳夫, 「탈출」, 『대동아전쟁비사 한국편』, 앞의 책, 172면.

15 1946년 2월 1일부터 경부선은 2편의 열차가 2회 왕복하는 것에서 1회 왕복하는 것으로 줄었으며, 경의선도 2편의 열차가 1회 왕복하는 것으로 줄어들었다. 따라서 개성에서는 용산역까지 운행하는 경의선이 하루 두 번, 경성역에서는 부산까지 운행하는 경부선이 하루 두 번 운행했다. 이 당시 경의선은 서울의 용산역에서 출발하고 도착했다(『한국철도사 제4권』, 철도청, 1992, 94면).

었긴 하지만, 작가 일행은 전에 비하면 편안하게 일사천리로 귀환이 이루어졌다. ⑤ – 자)는 작가가 개성에서 경의선 기차를 타고 경성에 당도한 일을 서술했다. 작가는 서울에 당도하여 해방의 감회에 젖으며, 거리거리의 집마다 태극기를 단 것을 인상 깊게 서술했다.

> 셔울장안 두로도라 경부션이 몸실으니 / 그리든 고향산천 눈압픽 완연ᄒ다 / 디구역이 ᄒ차ᄒ여 경경철을 가라타고 / 낙동강을 건너와셔 안동이셔 일슉ᄒ후 / 다시차을 곳쳐타고 영쥬역이 다랏도다 / 거년 셧달 금은날이 작별ᄒ든 옛터로다 / 티백산셔 부든바람 소빅을 것쳐ᄒ니 / 쌀쌀한 봄바람이 살졈을 어이도다 / 그날당일 닉셩와셔 손꼽아 희아리니 / 한달이라 이십삼일 온갓풍샹 격엇도다

위는 ⑤ – 차)의 전문이다. 작가는 경부선을 타고 대구에서 하차한 후 "경경철"을 갈아탔다. 경경선은 서울의 청량리와 경주를 잇는 지금의 중앙선이다[16]. 대구에서 대구선[17]을 타고 영천까지 오면 경경선으로 연결된다. 그런데 경경선은 곧바로 영주까지 가는 선인데도, 작가는 안동에서 하차하여 일박을 했다. 영주에 밤늦게 도착하는 것보다 안동에서 내려 일박한 후 다음날 고향까지 가는 하루 일정을 잡

---

16 京慶線은 중앙선의 옛명칭이다. 1936년에 착공하여 청량리와 경주를 잇는 전구간의 완전 개통은 1942년 4월에 이루어졌다(『한국민족문화대백과사전 21권』, 한국정신문화원, 1991, 114면). 한 가지 의문은 서울 청량리에서 영주로 곧바로 오는 경경선이 있었는데도 작가가 왜 경부선을 타고 왔을까 하는 점이다.

17 대구선은 대구와 영천 간을 잇는 철도이다. 1918년 개통되었으며, 당시에는 경동선이라고 했다. 경부선과 중앙선을 이어준다(야후 백과사전 참조).

은 듯하다. 작가는 영주 기차역에 양력 2월 중순 경에 도착하여 쌀쌀한 봄바람이 살점에 와 닿았다고 감회를 표현했다. 작가는 영주역에 도착하여 그날 당일에 고향인 "내성"으로 들어왔다. "내성"은 봉화읍의 옛 이름으로, 현재 봉화군 봉화읍 내성리이다[18]. 현재는 영동선이 있어서 기차로 봉화역에 내릴 수 있지만 이 당시에는 이 구간이 아직 개통되지 않았다[19]. 마지막으로 작가는 만주를 떠나 한 달 하고 23일 동안에 걸친 귀환 노정에서 온갖 풍상을 겪었다고 하면서 끝을 맺었다. 북만주에서부터 고향 내성까지 오면서 겪은 온갖 풍상을 잊지 않고 〈일오전쟁회고가〉에 기록하려 했던 작가의 창착 의도를 짐작할 수 있다.

그런데 작가는 영주역에 도착하여 "거년섯달 금은날의 작별ᄒ든 엣터로다"라고 감회에 젖었다. 작가가 만주로 이주할 때에도 영주역에서 기차를 타고 갔기 때문에 이렇게 서술한 것으로 보인다. 그렇다면 영주역의 개통이 1942년에야 있었으므로 작가의 만주 이주 생활은 그리 오래지 않은 것으로 추정된다[20].

---

18 내성은 다음과 같은 경로를 거쳐 봉화로 개칭되었다. 1895년 安東府에 속했던 奈城縣을 乃城面으로 개칭하였다. 1914년 3개면을 합하여 乃城面이라 칭하고 봉화군청을 이곳으로 이전시켰다. 1956년 乃城面에서 奉化面으로 개칭했다. 1979년 奉化面에서 奉化邑으로 승격됐다(봉화군 봉화읍 홈페이지 참조).

19 영암선의 첫 단계를 개통 할 당시 역 이름도 '내성'이었다. 영동선은 철암선(철암에서 묵호간)이 1940년 8월에, 삼척선(삼척에서 북평간)이 1944년 2월에, 영암선(영주에서 철암간)이 1955년 12월에, 동해북부선(묵호에서 강릉간)이 1963년 10월에 개통되었다(『한국민족문화대백과사전 15권』, 앞의 책, 539면). 한편 영암선 구간도 5단계에 걸쳐 준공 개통되었다. 그 첫 번째 단계인 영주에서 내성 간 14.1㎞ 구간의 준공 개통은 1950년 3월 1일에 있었다(『한국철도 80년 약사』, 철도청, 1979, 133면). 부분적으로 개통한 이후 중앙선으로 통합된 것이다. 따라서 1946년 2월 당시에는 영주에서 내성을 잇는 영암선 철로가 개통되지 않았다.

20 영주에는 중앙선과 경북선이 연결된다. 중앙선 건설현황에 의하면 영주를 통과하

3. 해방 공간을 바라보는 시각

작가는 이념과 국적에 따라 복잡하게 전개된 역사적 정세 속에서 만주의 살던 곳을 떠나 남하했다. 작가는 남하하는 과정에서 소련군, 중국 국민당, 중국 공산당, 조선군대, 조선의용대, 북한 홍군, 북한, 남한, 38선 등 당대 정세를 구성하는 모든 집단과 현실상황을 만나고 접했다. 그리하여 작가는 〈일오전쟁회고가〉에서 해방공간에서 자신이 만나고 접한 집단과 현실상황에 대하여 견해나 감회를 틈틈이 적었다. 작가가 가장 절실하게 바라보았던 현실상황은 남북 분단의 현실과 38선이었다.

① - 나) 삼십여년 외놈의게 모든악박 못이겨셔 / 남부여딕 가는곳지 남북만이 굿치로다 / 불상홀손 우리동포 간곳마다 귀션이라 / 누구의게 신민ᄒ며 어나곳이 시민ᄒ리 / 산쳔도 무심ᄒ고 식월도 야속ᄒ다 / 놋밧희 심은곡식 눌은빗쳘 쮜엇건만 / 고이고이 자란닉논 그양두고 가잔말가 / 하나님이 사람닐직 식기인종 갓근만안 / 엇지타 우리동포 간곳마다 방황는고

④ - 아) 조곰만한 조선쌍이 남북으로 갈엿스니 / 고토을 차져온들

___
는 안동에서 단양 구간은 1942년 2월 8일에 영업을 개시하였다. 그리고 경북선은 애초 김천에서 안동까지 가는 철도선으로 안동까지는 1931년 10월 18일에 영업을 개시했다. 1943년에서부터 1944년까지 점촌에서 안동까지의 선로를 철거하고 1966년에야 점촌에서 영주까지 잇는 철로의 영업을 개시했다(『한국철도 80년 약사』, 앞의 책, 63면, 82면). 따라서 작가가 영주역에서 이별하고 기차를 탄 것이 맞다면 작가의 만주 이주는 영주역이 개통된 1942년 2월 8일 이후가 된다.

몸둘곳지 바이업닉 / 삼십팔도 국경선은 만쥬보다 더심하다 / 딕한사람
딕한으로 불원철이 왓근만안 / 철망느린 국경선을 무삼슈로 씌틀일가

① - 나)는 작가가 소련의 침공 이후에 만주의 동포가 놓이게 된 상
황을 서술한 부분이다. 작가는 삼십 여년이나 일제의 압박에 시달리
다가 드디어 해방을 맞이했지만, 남과 북 가운데 어느 곳의 시민이
될 지 선택해야만 하는 상황에 이른 것을 안타까워했다. 작가와 마찬
가지로 대다수 재만 동포들은 실제로는 자신의 고향에 따라 그 선택
이 규정되었을 것이다. 그러나 위의 발언에 의하면 그 선택이 이념에
의해서 행해졌던 사례도 있었음을 알게 한다. 작가는 고향에 의해서
든 이념에 의해서든 어느 한 곳으로 가야만 하는 현실, 즉 하나의 조
국이 둘로 나뉜 현실에 대해 통렬히 가슴 아파하며 통한의 심정을 서
술한 것이다. 그리고 작가는 익어가는 곡식을 버리고 갈 수 없다고
하면서 "하나님이 사람을 낼 때 모든 세계 인종이 다 같게 냈는데 어
찌하여 우리 동포는 이렇게 가는 곳마다 방황하느냐"며 다시 한 번
남북 분단의 현실을 개탄했다.

④ - 아)는 작가가 38선을 눈앞에 두고 합법적으로 넘어가지 못하
는 현실을 개탄한 부분이다. 작가는 고국을 떠나 외국에 살던 귀환민
의 입장에서 서술하고 있는데, 38도 국경선이 만주에 있던 첫째와
둘째 국경보다 더 심하다고 한탄했다. 그리고 작가는 불원천리하고
고국을 찾아 왔건만 이제는 자신의 고국 안에서 셋째 국경을 마주한
기막힌 심정을 서술했다. '대한사람 대한으로', '철망 늘어진', '깨트
릴까' 등의 어구를 통해 그렇게도 바라던 일제 식민지로부터의 독립

을 이루었지만 뜻하지도 않게 기막힌 분단 현실을 직면한 한민족의 통한을 잘 드러냈다.

한편 작가는 귀환하면서 당시의 여러 집단을 접하면서 가진 자신의 견해를 피력했다. 우선 작가는 귀환하며 처음 접하게 된 소련군, 중국 국민당, 중국 공산당 등 타국군에 대해서도 짧게나마 자신의 견해를 나타냈다.

① - 가) 식기강국 외놈들도 빅기을 들엇스니 / 코큰사람 식력이은 강한놈도 소용업닉

① - 나) 무지한 되놈들은 친일파을 뭇지른다

② - 라) 한쪽은 즁앙이요 남쪽은 팔오로다 / 이두군사 시기ㅎ여 국경을 만들도다

① - 가)에서 작가는 소련군에 대한 자신의 시선을 드러냈다. 작가는 당시 세계 강국이던 일본도 '코 큰 사람의 세력'에는 백기를 들 수밖에 없었다고 하여, 소련군이 포함된 서양 연합군의 세력과 무력이 대단함을 실감했다. 작가는 당시의 세계정세를 정확히 알고 있지는 못하였지만, 일본과 중국이 뒷전으로 밀릴 정도로 새롭게 재편된 세계 질서에 놀라고 당황한 것이다. ① - 나)에서 작가는 해방 후에 만주에서 자행된 중국인의 친일파 색출과 처단을 서술했다. 작가는 친일파를 색출하고 처단하는 일이 무원칙적으로 무지막지하게 이루어졌

으므로 '무지한 되놈'이라고 표현했다. ② – 라)에서 작가는 중국 중앙
군(국민당)과 팔로군(공산당)의 무력충돌로 인해 생긴 첫 번째 국경을
서술하면서 이것이 두 군사가 서로 '시기하여' 이루어진 것이라고 했
다. 국공내전의 원인을 매우 소박한 '시기'라는 용어로 나타냈는데, 당
시 만주 동포의 일반적인 견해를 반영하는 것이라고 할 수 있다.

　다음 우리 군대에 대한 작가의 견해는 타국군에 비해서 비교적 핍
진하게 피력되었다.

　　② – 마) 하나님이 도움인지 동포군을 만나셔라 / 그군듸의 늬력들
어 자시자시 알고보니 / 듸한독입 위하여셔 죽엄불문 위용듸라 / 불근
피을 쏨으면셔 긔지풍셩 몃히른고 / 산과덜이 집이듸고 굼쥬리기 여슷
로다 / 이갓흔 졍셩굿히 한국독입 차졋고나 / 만시만시 불너보시 우리
나라 독입만시

　　③ – 바) 고마울손 와낫군은 귀환민을 위하여셔 / 거리거리 보초보
고 남힝열차 틔워쥬니 / 하히갓흔 애국심이 뉘아니 감복ᄒ리 / 그날죵
일 차즁이셔 츅원츅슈 ᄒ엿고나

　　③ – 사) 거리거리 모인동포 살지못히 헤믜이늬 / 여기가도 홍군이
요 져기가도 홍군이라 / 졍치이은 눈만쓰고 탐재호싁 일삼노나

　② – 마)는 만주동포 귀환민에게 도움을 준 조선의용대를 서술했
다. 작가는 조선의용대가 한국의 독립을 위해 죽을 각오로 붉은 피를

흘렸기 때문에 한국이 독립을 할 수 있었다고 했다. 그리고 작가는 특히 객지의 산과 들을 떠돌며 굶주림에 시달리던 이들의 고초를 생각하며 감사의 마음을 표했다. 작가는 한국의 독립을 위해 최소한의 생존권마저 보장 받지 못한 채 말없이 희생한 이들을 특별히 기억하고자 한 것이다. 작품 전체를 통틀어 이러한 조선의용대에 관한 서술이 작가가 귀환 중에 만난 집단을 서술한 가운데 가장 자세한데, 그만큼 작가에게 이들의 의미가 컸던 것같다.

조선의용대는 항일무장 단체로서 중국 공산당 팔로군 소속이었다. 그러나 작가는 이들이 어디 소속인지에 대해서는 그리 큰 관심을 두지 않은 것으로 보인다. 작가가 이들에게 호의적이었던 것은 귀환하는 작가 일행을 특별히 도와주어서도 그들이 지향하는 이념에 동조해서도 아니었던 것같다. 작가는 이들을 한국인이자 생활인의 입장에서 바라보았다. 집에서 안락하게 잠을 자지도 못하고 밥도 제때에 먹지 못하는 등 일반생활인이라면 모두 꺼려하는 것을 감내하고 견디며 독립운동을 한 그들에게 인간적으로 기꺼운 감사와 찬사를 보낸 것이다. 이러한 입장은 당시 독립을 바라지만 인간적·생활적 한계를 뛰어 넘지 못해 독립운동에 가담하지 못한 한국인 모두가 지니고 있었던 것이라고 할 수 있다.

③ - 바)는 봉춘 지역에서 만난 "외낫군"에 대한 작가의 감회를 서술했다. 작가가 애국심을 운운한 것으로 보아 "외낫군"은 조선인 부대임이 확실하다. 작가는 거리마다 보초를 서고 귀환민을 위해 열차를 태워주는 이들이 애국자라고 하면서 그들에 대한 충만한 감사를 서술한 것이다. ③ - 사)는 신의주에 당도하여 본 북한의 상황을 서술

했다. 신의주는 여기 가도 홍군이고 저기 가도 홍군일 정도로 홍군이 판을 치는 세상이 되어 있었다. 당시 북한의 홍군은 조선의용대 출신이 많았다. 그런데 작가는 같은 팔로군 소속으로 만주에서 본 조선의용대에 대해서는 호의적이었던 데 반해 북한의 홍군에 대해서는 매도에 가까운 반감을 표했다. 그 이유는 이들이 정치에 개입하기 시작했기 때문인데, 이들이 정치에는 겨우 눈만 뜬 채 貪財好色하는 데에만 열중한다고 하여 그 부도덕성을 혹평한 것이다.

⑤ - 자) 왕도낙토 조흔곳을 반식게을 비웟스니 / 이아니 원통하며 이아니 분할손야 / 남산슈의 송뵉들은 옛졀기을 직혓건만 / 싱존경징 뷕셩들은 흑쇠잠여 바싯도다 / 텬운이 순환이라 우리조션 차젓스니 / 미국적을 잡아죽여 쳔식만식 사라가식 / 사쳔만의 형제자미 사리사욕 그만두라 / 삼십육연 긴동안이 퇴극기을 보앗는가 / 당파싸옴 그만두고 뷕셩들을 단결식여 / 한님금을 셤길지며 식기강국 뒤리로다 / 옛날국수 살펴보며 남인북인 당가르니 / 희망조선 오날날도 당파싸홈 일슴는가 / 나라위히 죽은목슘 불근피을 흘여건만 / 독입이후 근일연이 임금님은 어듸간고 / 오호라 우리동포 하로밧비 건국ᄒ자 / 양호투한 이시졀이 약차ᄒ며 노에뒨다

위는 작가가 경성에 도착하여 술회한 부분이다. 작가는 먼저 王都樂土를 반세기나 비웠으니 분하다고 했다. 그리고 백성들이 생존경쟁에 매달려 절개를 지키지 못하였다고 하여 나라의 독립을 위해 아무런 행동도 하지 못한 백성의 부끄러움과 自悔를 진솔하게 표현했다. 이어

서 작가는 이제 조선을 찾았으니 賣國賊을 잡아 죽여 千歲萬歲 살아가
자고 했다. 매우 격앙된 어조로 매국노의 처단을 강조한 것이다. 작가
는 내친 김에 사천만 형제자매를 향한 권고의 발언을 서술했다. 나라
를 되찾은 마당에도 이전처럼 남인이니 북인이니 당파 싸움만 일삼지
말고 나라를 위해 목숨을 바친 독립군을 생각해서 한 임금을 섬기며
건국에 매진하자고 했다. 그리고 남북의 분단을 "兩虎鬪韓"으로 표현
하고 이러한 시절에 아차 잘못하면 '노예가 된다'고 진단했다.

작가는 남북분단을 동포 간의 당파싸움 정도로 인식했다. 그런데
'당파싸움에 골몰하다 국운이 쇠하였다'는 것은 일제가 심어준 전형
적인 식민사관이다. 작가는 남북분단을 이 식민사관에 기초하여 한국
내부의 갈등으로만 바라본 것이다. 작가는 '남북으로 나뉘어 당파싸
움만 하면서 한 나라를 이루지 못하면 곧 미국이나 소련 등 제국 열강
의 노예가 될지도 모른다'고도 했다. 여기서 작가는 서구 제국주의의
실체를 위기의식을 가지고 인식하고는 있다. 그럼에도 불구하고 작가
는 제국주의의 실체를 남북분단의 현실과 적극적으로 연결해 생각하
지는 못했다. 이렇게 작가가 남북분단의 현실을 우리 역사에 실재했
던 당파싸움과 연결하여 바라본 시각은 일제가 심어준 식민사관이 얼
마나 당시 한국인에게 강력하게 작용했는지를 알 수 있게 한다.

이상으로 작가가 해방 공간의 정세를 바라보고 그에 관한 견해나
감회를 피력한 것을 살펴보았다. 조국이 둘로 나뉜 현실에 대한 통렬
한 안타까움과 38선 철선에 대한 개탄, 독립을 위해 헌신한 조선의
용대에 대한 기꺼운 감사, 동포를 위해 치안을 담당해준 조선군대의
애국심에 대한 감사, 독립을 위해 아무것도 하지 못한 부끄러움과 자

회, 하루빨리 하나의 조국으로 건국에 매진해야 한다는 생각, 재편된 세계 질서에 대한 당황스러움, 세계열강의 각축에 의해 한국이 언제 다시 노예로 될지 모른다는 위기의식 등과 같은 작가의 감회나 견해는 당시 한민족 대중의 보편적인 감성이자 사고를 대변하고 있는 것으로 보인다. 대중적인 작가의 감성과 시각은 경우에 따라서 코큰 서양인 소련군의 무력과 세력에 대한 놀라움, 친일파를 처단하는 중국인의 무지함에 대한 감회, 항일하던 두 진영이 이제는 서로 시기하여 싸운다는 생각, 북한 홍군에 대한 부정적 매도 등과 같이 소박하지만 단순함을 면치 못한 것으로 나타나기도 하고, 남북분단을 당파싸움으로 바라보는 것과 같이 왜곡된 것으로 나타나기도 했다.

작가는 하얼빈 근처에서 농사를 짓고 살던 일개 농민으로, 기차표를 구하는데 열흘이나 기다려야 했으며, 귀환 행렬 속에서 한 달 여를 꼼짝없이 체류해야만 했던 특혜라고는 전혀 받을 수 없는 일반대중이었다. 그리고 이념적으로 어느 한 편에 경도되었던 사람이 아니었고, 당대 정세에 특별한 관심을 기울인 지식인층도 아니었다. 이렇게 해방 공간을 바라보는 작가의 시각은 당대 일반 한국인의 시각을 반영하고 있는 것으로 파악할 수 있다.

4. 가사문학사적 의의

작가가 해방공간의 정세를 바라보면서 피력한 감회나 견해는 엄정한 정세인식 하에 형성된 현실 적합성과 비판성, 혹은 역사발전의 전진적 계기를 담보한 진보성을 지닌 것은 아니었다. 다만 일반대중의 입소문, 즉 당대 일반 대중의 여론을 통해서 형성된 감성과 시각을 그대로 추수한 것이라고 할 수 있다. 작가의 감성이나 시각이 옳으냐 그르냐 하는 것을 떠나 당대 일반대중의 것을 반영해주고 있다는 자체, 즉 "당대성"을 담보하고 있다는 점은 매우 중요하다. 이렇게 〈일오전쟁회고가〉는 해방공간에서의 '당대성'을 담보하고 있다는 점에서 충분히 문학적인 의미가 있다.

그런데 작가의 현실인식이 '당대성'을 지니고 있는 점을 충분히 인정한다고 하더라도, 동시에 '봉건성'을 지니고 있는 점을 간과할 수는 없을 것같다. 봉건성의 면모는 ⑤ - 자)에서 잘 드러난다. 작가가 구상한 "왕도낙토, 백성, 임금님"으로 구성된 나라는 대한민국이 아니라 조선이었다. 작가가 생각한 임금님의 실제적 형상은 예전처럼 왕조의 세습적인 왕을 의미하는 것은 아니었을 것이며, 권력의 수장으로서의 왕이었을 것이다. 그럼에도 불구하고 작가의 나라 구상은 '백성들이 한 임금님을 섬겨 왕도낙토를 이루었던 조선'이라는 봉건국가 개념의 정체성 안에서 벗어나지 못한 것이었다.

〈일오전쟁회고가〉의 '봉건성'은 작가의 나이에서 비롯된 측면이 크다. 작가는 노년층으로 추정된다[21]. "왕도낙토, 백성, 조선, 임금" 등과 같은 봉건적 용어는 임금이 실존했던 봉건체제를 경험한 연로

---

21 작가가 여성인지 남성인지는 확실치 않다. 규방가사의 전통이 강한 경북 봉화가 고향이어서 남녀 모두가 작가일 가능성이 있다. 작품의 내용 면에서 볼 때 작가는 당시 역사적 상황에 대한 작가 나름의 판단을 종종 피력하면서도 세세한 일상사에는 무심한 편임을 알 수 있는데, 이러한 면에서 볼 때는 남성일 가능성이 있다. 현재로서는 나이가 많은 어른으로만 추정할 뿐이다.

한 층의 습관적인 언어 표현으로 생각된다. 그리고 작가는 귀환 과정에서 의사 결정의 주도권을 지니지 않았던 것으로 보이는데, 가족 구성원의 일원으로 수동적으로 따라 온 노년층이었기 때문으로 판단된다[22]. 이렇게 작가는 나이가 연로하여 봉건시대를 경험한 층이었다고 보인다. 이제 시대가 변하여 외형적으로 봉건시대가 청산되었지만 작가의 내면까지 완전히 청산된 것은 아니었다. 외형적으로 현대시대를 살아가 그 '당대성'에 규정되는 삶을 살았지만, 내면적으로는 이미 형성되었던 사유와 현실인식 안에 '봉건성'이 자리잡고 있어서 그 '봉건성'의 자장 안에서 벗어나기는 힘들었다.

이러한 양면성은 당대적 용어와 봉건적 용어를 혼재해 사용한 언어 표현에도 그대로 드러난다. 작가는 학습으로 알 수 있는 세련된 용어를 거의 사용하지 않았으며, 가사문학에 흔한 관습구도 그리 많이 사용하지 않았다. 다만 일상어 및 생활용어로 진솔하게 읊어나간 것이 전부인데, 그 덕분에 당대의 용어가 가사의 서술 중에 그대로 반영되었다. "코 큰 사람, 되놈, 기관차, 귀환동포, 홍군, 중앙, 팔로, 의용대, 귀선, 북선, 남선, 38도 국경선, 주점, 서울장안, 경경철, 내성" 등의 언어들은 당대의 귀환풍속도 속에 존재했던 일상생활 용어들이다. 그런데 "세계평화, 세계인종, 약소민족, 독립만세, 생존경쟁, 단결, 건국" 등의 구호적 용어, 특히 "세계인종, 약소민족, 생존경쟁"

---

22 이 작품은 전체적으로 귀환 과정의 서술이 구체적이지는 못한 편이다. 이러한 점은 한 작가의 서술 태도에서 기인하기도 하지만, 작가가 귀환에 주도적인 역할을 담당하지 못했기 때문이라고도 할 수 있다. 아들이나 며느리 등 가장의 책임을 맡았던 쪽이 따로 있고 연로한 작가는 수동적으로 따라왔을 가능성이 많다고 보여진다.

등과 같은 사회진화론적 용어는 우리나라에 "1890년대 후반에 들어와 일반 대중에게 알려지기 시작했으며, 1905년 이후에는 당시의 신문들을 통해 하나의 유행어가 될 정도로 대중화"[23]한 용어였다. 이렇게 작가는 20세기 초에 유행한 언어를 가사에서 많이 사용하고 있기도 했다. 그리고 또한 작가는 봉건적 용어들도 상당히 많이 사용하고 있는데, "서울장안, 왕도낙토, 백성, 조선, 당파싸움, 임금" 등의 용어는 그 시대에는 걸맞지 않는 봉건시대 용어이다.

이와 같이 〈일오전쟁회고가〉는 '당대성'을 지니고 있는 동시에 '봉건성'의 자장 안에 빨려 들어가 있는 양면성을 지닌다. 작가의 성별을 알 수 없기에 비교를 하기에 무리가 있기는 하지만 현대규방가사의 경우 그 근대성과 봉건성이 혼재해 있는 양상이 두드러지는데[24], 이 작품도 그러한 점에서는 예외가 아니다. 그런데 〈일오전쟁회고가〉가 여타 현대가사 작품과 다른 점이 있다면, 관습적인 내용, 서술구조, 언어표현을 답습하는 경향에서 벗어나 특수한 내용을 다루면서 당대적 언어표현을 대폭 사용했다는 점이다. 이와 같이 〈일오전쟁회고가〉는 당대성과 봉건성의 접점 양상을 나타내면서, 당대성과 봉건성을 각각 극대화하여 보여주는 현대가사 작품이라는 점에서 가사문학사적 의의를 지닌다.

한편 〈일오전쟁회고가〉는 당대의 귀환 실상, 즉 민중사실을 담았

---

23 최현재, 「미국 기행가사 〈해유가〉에 나타난 자아인식과 타자인식 고찰」, 『한국언어문학』 제58집, 한국언어문학회, 2006, 170면.

24 백순철, 「규방가사와 근대성 문제」, 『한국고전연구』 제9집, 한국고전연구학회, 2003, 39~68면. ; 이정옥, 「여성의 전통지향성과 현실 경험의 문제 - 최근작 내방가사에 대한 보고」, 『여성문학연구』 제8집, 여성문학회, 2002, 60~85면.

다. 작가는 가장 혹독한 추위를 이겨가며 총 50여일에 달하는 기간 동안 오직 고향에 가기 위해 남하를 계속했다. 기차표를 얻기 위해 열흘간이나 기다리기도 하고, 돈을 도둑맞기도 하고, 내전으로 끊긴 기차선 때문에 오도 가도 못하고 돈만 축내면서 발이 묶이기도 하고, 할 수 없이 먼 길을 걸어서 가야만 했고, 조선군대나 조선의용군의 도움을 받기도 하고, 배를 타고 국경선을 넘고, 야밤을 틈타 38선을 걸어 넘어오고, 여러 번의 기차를 갈아타는 등등 온갖 풍상을 다 겪으며 고향인 봉화에 도착했다. 이러한 사실들은 작가 개인이 경험한 특수한 사실이지만 당시 귀환한 만주 동포 일반의 경험, 즉 민중사실을 구성한다. 이렇게 〈일오전쟁회고가〉는 특별할 것 없는 대다수 일반대중의 귀환기를 전형적으로 보여준다는 의미에서 '현실성'을 지닌다.

그리고 〈일오전쟁회고가〉는 시련도 담고 있다. 작가는 자신의 의지와 상관없이 귀환 과정에서 숱한 고난을 겪게 되었다. 노정 자체에 정세에 따른 시련이 있었고 작가는 이 고난을 이기고 무사히 귀환할 수 있었다. 작가의 귀환 노정이 급변하는 역사·사회 현실과 결부함으로써 '서사적' 민중사실이 된 것이다. 이렇게 〈일오전쟁회고가〉는 해방 공간에서 고난을 이기고 무사히 고국으로 돌아온 귀환민의 민중사실을 담아 '현실성'과 '서사성'을 갖춘 현대가사라는 점에서 가사문학사적 의의를 지닌다.

그런데 〈일오전쟁회고가〉는 286구라는 짧은 길이에 장장 1개월 23일에 걸친 귀환 경험을 담아서인지 몰라도 작가가 귀환하는 도중에 겪게 된 시련의 경험 값에 비하면 그 서술과 묘사가 구체적이지 못하고 생략적이고 개략적이다. 해방 공간에서의 동포귀환은 역사의 한 페이지를 장식할 수 있는 극적인 사건의 하나였기 때문에 그 내용의 탄력성과 생동감을 충분히 창출해낼 수 있는 소재였다. 그러나 작가는 큰 틀 안에서 귀환노정과 자신의 짤막한 견해나 감회를 읊기는 했으나, 보다 자세하고 구체적인 귀환민의 실상, 가족 구성원의 면모, 혹은 귀환 동행들과의 관계 등등 기대되는 사연들을 전혀 서술하지 않았다. 이 작품이 현실성과 서사성을 갖추어 가사문학사적 의의를 충분히 지니고 있음에도 불구하고 평면성을 면치 못한다는 평가에서 벗어나기는 힘들 것같다.

5 맺음말

역사·사회 현실에 대응한 가사문학의 창작은 꾸준히 이어져 내려왔다. 비교적 동시기에 역사·사회 현실에 정면으로 대응한 대표적인 가사 작품으로는 〈추월감〉[25]이 있다. 규방가사 〈추월감〉은 6·25 전란기에 피난생활을 떠난 한 여인의 피란생활과 서정을 서술했는데, 특히 좌우 갈등이라는 현대사의 핵심적 문제를 담고 있어 주목할 만한 가사이다. 현대사의 격동기라고 할 수 있는 해방과 전란 공간에서, 즉 해방과 전란의 와중 속에서 〈일오전쟁회고가〉와 〈추월감〉은 전문 작가가 아닌 당대인에 의해 창작되었다. 이들 작가는 역사·사회 현

---

25 이 책에 실린 「규방가사 〈추월감〉 연구 -한 여인의 피난생활과 좌우 갈등」를 참고해 주기 바란다.

실에 의해 규정받아 살아야만 하는 일상 생활인이었다. 가사문학의 생활문학적 성격이 없었더라면 이들 가사와 같이 당대성을 담보한 문학의 창작은 불가능했을 것이다. 근대 이후 격동의 현대사에서 역사·사회 현실에 대응하여 창작한 현대가사 작품을 계속하여 발굴하는 작업이 필요하다고 본다.

제5장

해방 공간에 대응한 가사문학

-문학적 의미, 그리고 가사문학사적 의의-

1 머리말

일제강점기에도 가사문학은 활발하게 창작되어 현재 수천 편의 엄청난 필사본을 남기고 있다. 그런데 이 필사본들을 읽고 내용을 파악하여 그 가운데서 의미 있는 가사 작품을 발굴해내는 작업이 품이 많이 들어서인지 몰라도 현재 이 작업에 참여하는 연구자가 매우 드물다. 그리하여 많은 필사본이 그대로 방치되어 있다고 해도 과언이 아닌데, 늦었지만 지금이라도 가사 필사본을 읽고 의미 있는 작품을 선별해내는 연구가 이루어져야 한다.

필자는 역사·사회에 대응하여 창작한 가사 작품에 주목하여 가사 필사본을 읽어왔다. 이 논문에서는 필자가 필사본은 물론 지자체에서 출간한 가사집, 가사조사자료 DB, 가사 연구서 등을 모두 조사하여 정리해둔 '해방 직후 해방 공간에 대응하여 창작한 가사'들을 연구의 대상으로 한다. 추후 이 가사 작품군에 해당하는 가사가 더 나올 가능성이 있지만, 이들 가사에 대한 연구를 더 이상 미룰 수는 없다고 판단했다.

필자가 해방 직후 해방 공간에 대응하여 창작한 가사로 확인한 작품은 총 13편이다. 이 연구에서는 해방 직후부터 1947년 봄까지 창작된 가사만 연구의 대상으로 했다. 그리하여 한국전쟁을 겪은 후 이전의 역사와 함께 해방 공간을 서술한 가사는 이 연구의 대상에서 제외했다. 이 연구는 해방 공간이라는 특정 시기에 창작된 가사 자료를 조사하고 정리하여 제시할 것이므로 일차적으로 이 시기의 연구 자료를 제공한다는 연구사적 의의도 지닌다.

이제까지 해방 공간이라는 특정 시기의 가사 작품을 대상으로 한 연구는 아직 없었다. 이들 가사 가운데 〈일오전쟁회고가라〉는 작품론이 이루어졌으며, 〈원망가〉, 〈자탄가〉, 〈춘풍감회녹〉 등은 징병 관련 유형 연구에서 다루어진 바 있고, 〈조선건국가〉와 〈수국가 〉는 여러 가사를 다루는 자리에서 간단하게 설명된 바 있다. 하지만 그 외 나머지 가사는 전혀 연구에서 다루어진 바가 없다. 한편 〈해방 후의 조선동입가라〉라는 필사본의 경우 실은 〈조선건국가〉의 이본임에도 불구하고, 새로운 가사 작품으로 소개되고 활자화되기도 했다[1].

이들 가사의 대부분이 아직까지 연구되지 않은 것은 필사본 읽기

---

1 이들 가사에 관한 기존의 연구는 2장의 각 작품을 설명하는 자리에서 제시하고자 한다.

가 어려웠던 탓도 있었겠지만, 무엇보다도 이들 가사가 지닌 문학성
에 대한 낮은 기대치가 작용한 탓이 있었다. 그런데 해방 공간을 살
아간 당대인의 삶과 의식을 담고 있는 이들 가사문학이 지닌 문학적
의미가 새롭게 조명될 필요가 있다. 한편 이러한 가사문학 작품들은
가사문학사의 전개에 있어서 매우 중요한 의의를 지닌다. 이들 가사
작품들은 일제강점기에 가사문학이 쇠퇴기에 접어든 것이 아니라
비록 일부 지역에 한정되기는 했지만 여전히 생명력을 유지하고 있
었다는 것을 말해준다. 이 연구에서는 일제강점기 이후 가사문학사
의 전개 실상이 어떠했는지를 밝히기 위해 해방 직후 해방 공간에서
창작된 가사 작품군을 구체적으로 제시하고자 한다.

이 연구의 목적은 해방 직후 해방 공간에 대응하여 창작한 가사문
학의 전개 양상을 살펴보고 그 문학적 의미와 가사문학사적 의의를
규명하는 데 있다. 먼저 2장에서는 해방 직후 해방 공간에 대응하여
창작한 가사문학의 전개 양상을 살핀다. 이들 가사의 전개 양상은 작
품세계를 기준으로 나누어 살펴본다. 작품의 소재지와 이본을 제시
하고, 각 가사가 해방 공간에서 창작된 것이 맞는지 그 창작시기를
밝힌다. 그리고 이들 가사의 작가는 대부분 무명씨이기 때문에 작가
의 성별 정도를 추정하고, 각 가사에서 서술한 내용을 정리하여 제시
한다. 3장에서는 이들 가사의 문학적 의미를 규명하고, 마지막으로 4
장에서는 맺음말을 대신하여 이들 가사의 가사문학사적 의의를 규
명하고자 한다.

2 작품세계의 전개 양상

해방 직후 해방 공간에 대응하여 창작한 가사문학으로 확인된 것
은 총 13편이다. 이들 가사는 공통적으로 해방의 기쁨을 서술하면서
도 그 구체적인 내용을 다양하게 지니고 있다. 그리하여 이들 가사의
전개 양상을 작품세계를 기준으로 크게 '해방 시국 자체에 대한 서
술'과 '해방과 개인 삶의 서술' 두 가지로 나누고, 후자는 다시 '국내
체류자의 해방'과 '귀환자의 해방'으로 나누어 살피고자 한다. 작품
세계의 전개 양상을 일목요연하게 표로 정리하면 다음과 같다. 구수
는 4음보를 1구로 계산한 것이다.

〈표〉 해방 직후 해방 공간에 대응하여 창작된 가사

작품세계	세항	작품명	창작시기	작가	구수
해방시국 자체에 대한 서술		〈해방가라〉	1945년	남성 추정	40
		〈한인사〉	1945년	김광정	209
		〈조선건국가〉	1945년 경	남성	139
		〈수국가수〉	1945년 경	남성	229
		〈히방환회가〉	1945년 경	남성	161
		〈백의천수〉	1946년 봄	남성	127
해방, 개인 삶의 서술	국내 체류자의 해방	〈히방후환히락가〉	1945년	여성	100
		〈원망가〉	1945년	여성	146
		〈자탄가〉	1946년	남성	389
	귀환자의 해방	〈단동설육가〉	1945년	여성	106
		〈일오전징회고가라〉	1946년 봄	불분명	143
		〈해방가(解放歌)〉	1946년 봄	남성	274
		〈춘풍감회녹〉	1947년 봄	김중욱	176

1) 해방 시국 자체에 대한 서술

해방 시국 자체에만 관심을 두어 개인의 삶은 전혀 서술하지 않은 가사로 총 6편이 확인되었다.

① 〈해방가라〉

〈해방가라〉의 필사본은 한국가사문학관 홈페이지[2]에 JPG 파일로 올라와 있다. 가사의 말미에 '을유팔월 십오일 히방익일'이라고 기록되어 있어 창작시기는 1945년 8월 16일임이 분명하다. 작가는 알 수 없다. 그런데 〈해방가라〉는 정확하게 4·4자 연속의 형식을 유지하고 "蹈湯赴火[끓는 물을 밟고 타는 불속에 들어감]"나 "砲煙彈雨[총포의 연기와 비 오듯 하는 탄알]"와 같이 가사문학에서 관습적으로 쓰는 한자어가 아닌 한자어도 쓰고 있다. 기계적인 4·4자 형식과 어려운 4자 한자어는 주로 남성의 가사 작품에서 많이 발견되는 특징이다. 그리하여 조심스럽긴 하지만 작가는 남성으로 추정된다.

〈해방가라〉는 4음보를 1구로 계산할 때 총 40구이다. 길이가 짧은 만치 내용도 비교적 단순하여 해방의 기쁨과 나라의 미래에 대한 기원을 서술했다. 해방의 기쁨은 같이 즐기자는 의미에서 청유 형태로, 그리고 독립된 나라의 미래에 대한 기원은 축원 형태로 서술한 가운데, 짤막하게나마 일제의 핍박현실과 독립지사에 대한 회고를 서술하기도 했다.

---

2 〈해방가라〉, 한국가사문학관 홈페이지(http://www.gasa.go.kr/) jpg 필사본 자료.

② 〈한인사〉

〈한인사〉는 「내방가사 조사, 정리 및 DB 구축」[3]에 활자본만 실려 전한다. 가사의 말미에 "개국 사천이백칠십팔년 팔월 이십일 김해 김광정 잡감리"라고 기록되어 있어 창작시기는 1945년 8월 20일이 분명하다. 작가는 김해에 사는 '김광정'으로 남성인 것은 분명하나 구체적으로 누구인지는 확인하지 못했다.

〈한인사〉는 4음보를 1구로 계산할 때 총 209구이다. 내용은 제목에 드러나듯이 해방의 기쁨 속에서 나라의 역사를 되짚어 본 것이 중심을 이룬다. 서두의 10구와 마지막의 12구만 해방의 기쁨을 서술했다. 그 중간은 먼저 95구에 걸쳐 대한의 지세, 단군, 기자조선, 부여·삼한·예맥, 고구려, 백제, 신라, 고려, 조선으로 이어진 근대기 이전의 역사를 서술한 후, 92구에 걸쳐 근대기 이후부터 해방까지의 역사, 즉 서양문명 동진, 대한제국, 러일전쟁, 헤이그밀사, 의병, 경술국치, 일제강점기의 현실, 세계대전과 대한인의 고통, 해방 등을 서술했다.

③ 〈조선건국가〉

〈조선건국가〉[4]는 이본이 5편이나 확인되어 이 논문에서 대상으로 한 작품 중 가장 활발하게 향유되었던 가사이다. 『규방가사각론』에

---

3 〈한인사〉, 한국학중앙연구원 홈페이지(http://www.aks.ac.kr)〉 한국학진흥사업(단)〉 성과포털〉 경상북도 내방가사 조사·정리 및 DB 구축. 여기에는 활자화한 것만 있고, 원필사본은 업로드하지 않았다.
4 이 가사의 제목은 '조선건국가, 됴션해방가, 대조선독립가, 해방 후의 조선동입가라, 조선건국가사집' 등 매우 다양하다. 이 논문에서는 다양한 제목 가운데 대표격이라고 생각되는 〈조선건국가〉로 가사의 제목을 삼았다. 그리고 이 논문에서는 대한민국역사박물관에 소장된 이본을 인용하고자 한다.

실린 활자본은 제목이 〈조선건국가〉(〈됴션해방가〉, 〈대조선독립가〉)
로 되어 있는데, 필사본을 활자화하는 과정에서 구절의 순서를 잘못
파악했기 때문에 다른 이본과의 대조를 통해 수정할 필요가 있다. 한
국가사문학관에는 〈해방 후의 조선독립가라〉라는 제목으로 실려 있
는데, 현재는 필사본의 JPG 파일은 올라와 있지 않고 활자본만 실려
있다. 한편 「내방가사 조사, 정리 및 DB 구축」에는 〈조선건국가사
집〉과 〈조선건국가〉라는 제목으로 두 편이 활자본으로 실려 있다. 이
가운데 〈조선건국가사집〉은 국한문 혼용체이다. 그런데 「내방가사
조사, 정리 및 DB 구축」에 실린 〈조선건국가사집〉과 동일한 것으로
추정되는 것이 대한민국역사박물관에도 소장되어 있다[5].

---

5 ① 권영철, 『규방가사각론』, 형설출판사, 1966, 370~376쪽. 권영철은 이 가사에 대
한 설명에서 '본가의 제목으로 〈조선건국가〉로 된 것은 봉화지방과 청송지방이며,
안동지방에서는 〈됴션해방가〉이며, 달성군 이남지방에서는 〈대조선독립가〉로 되
어 있으나, 내용은 대동소이한 것이다. 본항에서는 청송지방에 전파되어 있는 권
씨본을 대상으로 선정하였다(370쪽).'라고 했다. ; ②〈해방 후의 조선독립가라〉, 한
국가사문학관 홈페이지(http://www.gasa.go.kr) jpg 필사본 자료. 필자는 가사문
학관의 도움으로 필사본을 구해 볼 수 있었다. 필사본을 확인한 결과 제목은 〈해방
후의 조선동입가라〉이다. ; 김은수, 「가사의 해제와 현대역⑨ 해방 후의 조선독립
가라」, 『오늘의 가사문학』 제6호, 한국가사문학관, 2015, 320~334쪽. ; ③ 「조선건
국가사집」, 한국학중앙연구원 홈페이지(http://www.aks.ac.kr) 〉 한국학진흥사업
(단) 〉 성과포털 〉 경상북도 내방가사 조사·정리 및 DB 구축. 원필사본은 업로드하
지 않았다. ; ④ 「조선건국가」, 한국학중앙연구원 홈페이지(http://www.aks.ac.kr) 〉
한국학진흥사업(단) 〉 성과포털 〉 경상북도 내방가사 조사·정리 및 DB 구축. 원필
사본은 업로드하지 않았다. ; ⑤ 「조선건국가사집」, 대한민국역사박물관 홈페이
지(http://www.much.go.kr). 이곳에서 자료 열람과 복제 신청을 할 수 있다.
③과 ⑤의 「조선건국가사집」은 같은 것으로 추정된다. ③은 대한민국역사박물관
에 소장되어 있는 ⑤를 저본으로 하여 DB화한 것으로 추정되는데, DB화하는 과
정에서 오자가 제법 발생한 것으로 보인다. 이렇게 추정한 이유는 ⑤가 옛날 등사
본이어서 여러 부가 존재할 수 있기 때문이다. ⑤는 국한문혼용 기사인데 일반적
으로 쓰지 않는 어색한 한자어구가 많아 억지로 한자화한 것이 역력하고, 우리말
인데 한자로 옮기기도 하고, 쉬운 어구조차 한자로 썼다. 이 이본은 나중에 누군가
가 한글본을 보고 국한문혼용으로 고쳐서 등사본으로 찍어낸 것이 아닐까 한다.

대한민국역사박물관에 소장되어 있는 〈조선건국가사집〉의 말미
에는 "金陵樵人 自放[금릉초인이 스스로 마음 내키는대로 써놓다]"
이라는 기록이 있으므로, 작가는 '금릉초인'이라는 호를 가진 남성
이 분명하다. 그리고 경상북도 김천의 옛 이름이 금릉이므로 작가는
김천 사람일 가능성이 많다. 그런데 가사의 내용 가운데 "비나이다
하나님게 在外同胞 힘을도아 / 趙氏의 連城壁이 完歸할날 있게하소"
라는 구절이 있다. '조씨'와 '금릉'을 연관지어보면 김천시 금릉군 남
면의 창녕조씨 집성촌을 떠올릴 수 있으므로 작가는 김천시 금릉군
의 창녕조씨 문중의 남성일 가능성도 있다[6]. 그리고 가사의 내용에
는 "늙고病든 우리내"와 같이 연로함에 대한 언급이 많아 작가는 나
이가 많은 사람이 분명하다. 따라서 〈조선건국가〉의 작가는 '금릉초
인'이라는 호를 가진 연로한 남성으로 김천시 금릉군의 창녕조씨 문
중인일 가능성이 있는 인물이다.

〈조선건국가〉의 창작시기는 가사의 서두에서 '해방 소리에 가사
를 짓는다'고 하고, 전쟁에 나간 청년과 해외망명자의 귀국을 서술
하고 있는 것으로 보아 1945년을 넘어가지 않을 것으로 추정된다.

〈조선건국가〉는 4음보를 1구로 계산할 때 총 139구이다. 확실하지 않
은 '조씨'에 대한 언급이 있기는 하지만 내용은 전체적으로 민족의 역
사와 해방 시국 자체만을 서술했다. 13구에 걸친 '해방 소리에 가사를
짓는다'는 서두에 이어 11구에 걸쳐 민족의 역사를 간단하게 서술했다.

---

6 다섯 이본 가운데 '조씨'로 되어 있는 것은 세 개이고 나머지는 '조시, 도씨' 등으로
   되어 있다. '조시, 도씨' 등은 '조씨'의 오기로 충분히 볼 수 있으므로 '조씨' 문중과
   연관성이 있는 것으로 파악된다.

이어 경술합방과 순국자 및 해외망명자, 세계대전과 각종 공출로 인한 대한인의 고통, 징용·징병·보국대·의용대로 끌려가는 청년자제, 해방, 노인으로서의 기쁨을 서술했다, 이어서 해방 후 청년자제의 귀환, 해외 망명자의 귀환, 건국에 대한 기원과 권고 등을 서술했다. "遠遊하든 여러분내 우리經歷 어이알리"라고 하면서 민족의 역사를 서술하기도 했는데, 전체적으로 환국하는 장병과 망명자를 지향한 서술이 많다.

④〈수국가수〉

〈수국가수〉는『규방가사Ⅰ』에 활자본만 실려 전한다[7]. 미소군정에 대한 개탄에 이어 나라 건국에 대한 당부로 끝을 맺고 있어 창작시기는 1945년을 넘어서지 않을 것으로 추정된다. 작가는 알 수 없다. 그런데 가사의 서두에 "여보시오 친구임닉 이닉말슴 드러보소"라는 구절과 가사의 마지막 즈음에 "아마도 이수람은 공화정치 직일조소 / 보시는 양반들은 보시고셔 비소마소"라는 구절이 있다. 작가가 자신을 '이사람'이라고 하고 가사의 독자를 '보시는 양반들'이나 '친구임닉'로 설정하고 있어 작가는 남성이라고 할 수 있다.

〈수국가수〉는 4음보를 1구로 계산할 때 총 220구이나 되어 비교적 장편에 속한다. 경술국치 이후부터의 역사와 해방 공간의 현실을 서술했다. 경술국치에 대한 개탄으로 시작하여 3·1운동과 일제의 탄압, 해외망명, 만주사변·지나사변·2차세계대전 등의 발발과 대한의

---

7 한국정신문화연구원 고전자료편찬실,『규방가사Ⅰ』, 한국정신문화연구원, 1979, 614~622쪽. 이 책에 의하면〈수국가수〉의 출처는 "경북 청도군 이서면 다곡리(614쪽)"이다. 그리고『규방가사각론』(권영철, 형설출판사, 1966, 376쪽)에〈수국가수〉에 대한 간단한 설명이 있다.

현실, 각종 물자공출에 대한 개탄, 징용자·보국대·학생·여성 등 사람 공출에 대한 개탄, 전쟁 막바지 일제의 소개 명령과 대한인의 고통, 해방과 대한인의 기쁨을 서술했다. 이어서 도적질·귀환 일인의 만행·동포귀환선의 침몰 등 해방 후 혼란한 시국, 소련 및 미국 군정에 대한 개탄, 나라 건국에 대한 당부 등을 서술했다.

⑤ 〈히방환회가〉

〈히방환회가〉의 필사본은 한국가사문학관 홈페이지에 JPG 파일로 올라와 있다[8]. 해방 후 개천절을 맞은 기쁨과 망명인사의 귀국 및 환영을 서술한 후 건국에 대한 기대를 서술하여 창작시기는 1945년을 넘어서지 않을 것으로 추정된다. 작가는 알 수 없으나, "여보소 동긔분내 우리도 대장부라"라는 구절로 보아 남성인 것은 분명하다.

〈히방환회가〉는 4음보를 1구로 계산할 때 총 161구이다. 태고, 단군조선, 조선으로 이어지는 민족의 역사는 아주 짧게 서술하고, 경술국치로 나라를 잃은 민족의 슬픔, 일제의 핍박 현실, 해방의 기쁨, 개천절의 기쁨, 망명 인사의 귀국과 환영, 새나라 건국에 대한 기대와 권고를 서술했다. 새나라 건국에 대한 기대는 집을 지어 입택하는 날의 흥겨움으로 서술하여 해방의 기쁨을 동시에 드러냈다.

⑥ 〈백의천수〉

〈백의천수〉는 「내방가사 조사, 정리 및 DB 구축」[9]에 활자본만 실

---

8 〈히방환회가〉, 한국가사문학관 홈페이지(http://www.gasa.go.kr) jpg 필사본 자료.
9 〈백의천수〉, 한국학중앙연구원 홈페이지(http://www.aks.ac.kr) 〉 한국학진흥사

려 전한다. 작품 말미에 '四二九二년 七월 八일 수정'이라고 기록되어 있고, 작품의 내용이 해방 이후 봄날의 감회를 서술하며 끝나고 있어 창작시기는 1946년 봄으로 추정된다. 〈백의천수〉의 작가는 "망양정 해저문대 행구없는 배한척이 / 구세역군 담아싣고 방항없이 흘러간다"라는 구절로 보아 일단 망양정이 있는 경상북도 울진군에 사는 인물일 가능성이 많다. 한편 작가는 해방 후 여성 천지가 된 세상을 비판하면서 "오십넘은 안해라면 세상을 알었마는 / 철모르는 따님네와 파마머리 며느님내"라고 했다. 이 구절을 보면 남성의 입장에서 여성에 대한 호칭을 붙였으므로 작가는 남성임을 알 수 있다. 이와 같이 작가는 경북 울진에 사는 남성으로 추정된다.

이 가사의 제목은 '백의천수(흰 옷을 입은 천사)'인데, 정확한 의미는 가사의 내용을 통해 알 수 있다. 작가는 세한삼우의 절개를 칭송하면서 "힌옷입은 아녀자를 몇이나 울렸든고"라고 서술했다. 여기서 세한삼우는 절개를 지킨 독립운동가를 의미하므로 이것만을 보면 '흰 옷 입은 아녀자'는 독립운동가의 미망인을 말하는 것처럼 보인다. 그런데 작가는 세한삼우와 관련하여 "근화동사나 백의들아 힌옷입은 뜻을알자"라고도 서술했다. 여기에서 '백의들'은 우리나라 사람 전체를 가리킨다. 한편 가사의 마지막에서는 나라의 운명이 배 한 척에 탄 청춘에 달렸다고 하면서 "비노니 되옵기를 백의천사 되어주소"라고 했다[10]. 이 모든 것을 종합할 때 작가가 말한 '백의천

업(단)〉 성과포털〉 경상북도 내방가사 조사·정리 및 DB 구축. 원필사본은 업로드하지 않았다.

10 "청암절벽 저노송은 만고에 한빛이니 / 군자지절 틀림없고 푸르는 저대잎은 / 천추에 차웠으니 열여지절 틀림었다 / 설중의 피는매화 년년세세 한뜻이니 / 힌옷입

사'는 '백의민족을 위한 애국자[천사]'를 의미한다.

〈백의천사〉는 4음보를 1구로 계산할 때 총 127구이다. 전반부는 대한의 지세와 단군부터 대원군까지의 역사를 서술하고, 대원군의 실각과 함께 '나라도 다했다'고 하면서 근대기 여자 해방이 찾아왔음을 서술했다. 이어 일제강점기의 현실에 대한 서술 없이 곧바로 해방과 삼팔선, 해방 이후의 세태, 독립운동가에 대한 칭송, 봄의 감회, 건국에 대한 권고 등을 서술했다.

2) 해방과 개인 삶의 서술

해방의 기쁨과 함께 개인의 사연을 서술한 가사들이다. 이들 가사는 국내체류자가 쓴 가사와 귀환자가 쓴 가사로 나누어 살펴본다.

(1) 국내 체류자의 해방

해방의 기쁨과 함께 개인의 사연을 서술한 가사 중 국내 체류자의 가사로 총 3편이 확인되었다.

은아녀자를 몇이나 울렸든고 / 대자연의 봄이와도 너를꺽지 못하였고 / 춘하추동 돌아가도 너를변치 못하려니 / 장하다 네절개여 귀엽도다 네뜻이여 / 세상사람 일으기를 세한삼우 일렀고나 / 열차타신 여러분들 세한삼우 본받으소 / 지토에 쿳이여도 금이었지 변하오며 / 형산에 백옥인들 빛이었지 변하릿가 / 근화동사나 백의들아 흰옷입은 뜻을알자" ; "망양정 해저문대 행구없는 배한척이 / 구세역군 담아싣고 방향없이 흘러간다 / 범범중류 떠나가니 저배장치 어찌될고 / 신들은 청춘에서 지향없는 방량이냐 / 여명의 항구에서 새로운 출발이냐 / 비노니 되옵기를 백의천사 되어주소"

① 〈히방후환히락가〉

〈히방후환히락가〉의 필사본은 한국가사문학관 홈페이지에 JPG 파일로 올라와 있다. "금연칠월 독립소식 진야몽야 반갑도다"라는 구절에서 알 수 있듯이 〈히방후환히락가〉의 창작시기는 1945년이다. 작가는 해외망명 독립운동가인 시아버지와 가족들의 환국을 기뻐하는 여성이다.

〈히방후환히락가〉는 4음보를 1구로 계산할 때 총 100구이다. 해방의 기쁨, 망명독립지사에 대한 고마움, 시아버지의 환국 소식과 시아버지에 대한 발원, 더딘 환국에 대한 감회, 시아버지·숙당·도련님의 환국과 기쁨, 미국 은덕에 대한 고마움, 해방의 기쁨, 건국에 대한 기쁨 등을 순서대로 서술했다.

② 〈원망가〉

〈원망가〉는 영천시에서 출간한 『규방가사집』에 활자본만 실려 전하며, 징병 관련 유형 연구에서 다뤄진 바 있다[11]. 작가는 〈원망가〉에서 해방이 되어 모두들 환국하는데, 추석이 되어도 자신의 남편만은 오지 않는다고 했다. 그러면 이 추석은 어느 해 추석일까? 작가는 '무인시월 염칠일' 즉 1938년 10월 27일에 15, 6세의 나이로 결혼하여 남편과 '사오년'을 살았다. 그러던 중 '기묘(1939)년'에 남편이 일본으로 끌려갔다고 했다. 여기서 작가가 1938년에 결혼하여 '사오년'을 살았는데, 1939년에 남편이 일본으로 끌려갔다는 것은 앞뒤가 맞지 않는다.

---

11 영천시, 『규방가사집』, 도서출판 대일, 1988, 117~122쪽 ; 이 책에 실린 「일제강점기 징병과 가사문학의 양상」을 참고해 주기 바란다.

가사의 또 다른 구절 '원수로다 대동아전쟁 그전쟁이 원수로다'에 의하면 작가의 남편은 1943년에 공포된 조선인징병제에 의해 강제로 대동아전쟁터로 끌려 간 징병자이다. 따라서 앞의 '기묘년'은 '계미(1943)년'의 오기로 보는 것이 합당하다[12]. 한편 작가가 가사를 쓸 당시 남편과 이별한 지 '어언 삼년'이 되었다고 했다[13]. 이 모든 것을 종합해 볼 때 〈원망가〉의 창작시기는 해방 직후인 1945년 가을이다.

앞에서 살펴본 것을 종합하면 〈원망가〉를 지을 당시 작가의 나이는 20대 초반 정도이다. 그리고 작가는 "영천읍내 기차성은 곁에같이 처량하와"에서 영천역의 기차소리가 들렸다고 했으므로 영천에 살았다. 따라서 〈원망가〉의 작가는 영천에 사는 20대 초반의 여성이다.

〈원망가〉는 4음보를 1구로 계산할 때 총 146구로, 일본의 전쟁터에 끌려가 돌아오지 않는 남편을 애타게 기다리는 심정을 서술한 전형적인 신변탄식류가사이다. 결혼과 화락한 부부 금슬, 남편의 일본행과 소식 돈절, 해방 후 남편의 무소식에 대한 감회, 남편을 만나는 꿈과 각몽 후의 감회, 하루하루 가는 세월, 칠월칠석날의 감회, 추석의 감회 등을 차례로 서술했다.

---

12 이 작품에서 정확하지 않은 서술은 다음의 구절에도 드러난다. "어떤사람 팔자좋아 부모양친 묘서두고 / 부부화락 백년해로 이별없이 넘기는고 / 헛부다 내세월은 이팔방년 좋은시절 / 어이이리 더디든고" 밑줄 친 '이팔방년'은 액면 그대로 나이 16세를 말한다기보다는 '꽃다운 나이'라는 의미로 받아들이는 것이 좋을 것이다. 창작 당시 작가가 20대 초반으로 젊은 것은 분명하지만 16세는 아니었기 때문이다.

13 "십오십육 가까워서 부모님의 은덕으로 / 무인시월 엽칠일에 서산가약 깊이맺어 / (…) / 승순군자 의지하고 사오년을 넘겼드니 / 기묘년은 무슨일로 나의액운 있었는가 / 천운이 불길한가 차돌에 바람들줄 / 어느누가 알았으랴 부모처자 이별하고 / 수천리 먼먼길에 일본인가 미지련가 / 꿈결같이 원별하니 춘몽중에 생시련가 / 진야몽야 못깨달네 광음이 유수같고 / 세월이 여류하여 어언삼년 가까우니"

③ 〈자탄가〉

〈자탄가〉의 필사본은 한국가사문학관 홈페이지에 **JPG** 파일로 올라와 있다. 이에 관한 해제와 활자본도 있으며, 징병 관련 유형 연구에서도 다뤄진 바 있다[14]. 작가는 가사의 내용에서 스스로의 나이를 60세라고 밝히고 있으며, 아들 '만섭'이 지원병으로 차출되어 훈련을 받은 후 대구로 입영했다고 했다. 따라서 작가는 대구 인근에 사는 것으로 추정되는 60세의 남성이다.

〈자탄가〉의 창작년도는 작품의 내용을 통해 알 수 있다. 작가는 아들이 갑신(1944)년에 사망했으나 해방 후인 병술(1946)년 3월이 지나서야 그 소식을 듣게 되었다[15]고 했다. 그러면 작가는 해방 후 언제 〈자탄가〉를 지었을까? 작가는 갑신(1944)년 1월에 중국 전장터에 있는 아들에게 "너아달 낳다고서 일흠지어" 편지를 한 바 있는데, 이후 〈자탄가〉를 지을 당시 그때 낳은 손자 '주기'가 세 살을 먹었다고 했

---

14 〈자탄가〉, 한국가사문학관 홈페이지(http://www.gasa.go.kr) jpg 필사본 자료. ; 최한선·임준성, 「필사본 〈자탄가(自嘆歌)〉 해제」, 『고시가연구』 제28집, 한국고시가문학회, 2011, 373~401쪽 ; 이 책에 실린 「일제강점기 징병과 가사문학의 양상」을 참고해 주기 바란다.

15 "임오년 시월달에 자모한갑 잘치르고 / 지원병에 억제하여 사차불피 못면하고 / 결성으로 입소하야 육계월 훈련하고 / 계미년 시월달에 대구로 입영하야 / 일주일 훈련하고 흉지로 떤난후에" ; "갑신 정월달에 너아달 낳다고서 / 일흠지어 편지할제" ; "너간후 한달만에 순산으로 생남하야 / 주기라고 이름짓고 편지한장 하얐드니" ; "갑십년에 죽으너을 을유년을 다지나고 / 병술년 삼월까지 날마다 바랄적에 / 어린손자 등에업고 문에서서 바래나니" ; "악아악아 우리주기 불상하다 우리악아 / 세살먹은 너에몸이 아비구경 못해보고" 앞의 인용 구절에서 해결해야 할 한 가지 문제가 있다. 앞의 구절에 의하면 손자 '주기'는 아들이 떠나간 지 한달만에 태어났다. 그런데 아들은 "계미년 시월달에 대구로 입영하야 / 일주일 훈련하고 흉지로" 떠났다고 했으므로 아들의 탄생년도는 '갑신'이 아닌 '계미'가 될 수 있다. 그러나 손자의 출생년도는 갑신이 되어야 앞뒤가 맞기 때문에 아들이 훈련 후 '흉지로 떠난' 실제 시기는 계미년 12월 정도가 아닐까 한다.

다. 과거에는 보통 햇수로 나이를 계산하였으므로 이 가사는 갑신년
에서 햇수로 3년 후인 1946년에 창작되었음을 알 수 있다. 이러한 사
실들을 종합할 때 〈자탄가〉의 창작시기는 작가가 아들의 사망 소식
을 들은 직후인 1946년 봄이다.

〈자탄가〉는 4음보를 1구로 계산할 때 총 389구나 되는 장편가사이
다. 가사의 전반부에서는 아들이 지원병으로 중국에 끌려가 전장터
에서 사망하기까지를 간략하게 서술했다. 아들의 농업학교 졸업, 아
들의 결혼, 1942년 아들의 지원병 동원과 6개월 훈련, 1943년 10월
아들의 입영과 중국행, 1944년 윤사월 아들에게 편지, 아들의 전장
행로, 아들의 부상과 사망 등을 서술했다. 이후는 전형적인 신변탄
식류가사로 이어지는데, 서술단락을 구분하기가 어려울 정도로 아
들의 죽음을 애가 타게 슬퍼하는 작가의 심정을 서술했다. 300구가
넘는 구절 속에 해방 후에야 반혼한 슬픔, 죽을 줄 알았다면 사진도
박아 보낼 것 등의 후회, 일본에 대한 반감과 미소군의 활약, 전장에
서 느꼈을 아들의 심정, 절기마다의 아들 생각, 아들 무덤 앞에서의
슬픔 등을 서술했다.

(2) 귀환자의 해방

해방의 기쁨과 함께 개인의 사연을 서술한 가사 중 해방을 맞아 환
국한 귀환자의 가사로 총 4편이 확인되었다. 이외 〈회심가〉가 만주로
추정되는 해외에서 30년을 살다가 고향(경주 양동마을)에 돌아왔으
나 고향인의 박대에 서운해 하는 작가의 사연을 서술하여 해방 후에
환국하여 지은 것으로 추정된다. 하지만 내용 가운데 해방의 기쁨을

서술한 부분이 전혀 없어 해방 이전에 창작되었을 가능성을 배제할 수 없기 때문에 여기에서는 제외했다[16].

① 〈단동설육가〉

〈단동설육가〉의 필사본은 한국가사문학관 홈페이지에 JPG 파일로 올라와 있다[17]. 제목 '단동설육가'의 의미가 무엇인지는 정확하게 알 수 없다. 작가는 〈단동설육가〉에서 단동에서 체포되어 감옥에 갇혔다가 해방으로 풀려난 사연도 서술하고 있기 때문에 '단동설육'은 '단동에서의 고초를 해방으로 설욕했다'는 의미로 해석할 수 있다. 그러나 작품의 필사 상태가 '설상가상'을 "설한강산"으로 적을 만큼 오기가 많아 이 제목도 오기일 가능성이 있다. 〈단동설육가〉는 만주에 살던 작가가 해방으로 고향에 돌아와 앞으로 살아갈 일을 서술하는 것으로 끝을 맺었다. 따라서 〈단동설육가〉의 창작시기는 1945년을 넘어가지 않을 것으로 추정된다.

〈단동설육가〉의 내용 중에 "여자팔자 무산죄로 말리타향 이곳에서 이다지 고생하니", "예천땅 들어서니 찬문이들 형제가 / (…) / 집을향해 들어오니", "집을향해 들어오니 풍진노수 전여업고 / 어린것

---

16 〈회심가〉는 영천시에서 출간한 『규방가사집』(영천시, 앞의 책, 187~189쪽)에 활자본으로 실려 있다. 작가는 여성으로, 부모를 따라 해외로 가 그곳에서 결혼도 하고 30년 가까이 타향살이를 했다. 작가는 타향살이 후 고향 양동마을에 돌아온 감회를 서술하는 가운데 고향인의 박대에 대한 서러움도 표현했다. "우리동긔 족하들도 고국을 환가ᄒ여 부귀창승 누리그든"이라는 구절로 볼 때 작가가 고향으로 돌아온 시기가 해방 이후가 아닐까 추정은 되지만 확실치 않아 이 논의에서 제외한 것이다.
17 〈단동설육가〉, 한국가사문학관 홈페이지(http://www.gasa.go.kr) jpg 필사본 자료.

을 살펴보니 천한인생 면치못해” 등의 구절이 나온다. 따라서 작가는 예천에 사는 여성으로 제법 장성한 아들들과 어린 자식이 있는 것으로 보인다.

〈단동설육가〉는 4음보를 1구로 계산할 때 총 106구이다. 전반부의 63구는 과거에 있었던 시동생과의 사연, 즉 땅 문제로 시동생을 찾아 설득하고 지서에서 문제를 논의하기도 하면서 해결하기까지의 사연을 오고 간 대화를 중심으로 서술했다. 그런데 ‘찬기’가 작가의 아들임에도 불구하고 ‘찬기모친 하는말이’와 같이 자신을 객관화하기도 하고 대화 당사자의 말이 어디에서 끝나는 것인지도 불분명하여 가사의 내용을 온전히 파악하기가 힘들다. 후반부의 43구는 만주에서의 감옥살이와 해방 후의 고향귀환을 서술했다. 작가는 만주봉천에서 돈을 벌려고 했으나 여의치 않자 귀국길에 올랐다. 그런데 고향으로 오는 길에 “만아강 공골위”에서 경찰의 조사를 받게 되고 이듬해 해방까지 수감생활을 했다. 이때 작가는 세 살 먹은 어린 자식을 떨쳐두어야만 했다고 했는데, 무슨 이유로 만주에서 수감되었는지는 서술하지 않았다[18]. 이어 작가는 해방으로 출옥한 후 곧바로 귀환길에 올랐다. 기차로 4일만에 김천에 도착하고 고향땅 예천집으로 돌아와 앞날을 걱정하고 화목하게 살 것을 기원했다.

---

18 “제산봉거 할라다가 고향산천 향할때에 / 만아강 공골위에 경찰이 조사하며 / 근사죄로 만든돈을 뺏앗아 노은후에 / 경찰서로 가자하니 여자팔자 무산죄로 / 말리타향 이곳에서 이다지 고생하니 / 예전에 서인말삼 갈소록 태산이요 / 설한강산 이라더니 이레두고 한말이다 / 세살먹은 어린자식 눈물흘려 떨쳐두고 / 날차지리 누가있나 사오일 굼고나니 / 엇지아니 서러우며 이러타시 지나니까 / 엄동설한 간곳업고 봄나춘이 닥처온다 / (…) / 이곳에 내가와서 감옥생활 윈일인고 / 그럭저럭 지내다가 해방이 되었쓰니 / 옥문전 내달라서”

② 〈일오젼징회고가라〉

〈일오젼징회고가라〉의 필사본은 『역대가사문학전집』에 실려 있으며, 작품론도 이루어진 바 있다[19]. 작품의 서두는 "을유팔월 초팔이은 일오젼징 시초이라"로 시작하는데, 1945년 8월 8일은 소련이 대일선전포고를 한 날로, 따라서 제목의 '일오'는 '日露', 즉 일본과 러시아를 말한다. 만주 동포들의 입장에서는 일로전쟁 후 며칠 만에 해방이 되었기 때문에 '일오전쟁'은 '해방'의 발단이 된 중대한 사건이었다. 작품의 말미에 "병슐[1946]이월필기슷"이라 기록되어 있어 〈일오젼징회고가라〉의 창작시기는 1946년 봄이 확실하다.

〈일오젼징회고가라〉의 작가는 경북 봉화가 고향인 연로한 사람인 것은 분명한데, 여성인지 남성인지는 알 수 없다[20]. 한편 작가는 영주역에 도착하여 "거년셧달 금은날의 작별흣든 옛터로다"라고 서술하여 만주로 이주할 당시 영주역에서 기차를 타고 갔다고 했다. 영주역의 개통은 1942년에야 이루어졌으므로 작가의 만주 생활은 그리 오래지 않은 것으로 추정된다[21].

---

19 임기중 편, 『역대가사문학전집』 제16권, 여강출판사, 1994, 436~468쪽 ; 이 책에 실린 「만주동포귀환기 : 〈일오전쟁회고가〉」를 참고해 주기 바란다.

20 작가는 당시의 역사적 상황이나 각 집단에 대한 관심이 많으면서도 세세한 일상사에는 무심한 편이어서 남성일 가능성이 있다. 그러나 현재로서는 나이가 많은 어른으로만 추정할 뿐이다.

21 영주에는 중앙선과 경북선이 연결된다. 중앙선 건설현황에 의하면 영주를 통과하는 안동에서 단양 구간은 1942년 2월 8일에 영업을 개시하였다. 그리고 경북선은 애초 김천에서 안동까지 가는 철도선으로 안동까지는 1931년 10월 18일에 영업을 개시했다. 1943년에서부터 1944년까지 점촌에서 안동까지의 선로를 철거하고 1966년에야 점촌에서 영주까지 잇는 철로의 영업을 개시했다(철도청, 『한국철도 80년 약사』, 철도청, 1979, 63쪽, 82쪽). 작가가 영주역에서 이별하고 기차를 탄 것이 맞다면 작가의 만주 이주는 영주역이 개통된 1942년 2월 8일 이후가 된다.

〈일오견징회고가라〉는 4음보를 1구로 계산할 때 총 143구이다. 〈일오견징회고가라〉는 한 동포가족이 1945년 12월 말경(양력)에 하얼빈 근처 북만주를 떠나 1달 23일만에 고향인 봉화 내성리에 귀환한 과정을 서술한 만주동포 귀환기이다. 소련의 만주 공격, 해방과 혼란스러운 만주의 상황, 12월 말 북만주 출발, 하얼빈 도착과 기차표 구입, 걸어서 첫째 국경 월경, 기차로 봉천 및 안동 도착, 배로 둘째 국경 월경 및 신의주 도착, 기차로 사리원 도착, 걸어서 셋째 국경월경, 기차로 개성 및 경성 도착, 기차로 안동 및 영주 도착과 고향 봉화 도착 등을 차례로 서술하면서 틈틈이 해방공간에 대한 자신의 견해나 감회도 서술했다[22].

③ 〈해방가(解放歌)〉

〈해방가(解放歌)〉는 문경시에서 간행한 『우리 고장의 민요가사집』에 활자본으로만 전한다[23]. 작가는 "기미[계미(1943)의 오기]년 유월 달에 징용에 끌려가서" 해방이 되어 귀환한 강제 징용자이다. 이 가사는 문경시의 가사집에 실려 있으며, 작품 말미에 소장자일 것으로 추정되는 "점촌시 윤직동 김민규"라는 기록이 있는 것으로 보아 작

---

22 여기서 '첫째 국경'은 중국 국민당과 공산당의 점령 경계를, '둘째 국경'은 중국과 대한의 국경을, 그리고 셋째 국경은 삼팔선을 말한다. 작가는 38선을 넘어오는 코스 중에서 당시 귀환민이 제일 많이 이용한 코스로 넘어왔다. 사리원→해주 방면 기차→학현 하차→도보 월경→청단 도착→기차→개성의 코스로 밤 한나절이면 넘을 수 있었다. 森田 芳夫, 「북한의 우수」, 『대동아전쟁비사 한국편』, 한국출판사, 1982, 167~168쪽.
23 문경문화원, 『우리 고장의 민요가사집』, 鄕土史料 제10집, 문경문화원, 1994, 219~228쪽.

가가 문경에 사는 인물일 가능성이 많다. 한편 내용 중에 "날같은 사람이야 부모형제 않게시니"와 "십여명의 가족으로 칠팔개월 그사이에 한푼돈 버리없이"라는 구절이 있다. 이렇게 작가는 부모형제는 없으나 딸린 가족이 십여 명이나 된다고 했으므로 아마도 손자녀가 있었을 것으로 보인다. 따라서 작가는 강제징용이 되었다가 귀환한 자로 문경지역에 사는 중년의 남성으로 추정된다.

작가는 귀환한 후 별다른 벌이도 없이 '7~8개월'을 살았다. 그리고 가사의 마지막 즈음에 봄날을 맞이하여 해방의 기쁨을 만끽하는 남자와 여자의 형상을 서술했다. 따라서 〈해방가〉의 창작시기는 작가가 귀환한 지 7~8개월이 지난 1946년 봄으로 추정된다.

〈해방가〉는 4음보를 1구로 계산하여 총 274구나 되는 장편가사이다. 내용은 다소 산만한 편이다. 전반부의 88구는 해방과 작가의 사연을 서술했다. 징용과 해방, 부산항 당도의 감회, 굶주린 배를 채움, 침몰한 귀환동포에 대한 감회, 귀환일행과의 이별, 귀환동포를 겨냥한 각종 사기에 대한 한탄, 부산역 기차 승차, 귀환동포의 서러운 처지, 귀환 후 작가의 생활고 등을 차례로 서술했다. 중반부의 122구는 해방 후의 세태에 대한 작가의 개탄과 권고를 서술했다. 부자들의 행태에 대한 개탄, 조선인 전체를 향한 경계의 말, 건국 매진에 대한 권고, 교육 받은 여자·청년들·부부·첩을 둔 남자의 행실에 대한 개탄 등을 서술했다. 후반부의 64구는 먼저 28.5구에 걸쳐 봄날에 만끽하는 해방의 기쁨을 남자와 여자로 나누어 서술했다. 그런데 가사의 마지막은 35.5구에 걸쳐 여성의 신세한탄을 서술했다. 이전의 서술이 여성의 꽃놀이였기 때문에 자연스럽게 여성의 신세한탄으로 이어진 것 같은데, 가사의 전체적인 내용과는 매우 동떨어진다.

④〈춘풍감회녹〉

〈춘풍감회녹〉의 필사본은『영남학』제9집에 영인되어 있으며, 징병 관련 유형 연구에서 다뤄진 바 있다[24]. 가사의 말미에 "졍희 윤이월 김즁욱 씀"이라는 기록이 있고, 가사의 내용 중에 "갑신연 츄칠월에 남에쌈에 칼을쌔여"라는 구절이 있다. 그리고 〈춘풍감회녹〉을 소개한 백두현은 '이 필사본의 출처가 봉화이므로 김종욱은 봉화 사람인 듯하다'고 했다[25]. 따라서 〈춘풍감회녹〉의 작가는 1944년에 강제로 징병되었다가 생환한 김중욱으로 봉화 사람인 것으로 추정된다. 그러나 김중욱이 구체적으로 누구인지는 밝혀내지 못했다. 다만 작가가 징병되어 집을 떠날 때 "부모쳐즈 싱별ㅎ고"라고 했으므로 '부모처자'를 둔 기혼 남성인 것은 분명하다. 그리고 〈춘풍감회녹〉의 창작시기는 작가가 해방되어 고국에 돌아온 후 어느 정도 심신의 안정을 취하고 난 1947년 봄이다.

〈춘풍감회녹〉은 4음보를 1구로 계산할 때 총 176구이다. 〈춘풍감회녹〉은 작가가 1944년 "츄칠월"에 징병으로 차출되어 중국의 전쟁터를 떠돌다 해방이 되어 고국에 도착하자마자까지를 서술했다. 소

---

24 백두현,「일본군에 강제 징병된 김중욱의〈춘풍감회록〉에 대하여」,『영남학』제9호, 경북대 영남문화연구원, 2006, 419~470쪽. 431~446쪽에 활자본이, 그리고 447~470쪽에는 필사본 영인이 실려 있다. ; 이 책에 실린「일제강점기 징병과 가사문학의 양상」을 참고해 주기 바란다.

25 이 가사를 소개한 백두현은 "이 가사집의 출처가 경상북도 봉화라 하니 김중욱은 봉화가 고향인 듯하다(위의 글, 422쪽)."고 했다.

속 군대가 거쳐간 각지의 경관이나 역사지를 많이 서술하여 언뜻 보면 중국기행가사로 보일 정도이다.

서두에서 징병 차출과 고국이별의 감회를 간단히 서술한 후 이후는 중국에서 겪은 전투경험을 서술했다. 작가는 안동현, 봉천, 산해관, 천진 등을 거쳐 보름만에 창주에 도착하여 전투에 참가했다. 이어 12월 중순에 남경을 거쳐 무창 등을 지나 1945년 3월에 '백석'에 둔을 쳤다. 그런데 작가는 이곳에서 일본군을 탈영했다. 탈영한 작가는 굶주린 배를 안고 한 마을에 이르러 도움을 받은 후 중국 병부를 찾아가 중국군과 1개월을 지내다가 일군과의 접전에 투입되어 반년을 싸웠다. 드디어 해방이 되자 작가는 상해에서 배를 타고 우리나라에 도착했다.

3. 문학적 의미 : 당대의 다큐멘터리

해방 공간을 살아간 이들의 삶과 인식을 담은 문학 작품은 대부분 해방이 한참 지난 뒤에 쓴 것이 대부분이다. 그에 비해 이들 가사는 해방 직후의 공간을 마주하고 살았던 당대인이 쓴 것들이다. 이들 가사문학은 소박하기 짝이 없는 4음보 연속의 단순한 형식에 생각나는 대로 적어내려 갔음직한 내용들을 담고 있기 때문에 후대인이 쓴 해방 공간에 대한 문학에 비해 문학적 수월성이 떨어진다는 것은 부인할 수 없다. 그런데 이들 가사는 해방 공간을 살아간 당대의 작가들이 해방 공간에서 느낀 감회, 해방 공간을 바라보는 시각, 그리고 자신의 삶을 서술함으로써 후대인이 쓴 문학 작품이 지니지 못하는 당대성을 지닌다. 이렇게 이들 가사는 당대인이 당대를 서술함으로써 당대의 다큐멘터리로 기능한다는 문학적 의미를 지닌다. 이들 가사가 지니는 다큐멘터리로서의 문학적 의미를 첫째, '해방 공간을 살아간 개인의 다양한 삶 반영'과 둘째, '해방 공간을 바라본 당대인의 시각 반영'이라는 측면에서 살펴보고자 한다.

먼저 '해방 공간을 살아간 개인의 다양한 삶 반영'의 측면을 살펴보도록 하겠다. 개인의 삶을 서술한 가사 가운데 국내 체류자가 쓴 가사들은 일제강점기에 오랜 세월 나라를 위해 활동한 해외망명 독립운동가나 강제로 징집되어 일본을 위해 죽음의 현장으로 끌려간 징병자를 둔 가족의 삶을 반영했다. 〈히방후환히락가〉는 미국 방면으로 망명하여 30년간이나 독립운동을 했던 독립운동가 가족이 환국하는 사연과 그들의 독립운동 활동을 존경하며 그들을 애타게 기다리는 며느리의 삶을 반영한다. 〈원망가〉는 징병으로 끌려가서 돌아오지 않는 남편을 사무치게 기다리는 한 여인의 삶을 반영한다. 〈자탄가〉는 징병으로 끌려가서 중국의 전장터에서 사망한 아들의 죽음을 늦게서야 통보 받고 처절하게 울부짖는 한 아버지의 삶을 반영한다.

개인의 삶을 서술한 가사 가운데 귀환자가 쓴 〈단동설육가〉는 시동생과의 땅다툼 뒤에 만주로 갔다가 고향으로 돌아오는 길에 만주에서 수감생활을 하다가 해방으로 풀려나 귀향한 한 여성의 삶을 반영한다. 〈일오견징회고가라〉는 만주에 살다가 해방이 되어 3개의 국경을 천신만고 끝에 넘고 1달 23일 만에 고향에 도착한 만주동포 귀환자의 삶을 반영한다. 〈해방가〉는 해방 후 겨우 밀선을 타고 죽을 고비를 넘기며 고국으로 돌아왔지만 푸대접과 생활고에 시달렸던 징용 귀환자의 삶을 반영한다. 〈춘풍감회녹〉은 징병으로 일군에 편입되어 중국 전장터에서 싸웠으나 탈영을 감행한 후에는 중국군에 편입되어 일제에 맞서 싸운 한 징병자의 삶을 반영한다.

이와 같이 개인의 삶을 서술한 가사 작품들은 해방 공간을 살아가던 사람들의 그야말로 파란만장하다고 할 정도의 다양한 삶을 반영했다. 특히 〈일오견징회고가라〉는 북만주에서부터 봉화까지 도착하는 여정과 그때그때의 감회를 서술함으로써 그야말로 만주동포의 고국귀환 다큐멘터리로 손색이 없다고 할 수 있다.

한편 해방 공간의 시국 자체만을 서술한 가사 6편은 각 작가의 삶을 전혀 서술하지 않았지만 이들 가사의 존재 자체가 해방 공간을 살아간 한 유형의 삶을 반영한다. 이들 가사는 해방 공간을 마주한 당대인들 가운데 일제강점기를 살아온 극심한 고생을 생각하며 반일감정을 키우기도 하고, 국내외 독립운동가에 대한 고마움을 표하기도 하고, 해방 후 전개되는 시국과 세태를 개탄하기도 하고, 건국에 대한 기대 속에서도 우려하며 지낸 사람들이 많았다는 사실을 반영한다. 특히 길이가 긴 〈한인사〉, 〈조선건국가〉, 〈수국가〉, 〈희방환회가〉 등 4편은 그간 자행되었던 일제의 가혹한 물적·인적 공출을 고발하고 그로 인한 대한인의 고통을 핍진하게 서술함으로써 해방 직후 반일감정에 치를 떨던 한국인이 매우 많았음을 반영한다고 하겠다.

한편 다양한 삶을 반영하고 있는 이들 가사에서 알 수 있는 바는 해방 공간에는 기쁨에 젖어 있는 사람만 존재했던 것이 아니라 각 개인이 처한 상황에 따라서 다양한 감정을 혼재하여 지닌 사람도 많았다는 것이다. 당시에 나라 전체는 해방의 기쁨을 만끽하며 들떠 있는 분위기였다. 이런 분위기에서 어떤 사람은 집안의 어른이 무사 귀환하거나 전쟁터에서 살아 돌아와 즐겁고 희망적인 분위기에 빠져 있기도 했다(〈히방후환히락가〉, 〈춘풍감회녹〉), 그러나 이와는 대조적으로 어떤 사람은 끝없는 슬픔이나 불안 속에 빠져 있기도 했는데, 남편과 아들의 부재나 사망으로 슬픔 속에 젖어 있기도 하고(〈원망가〉, 〈자탄가〉), 생활고로 자식들과 살아갈 일에 대한 걱정에 빠져 있기도 하고(〈단동설육가〉), 생활고에 대한 걱정과 해방의 세태에 대한 불만에 빠져 있기도(〈해방가〉) 했다. 그리고 상당수의 사람들은 지난날의 식민지 역사와 그로 인한 뼈아픈 경험이 만든 트라우마 때문에 새로운 국가 건설에 대한 기대와 우려 속에 지내기도 했다.

다음으로 '해방 공간을 바라본 당대인의 시각 반영'이라는 측면을 살펴보도록 하겠다. 해방 공간의 시국 자체만을 서술한 가사 6편과 개인의 삶을 서술한[26] 〈히방후환히락가〉와 〈해방가〉는 해방 공간을 바라보는 작가의 시각을 드러냈으므로 이들 가사를 중심으로 살펴본다.

대한의 해방은 연합군이 승리하고 일본이 항복함으로써 이루어진 것이었다. 그런데 해방과 동시에 한반도에는 3·8선이 그어지고

---

26 개인의 삶을 서술한 가사 중에서 〈원망가〉와 〈자탄가〉는 징병되어 돌아오지 않는 남편과 사망한 아들을 생각하는 데에, 〈단동설육가〉는 해방 전후에 걸친 자신의 사연을 말하는 데에, 그리고 〈춘풍감회녹〉은 징병되어 참가한 전투 경로와 현장을 전달하는 데에만 서술이 집중되어 해방 공간에 대한 작가의 시각이 드러나지 않는다.

남과 북에 미소군정이 들어섰다. 그리하여 이들 가사는 해방의 기쁨을 서술하면서 연합군의 역할과 미소군정에 대해 서술했다. "영미소 즁 사개국이 해로에 회담하야 / 조선땅을 분리하야 독립식힐 의론햇네"(〈한인사〉)와 같이 짧게 사실만을 서술한 작품도 있지만 3·8선과 미소군정에 대한 반감을 드러낸 가사가 더 많았다. 〈백의천ᄉ〉에서는 나라를 둘로 갈라놓은 3·8선에 대해 개탄했으며, 〈일오전칭회고가라〉에서는 3·8선에 대한 개탄과 아울러 "양호투한 이시졀의 악차ᄒ며 노에된다"와 같이 미소군정에 대한 우려를 드러내기도 했다[27]. 3·8선과 미소군정에 대해 반감을 드러낸 〈ᄉ국가ᄉ〉의 구절을 인용해본다.

> 해방된후 얼마후에 연합군인 상육한다 / 우리조션 활반하야 북즉은 노국군인 / 남즉은 미국군인 ᄎ릐로 상육하늬 / 우리조션 무ᄉ일노 한 나라로 활반하ᄂ / 이것시 이ᅙ하고 연합군도 욕심이지 / 북즉은 모를 지나 남즉을 볼즉시면 / 팔쳑신즁 노랑머리 높푼코 깁푼눈을 / ᄉ력을 ᄌ랑노라 애기행행 왕늬하늬 / 군정하려 나와서며 일본군인 무즁해지 / 조션ᄉ람 싱명직물 치안이라 할것이지 / 정치애 ᄯ을두고 내정간습 무ᄉ일고 / 연합군애 득택으로 ᄌ유해방 식혀시며 / 정치나 간습하것 겸잔히 다니다가 / 고요히 도라가며 정당ᄒ다 할것신되(〈ᄉ국가ᄉ〉)

27 "마슬의 삼팔선을 누구가 만들었나 / 관리도 백성도 어른도 아해들도 / 백두산 신령님도 지리산 까마귀도 / 까맛게 몰랐그던 어대에서 만들었나 / 일시동인 우리동포 두나라도 갈라놓고"(〈백의천ᄉ〉). ; "조곰만한 조선쌍이 남북으로 갈엿스니 / 고토을 차져온들 몸둘곳시 바이업늬 / 삼십팔도 국경션은 만쥬보다 더심하다 / 딕한사람 딕한으로 불원쳔철이 왓근만안 / 철망느린 국경션을 무삼슈로 싁틀일가 / (…) / 삼쳘이 금슈강산 삼십팔도 원말삼가"(〈일오전칭회고가라〉).

　위에서 작가는 3·8선과 미군정을 통렬하게 개탄했다. 작가는 해방이 되자마자 북쪽에 소련군이, 그리고 남쪽에 미군이 상륙한 것이 '이상하다'고 하면서 이것이 연합군의 욕심이 아니냐고 했다. 작가는 남쪽의 미군이 기괴한 모습을 하고 세력을 자랑하려 여기저기를 왕래한다고 서술하여 미군에 대한 곱지 않은 시선을 드러냈다. 작가가 보기에 군정이라면 일본군을 무장해제 시키고 '조선사람'을 지키는 치안만 담당하면 될 것이고, 연합군의 승리로 우리나라가 해방되어 그 탓에 미군이 우리나라로 들어온 것이므로 미군은 점잖게 있다가 돌아가면 그만이었다. 그런데 미군이 우리나라의 정치에까지 끼어들어 내정간섭을 하고 있다고 하면서 미군에 대한 강한 반감을 드러낸 것이다.

　이와 대조적으로 드물지만 미국의 은덕과 미군에 대한 보은을 서술한 가사도 있다. 〈히방후환히락가〉의 작가는 해외로 망명하여 독립운동을 한 시댁 식구의 환국을 기다렸기 때문인지, "미국보은 ㅎ 올적이 ㅈ손이 유익ㅎ고 / 싱싱불망 ㅎ압소서 오날날 미국은덕 / 티손이 가부압다"라고 하여 특별히 미국에 대한 보은과 미국의 은덕을 서술하기까지 했다. 작가가 '미국의 은덕이 태산보다 무겁다'라고 말할 정도라면 미군정도 환영했을 것이 뻔하다.

　이들 가사의 해방 공간을 바라보는 시각에서 특이한 점은 해방의 공을 해외망명 독립운동가, 특히 미국망명 독립운동가에게 돌리고 있는 작품이 상대적으로 많다는 것이다. "삼십여년 객지에서 독립운동 하든분을 / 사개국에 조력하니 그분들의 성공일세"(〈한인사〉), "이덕이 뉘덕인고 성공ㅎ신 이양반들 / 부도청순 다ㅎ리고 각국이

히손ㅎ여 / 슴십육연 이동안을 피짬을 흘리면서 / 기포을 무호시고 동립성공 바다닉여"(《희방후환히락가》) 등에서 알 수 있듯이 국내 독립운동가보다는 해외망명 독립운동가에, 그리고 해외망명 독립운동가 중에서는 만주보다는 미국 망명독립운동가에 더 큰 관심을 두는 경향을 보인다는 것이다.

환국하는 해외망명 독립운동가에 대한 찬사는 이들을 건국의 주체로 기대하는 데까지 이르기도 했다. 이 점을 포함하여 해방 공간을 바라보는 시각을 〈조선건국가〉를 인용하여 살펴보도록 하겠다.

① 잇대에 英雄志士 入山蹈海 멸멸이고 / 父母妻子 다바리고 古國山河 離別하고 / 손목잡고 눈물흘려 西北으로 헐어저서 / 萬里을 咫尺같이 草行露宿 不計하고 / 復國情神 품에품고 海外各國 鳴寃하니 / 壯할시고 壯할시고 誰某誰某 壯할시고 / (…) / ② 나오시네 나오시네 海外先輩 나오시네 / 太極旗 손에들고 國歌을 合唱하니 / 듯는者 拍手하고 보난者 뛰고노네 / 怨讐도로 恩人되고 먹은마음 다풀린다 / 높으도다 높으도다 海外僉位 높으도다 / 有志者 事竟成은 今日이야 보겟구나 / (…) / 이와같은 오늘날을 準備한지 멸멸해요 / 銃釰가진 子弟들을 앞서우고 뒤셔와서 / ③ 西洋文化 배에싣고 朝鮮땅 돌아설제 / 우리民族 數가불어 三千萬이 되얏구나 / 太平洋 건너서서 大朝鮮 將來事業 / 우리들의 雙肩上에 무겁게 가치실고 / ④ 億萬年 坦坦前途 이집을 再建하니 / 仁義禮智 터를닦아 三綱五倫 지추박고 / 孝悌忠信 立柱하야 平和主義 大樑언저 / 士農工商 窓戶달고 法樂刑政 장치한後 / 四大門을 通開하고 治安經濟 文明發展 / 萬國瞻視 羞恥없이 하로밥이 進行하소(《조선건국가》)

위의 ①에서 작가는 경술국치 후 '영웅지사'가 '복국정신'을 품고 '서북으로' 흩어져 '해외각국'에서 장한 일을 했다고 칭송했다. 여기서 작가는 해외망명 독립운동가로 만주망명 독립운동가도 생각하고 있음을 알 수 있다. ②에서 작가는 해외망명 독립운동가가 평생을 해외에서 천신만고의 고생을 하다 환국하게 되었음을 칭송했다. 그런데 ③에서 작가는 미국에서 활동한 독립운동가가 "太平洋 건너" "西洋文化 배에싣고 朝鮮땅"으로 환국했다고 하면서 이들이 "大朝鮮 將來事業"을 같이 짊어지고 갈 것이라고 했다. 이렇게 작가는 환국하는 미국망명 독립운동가를 건국의 주체로 생각하고 있음이 드러난다. 해외망명 독립운동가들이 속속 환국하는 해방 공간에서 주로 미국 쪽 해외망명 독립운동가가 환영을 받으며 해방의 공을 차지했던 당대의 상황을 반영하는 것이라고 할 수 있다.

앞의 ③에서 살펴보았듯이 작가는 서양문화를 수용하여 새나라를 건국하자는 입장을 지녔다. 새나라를 건국할 때 서양의 문화와 문물을 수용해야 한다는 입장은 〈백의천사〉를 제외한 대부분의 가사에서 드러난다[28]. 그런데 위의 ④에서 작가는 건국을 집짓기로 비유하며 집짓기에 필요한 여러 가지를 나열하고 있는데, 특별히 인의예지,

---

28 미군정을 비판한 바 있는 〈亽국가亽〉의 작가도 "무식亽를 업시하고 영국방면 힘을 써셔 / 서양나라 쏀을바다 세계각국 되어보식"라고 하여 새나라의 건국에 서양문화와 문명의 도입이 필요함을 인정했다. 그리고 〈히방환회가〉의 작가도 "삼천만 우리끼리 협심동력 집을짓새 / 각국문화 시러다가 (…) 민주의 벽을하여 / 오대양 륙대해주로 채색을 올인후에"라고 하여 해외문화의 도입에는 개방적이었다. 반면 〈백의천亽〉의 작가는 해방 이후의 시국을 비판하며 "삼강오륜 인간본위 민주주의 뻬서가고 / 사대오상 좋은풍속 자유두자 훔쳐가고"라고 하여 외래의 가치인 민주주의와 자유를 못마땅해 하고 있어 서양문화와 문물에 대해 부정적이었다.

삼강오륜, 효제충신 등과 같은 봉건적인 가치를 지닌 용어를 많이 사용하고 있음이 드러난다. 작가가 서양의 문화와 문물을 수용해야 한다고 했음에도 불구하고 작가가 구상하는 나라가 새나라가 아닐 수도 있겠다는 생각이 들지 않을 수 없다.

해방 시국을 유교적 가치관을 담보한 용어로써 표현한 점은 해방 공간에서 창작된 이들 가사 전반에 나타나는 현상인데[29], 이 점이야말로 작가들의 인식 면에서 가장 주목해야 할 부분이라고 할 수 있다. 이들 가사의 작가에게 새나라는 아직까지도 '백성과 임금님으로 구성된 조선'일 가능성이 많기 때문이다. 심지어 미국의 은덕을 칭송하기까지 한 〈히방후환히락가〉에서 작가가 말한 새나라는 왕과 신하가 모인 조선 대궐을 배경으로 구성되고 있음이 드러난다. 이들 가사가 유교적 용어를 많이 사용한 것에 대한 평가에 있어서 관습적인 글쓰기 안에서 이전의 관습적인 용어를 그대로 썼다는 점과 이들이 내세우고 있는 유교적 가치가 시대를 초월한 절대 '선'의 가치라는 점 등을 충분히 감안할 수 있다. 그렇다 하더라도 '형식이 내용을 규

---

29 "집짓기 극난이라 삼천만 우리끼리 / 협심동력 집을짓새 각국문화 시러다가 / 취장거단 하여두고 어긔여차 집을짓새 / 부동평화 춧초놋코 충신열사 입주하고 / 삼강오륜 대들보애 인에예지 혓가래에 / 사농공산 긔와덥고 법악형정 문을다라 / 응시개문 법을직혀 텬되를 발켜노코 / 국태미난 구들노코 민주의 벽을하여 / 오대양 륙대해주로 채색을 올인후에 / 무궁화 장석하야 옛풍물을 이절소야"(〈히방환회가〉); "넉넉ㅎ신 딕궐안이 / 명쥬현신 모여안ㅈ 팔진도 걸려녹코 / 문부로 이논ㅎ이 거록홈도 거록ㅎ다 / 만시만시 만시라 우리조선 만만시라"(〈히방후환히락가〉); "당파싸옴 그만두고 빅셩들을 단결식여 / 한님금을 셤길지며 식기강국 딕리로다 / 옛날국ㅅ 살펴보며 남인북인 당가르니 / 희망조선 오날날도 당파싸홈 일삼는가 / 나라위희 쥭은목슴 불근피을 흘여건만 / 독입이후 근일연의 임금님은 어딕간고"(〈일오젼칭회고가라〉); "삼강오륜 인간본위 민주주의 빼서가고 / 사대오상 좋은풍속 자유두자 훔쳐가고 / 남여유별 좋은예의 동동권이 아서가고 / 수지부모 좋은머리 파마넨트 잘라먹고"(〈백의천ㅅ〉)

정한다'는 명제에 따르면 이러한 봉건적인 용어는 작가의 사고가 봉
건성의 자장 안에 머물러 있다는 지표가 될 수 있다. 이렇게 이들 작
가가 해방 공간을 바라본 시각은 기본적으로 봉건성의 자장 안에 머
물러 있는 것이었다고 할 수 있다.

　이들 작가의 봉건성은 해방 공간의 세태를 비판할 때, 특별히 여성
의 세태에 대해 비판할 때 비판의 날이 더욱 서 있는 것에서도 드러난
다. 징용귀환자인 〈해방가〉의 작가는 경술합방 이후로 차차 남자와
여자가 차등 없이 지내는 남녀평등의 시대가 왔음을 서술하기도 했
으며[30], 가사에서 특별히 여성의 행태만을 비판한 것도 아니었다. 그
런데 문제는 작가가 비판하고 있는 남성의 행태는 모두의 비판을 받
아 마땅한 내용들이었지만, 여성의 행태는 그렇게 비판을 받아도 마
땅한지에 대한 의문이 드는 내용들이 많다는 것이다. 작가는 교육을
받은 여자들의 행태를 비판하면서 '언어가 남자를 압도하고, 아는 체
를 하고, 단발을 하고, 부모에게 불효하고, 가장에게 조심하지 않고,
시장 출입을 자주 하고, 주점에도 찾아가고' 등등을 나열했다[31]. 이렇

30　"누구를 막론하고 남녀구별 심히마라 / 대소사를 막론하고 시속을 따라가면 / 오
　는행복 바라나니 이아니 좋을손가"(〈해방가〉)
31　"남자행적 여자하니 여자행적 들어보소 / 규중에 깊이앉아 침선방직 일을삼고 /
　외인교제 전혀없어 남녀유별 극진타가 / 경술년 합방후로 차차로 개명하여 / 노력
　도 같이하고 교육도 같이하여 / 삼천만이 넘는동포 여자라고 이름없고 / 이와같이
　동등권이 해방되는 그날까지 / 차등없이 지낼때야 여자생각 어기는 듯 / 교육받은
　여자들은 이른행동 하난법가 / 언어교제 하는일이 남자를 압도하고 / 주책없는 여
　자들은 몰라도 아난체로 / 못난것도 잘난체로 안하에 무인이라 / 생이빼고 금이하
　고 당장머리 단발하고 / 부모에게 불효하고 가장에게 조심없이 / 친척까지 불목하
　니 어녀가정 물론하고 / 우의있게 지내자면 여자의무 무겁나니 / 여차하온 여자들
　은 행실인들 온당하랴 / 제멋을 못이기어 상하촌을 다니면서 / 이간하기 일을삼고
　시장출입 심하오니 / 이골목도 여자싸움 저골목도 여자음성 / 눈이시여 볼수있소
　주점에도 찾아가서 / 술마시고 취정하니 그가정이 어찌되며"(〈해방가〉)

게 작가가 여성의 행태로 비판한 내용들을 보면 작가가 여자의 동등
권을 인정한다고는 볼 수 없고, 오히려 아직도 여성에 대한 봉건적인
인식에 갇혀 있다고 할 수 있다. 〈백의천사〉의 경우 더욱 노골적으로
여성의 행태를 비판했는데, 구절을 인용해 보도록 하겠다.

> 삼강오륜 인간본위 민주주의 빼서가고 / 사대오상 좋은풍속 자유두
> 자 훔쳐가고 / 남여유별 좋은예의 동동권이 아서가고 / 수지부모 좋은
> 머리 파마넨트 잘라먹고 / 단순호치 좋은입술 뿔근물이 왠일인고 / 네
> 부모 내부모는 벙어리등 되어있고 / 네안해 내안헤는 장돌뱅이 판을치
> 고 / 네아들 내아들은 도적놈다 다되었고 / 네딸도 내딸도 양갈보 틀림
> 업다 / 웃음의 말이오나 사실인것 엇찌하나 / 논팔아 배운자식 삼강을
> 헤이라면 / 압록강 대동강을 이심없이 해여내고 / 조상의 기일이라 지
> 방을 쓰라며는 / 사각모자 아들양반 거주성명 써붙인다 / 시대의 죄이
> 런가 부모의 죄이런가 / 큰도시 거리에는 여자로 체워있고 / 한달육장
> 촌시장도 여자천지 되었고나 / 젊은자식 군에가고 한집식구 열이며는 /
> 칠팔은 여자되니 여국나라 이아니냐 / 오십넘은 안해라면 세상을 알었
> 마는 / 철모르는 따님네와 파마머리 며른님내 / 자유피도 쌍철우에 해
> 방포를 타가지고 / 급행열차 올랐으니 장치일을 어찌할고〈백의천사〉

위에서 작가는 삼강오륜, 사대오상, 남녀유별 등이 인간본위, 좋은
풍속, 좋은 예의인데, 이것들을 민주주의, 자유, 동등권 등에게 빼앗
겼다고 했다. 작가가 봉건적인 가치관에 상당히 매몰되어 있어 이미
사회적으로 정립된 근대적인 가치관조차도 노골적으로 부정하고

있음을 알 수 있다. 이후 작가는 당시의 세태를 비판했는데, 남성의
행태에서보다 여성의 행태에서 매우 원색적인 비난을 퍼붓고 있음
이 드러난다. 여성의 파마머리와 입술화장을 개탄하고, "네딸도 내
딸도 양갈보 틀림업다"라고 하며 원색적인 비난을 서슴지 않았다.
그리고 큰 도시의 거리와 시장에 여자 천지가 되었음도 못마땅하게
여겼다. 작가의 봉건적인 가치관으로는 당시의 여성 행태가 도저히
볼 수 없는 꼴불견이었던 것이다.

4. 맺음말 : 가사문학사적 의의

해방 공간에서 역사·사회에 대응한 가사문학은 13편이나 창작되
었다. 총 13편의 가사 가운데 절반이 넘는 8편이 해방 직후에 창작되
었으며, 1946년에 4편이 창작되고 제일 마지막에 창작된 〈춘풍감회
녹〉조차 1947년 봄을 넘기지 않고 창작되었다. 해방 후 불과 1년 8개
월 정도의 기간 동안에 13편이나 되는 역사·사회에 대응한 가사문학
이 창작된 것이다.

이렇게 해방 공간에 대응하여 당대성을 담보한 가사의 많은 창작
은 생활문학으로 존재하는 가사문학의 장르적 성격에서 비롯되었
다고 할 수 있다. 가사문학의 작가들은 자신이 당면하고 있는 역사사
회 현실, 자신이 겪은 경험, 자신이 처한 신세, 주변의 경관 등 당대의
모든 것을 가사문학에 담았다. 그리하여 가사문학은 생활문학의 하
나로 존재하면서 늘 당대성을 지닌 문학으로 기능해왔다. 해방 공간

에 대응하여 창작한 가사들은 이러한 가사문학의 장르적 전통을 계승하여 창작될 수 있었다.

해방 시국 자체만을 서술한 가사 작품군은 작가가 주로 객관적인 역사·사회 현실에만 시선을 두었기 때문에 대부분 역사서술가사, 현실비판가사, 우국개세가사, 교훈가 등을 혼합한 형태로 나타났다. 반면 개인 삶을 서술한 가사 작품군은 주관적인 개인의 사연을 중심으로 서술했기 때문에 신변탄식류가사, 노정기나 기행가사, 우국개세가사 등 가운데 어느 한 유형을 두드러지게 지니거나 이것들을 혼합한 형태로 나타났다. 해방이라는 초유의 민족적 사건에 대응하여 가사문학의 다양한 서술 유형이 모두 동원되었다고 할 수 있다.

중요한 점은 해방 공간에서 기존의 가사 유형을 활용한 많은 가사가 창작될 수 있었던 것은 가사문학의 창작과 향유가 당시까지도 활발하게 지속되었기 때문이라는 것이다. 그동안 가사문학사에서는 시기적으로 근대기 이후부터를 '가사문학의 쇠퇴기'로 설정했다. 이러한 가사문학사의 시기설정은 근대기에 전통형식을 변형한 매체 게재가사가 출현하여 가사의 마지막 기능을 수행한 후 가사문학이 그 생명력을 잃게 되었다는 시각에서 비롯되었다[32].

그런데 일제강점기부터 해방까지의 시기만 놓고 따져 볼 때 일단 쇠퇴기라고 하는 시기 설정이 무색할 정도로 수천 편에 이르는 엄청난 숫자의 가사가 창작되었다. 그리고 이러한 수천 편의 가사 중에는

---

32 이 논문에서 가사문학사와 관련한 논의는 다음의 논문을 참조했다. 고순희, 「경술국치의 충격을 담은 1910년대 가사문학의 전개양상과 가사문학사적 의의」, 『근대기 역사의 전개와 가사문학』, 박문사, 2021.

기존의 가사 유형을 관습적으로 추수하여 천편일률적인 내용을 담은 것도 많았지만 의미 있는 새로운 작품이 많다는 것이 속속 드러나고 있다. 일제강점이라는 민족적인 최대의 위기에 대응하여 당대성을 담보한 의미 있는 작품들이 많이 창작되었던 것이다.

경술국치 후 1910년대에만도 경술국치의 충격을 담은 가사 작품이 총 26편이나 창작되었다. 경술국치가 이루어지자 곧바로 은거를 택한 작가는 〈은사가〉, 〈입산가〉, 〈개세가〉, 〈노정긔라〉 등을, 그리고 만주로 망명한 독립운동가와 관련한 작가들은 〈분통가〉, 〈희도교거ᄉ〉, 〈정화가〉, 〈간운사〉, 〈조손별서〉, 〈정화답가〉, 〈위모사〉, 〈원별가라〉, 〈송교행〉, 〈답사친가〉, 〈감회가〉, 〈별한가〉 등을 창작했다. 한편 경술국치 후 고향에 머문 작가들은 일제강점의 현실을 개탄하고 독립의지를 고취한 〈고국가라〉, 〈경세가〉, 〈시절가〉, 〈대한복수가〉, 〈인산가〉, 〈자심운수가〉, 〈애자가〉 등을, 그리고 조선, 가문, 의병의 역사를 서술한 〈한양가〉, 〈문소김씨세덕가〉, 〈신의관창의가〉 등을 창작했다.

이후 일제강점기 말까지도 역사·사회 현실에 대응하여 일제의 폭정 현실을 비판하거나 그러한 현실로 인해 왜곡된 자신의 삶과 감회를 서술한 가사 작품이 많이 창작되었다. 1920년대에는 한 독립운동가가 옥중에서 쓴 〈옥중가〉를 비롯하여 〈망월가〉, 〈이강슈포한가라〉, 〈자탄가〉, 〈몽유가〉, 〈산촌향가〉, 〈일월산가〉, 〈세덕가〉, 〈인곡가〉, 〈장탄곡〉 등 당대의 역사·사회 현실에 대응한 가사 작품이 창작되었다. 1930년대에는 〈명륜가〉, 〈생조감구가〉, 〈현생비극가〉, 〈망월사친가〉, 〈을해춘가〉, 〈조부인귀정회고가〉 등 당대의 역사사회 현실에 대응한 가사 작품이 창작되면서, 유학이나 돈을 벌기 위해 일본으로 가는 사람이 많아짐에 따라 일본 경험과 관련한 〈사향곡〉, 〈망향가〉, 〈사향가〉, 〈원별회곡이라〉, 〈부녀자탄가〉 등이 창작되었다. 일제강점기 말인 1940년대에는 대동아전쟁으로 물적·인적 공출로 시달리는 대한의 현실을 담은 〈만주가〉가 창작되었으며, 일제에 의해 강제로 시행된 징병의 현실과 관련하여 해방 이전에 〈망부가〉와 〈사제곡〉이 창작되었다.

해방 공간에 대응하여 창작한 13편 가사문학의 전개 양상은 경술국치의 충격을 담아 1910년대에 창작한 26편 가사문학의 전개 양상과 닮아 있다. 모두 우리 민족사에서 가장 중요한 사건에 대응하여 가사문학이 창작의 열과 힘을 활발하게 발휘했다는 것이 비슷하다. 그런데 창작 시기 대비 작품 수로만 보면 해방 후에 더 많은 가사 작품이 창작되었다고 할 수 있다. 이렇게 해방 후에도 역사·사회 현실에 대응하여 창작된 가사가 많다고 하는 것은 가사문학사의 전개를 바라보는 시각에 시사하는 바가 있다. 즉 이들 가사의 존재는 해방 후에도 가사문학이 여전히 살아 있는 장르로 기능했음을 말해준다는 것이다. 따라서 일제강점기에 들어가면서 가사문학이 쇠퇴기에 접어들었다는 기존의 가사문학사에 대한 시각은 재고될 필요가 있다.

실제로 해방 이후에도 역사·사회에 대응한 가사는 창작되었다. 한국전쟁 당시에 〈회심수〉, 〈나라의 비극〉, 〈피란사〉, 〈원한가〉, 〈고향 써난 회심곡〉, 〈추월감〉, 〈셋태비감〉 등의 가사가 당대인에 의해 창작되었다. 이렇게 가사문학은 경술국치, 일제강점기, 해방, 한국전쟁과 같은 민족의 중요한 역사적 현실에 대응하여 언제나 창작의 힘을 발휘했다고 할 수 있다. 따라서 가사문학사는 근대기 이후부터 한국전쟁까지의 시기를 따로 설정하여 '쇠퇴기'가 아닌 가사 작품의 실상을 고려한 새로운 개념과 용어로 다시 정립할 필요가 있다[33].

그런데 이들 가사의 가사문학사적 의의를 규명함에 있어서 일정 정도의 한계를 언급하지 않을 수 없다. 먼저 이들 가사가 대부분 봉건성을 담보하고 있다는 점이 한계로 드러난다. 이들 가사가 담보하고 있는 봉건성은 특히 향유의 확장성에 엄청난 제한을 안겨 주었을 것으로 보인다. 경술국치의 충격을 담은 가사문학 26편을 보면 이본을 지니고 있는 작품들이 많았다. 그러나 해방 공간에서 창작한 이들 가사는 〈조선건국가〉를 제외하면 이본이 없이 유일본만 전한다(물론 더 조사하면 이본이 나올 가능성이 있다). 이 점은 이들 가사의 향유가 그리 활발하게 이루어지지 않았다는 것을 반증해준다. 이들 가사가 담보하고 있는 봉건성이 시대가 변화함에 따라 적응력을 상실하고 향유의 확장성을 방해하는 요인으로 작용하였을 것으로 보인다.

다음으로 이들 가사의 작가 대부분이 경북지역에 한정되어 있다는 점이 한계로 드러난다. 총 13편의 작가 중 경북지역에 사는 작가로 확인된 작가만 9명이나 된다. 이렇게 해방 즈음으로 갈수록 가사문학의 창작이 지역적으로 경북 지역에 한정되는 것이 가속화하고 있었던 데다가 앞서 언급한 바와 같이 경북지역에서조차 향유의 확장성이 제한되어 가고 있었던 것이다. 이러한 점은 향후 가사문학의 창작과 향유 전통이 점차 사라져버릴 것임을 예고해준다고 할 수 있겠다.

---

33 여기에서 거론한 가사 작품에 관한 논의는 다음을 참고해주기 바란다. 고순희, 『근대기 역사의 전개와 가사문학』, 박문사, 2021. ; 이 책에 실린 다른 논문들.

제6장

규방가사 〈추월감〉 연구
-한 여인의 피난생활과 좌우 갈등-

1 머리말

　필자는 『역대가사문학전집』을 열람하면서 한 여인이 6·25때 겪은 피난생활을 서술한 〈피난가〉라고 하는 작품을 읽게 되었는데, 범상치 않은 내용을 담고 있어 의미 있는 작품 이라고 생각했다. 그런데 이 필사본 한편만 읽고 작품의 의미를 파악하기에는 석연치 않은 구절이 있어서 그대로 덮어두고 있었다. 그러던 중 이 작품이 『규방가사각론』에 간단하게 내용이 소개된 〈추월감〉이라는 작품과 같은 작품이라는 사실을 알게 되었고, 이를 근거로 하여 『역대가사문학전집』, 한국가사문학관 홈페이지, 그리고 여타 가사 자료집을 다시 조사해 보았다. 그 결과 다수의 이본을 확보할 수 있게 되었으며 석연치 않았던 구절들이 지니고 있었던 여러 문제에 대한 해답도 얻을 수 있었다. 그리하여 이 연구에서 〈추월감〉의 작품론을 구성하게 된 것이다.

〈추월감〉에 관해서는 권영철과 최두식의 짤막한 언급과 〈六·二五動亂歷史(유교동란역사)〉라는 제목의 이본을 소개한 글 정도가 있을 뿐이다[1]. 〈추월감〉이 엄청난 이본을 지니며 활발하게 유통되었고 작품에 관한 언급이나 소개가 이루어졌음에도 불구하고 이 가사에 대한 본격적인 연구는 아직 이루어지지 않았다. 이 가사 작품에 대한 본격적인 연구가 이루어지지 않은 것은 비교적 최근의 사실을 서술하여 연구자의 관심을 끌지 못했기 때문으로 보인다. 6·25는 한민족끼리 총칼을 들이대고 싸운 비극적 사건이면서 동시에 남북분단, 좌·우 이념 갈등으로 대표되는 현대사를 고착화시킨 중대한 사건이다. 〈추월감〉은 이러한 역사적 사건의 와중에 창작된 가사이면서, 특히 한 여인이 좌·우 갈등의 문제적 현실을 생생하게 서술함으로써 문학적 의미가 매우 높다고 할 수 있다. 그리고 〈추월감〉은 현대기에 창작되었지만 창작, 향유, 전승의 면에서 전통적인 양상을 그대로 지니고 있어 가사문학사적 의의도 지닌고 있다. 이렇게 〈추월감〉은 존재양상, 내용, 그리고 세계인식의 측면에서 가사문학사적으로 의의를 지니기에 충분한 가사라고 판단되었다.

이 연구는 〈추월감〉의 작품론을 목적으로 한다. 2장에서는 작가, 창작연대, 제목, 그리고 이본 등 작품의 존재양상과 관련한 여러 문제를 살펴본다. 논의의 순서는 우선 현재 전하고 있는 이본의 양상을

---

1 권영철, 『규방가사각론』, 이우, 1986, 377~378쪽. 영사류의 6·25동란가계 가사를 소개하는 부분에서 잠깐 언급하였다. ; 최두식, 『한국영사문학연구』, 태학사, 1987, 303쪽. 역시 6·25동란가계를 다루는 자리에서 잠깐 언급하였다. ; 하동호 주해, 「六·二五動亂 歷史」, 『시문학』96호, 시문학사, 1979년 7월, 28~34쪽.

제시하고, 〈추월감〉의 창작시기와 작가를 차례로 살펴본다. 3장에서는 우선 〈추월감〉의 순차적 서술구조를 통해 전체적인 내용을 파악하고, 이어서 좌·우 갈등의 작품세계를 구체적으로 살펴본다. 그리고 작가가 당대 전란의 현실 안에서 지니고 있었던 총체적인 세계인식을 살펴본다. 마지막으로 4장에서는 앞에서의 논의를 종합하여 〈추월감〉의 가사문학사적인 의의를 규명해보고자 한다.

〈추월감〉은 6·25를 배경으로 창작한 것이라서 6·25의 전개과정에 관한 사실이 참고가 될 수 있다. 그러나 이 연구에서는 6·25에 관한 자세한 배경 설명은 생략하기로 한다.

2. 〈추월감〉의 존재양상

1) 이본의 遺傳 양상

현재 〈추월감〉의 이본으로 필자가 확인한 것은 모두 11편이다. 11편의 이본에 관해 정리하면 다음과 같다[2].

---

2 ① 〈츄월감〉, 임기중 편, 『역대가사문학전집』46권, 아세아문화사, 1998, 597~629쪽. ; ② 〈추월가라〉, 임기중 편, 『역대가사문학전집』46권, 아세아문화사, 1998, 491~505쪽. ; ③ 〈피란가〉, 임기중 편, 『역대가사문학전집』48권, 아세아문화사, 1998, 166~182쪽. 이 이본은 다음에 실린 것과 동일본이다. 단국대율곡기념도서관,『한국가사자료집성』3권, 태학사, 1997, 399~415쪽. ; ④ 〈추월감〉, 한국가사문학관 홈페이지(http://www.gasa.go.kr) jpg 필사본 자료. ; ⑤ 〈추월감〉, 한국가사문학관 홈페이지(http://www.gasa.go.kr) jpg 필사본 자료. ; ⑥ 〈秋月感 츄월감〉, 한국가사문학관 홈페이지(http://www.gasa.go.kr) jpg 필사본 자료. ; ⑦ 〈추억감〉, 한국가사문학관 홈페이지(http://www.gasa.go.kr) jpg 필사본 자료. ; ⑧ 〈츄억감〉, 한국

이본명	제목	표기체
① 역대가사문학전집본1	츄월감	순한글 필사본 영인
② 역대가사문학전집본2	추월가라	순한글 필사본 영인
③ 역대가사문학전집본3	피란가	순한글 필사본 영인
④ 한국가사문학관본1	추월감	순한글 필사본 jpg 파일
⑤ 한국가사문학관본2	추월감	순한글 필사본 jpg 파일
⑥ 한국가사문학관본3	秋月感 츄월감	순한글 필사본 jpg 파일
⑦ 한국가사문학관본4	추억감	순한글 필사본 jpg 파일
⑧ 한국가사문학관본5	츄억감	순한글 필사본 jpg 파일
⑨ 내앞마을본	추월감	순한글 필사본
⑩ 문경가사집본	추월가(秋月歌)	순한글 활자본
⑪ 시문학본	六·二五動亂歷史	국한문혼용 활자본

이본 11편의 제목 가운데 압도적으로 많은 것이 〈추월감〉이다. 그런데 '추월감'이라는 제목만 보면 작품에서 서술하고 있는 한 여성의 6·25 피란생활이 잘 연상되지 않는다. 그렇기 때문에 〈추월감〉이 많은 향유자를 거쳐 유통되면서 본래의 제목인 〈추월감〉이 유실되는 일이 발생했을 때 다음의 필사자가 작품의 내용과 관련한 〈피란가〉나 〈六·二五動亂歷史(유교동란역사)〉 등으로 제목을 붙이기도 했다. 작가 자신에게는 '가을 달밤의 감회'였던 것이 어느 향유자에게는 '피란생활의 감회'나 '6·25동란시 겪은 역사'가 된 것이다.

필자가 확인한 총 11편의 이본들은 ⑪을 제외하고 모두 순한글 표

가사문학관 홈페이지(http://www.gasa.go.kr) jpg 필사본 자료. ; ⑨〈추월감〉, 안동 내앞마을(천전리) 김시중선생 소장 필사본 자료. ⑩〈추월가(秋月歌), 『우리 고장의 민요가사집』, 鄕土史料, 문경문화원, 1994, 210~218쪽. ; ⑪〈六·二五動亂 歷史), 하동호 주해, 「六·二五動亂 歷史」, 『시문학』96호, 시문학사, 1979년 7월, 28~34쪽. ; 이외에도 권영철(『규방가사각론』, 형설출판사, 1986, 377~378쪽)이 언급한〈추월감〉도 있으나 이것을 구해볼 수는 없었다.

기로 기사되어 있다. 그런데 ⑪도 사실은 원래 순한글 표기인 필사본
을 한자어로 바꾸어 활자화했다고 했으므로 〈추월감〉은 원래 순한글
로 작성했을 가능성이 많다. 작품에서 사용한 용어도 한 번만 읽어서
는 이해하기가 힘든 어려운 한시구, 한자어구, 중국고사 등은 거의
없고 대부분 쉬운 한자어나 일상적인 용어가 대부분이다. 그리고 4음
보를 1구로 계산할 때 이본①의 총 구수는 294구이며, 이본 간 길고
짧은 것의 차이는 20여구 정도의 차이가 나지만 내용은 거의 대동소
이하다고 할 수 있다[3].

　거의 대부분의 이본에서 한글의 표기 형태가 비교적 안정적인 현
대적 표기 형태로 나타나는데, 다만 ①의 경우에만 고어 표기 형태가
나타난다. 특히 ①은 한글 받아쓰기에 미숙한 면을 보이고 있는 가운
데 "을마나', "나애한경(나의환경)", "차절나니(찾을라니)"와 같이
소리나는 그대로 적은 흔적을 많이 보이고 있다. 이럴 경우 향유자가
가사를 외워서 썼기 때문이라고 보기는 어렵다. 왜냐하면 내용이 빠
진 것이 없이 충실할 뿐만 아니라 외워서 쓸 때 나타나는 구절 간 넘
나듦이 거의 나타나지 않기 때문이다. 따라서 조심스럽기는 하지만
①의 이본이 원래 작가가 쓴 필사본과 가장 가까운 것이 아닌가 추정

3　예를 들어 이본②는 제목이 〈추월가라〉로 변경되었으나 내용은 ①과 거의 같다. 다
　만 맨 앞부분에 '삼월춘풍 다지나고 낙물한철 국화때에 오상고절 여잇든냐 일어
　무삼 하오릿가' 라고 하여 다른 이본에는 전혀 없는 구절이 들어가 있는 것이 특징
　이다. 비교적 안정된 우리말 표기를 구사하고 있다. 이본③은 제목이 〈피란가〉로
　되어 있으며, 내용적으로는 ①과 거의 유사한데 앞부분 일부와 맨뒷부분이 축약된
　형태로 서술되어 다소 구수가 짧아지게 되었다. 우리말 표기 형태는 매우 안정되
　어 비교적 정확한 우리말 표기를 보이고 있다. 이본⑪의 소개자 하동호의 주해에
　따르면 이것이 원래 순한글로 씌어 있는 것인데 국한문화하여 실었다고 했다. 찢
　겨나간 앞부분이 있기는 하지만 전체적으로 다른 이본의 내용과 대동소이하다.

해본다. 다만 원래 작가는 '백절불굴', '함포고복', '분골쇄신' 등으로 쓴 것을 한자어 실력이 부족한 향유자가 베껴 쓰면서 "백절불구", "한포고복", "분골쇠진" 등으로 필사해 ①의 이본이 만들어진 것이 아닌가 한다. 작가는 한글 받아쓰기에 미숙하여 소리나는 그대로를 적기는 했지만, 교양적인 한자어 정도는 잘 알고 있었던 것이 아닌가 한다. 이 논문에서는 이본 ①을 인용하고자 한다.

그 외의 필사본으로 존재 여부만 확인한 것이 몇 편이 있다. 권영철이 소장하고 있는 이본들인데, 『규방가사연구』에서 권영철은 규방가사의 작품분포 현황을 정리했는데, 안동지역에 〈추월감〉 2편, 〈피난가사〉 2편, 대구지역에 〈추월감〉 1편, 영일지역에 〈추월감〉 1편이 있다고 했다[4]. 이들 필사본이 모두 〈추월감〉의 이본인지는 확실하게 알 수 없다. 특히 〈피난가사〉는 한국전쟁 당시에 창작된 또다른 가사 작품일 가능성이 있기 때문이다. 그러나 〈추월감〉의 이본 가운데 '피란가'라는 제목이 있으므로 이것들이 〈추월감〉의 이본일 가능성은 여전히 있다고 할 수 있다. 어쨌든 권영철이 안동을 중심으로 하는 경북지역의 가사문학을 주로 수집했으므로 그 지역에서 〈추월감〉이 활발하게 유통되며 향유되었던 것을 알 수 있다. 필자는 권영철 소장의 이 이본들을 아직 열람하지는 못했지만 한국가사문학관에서 권영철 소장의 자료들을 영인, 출판할 예정이어서 자료집이 출간되

---

4 권영철, 『규방가사연구』, 이우, 1980. 77~87쪽. 그 외 영덕지역에 〈추월곡〉 2편, 〈추월가〉 1편, 〈추원가〉 1편이 분포되어 있다고 한다(앞 책, 81쪽). 제목으로 보아 이것들도 〈추월가〉의 이본일 가능성이 많다. 그러나 기생 추월의 이야기를 다룬 〈추월가〉라는 작품이 따로 존재하기 때문에 그 이본들일 가능성도 있어서 직접 내용을 확인할 수 없는 현재로서는 〈추월감〉의 이본으로 제시할 수는 없었다.

면 이 이본들을 열람할 수 있을 것으로 기대한다.

2) 창작시기와 작가

〈추월감〉은 제목 그대로 '가을 달밤의 감회'로 가을에 창작되었다.

> 만단역사 설은회포 필불가 형언이며 / 지불가 형이니 잔슬한 이간
> 장에 긔록할가 / 적막공산 발근달은 / 나애한경 빈쳐오니 /츄월을 환슝
> 하며 / 고금사을 기록하니 / 두셔업시 적은거슬 / 곳쳐보고 웃지마소 /
> 수심격든 이역사을 / 고만두고 붓을놋차

위는 〈추월감〉의 마지막 구절이다. 작가는 자신이 겪은 일과 당시
의 회포를 이루 다 적을 수 없다고 했다. 그리고 가을날 달을 보며 수
심 겪었던 자신의 일을 두서없이 기록했으니 보면서 웃지말라고 하
며 가사를 끝맺었다. 이로써 〈추월감〉은 작가가 가을 달밤에 지난 일
을 회고하며 겪었던 사실과 감회를 적은 것임을 알 수 있다.

그러면 〈추월감〉은 어느 해의 가을일까? 작가는 피난길에 올라 감
옥살이를 하게 되는데 1·4후퇴로 풀려났다. 그리고 1년이 가깝도록
계룡산에서 장사를 하며 지낸 후 친정으로 가 친정살이를 했다. 계룡
산에서의 생활이 1951년 1·4후퇴 직후부터의 일이므로 친정에서의
생활은 1952년에 해당하는 일이다. 그런데 〈추월감〉의 작품세계는
아직 한국전쟁이 끝나지 않은 상황임을 말해주고 있으며, 작가가 전
쟁에 나간 남편과 아들의 소식을 알지 못하는 것으로 나타난다. 따라

서 〈추월감〉의 창작시기는 한국전쟁의 와중인 1952년 가을임이 분명하다.

이제 작가가 누구인지를 알아볼 차례이다. 작가를 기록하고 있는 이본은 모두 작가를 '남소제(남씨부인)'로 적고 있다[5]. 그런데 남소제라는 여성이 구체적으로 어떤 인물인지는 밝히지 못했다. 다만 작품 내용을 통해 몇 가지 사실만을 알 수 있을 뿐이다.

① 어서가자 밧비가자 / 어듸로 가잔말고 / 전지도지 가년행색 / 쳐참하기 그지업다 / 슬푸다 한강수야 / 잊지못할 삼각산아 / 구비구비 한을두고 / 옛긔약 슬르워라

② 자식가장 보나두이 / 아부도 아군이요 / 아자도 아군이라 / 억만진즁 불꼿속예 / 아무쪼록 사라나셔 / 부모처자 차저쥴가 / 이팔이구 어린자야 / 엇지그리 조달하여 / 어미간장 이리쎡고 / 어린일신 즁난하다 / 부데부데 성공하여 / 무궁화 삼쳘리예 / 빗나게 걸으보라

③ 멩호지교 못하나마 / 오남메 어린자식 / 고이고이 길너쥬어

④ 슬푸다 창천이여 / 사십평생 지난슌간 / 고이고이 자란몸이 / 이모양 도엿시니

---

5 권영철(『규방가사각론』, 앞의 책, 377쪽)도 〈추월감〉에 관해 간단히 언급하고 註에서 '경북 안동군 길안면 용계동 인하댁 소장(남씨부인작이라고 전한다)'라고 하였다.

⑤ 외롭고 설흐설흐 / 고향부모 차절나니 / 오십줄 나에정신 / 면면
이 그날이고 / 친정이란 무산말고

①은 작가가 피난길에 나설 때를 서술한 부분이다. 이 구절에 의하
면 작가는 한강과 삼각산이 있는 서울에서 살던 여성이다. 작가는 결
국 친정으로 가서 그곳에서 〈추월감〉을 창작하는데, 그 친정이 어느
곳인지는 내용에 전혀 나타나지 않는다. 다만 안동 지역에서 이본이
제일 많이 발견된 것으로 보아서 친정이 안동 지역일 가능성이 크다
고 할 수 있다. ②는 작가가 1·4후퇴로 인해 감옥에서 풀려난 후 감회
를 서술한 부분이다. 이 구절에 의하면 작가의 남편과 '이팔이구'살,
즉 16 내지 18살 먹은 아들 모두가 군대에 가 있는 상황이다. ③은 가
사의 마지막 즈음에 작가가 다짐을 서술한 부분이다. 작가는 피난생
활 중 줄곧 데리고 다니며 같이 생활했던 '오남매 어린 자식'을 잘 키
워야겠다고 다짐을 하고 있다. 따라서 작가는 남편과 10대 후반의
맏아들을 군대에 보내고 어린 오 남매의 자식들과 함께 피난길에 오
른 것을 알 수 있다.

그러면 작가의 나이는 어느 정도였을까. ④는 작가가 1·4후퇴 직
전에 감옥에서 느낀 감회를 서술한 부분이다. 여기에서 작가는 자신
의 나이를 '사십평생'이라고 했다. ⑤는 작가가 ④ 이후 약 1년여 정
도의 세월을 더 겪고 난 후 친정 고향집을 찾아 나설 때 감회를 서술
한 부분이다. 그런데 작가는 여기에서 자신의 나이를 '오십줄'이라
고 하였다. 불과 1년여 만에 작가의 나이가 너무 차이가 나는 것을 알
수 있는데, 대부분의 이본에서도 이 구절이 동일하게 나타나 문제로

등장한다. 그리고 작가는 ⑤의 시점에서 얼마간의 친정생활을 겪은 후에 이 가사를 창작하였다. 이 모든 사항을 종합해 볼 때 '사십평생'은 '사십여년 평생'으로, 그리고 '오십줄'은 '오십줄에 들어서려는 나이'라고 해석해서 작가의 나이를 40대 중반 정도로 파악하는 것이 좋을 듯하다. 작가가 모두 '어리다'고 표현한 군대를 간 맏아들과 오 남매를 두고 있으며, 남편도 군대를 갈 수 있는 나이이므로 아무리 높게 잡아도 작가의 나이는 40대 중반 정도가 가장 적합하기 때문이다.

이와 같이 〈추월감〉의 작가는 남씨부인으로 안동지역에서 성장하여 서울로 시집을 와 6남매를 낳고 살다가 6·25를 맞아 남편과 큰아들을 군대에 보내고 어린 자식 다섯을 이끌고 피난길에 올라 갖은 고생을 한 후에 안동지역의 친정에 머물게 된 40대 중반 정도의 여성이라고 할 수 있다.

3. 좌·우 갈등의 작품세계와 세계인식

1) 작품의 순차적 서술구조

〈추월감〉은 작가가 6·25 당시 겪었던 피난생활을 1952년 가을날의 시점에서 되돌아보며 서술한 가사 작품이다. 자신이 겪은 피난생활을 시간적 순서에 의하여 대강을 기록하는 가운데 서술의 상당 부분을 당시의 감회를 서술하는 데에 할애했다. 그런데 〈추월감〉에서 특이한 점은 서술구조는 분명 시간적 순서대로 작가 자신이 겪었던 피란생활을 적어내려 가는 것인데, 적고 있는 계절에 맞지 않게 느닷없이 가을날의 감회가 서술되고 있는 것이다. 이렇게 된 이유는 〈추월감〉의 작가가 가사를 적으며 감회에 젖고 있는 계절이 바로 가을날 달밤이어서 현재 시점에서의 감회가 종종 지난날의 사연을 적고 있을 때 섞여 나오기 때문이다.

① 동지월 설한풍의 / 다시오년 ○날의는 / 물결갓치 닷쳐오니 / 쏨작업시 죽을몸이 / 곳곳이 피신하여 / ② 가) 구차투생 오날짜지 / 백졀불구 / 가진용감 다하면서 / 하로하로 사년새상 / 엇지거리 비관인가 / --- / 슬푸다 새상사여 / 고해악막 이안인가 / 나) 표루종적 수삼년에 / 난지난관 둘좌하며 / 구사일생 사라난몸 / --- / 다) 츄월이 만졍한듸 / 울고가는 져긔력은 / 나의회포 일반이라 / --- / ③ 풍풍우우 격근파란 츄억이 새로웁다 / 부평의 나그늬로 방방곳곳 단일적에 / 팔도강산 유람인가 쑴의도 못한생각 / 츙청도 계룡산을 일연이 가작도록

①에서 '동지월 설한풍에 다시 물결 같이 온 이 난리'는 1·4 후퇴를 말하며, '꼼짝 없이 죽을 몸이 곳곳이 피신하여'는 작가가 감옥에 갇혀서 죽을 몸이었지만 1·4 후퇴로 간신히 감옥을 빠져나와 피신한 것을 말한다. 그런데 ②의 밑줄 친 가)는 '구차투생 오늘까지'라고 시작하는데, '오늘'은 작가가 〈추월감〉을 창작하는 1952년 가을을 말한다. 이후 작가는 자신의 신세와 가족을 생각하는 감회, 특히 군대를 간 맏아들에 대한 감회를 장장 59.5구에 걸쳐 서술하는데, 이것이 현 시점의 서술임은 밑줄 친 다)에서 알 수 있다. 밑줄 친 다)에서 '가을

달이 뜰에 가득한데 울고 가는 저 기러기가 나의 회포와 같다'의 구
절은 가을 달이 뜬 날 기러기를 보며 회포에 젖은 것을 서술한 것인
데, 1·4 후퇴로 감옥에서 탈출한 시점의 서술이라면 가을달이 나올
수 없기 때문이다. 특히 작가는 밑줄 친 나)에서 '수삼년'을 표류하며
난지난관을 돌파하고 구사일생으로 살아났다'고 했다. 이 '수삼년'
은 작가가 피란길에 나선 지 햇수로 삼년이 된다는 것이다. 따라서
이 구절도 작가가 〈추월감〉을 쓰는 현시점에서의 서술임을 알 수 있
게 한다.

이렇게 〈추월감〉은 서술의 시점이 완전하게 시간적 순서에 의하지
않고, 과거의 일과 현재의 감회가 섞여 서술되고 있음이 드러난다.
〈추월감〉의 순차적 서술구조를 정리하면 다음과 같다.

① 서언 : 현재시점
② 피난생활 : ㄱ) 6·25의 발발과 피난생활
　　　　　　ㄴ) 심산궁곡의 인가생활
　　　　　　ㄷ) 감옥살이와 탈출
③ 秋月의 감회 : 현재시점
④ 피난생활 : ㄹ) 충청도 계룡산의 생활
　　　　　　ㅁ) 친정생활
⑤ 오늘의 감회 : 현재시점
⑥ 결어 : 현재시점

위의 서술구조에 의하면 ①, ③, ⑤, ⑥은 작가가 〈추월감〉을 쓰는

현재 시점에서 감회를 서술한 부분이다. 그리고 ②와 ④의 ㄱ)에서 ㅁ)까지는 작가가 겪은 피난생활을 시간적 순서대로 서술한 부분이다. 그런데 ②와 ④에서도 당시 작가의 감회가 서술되어 있다[6]. 이렇게 〈추월감〉은 현시점에서의 감회에다가 그 동안 겪은 피난생활 당시의 감회가 뒤섞여 서술됨으로써 시간적 순서에 따른 서사적 전개가 방해를 많이 받으며, 서정성이 강화된 특징을 보인다.

먼저 현재 시점에서 서술한 작가의 감회를 살펴보기로 한다. ①은 서언으로 이제까지 겪은 풍상과 회포를 기록해 볼까 한다고 시작했다. ③은 ㄷ) 이후 현재 시점에서 자신의 감회를 서술한 부분으로 자신의 처지를 하소연하고 특히 군대 간 어린 자식을 생각하는 간절한 마음을 구구절절이 서술했다. ⑤는 가사를 쓰는 현재시점에서 작가의 불안한 마음과 다짐을 서술했다. 변색하는 세상 인심이 칼날에 춤을 추니 안심하고 살 수 없다고 하면서 본심을 잃지 말고 일정하게 살아보자고 다짐을 했다. ⑥은 결어로 가을달을 완상하면서 그간의 겪은 일을 기록하니 보고서 웃지 말라고 하면서 끝을 맺었다.

②와 ④의 ㄱ)에서 ㅁ)까지는 6·25 때 작가가 겪은 피난생활을 서술했다. ㄱ)은 전쟁 초창기의 피난생활을 서술했다. 6·25가 발발하고

---

6 〈추월감〉은 가사의 내용을 통독하다 보면 유난히 가을달밤에서의 감회가 많이 서술되어 있다. 실제로 지난날의 가을에 실제로 겪은 사실을 감회와 함께 서술한 것이다. 피난 직후 팔월 대보름을 길가에서 보낸 생활과 감회가 서술되었으며("튜팔월 데보름날/ 사디명절 조흔날의/ 잔쮜밧 찬이슬의/ 한졍자고 일으나니/ 이광산 망월이요/ 고요잔잔 달빗앞의/ 들이나니 포소레라"), 애걸하여 방 한 칸을 빌어 들어간 심산궁곡의 인가에서도 '가을 공산 밝은 달에' 잠깐 잠이 들었다는 사연이 나온다("가을공산 발근달에/ 젝한등 잠을빌으/ 쉼에나 맛나볼가/ 삼분사혈 헛턴머리/ 한졍을 못이루고/ 안자시락 누엇시락/ 가진회포 총츌할졔/ 한숨겨워 눈물이라").

작가는 9월 중순경에 서울을 떠나 군대에 간 '자식가장'의 뒤를 따라 어린 자식 다섯을 데리고 피난길에 나섰다. 문전걸식을 해가며 추석마저도 길가에서 잠을 자고 지낸 고단한 생활이었다. ㄴ)은 심산궁곡의 인가에서 보낸 피난생활을 서술하였다. 작가는 너무나 지쳐서 더 이상 길을 갈 수 없었다. 그리하여 홀로 있는 백발노인의 집에 들어가 신세지기를 청하고 방 한 칸을 빌어서 근 3개월 가량을 보내게 되었다. 그러나 이곳에서의 생활도 엄동설한에 벗고 굶고 하는 처참한 생활이었다.

ㄱ)과 ㄴ)에 의하면 작가가 피란생활을 시작한 것은 6·25가 발발한 직후가 아니었다. 가족을 이끌고 피란길에 나선 작가는 길에서 추석을 보냈는데, 당시 추석은 양력 9월 26일이었다. 이후 작가는 '십사일 걸은 몸이 시진하고 발병나서' 도저히 길을 갈 수 있는 형편임을 깨닫고 심산궁곡의 인가를 찾아 의탁하게 된다. 작가는 서울을 출발하여 14일 동안이나 길을 걷고 길에서 잠을 자다가 지쳐서 인가를 찾아간 것이다. 따라서 작가가 서울을 출발한 시기는 가을의 초엽인 9월 중순 경쯤이었을 것으로 추정된다.

ㄷ)은 작가가 마음을 바꿔 친정으로 가기로 했는데, 곧바로 국군의 검문에 걸려 문초를 당하고 옥살이를 했던 일을 서술하였다. 작가는 심한 고문 속에서도 굳게 마음을 먹고 견뎠다. 그리고 5남매와 함께 쓸쓸한 빈집의 살창만 있는 곳에서 감옥살이를 하고 있던 중 1·4 후퇴로 다시 난리가 일어나는 통에 감옥에서 탈출하게 되었다. ㄹ)은 감옥에서 풀려난 작가가 계룡산에서 일년 가깝도록 보낸 일을 서술했다. 작가는 가죽만 남은 가족을 생각하여 매일 장사일을 나갔는

데, 죽을 고생을 다하여도 밥 한 때를 먹지 못하는 기진맥진한 생활이었다. ㅁ)은 작가가 드디어 친정을 찾아가 그곳에서 생활한 것을 서술하였다. 작가는 처음에 친정을 찾아가 부모와 동기간의 환대 속에 살았다. 하지만 작가는 출가외인인 딸자식으로서 신세를 지는 마음이 미안하여 제 힘으로 살아보자고 결심하고 남의 집을 빌어서 나와 살게 되었다.

2) 좌·우 갈등의 작품세계

(1) 좌·우 갈등의 처지

〈추월감〉을 읽다보면 여러 가지 궁금증이 일어난다. 서울이 북한군에 함락된 것은 1950년 6월 27일이었고, 연합군의 인천상륙작전은 1950년 9월 15일에 개시되었으며, 연합군이 서울에 진입한 것은 1950년 9월 26일이었다. 그런데 서울에 살고 있던 작가가 피난을 나선 시점은 9월 중순 경이었다. 그렇다면 작가는 왜 하필이면 연합군의 인천상륙작전이 있을 즈음인 9월 중순 경에야 피난길에 올랐던 것일까? 이 시기에 피난을 나서게 된 특별한 동기가 있었던 것은 아닐까?

한편 작가는 처참하고 고달팠던 지난날의 피난생활을 서술하는 현시점에서도 왜 한스러운 자신의 심정을 통탄하고 있는 것일까? 작가는 왜 친정으로 간다고 하면서 곧바로 가지 않고 계룡산에서 일년 가깝도록 머물러야만 했을까? 친정에 간 작가는 왜 그리도 친정 식구들에게 미안하다는 생각을 하였을까? 작가는 왜 남편과 큰아들의

185

상황에 대하여 구체적으로 서술하지 않았을까? 구체적으로 밝히기에는 곤란한 작가의 처지와 사정이 있는 것일까? 이러한 여러 가지 궁금증에 대한 해답은 작품 내용의 면밀한 분석을 통해 알아낼 수밖에 없을 것이다.

> 셕양황혼 져문날의 / 불고가사 써난몸은 / 1) <u>남북예 상제하여</u> / 사생존망 망연하니 / 춘풍추우 사시절을 / 절후마당 여광엿최 / 초목심경 가진회포 / 뉘을맛나 하소할가 / 2) <u>자식가장 뒤을싸라</u> / <u>쥬야불쳔 것고 걸으</u> / 무죄한 폭격이이면 / 빗쌀갓한 총쌀속에 / 전후을 불고하고

위는 순차적 서술구조 ②의 ㄱ)에 나오는 구절이다. 밑줄 친 1)의 '남북에 상제하여 사생존망이 막연하다'라는 구절은 작가가 처한 상황을 짐작할 수 있는 한 단서를 제공해준다. '남북에 상제(相制)'는 남과 북에서 서로 작가를 견제한다는 것이다. 작가는 남한군과 북한군 모두를 피해 다녀야 하는 자신의 처지를 말하고 있는 것이고, 그렇기 때문에 죽고 사는 것이 막연하다고 한 것이다. 그런데 이러한 처지는 당시 피난길에 나선 모든 피난민의 일반적인 처지이기도 했다. 교전이 벌어지는 격전지를 가다 보면 피난민은 남한군과 북한군 모두에게 견제 대상이 될 수밖에 없었을 것이다.

그런데 이 구절의 의미가 그리 단순하지 않음은 다른 이본을 통해서 드러난다. '상제(相制)'는 다른 이본에서는 대부분 '상좌(相佐)'로 되어 있다. '相佐'는 서로 연루되어 있다는 뜻이기 때문에 그렇다면 작가는 남북에 모두 연루되어 있다는 것인데, 이것은 무엇을 의미하

는 것일까? 일단 두 가지의 경우를 생각할 수 있다. 하나는 남편과 큰아들이 북한군에 입대하였고, 자신은 남한 주민이기 때문에 남북에 연루되어 있다는 것이다. 다른 하나는 남편과 큰아들 둘이 각각 북한군과 남한군에 입대하여 남북에 연루되어 있다는 것이다. 이 가운데 작가가 처한 상황이 어느 경우인지를 뒷받침해 줄만한 결정적인 구절은 보이지 않는다. 다만 내용의 전체적인 흐름 가운데서 작가가 처한 상황을 추측해본다면 가장 가능한 쪽은 전자에 해당한다.

밑줄 친 2)의 구절을 보면 작가는 '자식가장의 뒤를 따라' 밤이고 낮이고 폭격을 뚫고 길을 갔다고 하였다. 작가가 연합군이 서울로 입성하는 즈음에 피난을 떠나면서 군대에 간 남편과 아들의 뒤를 따라 피난길을 잡은 것은 무엇을 의미할까? 작가가 9월 중순경에야 서울을 떠나 피란길에 오른 것은 인천상륙작전으로 연합군과 국군이 서울로 진격해 온다는 말이 들렸기 때문이 아닌가 추측된다. 그렇다면 작가의 남편과 큰아들은 북한군일 가능성이 많다. 당시 서울민의 상당수가 강제징집을 당해 북한군으로 끌려갔기 때문에 남편과 아들이 자발적으로 북한군에 입대한 것이 아니라 강제징집으로 북한군이 된 것일 수도 있다. 하지만 이 문제는 작품의 내용을 더 살펴보아야 풀릴 수 있는 것이다.

어쨌든 작가는 서울이 남편과 큰아들이 소속된 북한군 치하일 때는 서울에 그대로 살고 있었다. 그런데 연합군의 인천상륙작전으로 서울이 다시 수복될 것이라는 소식이 들려오자 북한군인 남편과 큰아들은 서둘러 퇴각했다. 그리하여 작가는 혼자 어린 자식들 다섯을 이끌고 연합군의 반격으로 퇴각하는 남편과 큰아들이 가는 쪽을 향하여 피난길에 오른 것이라고 할 수 있다. 따라서 작가가 피난길에 오른 방향은 북쪽일 가능성이 많다.

그런데 작가는 남편과 큰아들이 간 쪽으로 피난길을 나섰지만 얼마 가지 않아 가던 길을 돌리지 않을 수 없었다.

> 1) 십사일 걸은몸이 / 싀진하고 발병나셔 / 여지업산 우리일헹 / 무산수로 간단말고 / 종부사내 못하고 / 심산심곡 차자가셔 / 인가을 살펴본이 / 삼칸초옥 오막살리 / 벡발노인 홀노안자 / ---중략--- / 2) 산수강산 낫선곳의 / 누을쫏차 여기왓노 / 잣치마자 볼수업시 / 이듸도록 듸엿구나 / 죽음을 판단하고 / 고향산천 도라가자 / 업고지고 도라설듸 / 슬푸다 내일이야 / 가든길을 다못가셔 / 내엇지 도라설가 / 상막한 내일이여 / 엇지하면 산단말가

위는 순차적 구조 ②의 ㄴ)에 나오는 구절이다. 1)을 보면 작가 일행은 남편과 큰아들이 간 방향을 따라 14일을 걷고 걸었다. 그러고 나니 기운이 떨어지고 발이 아파서 더 이상 갈 수가 없었다. 그래서 작가는 결국 '종부사내' 즉 남편을 따라가는 것을 멈추고 심산궁곡의 인가를 찾아 머물기로 하였다. 작가는 아마도 서울에서부터 북쪽으로 2주간을 걸어온 어느 곳에서 길을 멈춘 것으로 보인다. 2)는 작가가 인가에서 3개월가량을 처참하게 지내다가 고향으로 돌아가기로 결심하고 다시 길을 되돌리는 것을 서술한 부분이다. 작가는 남편과 큰아들이 퇴각하는 방향으로 피난길을 나섰지만 중도에서 주저앉고 말았으므로 '누구를 좇아 여기에 왔나. (남편과 아들의) 자취조

차 찾을 수 없다'라고 한탄했다. 그리고 작가는 벌써 찬바람이 부는 날씨에 어린 5남매를 이끌고 낯선 곳을 걸어가다가 죽을 수도 있다고 판단하여, 가던 길을 되돌아 고향으로 가기로 결심했다. 여기에서 '고향'은 작가의 친정인 안동지역을 말하기 때문에 작가가 북쪽을 향해 가던 길을 남쪽으로 되돌린 것임을 알 수 있다. 그리하여 작가는 '가던 길을 다 못가고서 내가 어찌 돌아설 것인가'라고 한탄하고 있는 것이다.

이상에서 살펴본 바와 같이 작가의 남편과 맏아들은 북한군으로 9·28 서울 수복 때 북쪽으로 퇴각했다. 그러자 작가는 오남매를 데리고 남편과 맏아들의 퇴각로를 따라 북쪽으로 피난길에 올랐다. 그러나 너무나 지쳐 중도에서 멈추고 인가에서 3개월 정도를 머무는 바람에 찬바람이 부는 계절을 맞이하고 말았다. 계속 길을 가다가는 죽을 수도 있다고 판단한 작가는 결국 고향으로 발길을 돌리기로 결심을 하게 된 것이다. 작가는 서울민이었기 때문에 피난을 간다면 남쪽으로 가는 것이 일반적이었지만 남편과 맏아들이 북한군이었기 때문에 애초에는 피난을 북쪽으로 갔다. 하지만 작가는 결국 다시 발을 돌려 남쪽으로 가게 됨으로써 남편과 맏아들이 북쪽의 북한군인 상태로 남쪽에서 피난생활을 하는 즉, 남북에 서로 연루된 처지가 된 것이다. 이렇게 작가는 좌·우 갈등의 현실을 한 몸에 지니고 피난생활을 한 비극적인 처지였다고 할 수 있다.

위에서 작가가 처음에 남편과 맏아들을 따라 북쪽으로 피난길을 간 것이라고 생각했다. 그렇다면 작가의 남편과 맏아들은 강제로 징집된 북한군인이었을까? 답은 아니라고 생각한다. 이렇게 생각한 근거로 작가가 사용한 용어를 들 수 있다. 작가는 간혹 '제국주의, 혁명투사, 무산자, 동지' 등[7]의 용어를 사용하였다. 당시 북한군과 남한군의 교대 점령이 이루어졌으므로 당시 한국인이 일시적으로는 이러한 용어를 사용했을 수 있다. 그런데 작가는 이러한 용어를 매우 자연스럽게 사용하고 있다. 따라서 이러한 용어에 작가는 자신의 신상과 관련하여 상대적으로 많이 노출되었던 것으로 보인다. 작가가 남편 및 큰아들과 헤어지기 전에 이러한 용어에 자주 노출되었기 때문이라는 것이다. 따라서 작가의 남편과 맏아들은 강제로 징집된 북한군이 아니라 사회주의 신념을 지닌 북한군이었을 가능성이 많다. 그리고 작가는 가장 가까운 가족의 사회주의 사상에 어느 정도 침윤되었던 여성으로 보인다. 작가는 한국전쟁의 와중에 남쪽에서 피난생활을 이어나가야 했기 때문에 〈추월감〉에서 남편과 큰아들의 신분과 관련해서는 철저히 감추고 서술하려 했지만 이러한 용어를 자연스럽게 사용함으로써 자신은 물론 남편 및 맏아들의 정체성을 노출할 수밖에 없었던 것이다.

(2) 험난한 피난생활과 심적 고통

작가는 좌·우 갈등을 한 몸에 지니고 있었던 탓에 남한에서 처참하기 이를 데 없는 피난생활을 겪었다.

---

7 '제국주에 긔형테을 / 긔틱로 쏜바드니', '형명투사 셔난몸은 / 불고가사 불고처자', '적수공근 무산자가 / 엇지하면 산단말가', '한만은 동지들아 / 자식가장 뒤를 이여'

슬푸다 내일이야 / 가든길을 다못가셔 / 내엇지 도라설가 / 상막한 내일이여 / 엇지하면 산단말가 / 글리글리 팟수병과 / 부락마당 심한조사 / 무족건 굿타속의 / 죽음을 맛겨두고 / 일편단심 나에마음 / 변한길 이슬손냐 / 쳘썻갓한 내간장의 / 육신은 죽음이나 / 마음은 사라이셔 / 고함처 하는말리 / 애잔한 우리목숨 / 한칼의 죽여달나 / 내비록 원이거든 / 죽는거시 원통할가 / 소리처 바락할듸 / 창천이 살피신가 / 죽지 안코 사라난몸 / 무죄옥결 내일신이 / 여지업시 도엿구나 / 젼신만신 부은몸이 / 유혈이 낭자하고 / 션혈이 점점난이 / 쳘곳갓한 내마음에 / 어나천지 구하리요 / 자식가장 위한몸이 / 죽음을 앗길손냐

위는 순차적 구조 ②의 ㄷ)이 시작하는 부분이다. 앞서 살펴본 바와 같이 작가는 북쪽으로 가던 길을 되돌려 남쪽을 향해 길을 나섰다. 그런데 거리마다 파수병이 있었고, 부락마다 심한 조사가 있었다고 했다. 작가가 조사를 받은 곳은 남북의 접경지역일 가능성이 많은데, 따라서 작가를 조사한 측은 국군이었을 것이다. 작가가 파수병의 조사에 민감하게 반응한 것은 북한군을 가족으로 두고 있었기 때문이다. 이렇게 작가는 북한군으로 남편과 아들이 나가 있었으므로 남한군이 점령한 지역을 지날 때면 언제 잡혀 들어갈지 모른다는 생각에 조마조마한 마음으로 길을 갈 수밖에 없었다.

파수병의 조사로 작가는 국군에게 잡혀 들어가 심한 고문을 받게 되었다. 그러자 작가는 자식과 가장을 위한 마음으로 차라리 죽여 달라고 고함을 치며 무수한 구타를 이겨냈다고 했다. 국군이 무엇을 실토하라고 구타한 것인지는 작가가 서술하지 않아 알 수 없지만, 서

울 주민이 그곳까지 피난 오게 된 경위가 의심을 받게 되었을 것이다. 작가는 이미 피난할 때부터 이러한 상황을 예견했던 듯 이러한 고문과 구타를 감내하고 참아냈다. 작가는 그곳에 있는 이유를 전혀 실토하지 않고 계속되는 구타를 견디고만 있었던 것이다. "젼신만신 부은몸이 / 유혈이 낭자하고 / 션혈이 점점난이"와 같을 정도의 고문 속에서도 남편과 맏아들을 위해 전혀 실토하지 않고 견뎌내는 작가의 굳은 심지가 그저 놀라울 따름이다. 이후에도 작가는 "쓸쓸한 빈 집속에 살창만 남겨두고 / 냉슬갓한 한칸방을 자리업난 봉당"에서 오남매와 같이 갇혀 "하루에 양끼마당 쥬먹밥을" 먹으며 "매일갓치 문초"를 받았다고 했다. 이와 같이 작가는 감옥에서 고문을 당하며 자식들도 거두어야 하는 엄청난 시련을 겪어가며 피난생활을 했던 것이다.

④의 ㄹ)은 1·4후퇴로 감옥살이를 벗어하게 된 작가가 남하를 계속하여 계룡산에서 일년 가깝도록 지낸 사실을 서술했다. 작가는 친정으로 가야겠다고 결심하고 남쪽으로 길을 잡아 가던 차였는데, 친정으로 바로 가지 않고 계룡산에서 오랜 동안 머물렀다. 작가는 이곳에서 입에 풀칠을 할 정도의 끼니를 얻기 위해 고개를 넘어 장사를 하면서 하루하루를 보냈다. 그래서 작가는 이곳에서의 고달픈 생활을 '무지무지 많은 고생'이나 '지긋지긋하였다'라고 표현하였다.

작가는 왜 계룡산에 오래 머물렀던 것일까? 작가는 가사에서 자신을 도와준 친척의 고마움을 표하기도 했다. 그렇다면 작가가 이곳에 머문 것은 이곳 친척의 도움을 받을 수 있었기 때문이었을까? 그런데 앞에서 말한 바와 같이 이곳에서 작가의 생활은 매우 고달픈 것이었고, 도움은 친정으로 곧바로 가면 더 빨리 받을 수 있는 것이었다. 따라서 작가가 이곳에 오래 머문 동기에 대해 의문을 가지지 않을 수 없다. 당시의 전쟁 상황은 1·4후퇴로 북한군이 다시 남하하여 국군 및 연합군과 국지적인 격전을 계속하고 있었다. 그러므로 작가 일행은 그곳에서 남편과 큰아들의 소식을 접할 수 있었거나 혹은 접하기를 바라면서 그렇게 오래 머문 것이 아닐까 한다. 작가는 계룡산이 머물기에 충분한 조건을 갖추어서라기보다는 자신의 신분을 감추고 가족의 소식을 듣거나 가족을 만날 수 있는 한 가닥 가능성을 기대할 수 있는 장소여서 그곳에 오래 머물렀다고 할 수 있다.

　　슬푸다 내일이여 / 호가스 봉군자의 / 원만하든 내가정을 / 일조일석 져바리고 / 가진풍파 만은고상 / 졀졀이 원통하다 / 고양진미 조흔엄식 / 한포고복 먹을ᄶᅵ도 / 쇠약하든 내일신이 / 이듸도록 듸엿시니 / 지리고 망연하다 / 봉군자 하는사람 / 무산적덕 하엿든고 / 현새ᅌᅳ 여ᄌᆞ들아 / 초월신세 원통하다 / 생이별 ᄉᆞ이별의 / 졍신고통 생이고통 / 얼마나 복잡할가 / 안여자 무능력예 / 엇지하여 산단말고 / 한만은 동지들아 / 자식가장 뒤를이여 / 불꽃갓한 긔졍신을 / 부듸부듸 방심말고 / 굿게굿게 먹으보라 / 혈마혈마 밋든정신 / 언제라도 올거시라

위는 순차적 구조 4의 ㄹ)에서 작가가 계룡산 경천재의 산봉에 올라 자신의 신세를 한탄한 부분이다. 작가는 가장과 함께 원만하게 살던 자신이 몸은 쇠약해지고 갖은 고생을 다하게 되었음을 '원통하다'는 어구를 거듭 사용하며 한탄하였다. 남편과 함께 지내는 여자

들은 무슨 덕을 쌓아 그렇게 사느냐고 부러워하기도 하고, 지금 여자들이 생·사이별로 정신적인 고통 속에서 사니 '복잡하다'고도 하였다. 북한군에 가족을 내보내고 남한 지역을 헤매고 있는 작가의 처지는 복잡할 수밖에 없었던 것이다. 이어서 작가는 '한 많은 동지들'을 향해 자식가장의 뒤를 이어 불꽃같은 정신을 잃지 말고 굳게 믿어 서로 만날 날을 기다리자고 하였다.

'동지'라는 용어는 북한군에서 사용하는 것이다. 따라서 작가는 자신의 처지와 비슷한 여성들과 함께 계룡산에 숨어서 겨우겨우 생존하며 가족을 기다리고 있었던 것으로 보인다. 그렇기 때문에 이 '동지'들은 모두 작가나 마찬가지로 '한 많은 동지'가 되었던 것이다. 계룡산 생활에 대한 서술은 표면적으로만 보면 전쟁의 와중에서 가장과 아들을 전쟁터에 보내고 남은 자식들의 굶주림을 해결해야만 했던 한 여성의 생활고와 심정만을 술회한 것처럼 보이나, 자세히 읽어보면 그 내면에는 한 몸 안에 좌·우 갈등을 지니고 있는 한 여인의 심적 고통이 도사리고 있는 것이다.

> 생휵부모 골륙동긔 / 셧셧한 내집인데 / 불안는 이마음을 / 무어라 기록할가 / 쌀자식 헛부구나 / 츌가외인 하엿든이 / 나을두고 한말인 듯 / 고결한 나의마음 / 을마나 복잡할가 / 슈삼삭 지난거시 / 슈십연 듸난갓고 / 가지가지 회포로다 / 무녕역 나에힘을 / 다시한번 겡생하여 / 제힘으로 사는거시 / 인간에 용사로다 / 부모동긔 만은신세 / 긔만하고 사라볼가 / 가진고상 다하다가 / 남에집을 빌너오니 / 문호조흔 영감듸에 / 쥬인은 간곳업고 / 피란민 슈용소라 / 호가사 조흔집에 / 점잔케 안

자시나 / 먹고살일 문제로다

위는 순차적 구조 4의 ㅁ)에 나오는 구절이다. 작가는 계룡산에서의 생활을 청산하고 친정을 찾아갔지만 친정에서의 생활이 편하지 않았다. 작가는 '떳떳한 내 집인데도 불안한 마음을 뭐라 말할 수 없다'고 한 것이다. 작가는 출가외인으로서 그것도 전시 상황에서 노동력이 되지 못하는 어린 아이 다섯을 데리고 친정집의 식객 노릇을 하는 것과 마찬가지였으므로 친정에서의 생활이 불편하고 친정 식구들에게 미안한 마음이 드는 것이 당연했을 것이다. 그런데 작가는 미안한 마음을 넘어서 '불안한' 마음을 지닌다고까지 했다. 작가가 이렇게 생각한 이유는 작가가 말하자면 '사상범' 가족이라는 멍에를 짊어지고 있는 터라서 친정과 친척에게도 피해를 줄 수 있다고 생각했기 때문이다.

작가는 이미 자신의 처지가 누구의 도움도 받을 수 없는 처지라는 사실을 그간의 피난경험으로 체득하고 있었다. 작가는 친정집에서 불과 몇 개월을 살았는데도 수십 년을 산 것처럼 맘고생이 많았다고 했다. 그리하여 작가는 친정과 친척에게 피해가 가지 않도록 억지로 용기를 내어 제 힘으로 살아보자는 결심을 하게 된다. 작가는 이미 피난민으로 가득한 한 영감댁의 방 하나를 빌려 생활하게 되었는데 먹고 사는 문제가 여전히 작가 앞에 놓여 있었다. 이렇게 〈추월감〉의 서술 곳곳에는 좌·우 갈등을 한 몸에 지닌 채 피난생활을 영위해 가는 작가의 외로움과 고통이 잘 드러나고 있다.

3) 작가의 세계인식

〈추월감〉은 '무정하다 세상사여 / 한셔럽다 인생고희 / 여럭풍상 격 근회포 / 틱강기록 하여볼가'라는 암울한 서두로 시작한다. 작가가 모든 고생을 끝내고 어려웠던 그 시절을 회상하는 상황에서가 아니라 아직 끝나지 않은 전쟁과 그로 인한 시련을 예견하고 있는 상황에서 〈추월감〉을 적고 있기 때문에 작가의 심정은 이렇게 암울할 수밖에 없었다. 남한 지역에서 남의 눈에 띄지 않게 떠돌거나 거주하면서 북한 군인 남편과 아들의 생환을 남모르게 기다려야만 했던 작가의 처지는 비극적인 것이었다. 그래서 작가가 한국전쟁의 공간에서 자아를 둘러싼 세계를 바라보는 인식은 절망 그 자체였다고 할 수 있다. 작가는 자신의 처지가 용납되지 않는 세계에서 자신과 가족을 지켜내야만 했으므로 절망적인 현실인식에 빠질 수밖에 없었던 것이다.

작가의 절망적인 목소리는 작품 전체에서 생생하게 울려 나온다. 그러나 절망 속에서도 작가는 '설마 하는 희망을 지니고 순풍이 부는대로 살다보면 세월이 갈 것이다'라고 하여 실낱같은 희망을 부여잡기도 했다. 그리고 계룡산에서 같이 지낸 여성들을 향해 "자식가장 뒤를이여 / 불꽃갓한 긔정신을 부듸부듸 방심말고 / 굿게굿게 먹으보라 혈마혈마 밋든정신 / 언제라도 올거시라"라고 하며 굳은 심지와 희망을 잃지 말라고 권고하기도 하고, 친정의 종제에게는 본심을 잃지 말고 일정하게 살아보자고 권유하기도 했다. 이렇게 작가는 절망적인 현실인식 속에서도 삶의 희망을 놓지 않으려 스스로를 다잡았는데, 특히 자식들을 위해서 절망에 빠지지 않고 일어나 살아가기로 다짐했다.

구생일사 내자식을 못먹이고 못입피나 / 하늘갓흔 히망으로 무션노
력 다하여도 / 성공하면 살거시며 무식한 내머리로 / 생각이 만흘지라
멩호지교 못하나마 / 오남메 어린자식 / 고이고이 길너쥬어 / 하늘갓치
장성하여 / 한새상 볼거시요 / 오날오날 나의환경 / 암흑에 잠겻시니 /
가진유리 탐정에도 / 정신이 변할손가 / 부모육체 타고 / 청득을 일치
말고 / 일생을 고이고이 / 하로갓치 지나다가 / 후새승 옥연듸로 / 고이
고이 가는거시 / 새상에 낫든잣취 / 참다운일 안일는가

위에서 작가는 지금은 비록 자식들에게 잘 먹이고 잘 입히지는 못
하지만 희망을 가지고 어떤 노력이라도 다 하여서 남은 오남매를 장
성시켜 한세상을 보고 싶다고 다짐하고 있다. 그리고 지금 비록 암흑
에 잠겨서 갖은 죄악과 탐정에 빠져 있지만 정신만은 변하지 않는다
고 다짐하면서 밝은 덕을 잃지 않고 일생을 고이 지내다가 후세상으
로 가는 것이 참다운 인생이 아니겠느냐고 했다. 이렇게 작가는 절
망적인 현실 속에서도 남은 자식들을 잘 키우는 것이 자신의 도리임
을 명백히 하고 의지력을 키우고자 노력하는 모습을 보였다. 작가는
다섯 자식을 거두고 길러야만 하는 어머니이기도 했던 것이다. 좌우
갈등을 한 몸에 지니고 있어 험난한 미래가 앞에 놓인 상황에서도 자
식을 위해 끈질긴 생존력을 발휘한 한 여성의 형상이 잘 드러난다.

이러한 절망과 실낱 같은 희망 속에서 작가는 한국전쟁의 현실을
어떻게 인식하고 있었을까? 작가는 자신이 처한 상황 때문에 피난생
활에서 엄청난 시련을 겪었음에도 불구하고 한국전쟁을 바라보는
시각에 있어서 중립적이고 객관적인 양상을 드러내고 있다.

> 을유연 츄팔월에 / 우리민족 방방곳곳 / 만세소릭 / 흥긔롭든 긔시
> 절은 / 편시츈몽 안일는가 / 아름다운 우리강토 / 남북을 갈나두고 / 우
> 척좌쳑 왼말이며 / 삼팔션은 무산일고 / 무자비한 현실탄에 / 골륙상쟁
> 엇지할고 / 청츈에 썰는졍신 / 어느누가 말리리요

위에서 작가는 우리의 역사성 안에서 한국전쟁을 바라보았다. 불
과 5년전 광복으로 우리 민족 모두가 흥기로 들떴었는데 이 시절이
춘몽에 불과했다고 하면서, 곧바로 삼팔선이 쳐져 아름다운 우리 강
토가 남과 북으로 나누어지더니 우측이니 좌측이니 하는 것이 생겨
났음을 개탄했다. 이어 무자비하게도 골육상쟁의 현실이 전개되어
청춘의 끓는 정신으로 서로를 죽일 수밖에 없는 현실이 전개되었음
을 한탄한 것이다. 작가의 이러한 한국전쟁에 대한 인식은 당시 모든
한국인이 가지고 있었던 인식과 같은 것이었을 것이다. 이렇게 작가
는 한민족끼리 서로 죽이는 전쟁 자체를 거부하고 저항하는 인식을
지니고 있었다고 할 수 있다.

> 무지몽메 인셍들아 / 졔허물 젼혀잇고 / 올바른길 원망하니 / 새상
> 사 허무하다 / 도탄의 쌰진몸을 / 신명이 구호하여 / 쳔신만고 사라시
> 나 / 분골쇠진 하는마음 / 언제하소 하오릿가 / 강박하다 인생들아 / 단
> 군션조 피을타셔 / 삼천만 우리동포 / 한덩으리 한결례가 / 엇지하여
> 못듸고 / 좌우을 구별하여 / 쇄사셜의 얼켜두고 / 졔국쥬에 긔형테을 /
> 긔듸로 쏜바드니 / 애국츙셩 이쑨인가 / 가소롭고 흐무하다

위는 작가가 국군에게 고문을 받고 난 후 감회를 서술한 부분이다. 작가는 고문을 해대는 국군을 '무지몽매한 인생들'이라고 하면서 이들이 자기의 허물은 잊고 남의 올바른 길을 원망한다고 했다. 이때 작가가 말한 '올바른 길'은 국군과 북한군 중에서 어느 한 편의 길, 즉 북한군의 길을 말하는 것으로 보이지는 않는다. 작가는 고문을 이기지 못하여 가족을 배신하는 것은 옳지 않다고 여겨 가족을 위해 침묵했다. 작가의 입장에서 보면 가족을 위해 실토하지 않는 것이 명백하게 옳은 길인데 국군이 가족을 배신하고 실토하라고 거듭해서 고문을 해댔으니 억울하다고 할 수밖에 없었으며 누구한테라도 이것을 하소연하고 싶었던 것이다.

이어서 작가는 고문하는 국군에게 '강박하다'고 하면서 삼천만 우리 동포는 모두 한겨레인데 어찌하여 좌우를 구별하며 이렇게 쇠사슬로 묶어 두는 것이냐고 저항했다. 그리고 이러한 것은 '제국주의'의 행태를 본받는 것이라고 일갈했다. 여기에서 작가는 좌우를 구별하여 반대편 쪽의 사람을 고문하는 것에 한정하여 제국주의자들의 행태라고 한 것이라고 할 수 있다. 하지만 6·25로 표출된 우리의 좌·우 갈등이 결국은 제국주의의 패권 다툼에 의한 것이라는 사실을 암시적으로 나타낸 것이기도 하다.

이렇듯 작가는 고문을 당하는 엄청난 시련을 겪고서도 국군의 비열함을 몰아붙이거나 그들을 비난하는 쪽으로만 나아가지는 않은 것같다. 다만 '고문'의 부당성을 서술하는 쪽으로만 나아갔다. '제국주의'라는 용어가 당시에는 상대적으로 좌익적인 것이라서 이 부분의 서술을 언뜻 보면 국군 쪽을 비난하는 발언처럼 보이지만 자세히 살펴보면 좌우 어느 한 편의 입장을 두둔하려는 작가의 의도는 전혀 발견되지 않는다. 다만 세계사적인 관점에서 우리나라에서 벌어진 한국전쟁 자체의 본질에 대한 회의가 짙게 깔려 있음을 알 수 있다. 그리하여 작가는 '가소롭고 허무하다'고 한 구절에서 드러나듯이 한국전쟁 자체에 대해 냉소적인 태도를 보인 것이라고 할 수 있다.

> 우리무산 충성으로 / 형형제제 혁혁하며 / 자식가장 보나두이 / 아부도 아군이요 / 아자도 아군이라 / 억만진중 불꽃속예 / 아무쪼록 사라나셔 / 부모처자 차저줄가

위에서 작가는 우리가 무슨 충성으로 형제들을 모두 군대에 보냈느냐고 했다. 그리고 자신도 자식과 가장을 군대에 보냈는데, 남편도 아군이요 아들도 아군이라고 역설하였다. 한겨레가 좌우로 나뉘어서 서로 죽이는 한국전쟁의 본질 자체에 대한 반감을 지니고 있는 작가의 현실인식 안에서 보면 북한군인 남편과 아들도 국군과 마찬가지로 아군인 것이다. 작가는 간절하게 남편과 맏아들이 전쟁의 포화 속에서 살아남아 가족을 찾아줄 것을 소원했기 때문에 남편과 아들도 역시 한겨레인 아군임을 강조할 수밖에 없었다. 이렇게 작가는 자신에게 엄청난 시련과 고통을 주는 6·25를 남한과 북한의 어느 한 편의 시각에서가 아니라 우리 민족 전체의 시각에서 바라보았다. 작가의 현실인식은 세계사적인 관점을 견지하면서 한국전쟁의 본질 자체에 대한 저항의식을 담고 있는 것이었다고 할 수 있다.

4 가사문학사적 의의 : 맺음말

〈추월감〉은 역사·사회 현실에 대응하여 창작하는 가사문학의 전통을 이은 가사 작품이다. 〈추월감〉은 한국전쟁의 와중에 작가가 겪은 피난생활을 서술하였다는 점에서 당대의 역사·사회를 반영한다는 문학적인 의미를 지닌다. 특히 〈추월감〉은 무엇보다도 좌우 갈등의 현실을 담아 현대사의 전개에서 가장 핵심적인 문제를 담보하고 있다는 문학적인 의미를 지니며, 가사문학사적인 의의도 지닌다.

한국의 여성은 일제식민지, 해방과 남북분단, 한국전쟁 등의 역사를 거치면서 엄청난 고통과 희생을 감내하며 생활력을 발휘해 가정과 사회를 지켜온 저력을 지녔다. 이러한 한국의 강인한 어머니상은 한국의 격동기를 거친 한국여성의 전형으로 이야기되어지고, 민족의 생명력을 이어가게 한 원동력으로 추앙받기에 이르렀다. 그런데 이러한 강인한 어머니상을 형상화하는 문학의 주체는 대부분 남성이었고 여성이라고 할지라도 당사자가 아닌 전문작가였다. 그러므로 강인한 어머니 자신의 문학적 형상화라고 하는 것은 거의 찾아볼 수 없었다고 해도 과언이 아니다. 〈추월감〉은 현대사의 한 국면을 헤쳐나간 전형적인 한국의 강인한 어머니가 당대에 직접 겪은 일을 서술한 규방가사라는 점에서 문학사적 의의를 지니기에 충분하다고 하겠다.

〈추월감〉이 한국전쟁의 와중에서 창작될 수 있었던 이유는 가사문학이 생활문학으로 기능했던 오랜 전통이 있었기 때문이다. 가사는 4음보 연속이라는 매우 쉬운 율격구조에다가 무엇이든 담을 수 있는 개방성을 지닌 장르였기 때문에 자신이 겪은 일을 감회를 섞어 가며

담아내는 그릇으로 적당하였다. 이렇게 가사문학은 서정성, 서사성,
교술성 등에 구애 받지 않고 무엇이든 담을 수 있는 장르적 성격 때
문에 생활문학으로 자리를 잡을 수 있었다. 가사문학은 생활문학이
었기 때문에 문학적 형상화의 측면에서 미숙하고 참신하지 못한 흠
을 지니고 있는 것은 사실이다. 하지만 가사문학은 당대를 살아간
일상인의 삶과 사고를 알 수 있게 해주는 좋은 문학 자료이다. 〈추월
감〉은 생활문학으로서의 가사문학이 현대에 와서도 유효하게 문학
적 기능을 수행했음을 보여주는 한 예라고 할 수 있다.

한편 〈추월감〉의 존재양상은 가사문학사적 의의를 지니기에 충분
하다고 본다. 〈추월감〉은 현대에 와서 창작된 가사이다. 현대에 와서
도 몇몇 작가에 의해 가사문학이 창작되고 있는 것은 사실이다. 그런
데 현대에 와서 창작된 대부분의 가사는 작가가 알려져 있고 작품은
현대적인 경로를 밟아 출판되었다. 그리고 이런 가사 작품은 그 향유
와 전승에 있어서 매우 제한적이었다. 그런데 〈추월감〉은 분명히 작
가가 있었음에도 불구하고 곧 그 작가가 유실되었으며, 이어서 많은
향유가 이루어지는 가운데 필사가 거듭되어 많은 이본을 남기게 되
었다. 이러한 존재양상은 전통시대의 무명씨작 가사문학이 지닌 존
재양상과 같은 것이라고 할 수 있다. 이렇게 〈추월감〉은 현대에 이르
러서 창작되었지만 전통적인 방식의 존재양상을 간직하고 있는 작
품이라는 점에서 가사문학사적 의의를 지닌다고 하겠다.

제7장

한국전쟁과 가사문학

1. 머리말

영남지역에서는 일제강점기와 그 이후에도 가사문학을 활발하게 창작하고 향유했다. 이렇게 창작된 익명의 가사 작품들은 현재 필사본으로 전해지거나, 지자체에서 그 지역의 필사본을 모아 활자화한 자료집에 실려 전해지고 있다. 그런데 이러한 가사 작품들은 엄청난 양이 전하고 있음에도 불구하고 제대로 읽혀지지 않아 그 문학적 양상의 전모가 아직 밝혀지지 않고 있다. 이러한 가사 작품들 가운데는 당대의 역사적 현실을 수용하며 작가의 사연을 서술하여 당대를 증언하고 있는 의미 있는 작품들이 다수 존재한다. 아직 읽혀지지 않은 가사 작품들에 대한 꼼꼼한 '읽기'를 통해 이들 가사 작품들을 유형화하는 작업이 필요하다.

필자는 이러한 문제의식 하에 그 동안 필사본 자료나 필사본을 활자화한 가사자료집을 읽어왔다. 그리하여 한국전쟁 당시에 창작된 일련의 가사 작품을 수집할 수 있었다. 수집한 가사 작품은 〈회심亽〉, 〈원한가〉, 〈고향 써난 회심곡〉, 〈피란사〉, 〈나라의 비극〉, 〈추월감〉, 〈셋태비감〉 등 7편이다. 이들 가사는 한국전쟁 당시에 창작되어 전쟁에 대한 작가의 입장과 소회, 피난 시 겪었던 사연, 그리고 서정을 담고 있다. 이 가운데 〈추월감〉만이 고순희에 의해 처음 소개되어 작품론으로 다루어진 바가 있고[1], 그 외의 작품들은 학계에서 전혀 다루어지지 않았다. 이 연구에서는 이들 가사 작품을 '한국전쟁과 가사문학[2]'이라고 유형화하여 다루고자 한다.

한국전쟁 당시 창작된 가사는 대부분 학계에서 다루어지지 않은 자료이므로 자료의 정확한 소재지가 제시될 필요가 있다. 그리고 여기에서 대상으로 하고 있는 가사 작품 중에는 창작 시기나 창작 배경이 모호한 것들이 있다. 실제로 여기에서 다루고 있는 가사 작품 중에서 몇 작품은 작품의 창작 시기가 잘못 파악되기도 했다. 이런 점은 활자 자료집에 실려 있는 경우에서 많이 나타나는데, 매우 간단한 소개글에서 한국전쟁 당시에 창작된 가사라는 것을 간과하고 내용

---

1 이 책에 실린 「규방가사 〈추월감〉 연구 : 한 여인의 피난생활과 좌우갈등」을 참고해 주기 바란다.
2 가사문학사에서 전란에 참여하여 전란의 과정을 읊거나 전의를 고취하기 위해 지은 가사를 '전란가사'라는 유형으로 설정하여 논의하고 있다. 전란가사로 논의되고 있는 가사로는 〈남정가(南征歌)〉(을묘왜변), 〈선상탄(船上嘆)〉과 〈용사음(龍蛇吟)〉(임진왜란), 〈정주가(定州歌)〉(홍경래난), 〈고병정가사(告兵丁歌辭)〉와 〈신의관창의가(申議官倡義歌)〉(의병활동) 등이 있다. 한국전쟁 당시 창작된 가사문학 작품들을 '한국전쟁가사'라고 유형화할 수도 있다. 그런데 '전쟁가사'라는 용어를 사용했을 경우 '전란가사'와의 연속성 문제가 있게 되어 이 연구에서는 '한국전쟁가사'라는 유형 용어를 사용하지 않았다. '전란가사'는 전란에 참여한 당사자가 지은 것으로 전쟁에 참여하지 않은 작가가 지은 한국전쟁가사와 작품의 성격이 매우 다르기 때문이다.

을 파악한 것이다. 그리하여 여기에서 다루고 있는 가사 작품이 한
국전쟁 당시에 창작된 작품이라는 것을 밝힐 필요도 있다. 그리고
이들 가사는 모두 무명씨의 작품인데, 현재로서는 각 작가를 구체적
으로 규명할 수 없더라도 최소한 여성인지 남성인지를 구별해낼 필
요가 있다. 한편 한국전쟁은 골육상잔의 전쟁이라는 특수성을 지닌
다. 그리하여 이 연구에서는 한국전쟁을 직면하고 있는 작가의 처지
나 입장을 자세하게 분석하여 논의할 필요가 있다.

이 연구의 목적은 한국전쟁 당시 창작된 가사문학의 자료를 제시
하고 고증한 후, 한국전쟁을 직면한 작가의 입장을 분석함으로써 이
들 가사문학의 문학사적 의미를 규명하는 데 있다. 2장에서는 한국
전쟁 당시 창작된 가사문학 자료가 실린 소재지를 밝히고, 작가와 창
작시기에 대해 자세하게 고증한다. 3장에서는 한국전쟁을 직면하고
있는 작가의 처지와 입장을 세 가지로 나누어 분석한다. 마지막으로
4장에서는 앞 장에서의 논의를 종합하여 한국전쟁 당시 창작된 가사
문학의 문학사적인 의미를 규명하고자 한다.

② 가사 자료의 제시와 고증

필자는 한국전쟁 당시 창작된 가사 자료를 수집하기 위해 필사본
은 물론 필사본을 활자화해 출판한 가사자료집을 모두 조사했다[3].

---

3 조사한 자료집은 다음과 같다. 책의 경우 전집인 경우도 있어 면수는 생략한다. ○
   필사본 자료-한국가사문학관 홈페이지(http://www.gasa.go.kr) jpg 필사본 자료. ;

그리하여 한국전쟁 당시 창작된 가사문학 작품으로 총 7편을 확인할
수 있었다. 7편의 가사를 창작된 순서대로 살펴본다.

〈회심ᄉ〉가 실려 있는 가사집에서는 작가의 은거를 세상을 등지는
일반적인 은거로 보았다[4]. 그러나 "원슈로다 이ᄉᆡ상이 풍진이 퇴심
하다 / 일국으로 분중ᄒᆞ야 남북선을 갈나노코 / 동족혈젼 거지업다",
"중집이 낙인ᄃᆡ야 이숨회을 수렁하이", "회피로 작정하고 타향이 이
거하니" 등의 구절에서 알 수 있듯이 작가가 은거한 것은 한국전쟁
당시 징집을 회피하기 위한 것이었다. 작품 전체는 작가가 집을 떠나
와 의지할 곳 없는 늙은 부모님께 효도하지 못함을 한탄하는 내용이
주를 이루며, 연로함에도 불구하고 살림을 해야 하는 늙은 어머님을
걱정하는 대목도 있다[5]. 따라서 작가는 한국전쟁 당시 징집 대상자

임기중 편, 『역대가사문학전집』전51권, 동서문화원·여강출판사·아세아문화사,
1987·1992·1998. ; 단국대율곡기념도서관 편, 『한국가사자료집성』전12권, 태학
사, 1997. ; 이정옥 편, 『영남내방가사』전5권, 국학자료원, 2003. ; 조동일 편, 『조동
일 소장 국문학연구자료』제1,2권, 박이정, 1999. ○ 활자본 자료 - 임기중 편저, 『한
국가사문학주해연구』전20권, 아세아문화사, 2005. ; 권영철, 『규방가사-신변탄식
류』, 효성여대출판부, 1985. ; 권영철 편, 『규방가사 1』, 한국정신문화원, 1979. ; 이
대준, 『낭송가사집』, 세종출판사, 1986. ; 이대준, 『안동의 가사』, 안동문화원, 1995. ;
영천시 문화공보실 편, 『규방가사집』, 영천시, 1988. ; 구미문화원, 『규방가사집』,
대일, 1984. ; 조애영·정임순·고단 공저, 『한국현대내방가사집』, 당현사, 1977. ; 이
화여자대학교 한국어문학연구회, 「내방가사자료-영주·봉화 지역을 중심으로
한-」, 『한국문화연구원논총』제15집, 이화여대 한국문화연구원, 1970. ; 최태호,
『교주 내방가사』, 형설출판사, 1980. ; 김성배 외, 『주해 가사문학전집』, 집문당,
1961. ; 고단, 『소고당가사집』상·하, 삼성사, 1991. ; 고단, 『소고당가사속집전』, 삼
성사, 1999. ; 조애영, 『은촌내방가사집』, 금강출판사, 1971. ; 이휘 편·조춘호 주석,
『견문취류』, 이회, 2003.
4 영천시, 『규방가사집』, 도서출판 대일, 1988, 190~193쪽. 이 작품 앞에 다음과 같은
소개글이 실려 있다. "부모의 슬하를 떠나 은둔 처사로 살겠다며 객지에서 생활한
어느 남자의 글이다. 당시의 사회상을 한탄하며 아울러 세상을 등지고 살다보니
부모에게 불효를 하게 되어 또한 탄식하고 있다."(190쪽)
5 "실하무인 부모임은 이지할곳 전혀업ᄂᆡ / 노부모이 막연소쳐 부쥬님은 신양으로 /

로서 미혼 남성으로 보이며, 〈회심수〉를 창작할 당시 작가의 나이는 20세 안팎으로 추정된다. 그리고 가사의 창작 시기는 징집이 이루어진 시기인 1950년으로 추정된다.

〈원한가〉의 작가는 철원 태생으로 상주시 함창읍 권영철씨의 모친이라고 한다[6]. 한국전쟁이 발발한 당시 작가의 남편은 육사에 다니고 있었고, 17~8세에 결혼한 작가에게 어린 아이 셋이 있었다[7]. 그러므로 창작 당시 작가의 나이는 2~30대로 추정된다. 작가는 국군 남편을 두었기 때문에 인민군의 진격 소식이 있자마자 곧바로 피난을 떠났다[8]. 이후 피난지인 부산진에서 3,4개월을 지내다 고향집으로 돌아와 〈원한가〉를 지었다. 따라서 가사의 시기는 1950년 가을로 추정된다.

〈고향 써난 회심곡〉이 실려 있는 가사집에서는 이 가사가 '광복 후 좌우익의 이념투쟁'을 배경으로 하여 창작된 것으로 보았다[9]. 그러

십여연을 신고시고 노쇠하신 자모님이 / 궁한한 가정사리 어이하야 경과하리" 여기서 작가의 부모님이 의지할 곳이 없다고 하고, 작가의 노쇠한 모친이 가정살림을 꾸려가야 하는 처지에 있었으므로 작가는 결혼을 하지 않은 것으로 추정된다.

6 이대준 편, 『안동의 가사』, 안동문화원, 1995, 446~461쪽. 이 작품 앞에 다음과 같은 소개글이 실려 있다. "이 가사는 홀어머니 밑에서 자라 시집온 여인이 6.25를 겪으면서 고향을 뒤로하고 부산으로 피난을 떠나는 과정과, 전쟁이 끝나고 다시 찾은 고향에서 듣게 되는 남편의 전사소식을 중심으로 이루어진 글이다. 피난을 떠나는 과정에서 겪은 시련들이 자세히 기록되어 있고, 나라를 위해 목숨을 바친 남편에 대한 자랑스러움과 함께 남편에 대한 아내의 애절한 정을 느낄 수 있다. 이 가사의 작자는 상주시 함창읍의 권영철씨의 모친이다."(446쪽)

7 "세월도 여류하다 십칠팔세 처녀시가 / 어젠듯 하건마는 어언간 부모되어"; "철모르는 저의형제 연약애통 불쌍해라 / 잔인하다 영철형제 산해같은 너의부친 / 만리구원 참말이냐 고로혈혈 너의거동 / 조그마한 그목통에 아빠아빠 부르짓고"

8 『한국전쟁 1129일』(이중근 편저, 우정문고, 2014, 67쪽)의 7월 14일(20일차) 기록에 의하면 북한군 제15·1사단이 계속 남하해 함창 동쪽 40㎞의 안동으로 지향했다. 상주 함창읍에 북한군이 들이닥치기 시작한 것은 전쟁 발발 후 20일 만이었다.

9 영천시, 앞의 책, 15~17쪽. 이 작품에 대한 소개글은 다음과 같다. "고향을 떠난 어느 객인의 고달프고 서러운 사연을 가사로 엮은 글이다. 일제치하의 곤혹스런 생

나 이 가사는 '무정하다 공산군들 어이그리 악독한고'나 '뜻밖에 소
개명령' 등의 구절로 보아 한국전쟁 당시에 창작된 것이 분명하다.
작가는 "늘은부모 어린쳐주 도중이 헛쳐두고"라는 구절에 드러나듯
이 아내와 아이가 있는 기혼 남성이다. 그리고 창작 당시 작가의 나
이는 30세 안팎으로 추정된다. 작가가 공산군 치하에 있다가 소개명
령으로 피난을 떠나 한 인가에 머물렀을 때 추위에 떠는 것[10]으로 보
아 가사의 창작시기는 1950년 늦가을로 추정된다.

〈피란사〉[11]의 작가는 여성[12]이다. 작품 내용에 '오금, 왕신, 인동, 유
금' 등의 피난지 지명이 나온다. 이곳이 어느 곳인지 조사해보니 경
주 북부 지역으로 형산강 주변에 있는 '오금리, 왕신리, 인동리, 유금
리' 등이었다. "다산우리 열늬식구"와 "팔월리라 듸보름날 다슨우소
도라든이"라는 구절에 의하면 작가가 사는 곳은 '다산'인데, 경주 부
근에서 '다산'을 조사해보니 경주시 강동면 다산리였다. 작가는 시
종일관 가족과 함께 피난을 다녔으며, 남편이나 자식에 대한 서술이
없다. 따라서 작가는 경주시 강동면 다산리에 사는 미혼 여성으로
창작 당시 작가의 나이는 10대로 추정된다. 작가의 피난지는 낙동강
방어선인 영천~포항 전투지 부근이었다. 이 전투가 벌어진 것은

<hr>

활과 8·15 광복 후의 좌우익 이념투쟁의 틈바구니에서 지친 삶을 술회했다. 이 가
사로 당시의 소시민의 감정을 어느 정도 감지할 수 있는 작품이다."(15쪽)
10 "가족을 인도ㅎ야 방으로 드려간이 / 슈년간 빈인방이 츠기는 빙설갓다 / 노부모
치워ㅎ고 어린아희 밥쳑한이"
11 한국가사문학관 홈페이지(http://www.gasa.go.kr) jpg 필사본 자료.
12 작품 내용에 의하면 작가가 부르는 호칭에서 '오빠'가 등장하여 여성임을 역시 알
수 있다. "인솔하리 정희보자 조모겻틱 다섯식구 / 빅부님긔 부탁ㅎ고 그나머지 큰
집식구 / 하양옵바 담당ㅎ고 윤듸늬 일곱식구 / 각촌옵바 담당ㅎ고 다산우리 열늬
식구"

1950년 8~9월이었고, 작가의 귀향이 추석에 이루어졌으므로 가사의 창작시기는 1950년 가을이다.

〈나라의 비극〉[13]의 작가는 남성으로 추정된다. 가사 말미의 "글시 흉필 괴괴 權炳姬 甲午年 인쇄"라는 기록이 있는데, 작가와 창작연대에 관한 기록이라기보다는 필사자와 필사연대에 관한 기록으로 보인다. 가사의 내용에 의하면 작가는 피난 후 다시 '고향집'으로 돌아왔을 때, 자신의 '아들'과 '형제'가 보이지 않았다고 했다. 이렇게 작가는 고향집에서 자신의 아들 및 형제, 특히 형제와 함께 살았다는 것을 알 수 있는데, 따라서 작가는 결혼해서도 형제와 같이 살 수 있었던 남성으로 추정된다. 그리고 작가는 아들과 형제가 보이지 않자 "어듸간나 네아들아 네형제야 / ○하고도 안타까웁든 어이마즈 가닷말가 / 그몹슬 날이가 어이마져 다려가셔 / 이간장 이렇타시 쓰라리게 테우난가"라고 절규했다. 따라서 작가의 아들과 형제는 작가가 피난을 간 사이에 징집이 되었을 것으로 보인다. 〈나라의 비극〉을 창작할 당시 작가의 나이는 징집을 당할 가능성이 있는 나이의 아들이나 형제를 둔 나이여야 하므로 30~40대로 추정할 수 있다. 그리고 창작시기는 작가가 피난을 한 후 고향집으로 돌아온 시기를 다른 가사와 마찬가지로 국군이 다시 탈환한 직후로 보는 것이 합리적이기 때문에 1950년 가을로 추정할 수 있다.

〈셋태비감〉[14]의 작가는 여성이다. 사변이 일어나자 작가의 '가족'

---

13 임기중 편, 『역대가사문학전집』22권, 여강출판사, 1992, 381~395쪽. 이 이본의 필사자는 한글 쓰기에 있어서 매우 미숙한 면모를 보인다.
14 임기중 편, 『역대가사문학전집』25권, 여강출판사, 1992, 127~132쪽.

은 남쪽으로 피난을 갔지만, 작가는 살던 곳에 그대로 남아 있었다.
이후 유엔군의 참전으로 다시 수복이 되자 작가는 '가족'과의 상봉
을 상상하며 기대에 부풀기도 했으며, 남쪽을 향해 날아가는 기러기
를 바라보며 감회에 젖기도 했다. 그런데 〈셋태비감〉의 서술은 갑자
기 작가가 무슨 일 때문인지는 모르지만 지서에 가 조사를 받고 감옥
에 갇히는 것으로 이어졌다. 이렇게 서술한 내용의 시간적인 순서로
볼 때 작가가 감옥에 갇힌 시기는 1950년 수복 직후인 가을인 것으로
추정된다.

① 힘업시 비관하니 십구연 지난일이 / 인간고회 몇회인고 꼿갓치
피는얼골 / 장미갓치 짓흔향귀 봄이갈가 두려우나 / ○지못할 세월이
라 한숨이 흘려나고 / 지금은 다시와서 이십세월 맛이한이 / 세사업 세
출발이 어이하여 지나갈가 / --- / ② 누구보다 가련하고 의처로운 우
리동기 / 어이하여 살어가나 나넌오즉 출가외인 / 나을생각 밋지마라
가슴오즉 저리고나 / 세월도 몹슬어라 끗업는 이세상에 / 한하이 슬대
있나 본심대로 사라보자 / --- / 원망말고 사라보자 고생을 회복삼아 /
병없이 자라거라 앞못보신 아버지와 / 철업는 어린동생 귀여이 살여주
소 / 하늘에 기도하며 신명게 발원하며 / 만수무광 하옵기를 길이길이
비옵니다 ③ 가) 어느듯 유수세월 백마가 달려가서 / 과지사과 대엇
건만 나) 사변에 가신모친 / 어느곳이 평화로워 소식조차 불통한이 /
어대락고 차자갈고 험악한 산이막혀 / 넘지못해 못오신가 푸른물이 가
로막혀 / 건너지못해 못오신가 슬푸다 우리엄마 / 어이하여 못오신고
연연시 오는봄은 / 금년다시 차자오니 말업는 초목에는 / 새움이 만발

한이 별과나비 춤추는 끗

①은 작가가 감옥에서 석방될 날을 하루하루 기다리다가 신년을 맞이할 때를 서술한 부분이다. 여기에서 감옥에 있던 작가가 1951년 신년에 19세를 보내고 20세를 맞이했음을 알 수 있다. ②는 작가가 감옥에서의 감회를 서술한 일부분이다. 작가는 '우리동기', 즉 자신의 여동생을 향한 권고와 축원을 서술하고 있는데, 자신을 '출가외인'이라고 하고 있다. 따라서 작가가 앞서서 서술한 남쪽으로 피난간 '가족'은 "앞못보신 아버지와 철업는 어린동생" 등으로 구성된 '친정 식구'를 말하는 것이며, 작가는 기혼 여성임을 알 수 있다. 작가는 시댁 식구와 같이 있어야 했기 때문에 친정 식구가 남쪽으로 피난을 갈 때 같이 갈 수 없었고, 그렇기 때문에 〈셋태비감〉에서 끊임없이 친정부모와 동생들을 걱정하며 안전을 기도했던 것이다.

그리고 ②에 연결하여 바로 ③을 서술했다. 먼저 작가는 ③의 가)에서 어느덧 세월의 '백마가 달려'[15] '과거지사'가 다 되었다고 했다. '과거지사'가 되었다는 것은 작가가 감옥에 갇혔다가 의혹이 해소되어 무사히 풀려나게 되었음을 서술한 것으로 추정된다. 그리고 작가는 이 서술의 끝을 '~건만'으로 이으면서 나)에서 친정어머니의 소식을 아직도 알 수 없음을 안타까워하면서 다시 봄이 찾아왔음을 서술했다. 봄이 되면서 자신은 무사히 감옥에서 풀려났지만 아직 친정

---

15 '백마가 달려'라고 했으므로 말띠해인 1954년이 지난 것으로 해석하는 것은 옳지 않다. '백마'띠 해는 1930년과 1990년에만 해당하기 때문이다. 따라서 '백마가 달려'는 빠르게 지나갔다는 의미로 해석해야 한다.

식구의 소식을 몰라 안타까워하는 것으로 가사를 끝맺은 것이라고 할 수 있다. 이상에서 살펴본 바와 같이 작가는 한국전쟁이 발발한 후 친정 식구만 남쪽으로 피난을 가고 시댁에 묶인 자신은 남아 있다가 1950년 수복이 된 후 무슨 연유인지 몇 개월을 감옥에 수감되었다가 다음해인 1951년에 풀려난 기혼 여성이다. 〈셋태비감〉을 창작할 당시 작가의 나이는 20살이었으며, 창작시기는 1951년 봄이다.

〈추월감〉의 작가는 남씨부인으로 40대 중반 정도의 여성이다. 작가는 안동지역에서 성장하여 서울로 시집을 와 6남매를 낳고 살다가 6·25를 맞았다. 그런데 당시 남편과 큰아들은 북한군이었으므로 어린 자식 다섯을 이끌고 피난길에 올라 갖은 고생을 한 후에 안동지역의 친정에 머물게 되었다. 작가의 피난이 9월 중순 경에 시작되었고, 작가가 피난하며 산 지 '수삼년'[당시에는 보통 햇수로 계산했다]이 되었다고 했으며, 가을밤에 이 가사를 지었으므로 가사의 창작 시기는 1952년 가을이다. 〈추월감〉은 남편과 맏아들은 북한군이면서 자신은 남쪽 지역에서 피난생활을 해야 했던 한 여성의 좌우 갈등 현실을 담고 있다. 그럼에도 불구하고 이 〈추월감〉은 확인된 이본만 해도 11편이나 되어 매우 활발한 향유가 있었음을 보여준다[16].

이상으로 소개한 한국전쟁 당시 창작된 가사 7편의 개관을 정리하면 다음과 같다.

---

16 〈추월감〉에 관한 자세한 사항은 이 책에 실린 「규방가사 〈추월감〉 연구 : 한 여인의 피난생활과 좌우갈등」을 참고해 주기 바란다.

제목	작가	나이	창작연대	이본
회심ᄉ	남성	20세 안팎	1950	유일본
원한가	여성	20~30대	1950	유일본
고향 써난 회심곡	남성	30세 안팎	1950	유일본
피란사	여성	10대	1950	유일본
나라의 비극	남성	30~40대	1950	유일본
셋태비감	여성	20	1951	유일본
추월감	남씨부인	40대 중반	1952	이본 11편

총 7편의 가사는 〈추월감〉을 제외하고 모두 유일본만 전한다. 가장 왕성하게 향유된 가사는 〈추월감〉으로 확인된 이본만 11편이나 된다. 이 외에도 권영철이 육이오동란가계 가사로 언급한 〈육이오동란가〉와 〈부인감별곡〉[17]이 있으나, 이들 자료를 입수해 읽어보지 못하였기 때문에 이 연구에서는 다루지 못했다. 한편 한국전쟁과 관련한 가사로 〈삼신기명애무가〉와 〈회포가〉가 있다[18]. 전자는 한국전쟁 당시 작가가 겪었던 일을 회고하여 쓴 가사이며, 후자는 한국전쟁 때 떠나간 남편을 오랫동안 기다리는 서정을 담은 가사이다. 두 가사 모두 한국전쟁과 관련한 내용을 담고 있지만 창작시기가 한국전쟁 당시가 아니어서 이 연구에서는 다루지 않았다.

---

17 권영철, 『규방가사각론』, 형설출판사, 1986, 377쪽.
18 〈삼신기명애무가〉는 소고당 고단이 쓴 가사로, 삼신동이와 삼신시루를 보며 육이오 때를 회상하며 서술했다. 조애영·정임순·고단 공저, 『한국현대내방가사집』, 당현사, 1977, 89~94쪽. ; 〈회포가〉는 한국전쟁 중에 떠나간 남편을 오랜 세월 기다려온 63세 여성의 서정을 담았다. 이대준 편, 『안동의 가사』, 안동문화원, 1995, 335~343쪽.

3. 한국전쟁을 직면한 작가의 입장

한국전쟁 당시 창작된 가사문학의 작가들은 모두 한국전쟁의 충격을 서술하면서 가사를 시작했다. 그리고 대부분은 36년간 일제의 압박에서 해방되어 만세를 불렀지만, 뜻하지 않게 38선이 그어지고 급기야 동족상잔의 전쟁이 발발했음을 서술했다[19]. 한국전쟁이 발발한 충격을 납득하기 어려운 민족사의 전개에 대한 당황스러움과 함께 서술한 것이다.

한국전쟁 당시 창작된 가사문학의 작가들은 대부분 한국전쟁 자체를 바라보는 시각을 직접적으로 피력했다. 그런데 이들 작가는 모두 국군의 통제 하에 있는 남한 거주자였기 때문에 북한군보다는 국

---

19 "원슈로다 이시상이 풍진이 틱심하다 / 일국으로 분중ᄒᆞ야 남북선을 갈나노코 / 동족혈젼 거지업다 이삼십이 쳥년이며 / 삼팔션이 거름듸고 육십여연 노약인은 / 독신싱활 가이업다 군운인지 천운인지 / 국스는 창황ᄒᆞ고 민심은 도탄이라"(회심스) ; "쳔리원졍 왔건만은 이내복이 이뿐인가 / 남북이 갈렸으니 평화향이 어디든고 / 소식이 막연하다 다시한번 못가보고 / 타향이 되었으니 원수로다 원수로다 / 삼팔선이 원수로다 모르는게 사람이라"(원한가) ; "듸한민국 만만식을 부려고 또 불너셔 / 쳔만연 지나도록 오날갓치 바라썬이 / 원슈로다 삼팔션이 쳘셕갓치 구더구나 / 무졍ᄒᆞ다 공ᄉᆞᆫ군들 어이그리 악독ᄒᆞ고"(고향 써난 회심곡) ; "이직는 난리 업늬 평화시졀 스라보시 / 허ᄊᆞᆫ다 늘근늬요 참난리 쏘오늬요 / 금연히식 경인이라 연운이 불길튼가 / 아람다운 금슈강산 피투셩이 되단말가"(피난사) ; "을유해방 총소리가 삼쳘이의 울일적의 / 자유평화 닷쳤다고 남여노소 춤을츄며 / 길리길리 뛰여건만 에통할스 우리민족 / 원통할스 우리겨레 오손도손 살슈업셔 / 남북어로 갈나지고 좌우로 분별하여 / 골육상졍 일삼으니 아비는 아들치고"(나라의 비극) ; "어대서 울려나온 난대업난 자유종이 / 겻침업시 들려오니 숨겻든 태극기을 / 마음끗 흔들면서 모두기뼈 뛰여겻만 / 일년이 다못가서 삼팔션이 윈말인고 / 남북으로 갈라져서 골육상졍 어이할고"(셋대비감) ; "을유연 츄팔월에 우리민족 방방곳곳 만세소리 / 흥그롭든 긔시졀은 편시츈몽 안일는가 / 아름다운 우리강토 남북을 갈나두고 / 우쳑좌쳑 윈말이며 삼팔션은 무산일고 / 무자비한 현실탄에 골육상졍 엇지할고"(추월감)

군의 입장에서 가사를 창작했을 가능성이 많을 것으로 예상된다. 그러나 작품의 실상을 보면 국군의 입장임을 분명하게 드러낸 작품이 없는 것은 아니나 북한군과 국군 가운데 어느 한 편의 입장임을 드러내지 않거나 의도적으로 자신의 입장을 감추는 경우가 상대적으로 더 많다. 이러한 다양한 입장은 작가가 놓인 처지가 각각 다르기 때문에 나타난다. 한국전쟁을 직면한 작가의 입장은 크게 세 가지로 나타난다. 1)전쟁 자체에 대한 반감에 초점을 맞추어 서술하는 경우(〈회심수〉, 〈나라의 비극〉, 〈피란사〉), 2)국군의 입장에서 서술하는 경우(〈원한가〉, 〈고향 써난 회심곡〉), 3)좌우 갈등의 처지에서 자신의 경험을 서술하고 있는 경우(〈추월감〉, 〈셋태비감〉) 등이다. 차례로 작품들을 분석하여 살펴본다.

1) 전쟁 자체에 대한 반감

〈회심수〉는 객지타향에서 부모를 생각하는 마음과 전쟁 시국에 대한 한탄을 주로 읊어 서정성이 짙은 가사이다. 작가는 부모가 늦은 나이에 얻은 독자였다. 그런데 전쟁이 발발하고 징집통지서를 2,3회 거듭 받아본 작가는 징집을 회피하기로 작정하고 타향에 이거한 것이다.

소소하신 하나임요 압중고읍 이마암을 / 일차강임 하옵시고 분난한 이시상을 / 일시이 소직하고 민싱들을 구직하고 / 틱평하기 하옵소셔 빅비사릭 비나이다 / 이욱고 바라보고 다시들어 안즈스니 / 초좌이 믹

친회포 구비구비 나는심사 / 참을나이 가슴탄다 진정으로 나는사심 /
어이하야 참을손야 사고적요 무인적의 / 공방이 홀노안즈 아모리 수심
한들 / 아라쥬리 뉘잇스리 창천도 무심하다 / 허황한 이시상이 어이이
리 지한고 / 일고즁토 하여스며 은하슈 말은물노 / 구도의듯 시어닉고
억조창싱 구직하며 / 국틱민안 하여스며 불초한 이닉몸도 / 고향이 도
라가서 부모임 섬기고셔

위에서 작가는 빈방에 혼자 앉아 수심에 젖어 들었다. 작가의 심적
상태는 "미친회포", "참을나이 가슴탄다", "창천도 무심하다"와 같은
구절에서 알 수 있듯이 매우 격정적이고 불안했다. 이렇게 작가의 심
적 상태가 불안했던 것은 징집을 회피하여 도망을 다니는 형편이기
때문이었다. 작가는 전란의 시국을 "분난한 이시상"이나 "허황한 이
시상"으로 서술하고 전쟁 자체에 대한 강한 거부감을 드러냈다. 그리
하여 작가는 하나님께 비는 형식을 빌어 어서 빨리 전쟁이 종식되기
를, 그리하여 민생을 구제하고 국태민안하기를 기원하고 있는 것이다.
〈나라의 비극〉은 전란의 시국을 한탄했는데, 자신이 겪은 사연을
통해 전란의 참상도 알리고자 했다. 한국전쟁이 일어나자 작가는 포
화 속에서 피난길에 올랐다. 구사일생으로 살아나 집으로 돌아왔으
나 집은 폭격으로 기둥만 남아 있었고, 아들과 형제는 징집이 되어
갔는지 보이지 않았다는 것이다.

남북어로 갈나지고 좌우로 분별하여 / 골육상쟁 일삼으니 아비는
아들치고 / 형과아우 셔로싸워 금슈강산 골골마다 / 피비린네 낭자하

닉 거긋좃차 부족하여 / 경인년 오월달에 삼팔션니 처저저셔 / 총소리
는 요량하고 칼날은 변쩍이나 / 쳐참하고 비통하다 초록갓현 젊은목슘
/ 원통히도 쓰러지고 에통하게 죽어진니 / 두눈어로 보지못할 그광경
은 어이하리 / 억메인 가슴마다 눈물은 바다듸고 / 한슘은 테산이라 누
구의 죄악을 / 이리깊이 바다든가 먼져가신 조상임닉 / 후손얼 버린언
가 밤낮으로 죽어진니 / 젊은원운 가었어라 국제정세 바라보니 / 미소
파운 큰나라의 부지럽시 조종듸여 / 이긴들 시원하고 져겨본들 신통찬
은 / 에메한 싸움이라 약한민족 우리겨례 / 불상할 다음일네 사천년을
지키오든

위에서 작가는 한국전쟁을 '아비가 아들을 치고 형과 아우가 서로
싸우는' 것이라고 서술함으로써 한국전쟁 자체에 대한 강한 반감을
드러냈다. 작가는 총소리와 칼날에 "초록갓현 젊은목슘"이 "원통히
도 쓰러지고 에통하게 죽어진니" 그 광경을 바라보면 '가슴이 억메
이고 눈물은 바다가 되며 한숨이 태산처럼 나온다'고 절규하듯이 서
술했다. 이렇게 작가는 한국전쟁을 국군이나 인민군 어느 한 편의 입
장에서가 아니라 한국전쟁 자체의 비극성에 초점을 두고 바라보고
있음이 드러난다.

이어 작가는 젊은이들이 죽어나가는 것을 다시 한 번 한탄하면서
한국전쟁이 일어난 것이 조상 탓도 아니고 바로 강대국인 '미소파운
[미국·소련·프랑스·영국][20]'의 조종 때문이라고 했다. 그리하여 한

---

20 "미소파운 큰나라"에서 "미소파운"은 각각 큰 나라가 되어야 한다. 일단 '미'는 미
국, '소'는 소련인데, 나머지 '파운'에서 '파'를 구라파(유럽)로 보면 '운'이 어느 나

국전쟁은 이겨보았자 시원하지 않고 져보았자 신통치도 않은 애매한 싸움이라고 하며 결국 국군과 북한군이 싸워봐야 우리 민족만 불쌍해진다고 했다. 이렇게 작가는 한국전쟁의 본질을 강대국의 패권경쟁과 연결하여 인식했다. 작가는 가사의 마지막에서도 조상의 피를 함께 물려받은 우리 민족이 왜 이렇게 '몹쓸 죄악'을 저지르는지 한탄하고, "총을두고"는 '피에 물든 이 강산을 바로잡'을 수 없다고 피력했다[21].

〈피란사〉는 피난생활의 전과정을 비교적 구체적으로 서술하여 서사성이 짙은 가사이다. 전쟁이 나자 작가의 열네 가족은 일단 조모와 백부가 있는 '오금'으로 갔다. 그곳에 모인 57명 친족들은 인솔자를 정하여 피난길에 올랐다. 작가의 가족이 처음 도착한 형산강변의 피난지에는 이미 만여명의 피난민이 모여들어 살고 있었다. 그런데 갑자기 남쪽으로 이동하라는 군인의 명령이 내려졌다. 이후 포화를 피해 '왕신'으로의 남하와 '오금'으로의 북상을 반복하다가 다시 오금에 당도했지만, 그곳에 있으면 온가족이 위험하다는 백부의 말에 '인동'과 '유금'에서 49일의 피난생활을 했다. 그러다가 작가의 가족은 한가위를 맞이해 '다산'의 집으로 다시 돌아오게 된 것이다.

작가는 인민군을 피해 국군 지역으로 피난을 떠났으며, 전세에 따

라가 될지 해독 상 문제가 있게 된다. 그리하여, '파'는 파리[巴里], '윤윤의 오기'은 런던[倫敦]을 말하는 것으로 해독했다. 앞의 두 자는 國名을, 뒤의 두 자는 도시명을 적은 것이다.

21 "그조상 그피바든 우리들은 왜이르리 / 모진환경 격어가며 눈을보지 못하고 / 몹슬죄악 지언난고 원통헤라 원통헤라 / 이보다가 우리겨레 알지못할 타시련가 / 네겨례 네형제야 아직도 못미치니 / 총을두고 배워가리 피에무든 이강산을 / 그나마 바로잡바 세나라을 차져려"

라서는 애초의 피난지에서 더 남하하기도 했다[22]. 작가는 "젼징상티 엇더튼고 우리오든 그날부터 / 북으로 오난젹군 인동유금 넘어들고 / 남으로 막은아군 국당오금 둘너슨니"에서 알 수 있듯이 인민군을 '적군'으로, 국군을 '아군'으로 표현했다. 그러나 작가는 이러한 표면적인 언명과는 달리 국군의 입장에서만 한국전쟁을 바라보지는 않았다.

① 합방이후 외졍난리 나라는 젹다만은 / 난리도 만을시고 이져는 난리업닉 / 평화시졀 스라보식 / 허쑤다 늘근닉요 참난리 또오닉요 / 금연틱식 경인이라 연운이 불길튼가 / 아람다운 금슈강산 피투셩이 되단말가 / 사랑ᄒ든 동포형직 골륙승징 가소롭다 / --- / ② 무지한 우리 농민 난리모뤽 알슈업고 / 일선즁병 아닌바는 알어도 실곳업다 / 군기의 비밀지스 어듸셔 엇더한일 / 보아도 못본다시 들어도 못들른치 / 닉가가진 마음이나 씻그시 보존ᄒ야 / 이몸이 죽기젼의 쪽바리기 가진마음 / 청쳔이 빅일갓치 구름한졈 덥지말고 / 후원이 송쥭갓치 바람셔리 견된다면 / 피란방법 이분이라 멀이간들 피란할가 / --- / ③ 비나니다 비나니다 ᄒ나님젼 비난니다 / 우리동방 평화시월 난리업시 살기ᄒ소

①에서 작가는 일제강점기의 '왜졍 난리'가 끝나 이제는 난리가 없는 '평화시절'을 살게 될 줄 알았으나, 한국전쟁이 일어나 '참난리'

---

22 "아무것도 싱각말고 싱명이나 구ᄒ보즈 / 군인이 급ᄒ호령 쏘ᄒ번 혼이나닉 / 가소가소 다들가소 남으로 쌜니가소 / 안니갈수 업난ᄉ졍 가기스 가지마는 / 비가오고 져문날이 어듸로 간단말고"

가 닥쳤다고 했다. 그리하여 '사랑하던 동포형제'가 '골육상쟁'을 하게 되니 '가소롭다'고 했다. 작가가 골육상쟁의 전쟁 자체에 대해 강한 거부감을 가졌기 때문에 '가소롭다'는 표현이 나올 수 있었다. ②는 피난에 앞서 작가의 부친이 가족을 불러 놓고 '몸 피난'보다 '마음 피난'이 중요하다고 훈계한 말의 일부이다. 부친의 말은 "농민들은 어디서 포화가 쏟아질지 모르며, 설사 안다 해도 전혀 소용이 없다. 군대의 비밀지사는 보아도 보지 못한 체, 들어도 듣지 못한 체 지내야 한다. 그저 자신의 마음을 깨끗하고 똑바르게 가져 '송죽(松竹)'처럼 '바람과 서리'를 견디는 것이 최선의 피난 방법이다"라는 것이었다. 여기에서 작가의 부친이 군인들의 전쟁에 관여하지 말고 오직 자신만을 '깨끗하고 똑바르게' 가지자고 특별히 강조한 것은 국군과 인민군의 어느 한 편에 서지 않는 중립적인 자세를 강조한 것이라고 할 수 있다. 그리하여 작가는 ③에서 하나님을 향해 '난리' 없이 살수 있게 해달라고 기원하는 것으로 가사의 끝을 맺었다. 가사의 말미를 한국전쟁을 '참난리'라고 말한 서두와 수미상관하게 연결하여 끝을 맺은 것이다. 이렇게 〈피란사〉의 작가는 한국전쟁이 국군이나 인민군 어느 한 편만의 불운이 아니라 우리 민족 전체의 불운임을 인식하고 한국전쟁 자체에 대한 강한 반감을 드러냈다.

2) 국군의 입장

〈원한가〉는 전란 중 겪은 사연을 서술하여 서사성이 강한 가운데 딸과 남편의 사망에 대한 자신의 서정도 장황하게 읊어 서정성도 아울러 지닌다. 작가는 철원 태생으로 10살 이전에 부친을 잃고 규중여행의 교육을 받으며 성장해 경상도 함창땅의 권씨문중에 시집을 와 아이들을 낳아 키우고 있었다. 그러던 중 3·8선이 그어져 북쪽의 철원에 있는 친정에는 가지 못하는 신세가 되었다. 남편은 육사에 다니고 있었는데, 한국전쟁이 발발하자 국군으로 참전했다. 북한군이 밀려오자 국군의 가족인 작가는 즉각 피난길에 오르지 않을 수 없었다. 그리하여 앞을 보지 못하는 시어머니에게 딸 영점이를 고향에 맡겨두고[23] 두 아들과 시아버지를 데리고 피난길에 올랐다. 어렵게 부산행 기차에 올랐으나 시아버지와 헤어지는 일이 발생하기도 했지만 다행히 다음날에 만나 부산진에 내릴 수 있었으며, 그곳에서 3~4개월을 지냈다. 그런데 다시 고향으로 돌아와 보니 시어머니에게 맡기고 간 딸은 이미 죽어 있었으며, 남편의 전사 통지서를 받게 되었다.

① 악마경인 육이오에 광풍같은 공산군이 / 일조에 습격하여 일동이 혼비백산 / 놀랍고 귀막혀라 우리동포 굳센마음 / 다시먹고 악마를 물리치소 피난지를 찾으려니 / 특출한 군인가족 잠시인들 어쩔손가 / --- / ② 근근이 부지하여 삼사삭을 지낸후에 / 악마같은 빨갱이를 용감할사 우리국군 / 공산군을 물리치고 남하했든 피난민을 / 고향으로 가라하니 진야몽야 아닐런가 / --- / ③ 모진마음 다시먹고 아무쪼록 내가 살아 / 불쌍한 너의형제 남의자식 부럽잖게 / 조심조심 길러내어 군자 뒤를 보전히기 / 굳게굳게 맹서하여 가슴속엘 맞겼으나 / --- / ④ 특출

23 "잔인할사 나의애녀 불상할사 영점이를 / 앞못보는 조고씨와 가엽게도 떨쳐놓고"

한 제화인격 원통하고 극통하다 / 일생일사 못면커든 널리널리 생각하
게 / 이왕이면 충신되서 군부에 명성날려 / 만세에 애국가를 소리높이
부르면서 / 용감하게 마친후에 거룩하게 가셨으니 / 내마음이 상쾌하
다 잘가소서 잘가소서

작가는 육군사관학교에 다니다가 국군으로 참전한 남편을 무척
이나 자랑스러워했으며, 반면 공산군에 대해서는 시종일관 적대적
이었다. ①에서 작가는 공산군이 '광풍' 같이 빠르게 밀려오자 '우리
동포'에게 "악마"를 물리쳐 달라고 당부했다. 그리고 자신은 '특출
한 군인 가족'이라서 잠시도 머무를 수 없기 때문에 피난을 떠난다
고 했다. ②는 작가가 피난지 부산에서 국군이 상주지역을 탈환했다
는 소식을 듣는 대목이다. 당시 상주 함창읍에 공산군이 들이 닥친
것은 전쟁 발발 후 20일만이었으며[24], 이후 상주 함창읍은 낙동강
전선의 중요 거점이 되었다. 여기서도 작가는 공산군을 "악마같은
빨갱이"로 표현하면서 공산군에 대한 강한 적개심을 드러냈다. 이
렇게 작가는 국군 장교의 아내로서 반공사상을 투철하게 지니고 있
었다.

③은 작가가 남편의 사망 소식을 들은 후에 서술한 부분이다. 작가
는 남편의 사망으로 엄청난 실의에 빠졌다. 그러나 작가는 모진 마
음을 다시 먹고 자식들을 잘 길러낼 것이라고 다짐했다. 이렇게 작가
는 남편이 사망한 충격에서 벗어나고자 부단히 노력하고 있음을 알

---

24 주8) 참조.

수 있는데, 가사의 마지막 즈음에 해당하는 ④에 가면 작가가 나름의 방식으로 이 충격에서 완전히 벗어나게 되었음을 보여준다. 작가는 특출한 인재였던 남편의 죽음은 원통하지만 어차피 한번은 겪을 죽음이고, 남편의 죽음은 군부에 명성을 날린 용감하고 거룩한 죽음이라고 스스로를 위로했다. 남편의 죽음을 이렇게 정리하고 나니 작가는 "마음이 상쾌"해졌으며, 그제서야 "잘가소서 잘가소서"라고 하며 망자에 대한 송사가 나올 수 있었다. 작가는 조금은 낯설기는 하지만 남편의 죽음을 용감하고 거룩한 죽음으로 평가함으로써 남편의 죽음을 애써 받아들이려 했다. 작가는 남편을 잃은 심적 고통을 애국심으로 만회해보려 한 것이다.

〈고향 떠난 회심곡〉에서도 작가는 공산군에 대해 적대적이었다. 작가는 공산군이 쳐들어와 농민들에게 온갖 만행을 저지른 일을 상대적으로 많이 서술했다. 그러던 중 갑자기 소개명령이 떨어져 작가는 피난을 가게 되는데, 겨우 사천[25]에 방 한 칸을 빌려 살게 된 것이다.

> 무정ᄒ다 공ᄉ군들 어이그리 악독ᄒ고 / 다갓탄 당군후손 좌우역이
> 외싱건난 / 좌우역은 잇슬망중 살인방화 무산말고 / 그듸들도 사남으
> 로 농민을 몰나든가 / 미야의 침물ᄒ야 싱양이복 화직등을 / 잇는듸로
> 탈취한이 빅셩이 의무로셔 / 정보든 ᄒ건이와 관가의 ᄉ연아라 / 범갓
> 한 구경들은 농민을 불러다가 / ᄉ람마다 치죄ᄒ이 양민도 잇건이와 /
> 범인이 업실손가 불상ᄒ다 농촌ᄉ람 / 위험을 못이기셔 싴포가임 죄인

---

25 "슈빅호 슛쳔동늬 방을븨려 단일젹이"

이요 / 밥 춘 것도 죄악이라 이갓탄 도탄중이 / 이려 ᄒ 며 사라날가 시려
ᄒ 며 범죄될가

위는 작가가 피난을 떠나기 전 마을에 공산군이 들이닥친 상황을
서술한 것이다. 작가는 공산군이 마을에 들어와 행한 소행을 '악독
하다'고 하면서, 그 소행을 낱낱이 고발했다. 공산군은 살인방화를
일삼고, 농민들에게서 식량·의복·땔감 등을 있는 대로 탈취해가고,
마을민을 관가에 끌어다가 치죄하여 억지 죄인을 만들었다고 했다.
국군의 입장에서 북한군에 대한 적대심을 가지고 마을에 들이닥친
북한군의 만행을 고발, 비판한 것이다.

3) 좌우 갈등의 처지

〈추월감〉은 한국전쟁 당시 창작된 가사 작품 가운데 가장 긴 가사
이다. 작가의 파란만장한 피난생활과 당시의 서정을 핍진하게 서술
하여 서사성과 서정성을 아울러 지닌다. 6·25가 발발하자 작가의 남
편과 맏아들은 북한군으로 참전했다. 9·28 서울 수복 이후 남편과 아
들이 북쪽으로 퇴각하자 작가는 오남매를 이끌고 남편과 아들이 간
북쪽을 향해 피난길에 나섰다. 작가는 추석도 길에서 보내다 너무나
지친 나머지 심산궁곡의 인가에서 3개월 정도를 머물렀다. 결국 작
가는 찬바람이 부는 겨울을 맞아 고향을 향해 다시 남쪽으로 발길을
돌렸다. 그런데 군인에게 조사를 받고 검거가 되어 고문을 받아가며
감옥살이를 하게 되었다. 겨우 1·4 후퇴로 감옥에서 탈출하여 충청

도 계룡산에서 잡상인으로 일 년여를 보냈다. 이후 친정을 찾아가 생활했지만 눈치가 보여 따로 나와 살게 되었다.

〈추월감〉의 작가는 남편과 아들이 북한군이었기 때문에 남쪽 지역에서 험난한 피난생활을 해야 했다. 처음에 작가는 남편과 큰아들을 따라가기 위해 북쪽으로 피난길을 잡았다. 그러나 어린 아이들과 함께 낯선 길을 가는 것은 무리였으므로 더이상 가지 못하고 남쪽으로 방향을 바꿀 수밖에 없었다. 그런데 작가는 남쪽을 향해 길을 가다가 국군에게 검거되어 고문을 받게 되는데, 이때 작가는 자식 가장을 위한 마음으로 차라리 죽여 달라고 고함치며 무수한 구타와 고문을 감내했다. 아마도 국군은 작가가 북쪽으로 피난한 동기를 알고 싶어했을 것인데, 작가가 그 이유를 전혀 실토하지 않아 고문이 계속되었던 것으로 보인다. 다행하게도 작가는 1·4후퇴로 겨우 감옥에서 탈출할 수 있었다. 그러나 작가는 곧바로 친정으로 가지 않고 계룡산에서 일년 가깝도록 지냈다. 아마도 작가는 남편과 큰아들의 소식을 접할 수 있었거나 접하기를 바라면서 그곳에서 그렇게 오래 머물었을 것이다. 친정집에 들어가 살 때에는 친정 식구와 친척들에게 미안하여 결국 방을 하나 얻어 따로 나와 살았다. 이렇게 작가는 북한군의 가족으로서 남한에서 험난한 피난생활을 겪어 좌·우 갈등의 문제를 한 몸에 지니고 있던 여성이었다.

그런데 작가는 북한군의 가족이었음에도 불구하고 북한군의 입장에서만 한국전쟁을 바라보지는 않았다. 작가는 북한군의 가족이었기 때문에 엄청난 시련과 고통을 겪었으면서도 한국전쟁을 중립적이고 객관적인 시각으로 바라보았다. 작가는 한민족이 좌우로 나뉘어 서로 죽이는 한국전쟁 자체를 거부하는 입장을 보였는데, 그리하여 국군과 마찬가지로 북한군인 남편과 아들도 역시 아군이라고 부르짖었다[26].

〈셋태비감〉은 〈추월감〉과는 다른 좌우 갈등의 문제를 담고 있다. 시댁에 묶여 있던 작가는 인민군이 쳐들어오자 남쪽으로 피난을 가는 친정 식구를 따라가지 못했으므로 친정식구에 대한 걱정이 많았다. 그런데 작가는 수복이 된 후 철 없이 한 행동 때문에 조사를 받고 감옥에 갇히게 되었다. 다행히 작가는 이듬해 무사히 감옥에서 풀려나게 되었지만 아직 소식조차 알 수 없는 친정 어머니 때문에 걱정에 빠져 있었다.

작가는 "씩씩한 유엔군과 강철같은 우리국군"[27]이라는 구절에 드러나듯이 자신이 기본적으로 국군의 입장을 옹호한다는 것을 분명히 했다. 그런데 그러한 작가가 무슨 연유인지 몰라도 국군이 탈환한 이후 감옥에 갇히게 되는데, 아마도 작가에게 매우 복잡한 사연이 있었던 것같다.

① 철업시 잘못함을 / 누구에게 말하리요 철업고 어린가슴 / 뛰는피가 진정치 못 / ② 사변에 여려사람 잇건마는 / 어대로 다가고서 나의게만 맛기는고 / ③ 출생후 첨가는 지서에 들어가니 / 뛰는가슴 진정하며

---

26 〈추월감〉에 나타난 좌우갈등의 작품세계에 대한 논의는 이 책에 실린 「규방가사 〈추월감〉 연구 : 한 여인의 피난생활과 좌우갈등」을 간단히 요약, 정리한 것이다.
27 "인민군은 힘을내여 삼육도선을 넘어 / 요란한 총소리는 천지를 울리는대 / 씩씩한 유엔군과 강철같은 우리국군 / 몸과마음 다밧치며 조국을 위하여서 / 고생을 극복하여 끝까지 싸워서니"

사찰게 형사보고 / 그언간 지난일을 세세히 설명하니 / 하르잇틀 지나

든일 가슴오즉 타오리요 / 세월이 흘러는야 찬바람이 불어오니 / 뼛겻

을 오리는대 잠인들 쉽게오랴 / 공상인들 업스리요 십구세의 어린 / 갓

친몸이 대고보니 외로워 쏟는눈물 / 소낙비의 비하리요 저도언제 집에

가서 / 평화로운 꿈을꾸나 쓸대업난 헛된공상

위는 작가가 수복 후 감옥에 갇히게 된 사정을 서술한 부분이다.
①에서 작가는 '철없이 잘못'한 적이 있다고 했다. 그리고 ②에서 작
가는 여러 사람이 있었건만 다 어디로 가고 자신에게만 일을 맡겼다
고 원망하고 있다. 그리하여 ③에서 작가는 난생 처음으로 지서에 들
어가서 뛰는 가슴을 진정하면서 사찰계 형사에게 지난 일을 자세히
설명했다고 했다. ①~③의 정황으로 보아 작가는 지서에 제 발로 들
어가 자신이 과거에 '철없이 한 잘못'에 대해 자수를 하고 수감된 것
으로 보인다.

작가가 한 잘못이 무엇인지 구체적으로는 알 수 없지만, 작가가
'사찰계' 형사를 찾아간 점과 작가의 자수 이후 훈방이 아니라 즉각
수감되었다는 점으로 미루어 볼 때 사상범에 해당하는 잘못, 조금 더
구체적으로 추정해보자면 북한군 치하일 때 일정 직책의 부역을 한
잘못이 아닐까 추정해 볼 수 있다. 이렇게 작가는 북한군 치하에서
부역을 한 바가 있었는데, 다시 국군 치하가 되고 부역자 색출 작업
이 이루어지자 이전에 한 자신의 부역을 어디까지나 '철없이 한 잘
못'이라고 할 수밖에 없는 처지에 놓인 것이라고 할 수 있다. 한국전
쟁 당시 인민군과 국군의 교차 점령지에서 어느 한 편에 부역 혹은

협조했다가 그것 때문에 처벌을 받은 한국인이 많았음은 주지의 사실이다. 이렇게 〈셋태비감〉은 한국전쟁 당시 좌우이념 갈등으로 고초를 당한 수많은 한국인의 사연을 전형적으로 반영하고 있다.

〈추월감〉과 〈셋태비감〉의 작가는 좌우 갈등의 처지에 있었는데, 전자는 남편과 큰아들이 북한군이었고, 후자는 자신이 북한군 치하에서의 부역자였다. 그리고 전자가 북한군의 입장에, 후자는 국군의 입장에 보다 치우쳐 있다고 할 수 있다. 그런데 두 가사의 작가는 북한군과 일정 정도의 관련을 맺고 있었음에도 불구하고 한국전쟁을 동족상잔의 전쟁으로 보고 그 전쟁 자체를 거부하고 전쟁의 종식과 평화를 꿈꾸고 있음이 드러난다.

4. 문학사적 의미

한국전쟁 당시 창작된 가사로 확인된 가사 작품들은 대부분 낙동강 전선을 피해 피난한 피난생활을 담았다. 〈원한가〉의 작가는 상주시 함창읍에 살다가 부산진까지 피난을 갔다. 〈고향 써난 회심곡〉의 작가는 피난하여 방을 얻은 곳이 경남 사천으로 보이는데 아마도 인근 낙동강 전선을 피해 피난을 한 것으로 보인다. 〈피란사〉의 작가는 경주시 강동면 다산리에 살다가 남쪽으로 피난했으므로 영천~포항 지역 낙동강 전선을 피해 피난한 것이다. 한편 〈회심수〉와 〈고향 써난 회심곡〉은 영천시에서 수집한 필사 자료를 출판한 자료집에 실려 전하므로 〈회심수〉의 작가도 낙동강 전선 지역에 살았을 것으로 추

정할 수 있다. 이들 가사 작품이 모두 1950년 가을 경에 창작된 것은
전쟁이 발발한 후 북한군의 남하로 낙동강 전선이 구축되면서 인근
지역에 살던 작가들이 피난을 떠났다가 다시 유엔군과 국군의 탈환
으로 낙동강 전선이 종식됨으로써 고향으로 돌아와 가사를 창작했
기 때문이다. 그리고 〈추월감〉의 작가는 서울로 시집을 갔으나 출신
지는 영남지역으로 추정된다[28].

이와 같이 한국전쟁 당시 창작된 가사문학은 대부분 낙동강 전선
이 펼쳐졌던 영남지역의 작가들에 의해 창작되었다는 특징을 보인
다. 이러한 작가의 지역적 특징은 가사문학사의 배경이 작용한 결과
이다. 안동을 중심으로 하는 영남지역은 전통적으로 사대부가가 많
아 가사를 창작하고 향유하는 전통이 강했다. 특히 이 지역에서는 일
제강점기에도 이 전통을 강하게 유지하여 수많은 가사 필사본을 남
겼다. 이 지역에서 한국전쟁과 관련한 가사문학이 많이 창작된 것은
가사의 창작과 향유 전통이 그 당시까지도 꾸준하게 지속되었기 때
문이다.

특히 한국전쟁 당시 창작된 가사문학에서 주목할 만한 점은 가사
를 창작할 당시 작가의 나이가 평균 2~30대로 많아야 40대라는 것이
다. 1950년대인 한국전쟁기에 이르면 나이가 많은 전통세대나 가사
문학을 창작했을 거라는 예상과는 달리 젊은 세대가 가사문학을 창
작한 것이다. 이들 가사는 전통 장르인 가사문학이 현대기에 이르러

---

28 자료가 문경과 안동 내앞마을에서 수집된 것이 있으며, 권영철이 언급한 작품도
    안동 길안면에서 수집한 자료이므로 작가는 아무래도 영남 지역 출신인일 가능성
    이 많다.

서도 장르적 생명력을 유지하고 창작되었다는 사실을 단적으로 보여준다. 이렇게 한국전쟁 당시 창작된 가사문학은 현대기에 이르러서도 가사문학이 장르적 지속성을 유지하고 있었음을 보여주는 전형적인 예라는 점에서 그 문학사적인 의미를 찾을 수 있다.

한편 한국전쟁 당시 창작된 총 7편의 가사 작품 가운데 남성의 가사가 3편이나 된다. 영남지역에서의 가사 창작은 일제강점기를 거쳐 현대기에 올수록 주로 여성에 의해 이루어지는 경향성이 많았다. 이에 비추어 볼 때 여기서 남성의 가사 3편은 상대적으로 많은 수에 해당하는 셈이다. 이러한 현상은 남성과 여성의 글쓰기 특성이 반영된 데서 비롯되었다고 할 수 있다. 전통적으로 남성은 역사적 사건 그 자체에 지대한 관심을 지니고 있었으므로 한국전쟁이라는 유래없는 역사적 사건에 남성 작가의 관심이 쏠리게 됨은 자연스러운 일이었을 것이다[29].

한국전쟁을 직면한 작가의 입장은 다양하게 나타난다. 〈회심스〉, 〈나라의 비극〉, 〈피란사〉의 작가는 국군과 북한군의 어느 한 편의 입장에 서기보다는 골육상쟁의 한국전쟁 자체에 대한 거부감을 가지고 전쟁의 종식과 평화를 기원했다. 반면 〈원한가〉와 〈고향 써난 회심곡〉의 작가는 국군의 입장에서 전쟁의 승리를 기원하거나 북한군의 만행을 비판했다. 그리고 〈추월감〉과 〈셋태비감〉의 작가는 북한군

---

29 그런데 한국전쟁 당시 창작된 남성의 가사문학이 여성 작가와 마찬가지로 신변탄식류가사의 틀 속에서 전개되고 있는 특징을 보인다. 그러나 같은 신변탄식류가사라고 하더라도 여성과 남성의 가사는 그 서술내용, 지향성, 진술 양식 등에서 차이를 보일 수밖에 없다. 이러한 문제는 이 연구의 논의 범위를 넘어서는 것이어서 후일의 논의를 기대하고자 한다.

과 국군의 입장에 치우친 정도가 각자 다르게 나타나긴 하지만 좌우 갈등의 문제를 한 몸에 지니고 있으면서도 동족상쟁의 한국전쟁 자체를 거부하고 평화를 기원하는 시각을 보여주었다.

한국전쟁 당시에 창작된 가사 작품 가운데 국군의 입장에서 서술한 두 작품을 제외한 대부분의 작품에서 한국전쟁 자체에 강한 의문을 품고 반감을 드러낸 점은 주목을 요한다. 이 점은 대부분의 작가들이 가사를 시작하면서 한국전쟁의 충격을 납득하기 어려운 민족사의 전개에 대한 당황스러움과 함께 서술한 것과도 연관이 있다. 우리 민족은 일제의 압박에서 해방이 되어 민족사의 밝은 미래를 꿈꾸었지만, 3·8선이 그어져 한민족이 남과 북, 그리고 좌와 우로 나뉘게 되고 급기야 한민족끼리 전쟁을 하게 되었다. 이들 가사의 작가들은 한민족끼리의 전쟁이 일어난 것을 납득할 수가 없었다. 그렇기 때문에 남한에 거주했던 가사 작가들은 비록 물리적으로는 국군의 입장에 설 수밖에 없었을 것이지만, 어느 한 편에 선뜻 서기에는 주저할 수밖에 없는 정서적인 기반, 즉 한민족 의식을 굳게 지니고 있있다. 이러한 한민족 의식은 한국전쟁 당시 한국인 대부분의 의식과 정서를 지배했을 것으로 보인다. 이와 같이 한국전쟁 당시에 창작된 가사문학은 한국전쟁의 비극성을 한탄하고 전쟁 자체를 강하게 거부하는 한국인의 일반적인 정서를 대변하고 있다는 문학사적 의미도 지닌다.

특히 〈추월감〉이 확인된 이본이 11편이나 될 정도로 활발하게 향유되었다는 점도 주목을 요한다. 이 가사는 남편과 아들을 북한군으로 둔 한 여성의 사연을 담고 있어 사상적으로 위험한 표현물이 될 수 있었다. 그런데 이 가사는 전쟁이 종식되고 반공의식이 고조된 시기에도 활발하게 유통되어 많은 이본을 남겼다. 물론 〈추월감〉의 작가가 자신의 처지를 직접적으로 드러내지 않아 향유자가 이 가사를 위험한 표현물로 미처 인식하지 못했을 수도 있다. 그러나 대부분의 향유자들은 한국전쟁 당시 자신의 경험을 통해 작가와 같은 사연을 가진 한국인이 많았다는 것을 알고 있었기 때문에 〈추월감〉에서 서술한 사연의 비극성을 가슴으로 공감하며 향유했을 것으로 보인다. 향유자들은 〈추월감〉에 반공 이데올로기를 적용하지 않은 채, 한 여인의 파란만장한 피난생활과 핍진한 서정 자체를 읽으며 공감한 것이다. 이렇게 〈추월감〉이 인기리에 향유되고 유통되었던 사실은 냉혹한 반공시대에도 이념을 떠나 인간을 중시하는 한국인의 정신이 면면히 흐르고 있었음을 알 수 있게 한다.

한국전쟁 당시에 창작된 가사문학은 한국전쟁 당시 작가들이 겪은 다양한 피난생활과 당시의 감회를 담았다. 특히 이들 가사는 작가가 처한 처지에 따라 한국전쟁을 직면한 다양한 입장을 보여주었다. 이들 가사의 작가는 당대를 온몸으로 살아갔던 이름 없는 사람들을 대변한다. 따라서 한국전쟁 당시에 창작된 가사문학은 당대 사람들의 삶과 사고를 생생하게 증언해주는 다큐멘터리이기도 하다. 이렇게 한국전쟁 당시에 창작된 가사문학은 한국전쟁 당시 남한 거주 한국인들이 처해 있던 다양한 입장, 한국전쟁을 바라본 일반적인 사고, 피난 중 겪은 생생한 삶 등을 반영하는 다큐멘터리로 기능한다는 문학사적 의미를 지닌다.

5. 맺음말

이 연구는 한국전쟁 당시에 창작된 가사문학 7편을 대상으로 한 유형론이었다. 한국전쟁 당시에 창작된 가사문학 자료를 제시하고 한국전쟁 당시에 창작된 것이 맞는지 고증하였으며 작가를 추정해 보았다. 그리고 한국전쟁을 직면한 작가의 입장을 분석하고 이들 가사의 문학적 의미를 규명해 보았다. 그런데 이 연구에서 다룬 가사의 대부분이 거의 연구되지 않은 신자료이다 보니 자료를 제시하고 고증하는 데 논의의 상당 분량을 할애할 수밖에 없었다. 그리하여 각 가사의 작품세계가 간략하게만 요약, 제시되는 수준에 그치고 말았다. 앞으로 각 가사의 구체적인 작품세계, 서정과 서사의 교차 진술을 통한 진술양식의 전개양상, 한국전쟁을 바라보는 개별 양상 등을 제대로 다룰 필요가 있다. 그리고 한국전쟁 당시에 창작된 가사문학 작품은 동시기에 동일한 창작배경을 지니며 창작된 가사 작품이므로 이들 가사를 통해 여성과 남성 글쓰기의 특징과 차이점에 대한 깊이 있는 논의가 이루어지기를 기대한다.

해방 전후 역사의 전개와
가사문학

제2부

자료편

제1장

〈사향곡〉

입력대본 : 이종숙, 「내방가사자료 -영주·봉화 지역을 중심으로 한」, 『한국문화연구원논총』제15집, 이화여대 한국문화연구원, 1970, 450~452쪽.

사향곡

건곤이 조판하고 신명이 감동하스
어와 이내몸은 천지간 운을바다
츙지선조 후예로서 유곡촌서 숨겻시라
우리문즁 집집마다 명현달실 무수하다
혁혁문호 살펴보니 참의참판 긔승이라
지자가인 몃몃치며 졀시화용 뉘뉘런고
귀가문의 만득으로 여자된일 이석할스

구십향숙 증조부모 증손여가 섭섭건만
지극ᄉ랑 못하시고 격연구물 망극하다
빅발성성 조부모님 만고업난 손녀사랑
쥐면씰가 불면날가 굿지옥엽 내몸일ᄉᆡ
가엽슬ᄉ 증조모주 입문지초 유한일ᄉᆡ
철천여한 품으신니 빅쥬시름 업단말가
인간힝락 모르신니 일월도 무광일라
우리슉부 입후하ᄉ 일후히망 즐거워라
증손여 어린이몸 업고안고 기르실지
쌔쌔로 한슘이요 질거워도 우수로다
만고업난 우리빅아 만실이 ᄭᅩᆾ치로ᄉᆡ
살대갓치 가는광음 이렁저렁 장성ᄒᆞ니
우리집 고가쥬법 예의점차 버면할가
봉ᄌᆡ사 적빈긱은 안예지의 할일리라
후원초당 깁흔고대 불츌문의 뭇처안자
요조슉여 관져장과 침선방직 공부할지
신문명이 종소리는 방방곡곡 들여온다
야속할ᄉ 우리부친 큰ᄯᅳᆺ절 품으시고
동경힝차 슈십년에 소식조차 종종업내
빅슈진년 조부모님 의려지망 업슬손가
춘풍도리 하기시이 ᄉᆡ소리도 시름이요
츄우오동 낙엽시의 풍우성이 비감일라
미거한 이몸인들 ᄉᆞ친지회 업슬손가

황혼낙일 저문날이 구비구비 눈물이요
야월숨경 깁흔밤이 경경불미 붓친싱각
우슈사려 조부모님 횡여심여 더도울가
것트로는 모르는치 쎄끗마다 원한일라
반포이 저가마귀 효성도 지극할스
하물며 인간으로 미물만 못할손가
멀이기신 우리부친 언기나 오시녀나
현현길사 우리슉부 일시여웅 양보할가
수신직가 근본숨아 양가단낙 안정대니
슉덕하신 우리슉모 치슌범절 능활할스
혁혁할사 우리집은 옛모양 이구하다
동기우에 이난정이 우리슉부 동경힁츠
이쥬일만 회정한니 반갑고도 즐거워라
삼품하달 하신말슘 동경합솔 완정일시
어즁천에 뜨닌심스 치힝절차 밧불시고
싱기복덕 길일일시
츌발당일 임박하니 향순고택 작별하고
일문즉처 집집마다 작별인스 협불시고
용아빅아 조형직놈 울며불며 야단일다
헛튼발길 돌연노와 한발두발 떠나갈직
즁구대 도라드니 송암정 의연할스
즈기요궁 양성조의 만시유전 이안인가
송암대 옥적봉은 전츈하든 옛터이라

신탕강아 잘있그라 옥적봉아 다시보자
부녀전 돌아들어 청암석천 굽어본니
우리선조 츙직선싱 만대복지 여기련가
시름업시 오는발길 어언간의 내셩일다
무심한 자동차난 쌜이가자 지촉난듯
아롱진 눈물잣취 이리저리 씨츠면서
자동차이 올러탄니 싱후의 처음이라
광풍갓치 모라와서 화순부즁 당도힛내
긔특할수 태사묘의 경묘암측 참빈하고
다시도라 써나온니 팔공순이 두렷하다
금호강 버들숲히 피리소리 구슬퍼라
달셩예 느진경은 도리츈광 머므른듯
대구역서 승환하여 기적소리 놀라쌔니
늬정연낙 용츙웅부 부산항이 여개로새
이저는 할일업다 공원아 잘잇거라
금슈강산 우리반도 언직나 다시보리
관부연낙 창경화은 나를가 지촉하늬
여개까지 오신슉부 부득회정 써나실직
평화하신 넘넘존안 누슈방방 억직하며
아쥬머니 조심하오 웅아웅아 잘가거라
동기슉질 타향작별 역로가 여기론가
산바시 모힌군즁 만시소리 끈첫고나
태순갓튼 빗머리는 움죽움죽 써나간다

갑판우의 비겨서서 부슌부즁 전망하니
멀빗는 우리슉부 눈물샞려 손짓하니
어린동싱 손을잡고 모쥬며서 타기한후
험샞다 이내거름 싱각스록 춘몽일다
만경청파 파도소리 현희탄이 여긔로싀
등대다려 닷는빅는 하관항이 멈첫고나
쌀각쌀각 긔다소리 모시모시 사욘나라
언어풍속 달라진이 슈륙말이 이력일싀
혈혈무의 우리남민 모쥬좌우 손을잡고
동희도선 갈나타니 광도희죠 얼른지나
명석슈마 조흔경치 차즁이서 몸을굽혀
대강대강 바라보고
신호대판 큰도희로 꿈결갓치 지낫고나
경도고도 다다르니 일본문화 발단지라
명고옥을 구경하고 횡빈항이 여긔로다
구미각국 연낙기지 대강대강 살펴보니
다시도라 차를타니 슌식간이 동경일싀
푸라트홈 나려서니 인산인희 슈란하다
만인즁이 손내미며 웅아용아 부르시내
어리둥둥 우리모쥬 너아부지 너아부지
몃힛만 부여상면 꿈일련가 싱시련가
자동차구 썩나서니 상호고도 여긔로싀
동양직일 문명기지 그아니 굉걸한가

시내택시 가라타고 양국교를 건너서니
본소구 한구석이 신집사리 영성하다
슈륙말리 고단한몸 여장글너 슈인휴이
일가단낙 몃희만의 내외부여 청화로싀
우리모쥬 거동보소 깁붐곳회 옹성일다
우리부친 손을잡고 야속하지 무정하지
슈슈발명 우리붓친 선우슴이 듸답일싀
하로밤을 지나고서 동경유람 나섯고나
마장경문 셕나서니 이중교가 굉걸할수
이천육빅 넘은히예 황국수가 빗낫고나
궁셩을 요빈하여 성은을 봉축하고
구단을 도라드니 정국신스 훤혁하다
일억국민 위하여서 쌱린피가 씩씩할수
황국지류 영영훌히 무운중구 암축하고
천초싱야 차자가니 지싱선경 이안인가
가지가지 문화말단 싀기모범 자랑일싀
우리천이 발을씻 황혼낙일 도라온니
족당친우 모여와서 담소낙낙 치하로세
그렁저렁 가는광음 하로이틀 자미로다
여자소회 싱각하니 헛부코 분하도다
이팔이 가일하고 십육이 감일라
십칠싀 이내몸은 성인지가 대엿든가
나을두고 슉덕공논 여기저기 청혼일싀

천싱연분 이성지합 김씨익 돈정이라
팔자암미 고은내몸 천여숫히 업슬손가
이리저리 눈치보며 쑤석쑤석 붓그럽다
챵천도 무심하고 싀월도 야속하다
조물이 시기로서 가운익 소치련가
우리붓친 영오싱활 무슨힝액 이럿턴고
가엽슬수 우리모쥬 신수지익 사돈간의
예절염치 불고하고 빅수가지 으시로다
고향긱신 우리슉부 가지가지 심여로다
여유업는 양가생활 매월송금 죄송할수
규즁심쳐 자란몸이 공쟝싱활 헙불시고
챵외삼경 싀우시익 첩첩이 싸인소히
구곡간쟝 끈처내니 사향지회 간절하다
향순고택 바라본니 위각말이 머럿고나
무심한 뜬구름이 광명을 가리웟내
슈륙말이 우리고향 어나쌔나 차자가리
슈슈백발 조부모님 정성구절 죄로워라
절절심여 억직할수 만슈강영 복츅일싀
수향지회 헛튼마음 겨오든잠 깁엇고나
장쥬호접 석을버러 장순철리 구경하자
기순영슈 돌아드러 소부허유 만나보고
오류촌 나려가셔 도연명 뵈온후익
슌임군익 아황여영 차래로 만낫고나

그리워라 일가친척 히히학슈 질깃더니
무심한 저두견이 너는무슨 소회로서
괴로이 잠든날을 슬피우러 씨우치노
귀촉도 부려귀는 촉국말이 어이가리
간장썩거 이난소회 니나내나 일반이라
모진마음 긋개잡아 후일을 바라보시
금음이 흐린달도 보름이면 둥그나니
일시고생 이몸인들 후일영화 업슬손가
장가단탄 그만두고 금이환향 힘을쓰시
헛튼마음 슈습하여 셰상풍경 살펴보니
무쟝야 너른들이 봄빗치 저무럿다
봄은왓다 가것마은 나는어이 못가는고
일촌간쟝 밋친하니 고국생각 쑌이로다
구비구비 적어내니 일폭쟝슈 헛불시고

정유 슘월 초팔일 권영자서

제2장

〈망향가〉

입력대본 : 이대준, 『안동의 가사』, 안동문화원, 1995, 186~195쪽.

망향가(望鄕歌)[1]

높고푸른 하늘아래 내고향은 있건마는

못가는맘 둘데없어 부모형제 생각하니

방울방울 눈물이요 금수강산 생각하니

억울하기 한숨이라 용산배주 늦은경은

고국산천 아득하고 타향에 피는국화

나의회포 자아내니 만산단풍 붉은빛은

---

[1] 원텍스트는 "백白마馬강江을 찾아가서 낙落화花유流수水 되려느냐"와 같이 매 글자마다 한자를 병기하는 형태로 되어 있다. 한자가 비교적 쉬운 한자여서 여기에서는 병기된 한자를 생략하고 실었다.

왕소군의 눈물인가 하늘가에 이는삭풍
인생행로 재촉는듯 가고싶은 나의고향
꿈속에나 보이소서 신년정초 맞이하면
각집딸내 다모여서 며늘내와 편을갈라
승벽있게 윷놀던일 삼삼이도 그리웁고
삼춘화류 호시절에 친우들이 다모여서
화전놀이 하올적에 물도좋고 반석좋은
녹수청산 찾아가서 진달래꽃 곱게놓아
찹쌀가루 반죽하야 달과같이 꾸어내어
설탕재워 담아놓고 담소자약 먹은후에
수림속의 맑은물에 취수홍상 거두차고
섬섬옥수 씻은후에 두견화를 꺾어들고
영춘시를 노래하니 슬피울던 두견새도
화답하야 우는도다 오월단오 돌아오면
삼려대부 위한놀음 녹음속에 송백가지
높다랗게 그네매고 녹의홍상 차려입고
삼삼오오 작반하야 녹음속에 거닐면서
추천하는 그시절이 그립고도 아쉽도다
석양빛이 비낀황혼 원하운 바라보니
하늘가에 흰구름이 뭉게뭉게 피어올라
나는듯이 드는양이 네어디를 가려느냐
백마강을 찾아가서 낙화유수 되려느냐
떠나가는 저구름아 만리창해 백구되어

소상팔경 보려느냐 무산양대 운우되어
초양왕을 속이려나 소상강에 비가되어
아황여영 두왕비의 피눈물을 씻으려나
이내몸도 훨훨날아 고향산천 가고지고
구름달이 명랑하니 동창문을 반개하야
달아달아 밝은달아 시중선자 희롱하러
채석강에 비춘달아 내그림자 실어다가
나의친우 모인곳에 빈자리를 채워다오
저기저기 밝은달아 한나라에 비춘달아
장자방을 인도하야 옥퉁소를 슬피불어
초국장을 흐트리고 계명산상 비친달아
나의음성 실어다가 사서삼경 외우시는
우리부친 책상위에 낭랑하게 굴려다오
일본으로 유학가신 나의부군 떠나신후
층층시하 중시하에 주야불철 동동촉촉
지성으로 봉양하여 시동기간 당내어른
우애화목 힘을쓰니 대소가에 칭찬이요
동네어른 사람마다 너무과한 인사로다
봉계택의 어진성덕 만고에도 없으리라
남편없는 시집살이 고된일을 다루내며
일일이도 뜻을받아 주야화평 웃는얼굴
그믐밤에 더듬어도 양반일세 분명하지
내속으로 생각하니 그무엇이 장한일고

여자됨에 본분이지 성공하여 돌아오기
주야축천 빌었더니 살림하여 보내라고
존구님전 편지와서 여권내여 수속밟아
보내려고 하실적에 친정의 둘째아우
동경유학 간다하여 하인와서 기별하니
우리남매 동행하야 일본으로 떠나갈제
어른앞에 배별하고 동기간에 작별하고
일가친척 당내간에 일일이도 섭섭하다
눈물뿌려 이별하고 철마상에 몸을실어
차창으로 내다보니 부모님이 함루하사
손흔들어 하직하고 어린동생 손흔들며
눈물흘려 바라보니 촌촌간장 다녹는다
기적소리 울리더니 비호같이 떠나가서
부산항구 다달으니 수상경찰 조사후에
연락선에 올라타니 놀랍도다 우리민족
빈틈없이 차있구나 만경창파 푸른물에
쏜살같이 하루밤새 현해탄을 건너간다
산악같은 파도속에 집채몇배 연락선이
이리저리 흔들흔들 인인마다 배멀미라
구토소리 신음소리 여기저기 요란하다
이게대체 무슨일고 나라뺏긴 이민족이
고국산천 등을지고 만리타국 생기찾아
떠나가는 광경이라 이를어찌 한다말고

억울창창 깊은한을 어디가서 호소할꼬
밤새도록 고생하고 날이새자 배가선다
하관에서 모두각각 많은동포 흩어질제
동경행을 잡아타고 우리남매 의지하야
차창으로 바라보니 높은산과 낮은산이
문득지나 간곳없고 울울창창 밀감밭에
조롱조롱 밀감들은 황금빛이 찬란하다
허허벌판 달릴적에 우거진 갈대밭에
갈대꽃이 만발이라 쌩쌩부는 바람결에
나비같이 나는모양 백설인가 다시보자
강안에 기롱하여 노화에 풍기하니
황금이 천편이요 백설이 만점이라
횡빈역에 당도하니 시숙모님 숙질분이
마중나와 계신지라 숙모님께 초면인사
부군보고 미소로다 삼촌댁에 당도하야
숙부님께 절을하고 동기면면 인사로다
조선동포 집결하야 사는동리 모두나와
의절하나 일인들도 구경인냥 모여드니
일인들의 의복제도 우리나라 하인입은
청의모방 틀림없고 여자들의 의복모양
두다리는 다내놓고 쪽바리 나막신에
두발모아 쪼작걸음 볼수록 망칙하다
진시황의 무도정치 만리장성 쌓아놓고

249

만권시서 불태우고 천만년을 살고지워
불사약을 구하려고 동남동녀 오백인을
삼신산에 보낸것이 평안도의 묘향산과
전라도의 지리산과 제주도의 한라산을
아무리 다다녀도 불사약을 못구하니
저희끼리 의논하고 일본섬에 건너가니
왜인저꼴 되었구나 우리민족 이땅에서
분하고도 녹록한꼴 말못하게 당하는데
조센징 요보요보 차별하여 학대하니
나라뺏고 임금죽인 이설치를 언제할고
흉중에 깊이맺쳐 나날이도 분한마음
억누르고 지냈도다 일구월심 못잊겠네

1979年4月25日 〈유림일보〉에 연재됨

제3장

〈사향가〉

입력대본 : 안동 내앞마을 김시중 소장 필사본 영인 자료.

사향가

갑술연 정월보름 고향떠난 그날이라
사오연전 굿때일이 역역히 밝아온다
일행팔인 우리들이 가는그곳 어듸인가
기다리던 자동차는 일분일각 틀임없이
경포대 목지지나 날다리로 들어오네
남여노소 전동사람 차두작별 덧없어라
좌우산천 얼은얼은 이리저리 삶일사이
어느듯 안동읍에 내려놋코 다라나네
여관에 들어가서 정신일코 안젔으니

삽십리 왔것마는 몇천리나 온겄갓네
일본일본 들었으나 내가갈줄 어이알가
가기야 가지마는 가삼이 멍멍하다
누구를 원망할가 불섬한 탓이로다
편편약질 저신체에 육체노동 어이할가
이겄저겄 생각하니 심신조차 히황하다
저역밥을 맞인후에 창문열고 내다보니
교교한 보름달이 중천에 놉히소사
태고시절 보던일을 역사삼아 말하는듯
달아달아 밝은달아 허공중에 소슨달아
광막한 우주간에 그리운곳 너는없지
너를보고 히비겸존 멫억만명 되리로다
정든고향 우리내압 오늘앗참 떠났겄만
하마벌서 그리운일 멫십연 된겄갓다
하늘에 달만보고 하소연 하는중에
수삼십 청연들이 오균오균 불으면서
방으로 들어와서 나를차자 인사한후
술상을 차려와서 서로권해 하는말이
간다간다 간다더니 정말군이 가는구나
상봉하솔 군의책임 무겁기 말못할세
솔권하고 가는군을 수이상봉 기필할가
만유하면 안가겠나 마음대로 놀다가게
지나가고 우리고부 지오잔전 걱정이라

안졌으니 잠이오나 누었으니 잠이오나
알지못할 히비겸존 눈물오 밤새웠네
익일아침 다되여서 들어오며 가자기로
급급히 조반하고 정거장 나가보니
처음보는 긔차불통 굉장하기 말못할네
비회도 간곳없고 희황할 뿐일너라
우렁찬 긔차소리 떠나자고 재촉하네
시윤시호 송호시숙 눈물오 작별하니
륙십지연 늙은몸이 어느때나 다시오리
무심한 긔차박휘 어느듯 떠났도다
차창으로 손을내어 수건만 흔드렀네
차박휘는 굴어굴어 그림자도 보이잔네
송호시숙 시윤시호 갈게시고 잘있거라
그누구가 더설은가 거류정서 일반일네
철을따라 달이는차 점점고향 멀어지네
상주함창 공갈못과 김천대구 얼온지나
청도밀양 영남누를 멀이서 바라보고
아랑의 고든정절 죽엽갗이 푸르구나
누하에 사당지어 연연마다 향예치고
원통하게 죽은역사 현판쌕여 걸여있네
여자에게 모범되여 죽어서 꽃피였네
빨이구는 급행열차 벌서부산 다다렀네
물결인가 하늘인가 동서불변 아득하다

호호망망 저바다를 신무비우 어이갈가
자식차자 가는노인 남편차자 가는부인
부모차자 가는아해 인산인해 이루었네
오후열시 정각되여 조선땅은 멀어지네
해활천공 물가운데 들이는겄 파성이며
수광접천 넓은곳데 보이는겄 별뿐이라
고국이별 설거니와 어서가기 시급하다
만경창파 깁흔물에 거믜갗이 가는배야
오래못본 세균정균 만날난다 어서가자
선적을 울이면서 설넝설넝 잘도간다
새벽날이 밝아오자 낫선산천 은은하다
전기불이 반작반작 저곳이 일본인가
삼바시에 정박하고 차례로 나려가니
처음밟는 일본땅이 하관이란 곳이라네
격해만리 수육원정 내가어이 왔단말가
인간인가 별세게야 황홀하기 그지없네
움물정 열십자로 이리저리 갈인골목
칠팔층 벽돌집은 반공에 소사있고
질비한 각색점포 사람눈을 놀내인다
이곳도 저곳갓고 저곳도 이곳갓해
어듸가 어듸인지 나는전혀 알수없데
말이라고 죽기는겄 새소리 틀임업고
옷이라고 이분겄이 무당활옷 다름업데

대강도라 구경한후 시간맛쳐 탓는차는
벽역갓치 소리치며 털걱털걱 굴어간다
가자가자 어서가자 지체말고 어서가자
세균정균 날바라고 정거장에 기다린다
차창열고 내다보니 별유쳔디 분명하다
엄동설한 찬바람에 푸른쵸목 장관이며
대롱대롱 열인감자 ○경이 이안인가
세상속사 이져부고 쳘이강산 구경할제
어느듯 날낸긔차 명모옥에 다왓도다
반갑도다 반갑도다 세균형제 반가워라
은근한 세균얼골 돗다바도 일반이며
관옥갓흔 정균얼골 몰나보게 다컷구나
모자형제 남매숙딜 일장비극 일우엇네
야해들 오남매야 어미한말 드러바라
수요는 재쳔이요 부귀는 재인이라
부자자훈 형우제공 잇지말고 근실하면
젹소성대 진합태산 부귀영화 누리리라
부이무교 빈이무쳠 안빈락도 명심하라
장래만리 너의들이 혈마한째 업슬손야
자나쌔나 오매불망 세균성취 시급하다
원앙배필 연분으로 젼씨택에 취향하니
엄견할손 새며나리 치마두른 군자로다
덕기만면 유순화용 수중연화 되엿는듯

은은한 자씩태도 동천에 달소슨듯
진중한 현숙긔상 대인나을 증죠로다
삼종지도 교훈으로 부화부순 이상하다
효도우애 남다른것 견문인가 천성인가
승상접하 효우지공 비할곳 어듸매야
첫쌀나흔 져의뜻은 져골물덜 뜻이라
어엽쌀손 우리정균 배필이 누구인가
옥모방신 요죠숙여 드러오기 지원일다
만치안는 져의들을 죽잔젼에 필혼식혀
만연자미 보앗스면 죽은들 한잇스리
소소잔병 셩일업셔 져의들게 걱정일세
샛득도다 샛득도다 세상사 샛득도다
다시갈줄 몰나더니 사연만에 귀국하네
우리정균 압세우고 고국갈줄 뉘아리요
긔차에 몸을실고 안잣스니 졀오간다
가자가자 어서가자 일곡하기 시급하다
망극하신 우리숙주 종상이 래일리라
수륙만리 내가는줄 알음이 게실손가
긔차긔선 날내여서 벌서부산 건너왓네
양유지상 푸른곳에 환우하는 쇠꼬리는
녹음차자 단이면서 날을보고 반기는듯
용두공원 놉흔곳에 군자지졀 송백들은
바람에 불이며셔 날을보고 졀하는듯

봉천행 특급타니 순식간에 대구로다
자동차 급히모라 의성읍 드러가니
쯧밧게 리서방집 형제상면 히한하다
생시거던 변치말고 쑴이거던 쌔지말라
사별인줄 알던동긔 만날그시 엇더할가
자동차로 한참가니 윤의실이 여기로다
대문안 들어서니 감구지회 졀노난다
영위견 드러서셔 일성장호 통곡하니
혼령이 게시면는 날인줄 아시리라
우리숙주 평생애장 어듸에 비할손가
슬하일졈 혈육업셔 둘재족하 다려다가
금옥갓치 길어내셔 만연자미 보랏더니
제목숨 가지로서 이작고인 되엿구나
옥황상제 졈지신가 유복하나 태엿도다
혹남혹여 알지못해 칠성단에 긔도할제
십삭차셔 순산하니 대인군자 탄생이라
빗긋헤 돗난달이 이에서 더밝으며
소연등과 하기로니 신긔하기 이럴손야
한살먹고 두살먹여 업어안어 키울적에
일일삼추 말쑨이지 밥쑨심사 어쩌하리
극사광음 날내여서 성취식혀 증손보고
극락세게 먼먼길에 영원히 써나겟네
웬말인가 웬말인가 둘째질부 웬말인가

면면은은 고흔살을 석키란니 원말인가
혈육으로 깃친쌸연 어미업시 어이크리
하날도 무심하고 귀신도 알음업네
져아비 실모하고 혈혈히 자랏더니
아모죄도 업건마는 대대참상 윈일인가
원통코 셜은마음 일필오 난긔로다
륙칠일 유련하야 쳔쳔으로 가는길에
운산셔 차에나려 일직송리 드러가셔
시고모쎄 문안하니 학발셩셩 팔십노인
백발환흑 학치부생 안혼히룽 젼혀업고
불노초 보약으로 피부긔력 강장하며
슬하효도 극진하와 거쳐범졀 신선일네
하로묵어 발졍하니 나도친졍 간다시며
외복갈아 이부시고 졍유소로 나오시네
연연이 얼마신고 팔십친졍 히한하다
졍균등을 씨스시며 우시면셔 하신말슴
요부재산 다어이고 너들일본 윈일인야
너보나기 아연하야 하직겸해 나도간다
몽경갓흔 지난일을 옛말삼아 난울사이
어느듯 자동차는 쳔젼에 다다랏네
동구에 드러서니 셔산에 락일이라
은은한 져문연긔 사람심회 도도운다
회수남교 도라보니 락동강상 백운졍은

예젼경치 그양잇셔 말업시 반겨하며
질비한 고루거각 예젼일을 자랑한다
몃해만에 만난집안 뉘안이 반가우리
눈물석긴 목소리로 손목잡아 인사한후
이삼일 지쳐하야 예젼집 차자가니
고색은 의구하나 고인은 볼수업네
후산에 양대산소 가이업기 말못할다
생사지별 무엇인고 아모말슴 젼혀업네
청산만리 놉흔곳에 일분토 샌이로다
소소럿쳐 부는바람 외로운 혼령인가
청천백일 빈하늘에 구름한졈 샌이로다
모자셔로 위로하며 거름거름 나려오니
홍노극셔 육월염쳔 졍오시가 되엿더라
백운졍 모돔붓쳐 노소부인 다모이여
졍자밋 맑은쏘에 뱃씌워 션유하니
셔산에 일모하고 동쳔에 월출이라
물가운에 잠긴달이 돗대씃헤 걸이는듯
청풍은 셔래하고 수파는 불흥이라
소자여객 적벽션유 그경개 이럿던가
바위에 배을매고 졍자로 올나가니
교교한 맑은달빗 마로에 가득하다
좌우벽상 걸인현판 도덕군자 유고이며
백운졍 셕자쌕인 젼자로 쓰신글시

만고명필 미수선생 필적이 분명하다
잉어잡혀 회쳐노고 당귀쓰더 적붓치고
문장명필 골나내여 가사지여 노래하니
시고모 노래풍정 좌중에 우슴이라
밤은깁허 적적한대 사람소리 전혀업고
쳐량하게 들이는것 흘어가는 물소리라
평사십리 광활한대 기욱기욱 우는황새
깃틀치고 나라가니 한갓야경 더도우네
삼삼오오 작반하야 월색싸라 도라오니
원촌에 우난닭은 새벽날을 말이더라
세월이 여류하야 집써난지 일삭이라
도라갈 기한되여 할일업시 나는간다
만리장정 쳘노우에 쏘다시 어이갈이
칠십노인 맛재형님 이제보면 언제보며
셕포겨남 호상형님 생이사별 헛부도다
백운경 개호송아 잘잇거라 다시보자
압길이 막막하니 다시오기 묘연쿠나
수건들어 눈물씻고 타기실은 차에올나
일본향해 오는길에 의셩으로 다시온다
만날적 반갑건만 어이셜쳐 써나갈고
백발성성 우리남형 긔약말고 다시보세
쳘수화 필쌔되니 만수무강 누리소셔
행장을 수습하여 누수작별 써나셔니

좌우청산 초목까지 날보나기 셜어한다
침상편시 춘몽중에 행진강남 수쳘이을
글귀삼아 드럿써니 날을두고 한말일세
륙해만리 먼먼길에 가고오기 덧업도다
일주야 못되여셔 경도까지 도라왓네
어마하고 달여드려 무릅우에 안는대균
열여섯살 먹엇스나 세살아히 응정이라
산아답게 생긴골격 오남매중 제일이라
싸라온다 날되는것 만단을 달내놋코
써쳐놋코 오는어미 걸인자정 말못할다
일삭만에 귀가하니 만실춘풍 화긔로다
금이런가 옥이런가 금옥갓흔 손자손여
좌우에 안진것이 오종반이 차등업네
져의부모 교훈인가 소사나는 쳘윤인가
혼졍신셩 쇄소응대 효도극진 긔특하다
여보소 벗님내야 천증세월 인증수라
날내고 덧업난것 세월밧게 쏘인는가
다갓도다 다갓도다 졍츅연도 다갓도다
녹음방초 승화시절 탈도업시 간곳업고
시국만풍 구월추쳔 홍엽승어 이월화라
졍수에 부는바람 풀입헤 우는버레
무심하게 듯게되면 아모관게 압건마는
젼젼불매 고국생각 소리소리 수셩일세

일구월심 깁흘사록 금의환향 지원일다
심심하기 그지업셔 횡셜수셜 노래하니
황사난필 참괴하나 사향가 되엿도다
고만능문 여러손님 쳔견박식 웃지마소
단문졸필 어이업서 이만붓대 치우노라

정축 츄구월 망간에 심심하기 그지업셔 두어귀 지어 심즁 소회을
긔록하니 한 마리 가사 되엿도다 두고 명심하여라

제4장

〈원별회곡이라〉

입력대본 : 임기중편, 『역대가사문학전집』26권, 여강출판사, 1992, 562~570쪽.

원별회곡이라

원별이야 원별이야 쳘이타향 원별이야
흐다원별 만큰마난 군자원별 더옥셜다
유정무경 우리군자 쳘이원별 만무즁이
소식좃차 돈졀ᄒᆞ니 긱츙한 나ᅵ회포
우편니 듸망일ᄉᆡ 슬푸다 부모님아
복창의 가든소회 향하야 할듸업고
취몽간 부실드러 필셔의 긔록하니
션후랄 ᄎ질손야 이호라 우리부모조상

시가사쥬 불힝하야 무자일여 날기울지
자익히신 나이셩인 쳔만금셔 궁키셔
삭삭왕닉 원하든니 안면도 낙낙하고
셩음 이히하니 가소롭고 헛샨지라
무졍흔 이싀워리 뉘라셔 계촉난고
분분한 이셰워리 긔명니 원슈로다
실인군ᄌ 그리나이 ᄌ고로 허다ᄒ딕
닉혼자 샨니련가 오회라 홍안싀월
이별즁익 양연이라 허송싀월 속졀업닉
실푸다 우리몸이 슈즉업시 갈이온지
일연이 너머가고 송구영신 조흔멸졀
고향을 이졋난가 긔희가 낙낙하니
슬푸다 나익회포 즁심이 차여신들
타인슬작 어이하리 바라나니 허사로다
흡흡한 군자마암 쳥누익 만은미셕
히롱속 이졋난가 만물지졍 비르난딕
ᄒ다송졉 단취ᄒ야 귀경속익 이젼난가
봉별한지 십삭이라 복즁익 깃친유아
우연이 탄싱하니 쳔힝을 싱남자라
가즁이 든든하나 헛샼다 나익회포
빅셜은 ○곤하고 우슈난 닝닝한딕
타향지회 층양업고 ᄒ로나니 누슈로다
신셩아 삼긴옥모 쳘옥으로 삼긴모야

초슈우산 가러안자 싱각이 안니온가
만실화기 봉황형지 삼츈봉졉 넘노나니
비회즁 안심닌다 차호라 우리군자
명츈이 홧창크든 이화도화 만발하고
두견화 일쳔슝이 츈광을 조롱하고
홍홍빅빅 양유즁이 화졉이 츔을츄고
환후셩이 자자하며 강남국 겨연자난
고국을 향하올쎠 고향환고 기약난가
독조한 강셜하니 눈이막혀 아니온가
하운이 쳡쳡하니 산니놉하 아니온가
츈슈가 만사퇵하니 무리깁허 못오든가
만경이 인종멸하니 기리막혀 못오든가
풍닉슈 살난하니 바람부러 못오든가
도즁이 송모츈하니 봄니느져 못오든가
초경이 반기슈하니 싀소뤽예 못오든가
도로초원 낙낙ᄒ니 기리머러 아니온가
일낙ᄌ규 겨ᄒ니 다리쓰져 못오든가
인간이 슉불귀하니 즘쟈다가 안니온가
관싀회 변쥴하니 빗타가 아니온가
일모쳥슨 원ᄒ나니 나리느져 못오든가
졀씩가인 몟몟즁이 신졍이 미흡하니
자미싀월 보나노라 고향환고 이졋난가
삼오야 발근달은 그듸안면 이심ᄒ고

265

말이창천 져구람은 외국쌍 보련마난
슬푸다 우리유힝 고무랄 쓰져두고
타문이 잇탁함은 소쳐을 위하야
평싱이 못본사람 원부모 원형지라
갈사록 나이소쳐 결결리 원통하닉
무부무남 이인셍은 쳔고이 무상하압
자모이 은덕으로 십칠식 이진교가
반빈이 원지이 월노셩 믹진인년
만복지원 아라든니 계명식속 원슈로다
비셕비금 우리군자 쳘이원별 ○○즁이
쳑셔가 단절하이 금실유졍 이이하야
슬푸다 나이회포 말이타국 지망하니
오산초슈 겹겹하고 관산흥슈 가음친다
조션이 발근달이 일분도 발간난가
양국을 반을하야 양인을 사모하야
야심을 조롱한다
홍비원쳔이 안조슈지 붓치오딕
창쳔이 져월식은 누을위히 발가시며
슬피우난 두견식난 뉘위히 슬피우노
닉심명 둘딕업다 동창이 식빅별은
그딕안면 이심보난듯고 장딕식츄 우난식난
군즌소리 쳐량하니 즌난잠 씌우난닷
오동츈야 다리도야 외국쌍 빗치불가

청천이 져긔력이 비거비린 왕니ᄒ니
일봉셔간 가져다가 딕판쌍 견히쥬오
고향싱각 타향싱각 간졀하오
젹젹무인 빈방안이 침금이 어지하고
사몽비몽 혼미즁의 은근슈작 빈부○들
긴호야 갓흘손야 군자이 옥안셩음
그립고 낙낙ᄒ오 안면도 어히하니
원별이야 원별이야 말이타국 원별이야
인간의 무ᄉ화로 이별별ᄌᆞ 믹진한고
상ᄉ일염 사모로다 차시이 조흔명졀
만인이 화락ᄒ딕 닉심경 닉회포난
안간의 만무하니 가이업산 존구긔셔
즁연이 어신상체 운무싀월 지나다가
쯧밧긔 장ᄌᆞ이별 가탄이 엇쓰시랴
임즁의 져가마귀 반포을 부딕ᄒ이
부모언히 갑풀쥬로 비로시 알근마난
하물며 사람이야 미물만 못하온다
노쳔이 옥안셩음 상봉긔약 싱각ᄒ니
악슈삼쳘이 멀고멀이 거음친다
헛부다 나의마암 싀시가 박두하니
문의긔 가시며 죽창을 반만열고
히환이 바라보니 흐다힝인 층양업고
망부상공 미상치라 급급하다 경부차야

267

시간마다 초츌하이 츳소린도 울울하니
슬푸다 닌회포야 쥬동을 바란쯧은
져○이 안ㄹ쯧가 셩양쳔 바라온들
흐사로다 흐사로다 훌훌한 광음이야
슈심즁이 다지닌고 어나닷 회일이라
차무로 안이온가 이심하다 군자마암
조상부모 읍시하가 그드지 무심한가
유아삼시 아히들도 송구영신 씩을쪼차
오가을 챳근마난 슬푸다 군ㄹ일신
긱지과시 무산일고 오회라 존님은
슈인으 심회온가 쳠상미류하야
식ㄹ을 견픠하니 신관이 한심하닌
우리남이 ㄹ식도야 이다지 불효로다
무식한 츳싱들도 이르기 도무그든
하물며 유식한 가그드지 흐무하오
알고도 그르한가 모르고도 그르한가
든든한 군자심경 만난지 뉵연이라
ㄹ시야 어이아리 무산공부 힘셔하야
상교자 틱울는가 무정하고 무심하닌
군자슉여 그리난곳 칠그지 죄악이라
날갓한 안여 사상을 불망한들
쳘니타향 외오○자 이갓탄지 양연이라
틱강만 싱각하며 그다지 무심하랴

무어시 답답하야 원부모 이쳐즈하고
아조잇고 돈졀하노 슬푸다 우편슈자
일월마다 왕늬하야 사싱존망 통하온들
싀상싀 츳흡드라 신츈경싀 당두하며
온갓홧초 만발시이 귓촉도 두견조난
화초이 눈물쑤려 졈졈이 믹자그든
늬눈물만 짐즉하소 초경이 빗친망월
월하이 비회ᄒ니 군자면목 이심하다
실혀라 나이회포 몃히봉별 갈이올지
기약이 막막ᄒ늬 젼셩이 무산죄로
연분이 미진하야 이별즁이 다넘기노
쳘늬상별 안니라도 빙연니 얼마온가
무졍한 늬셰워은 이럭져럭 다넘기고
광음이 반니되면 시호시호 부질늬라
쳘늬원별 만무즁이 금상옥상 부병하야
빅슈향연 원니로다 쳡쳡한 나이회포
일구로 난셜이요 일필노난 기록다못
지필을 기록하니 자자이 현군이요
궈궈이 군자로다 회포이 ᄒ난마리
션후어이 분간하랴 삼츈봉졉 봉황평즤
ᄋ싱각이 소원이라 소쳐다린 우리즈모
자손변열 듸망일쇠 어화열친 변님늬야
이싱이 무궁여흔 후셩이 박가도야

졍막강산 황혼야이 고독히 혼자두고
이몸이 활달하야 호글남편 듸그들낭
열두화방 버러녹코 녹포쥬 잔질하야
일비일비 반취한후 삼인풍악 줍피녹코
금셕쥴 골나노아 틱평곡 노릭하며
흥미즁 셰월을 보닉압기
명쳔씨 발원 금운곡조 실푼소릭
셰셰원졍 셕거되야 나이여한 풀어될가
유졍무졍 우리군즈 이곡조 드러시며
흐일하시 다시만나 은졍터회 하오릿가
울울심회 도발하야 가스명씩 기록하니
흉필인쥴 알근마난 취심을 셜파하니
듯고보고 윗나이요 그듸로 짐즉하소
할말도 만큰마난 듸강을 초자으이
누슈로 비회로다

병즈윤삼월 초파일 시즉하야 시월초 오일이 맛친덧

제5장

〈부녀자탄가〉

입력대본 : 이대준 편저, 『朗誦歌辭集』, 안동문화원, 1986, 23~38쪽.

부녀자탄가(婦女自嘆歌)[1]

어화세상 사람들아 이내말쌈 들어보소

세상사를 돌아보니 허쁘고도 가련하다

천지만물 마련되어 초목군생 생겨있네

그중에도 영리함이 사람밖에 또있는가

인의예지 마련하고 삼강오륜 도덕으로

자자손손 뒤를받쳐 천만세를 유전하니

---

1 원텍스트는 "천지만물(天地萬物) 마련되어 초목군생(草木群生) 생겨있네 / 그중에
도 영리(怜悧)함이 사람밖에 또있는가"와 같이 한자를 병기했다. 쉬운 한자어가
대부분이어서 여기에서는 병기한 한자를 생략하고 실었다.

맨손으로 이승오고 빈손으로 저승가니
천지간 정한공도 이것이 우습도다
억조창생 너나없이 이세상에 탄생할제
아버님전 뼈를빌고 어머님전 살을타서
부정모혈 타고난몸 사람마다 일반이라
선천후천 정한분복 하후하박 있을소냐
부모님의 구로지은 곰곰이 생각하니
태산이 높지않고 하해가 깊지않네
금지옥엽 이내몸이 꽃이더냐 구슬이냐
그럭저럭 자라날제 이팔시절 되였고나
행매이혼 중매아비 여기저기 왕래하니
남혼여가 정해논법 옛법을 어길소냐
상생상극 궁합맞춰 사주예장 받아노니
인생백년 젤큰일이 서사가약 이아닌가
규중심처 남긴몸이 이씨가문 매었고나
생기복덕 가려내어 길일양신 택일하여
서동부서 홀기불러 부부지례 맺어노니
생민지시 이아니며 만복지원 이아닌가
월명사창 요적하고 화조월석 좋은때에
화촉동방 맺은정이 어이그리 유정턴고
하루이틀 날이가고 한달두달 달이가서
부끄럼은 없어지고 새록새록 애정이라
세월아 가지말고 광음아 머물러라

부상에 둥근해는 중천에 머무르소
일월이 흘러가면 백발이 안올소냐
홍안백발 놀고보면 소년풍도 다시올까
세류청강 저버들아 가는춘풍 잡아매라
인생부득 장춘절을 너는어이 모르느냐
넉넉하지 못한살림 안빈락도 생각하고
부화부순 살아가니 세상재미 나뿐인 듯
이렇드시 살아갈제 악마금전 원수로다
일본대판 어디메냐 돈에팔려 날떨치네
훌훌이 떠나신님 만리타국 편히가소
떠나는맘 모르오나 보내는맘 어떠할까
현해탄 넓은바다 연락선은 뉘가냈나
경부선 닦은사람 그도또한 원수로다
유정낭군 이별하고 독수공방 누웠으니
구비구비 수심이요 가지가지 화징이라
임을향한 일편단심 삼사년을 지낼적에
철석같이 굳은마음 송죽으로 맹세하고
이십춘광 젊은몸이 외무주장 살아갈제
홀로계신 시아버님 정신조차 혼미하다
세상물정 모르시니 구부수의 할수있나
조석지절 극빈하나 지성공경 하올적에
모친없는 시누아기 그도또한 이색하다
제반일절 가간사를 고생고생 살아갈제

허다수심 천만걱정 다썩고 남은간장
아니죽고 살다보니 좋은바람 부는구나
오매불망 마지않던 유정하신 우리님이
귀국하여 나오시네
꿈이던가 생시던가 지화자 좋을시고
좋은마음 측량없고 기쁜마음 한량없다
옥수를 부여잡고 눈물섞인 웃음으로
반갑도다 반갑도다 슬이춘풍 반갑도다
기쁘도다 기쁘도다 귀국행차 기쁘도다
그동안 그리던정 주야사랑 푸르를제
가운의 소치더냐 시운이 불길터냐
칠십노래 시아버님 앞에앉아 앞못보고
천금같은 서방님은 골수에 병이들어
이내팔자 어이하야 이런형편 당하는고
곤궁한 살림살이 어이하야 병고치고
조석지절 극난하니 돈든약을 쓸수있나
생각하니 답답하고 말하자니 중치막혀
늙은부모 젊은가장 어찌하여 고쳐낼꼬
어린자식 등에업고 괭이낫을 손에들고
봉두난발 돌아다녀 만산편야 약을캐니
불사약 몇가진고 입으로 못섬길레
심청같은 효성없어 아버님눈 못밝히고
노래병환 잦으시와 영결종천 떠나가니

부모생각 다시한번 호천망극 이아닌가
고생고생 지낸세월 구비구비 간장이라
지성이면 감천으로 가장병환 차도있어
마음이 쾌활하고 어깨춤이 절로난다
계속하여 치료하니 완전쾌활 좋을시고
마른나무 꽃이피고 침침칠야 달이뜬듯
설상에 봄바람이 이에서 더좋으며
한산사 쇠북소리 이에서 반가울까
진공안에 감춘 호국 훔쳐내면 어떨소며
금고속에 갇힌앵무 날려준들 더할손가
소상강 외기러기 짝을찾은 거동이오
북해에 잠긴용이 여의주를 얻음같고
지화자 좋을시고 노래하고 춤을출제
연파녹수 원앙새가 주야사랑 노는듯이
단산에 봉황새가 오동위에 노는듯이
삼월동풍 호시절에 웅봉자접 노는듯이
세류춘풍 그늘속에 황조쌍쌍 노는듯이
지난풍파 꿈이되고 오는행복 좋을시고
침선방직 힘을쓰고 삼종지도 마음지켜
허다수심 흩어지고 웃음으로 살아가며
아들형제 딸형제를 금옥같이 길러낼제
옥반에 구슬이냐 뜰앞에 꽃이더냐
팔십주년 해로하고 서로맹세 굳게하야

남혼여가 배필정해 봉황같이 넘노는양

서로모여 살아가면 인간재미、 이아닌가

지리하던 고생살이 이제조금 형편피어

당신연세 마흔여섯 이내나이 마흔아홉

살림살이 재미붙여 알뜰살뜰 살터인데

슬프다 세상살이 어이그리 야속터냐

조물이 시기하고 귀신의 훼방이냐

난데없는 무명악질 우리가정 침노하네

사오인 그식구가 일시에 다아프니

가군님 혼자성해 혼불부신 이아닌가

처자권솔 살리자고 주야로 애를쓸제

물져오고 소죽쑤고 약다리고 밈쑤시며

상하동네 문약하며 대소변을 받아낼제

그마음이 오죽하며 그가슴이 오죽했오

침불안석 되였으니 잠인들 어찌자며

식불감이 되였으니 조석인들 자셨을까

잠못자고 못먹으니 병안나고 배길손가

천도도 무심하고 귀신도 사정없다

내가죽고 낭군살면 그아니 좋을손가

내가 살고 낭군가니 이여한을 어찌할꼬

구곡간장 쌓인한이 골수에 사무치네

곽관순종 어디가고 화타편작 어디갔나

삼신산 불사약은 어찌하여 못구했나

인간칠십 고래희는 일러오는 말이지만
오십평생 다못살고 불귀객이 되단말가
우리부부 만난지가 이십여년 그동안에
객지생활 몇해이며 포병으로 몇해던고
이리저리 계산하면 행복으로 몇해던가
남과같이 편한생활 단십년이 아니되네
생각사록 한심하고 생각사록 원통하다
슬프다 세상사여 어이그리 고르잖노
이승은 어디이며 저승은 어디던고
극락세계 좋다해도 이세상만 어찌하리
공산에 일부토가 그다지도 원이던가
사후에 만종록이 불여생전 일배주라
사별생리 맞았으니 천수만산 끼쳐주네
세계대전 하지말고 염라국을 쳤더라면
염라왕을 잡지말고 강람도령 잡드라면
우리가군 아니죽고 백년회로 하련마는
한숨쉬어 바람되고 눈물흘려 강수된다
금지옥엽 저자식들 망극애통 하는모양
저눈에도 눈물나고 어미눈에 피가나고
붕성지통 이심사를 어느곳에 호소할꼬
저자식들 고이길러 남혼여가 치를적에
둘이서로 키운자식 누구보고 수의할꼬
애닯도다 낭군이여 야속할사 가군이여

277

약수천리 청조없고 북해만리 홍안없어
소식일장 돈절하니 하월하시 만나볼꼬
추월춘풍 철을따라 화조월석 때를따라
월명사창 요적한데 홀로누워 생각하니
인간이별 만사중에 님이별이 더욱섫다
원앙금침 베개위에 눈물흘러 피가되고
한숨쉬어 바람되니 타는가슴 더태운다
병풍에 그린달이 홰치거든 오시려나
동지섣달 설한풍에 꽃피거든 오시련가
춘수가 만사택에 물이깊어 못오시나
하운이 다기봉에 산이높아 못오시나
오리무중 안개속에 길을잃어 못오시나
공산야월 달밝는데 슬피우는 저두견아
너는무슨 소회있어 그다지도 슬피우노
추야장 긴긴밤에 불여귀라 울음우니
네울음 한마디에 내울음이 열마디라
이화월백 달밝은데 울고가는 저기럭아
소상강 어디두고 동정호로 날아가나
짝을잃은 기러기가 짝찾으러 가는고나
네가비록 미물이나 소회는 일반일다
이내회포 들어다가 염라국에 들어가서
우리님께 전해주면 그얼마나 고마우리
젊은처자 어린자식 누구에게 맡겨두고

어느곳을 찾아갔노 만경대를 찾아갔나
소상강 황릉묘에 아황여영 찾아갔나
만리장성 두루돌아 지형으로 살피든가
권군갱진 일배주에 친구놀음 가셨는가
아미산월 반륜추에 완월구경 가셨는가
함교함태 미색따라 소첩사랑 꿈꾸던가
천리동강 일사중에 엄자릉을 찾아갔나
위수에 태공만나 천시를 기다리나
회음성하 표모만나 주린배를 채우는가
상산사호 찾아가서 신선놀음 하시는가
수양산 깊은골에 백이숙제 찾아갔나
무릉도원 깊은곳에 도연명을 찾아갔나
천태산을 찾아가서 마고선녀 만나던가
삼명장 자룡되어 어린임군 구했는가
홍문연 높은잔치 패공을 구하려든가
말잘하던 소진장의 육국을 달래든가
남양초당 와룡되어 천하사를 도모턴가
적벽강에 선유타다 소동파를 만나던가
천하문장 태백찾아 강남풍월 읊었던가
천하일색 양귀비를 마괴역에 찾아갔나
월태화용 왕소군을 호지로 찾아갔나
반송우에 학을타고 적송자를 따라갔나
삼신산을 찾아가서 불사약을 구하던가

이런수심 저런걱정 어찌하면 잊을손가
일년삼백 육십일에 일일평균 십이시요
구곡간장 좁은곳에 만객수를 넣었듯이
타는것이 가슴이요 썩는것이 오장이라
정월이라 보름날에 망월구경 좋을시고
님의화용 저달같이 일각삼추 보고지고
동천에 솟은달이 임의촛불 되었는가
그달그믐 다지나고 이월한식 돌아오니
동풍화기 좋을시고 청명시절 이아닌가
춘설은 없어지고 초목군생 즐겨한다
나무나무 속잎나고 가지가지 춘색이라
우리님은 어디가고 움도싹도 아니돋노
이팔시절 서로만나 이월초도 맺은가약
서로이별 말잤더니 이다지도 허무한가
참으로 무정하고 너무나도 야속하오
그달그믐 다지나고 삼월이라 삼진날에
천리강남 수양조는 옛주인을 찾아온다
매정하신 우리님은 다시올줄 왜모르나
동풍삼월 되었으니 춘화일난 이아니냐
아지랑이 아물아물 노고지리 쉰길날고
홍홍백백 만발하니 벌과나비 춤을추고
동원도리 웃는꽃은 편시춘색 자랑한다
우리낭군 어디가고 삼춘시절 모르시나

명사십리 해당화야 꽃진다고 슬퍼마라
명년삼월 돌아오면 너는다시 피련마는
인생한번 죽어지면 삼혼칠백 없어진다
삼삭을 다지내고 사월달이 돌아오니
석기여래 탄생한날 관등놀음 좋을시고
명산대찰 찾아가서 부처님께 발원하고
산심사월 심은영에 꾀꼬리는 벗부른다
객사청청 버들속에 타기앵아 찾지마라
녹음방초 승화시는 연년이 오건마는
한번가신 우리님은 이런시절 왜모르노
그달그믐 지나가고 오월이라 단오일에
장장채송 그네매고 추천하는 남녀들아
연비여천 좋거니와 이내심사 불안하오
우리님도 계시오면 저놀음 노련만은
오호통재 슬픈마음 일구월심 못잊겠네
유월유두 돌아드니 삼복염천 이아닌가
세류청강 맑은물에 목욕하는 사람들아
우리낭군 만나거든 나의부탁 아뢰주소
녹수청강 원앙새는 백로횡강 노니는데
우리님은 어디가고 저새같이 못노시나
그달그믐 다지나고 칠월이라 칠석날은
은하수 깊은물에 까막까치 다리놓고
견우직녀 만나는밤 일년일차 만나건만

281

인생한번 이별하면 다시어찌 못만나노
직녀성은 내려니와 견우성은 어디갔소
오동나무 그늘아래 실솔성이 처량하다
팔월이라 추석날에 만반진수 차려노니
한가지나 축이날까 헛부고도 헛부고나
영혼이 계시거든 김으로나 흠향하소
추월공산 달이뜨니 별회수심 더욱섧다
임의화용 고운태도 저달같이 보고지고
월중단계 꺾어다가 임의묘전 심어볼까
구슬피 우는두견 이내수심 자아낸다
님버리고 사는간장 차마진정 못하겠네
항우장사 영웅들도 한번가면 못오더라
님의음성 귀에쟁쟁 님의얼굴 눈에삼삼
수심겨워 지낸세월 구월구일 돌아왔네
국화따서 술을빚어 백일주 하여놓고
우리님을 다시만나 일배일배 부일배로
세세원정 풀어가며 서로만나 놀고지고
구추야월 깊은밤에 날아오는 저기럭아
우리님 계신곳에 소식전턴 기럭이냐
님의답장 있거들랑 나에게 전코가라
그달그믐 다지나고 시월상풍 돌아드니
상엽홍어 이월화에 단풍시절 이아닌가
우리낭군 어디가고 이런구경 안하시나

동지섣달 돌아드니 밤은어이 그리기냐
백설강산 추운날에 어디가고 안계시나
수다하니 몽불성에 잠을자야 꿈을꾸지
천사만려 생각다가 홀연히 잠이들어
꿈속에 님을만나 세세원정 하올적에
꿈이거든 깨지말고 생시거든 변치말자
호접몽에 깊이든잠 계명성에 놀라깨니
원통하고 야속하다 전전반측 애닯고나
꿈속에 만난님이 어디가고 안계시냐
님은홀연 간곳업고 이내홀로 누었고나
촛불을 밝혀놓고 일어앉아 생각하니
생각도 허사되고 걱정도 소용없다
동자야 술부어라 취토록 먹어보자
취흥이 도도하야 활발하게 먹은마음
무정한님 생각말고 어린사식 보실피세
가신정을 떨치고서 자식에게 정붙이자
알뜰살뜰 고이길러 후일영광 보잤어라
심중소회 다풀자면 무궁첩첩 한없어라
대강이만 줄이나니 여러친구 벗님들네
팔구십 같이살아 자손들 키워가며
상부말고 해로하소

해방 전후 역사의 전개와
가사문학

제6장

〈만주가〉

입력대본 : 한국가사문학관 홈페이지(http://www.gasa.go.kr) jpg
필사본 자료.

만주가

갸갸에 가짜운은 가고가는 만주이민
가는곳이 망하여 가산미수 우리조선
가이없이 하직하고 가망읍난 이내신사
가기야 실치만은 가령금야 숙항가에
가다가 죽드하고 가라고만 득복근니
가는거지 별수인니 거겨에 거짜운은
거쳐없이 가는행색 거주성명 뛰에수고
거거익심 살수없어 거리거리 발등○

거러가면 몇발니야 거북이 서국에
○짓말고 말앗든니 거짓말이 참말대아
거가비경 차를하고 거래이나 잘믈하재
고교에 고짜운은 고생길그 드난아민
고향산천 이별하고 고혈한 거사함들
고고이도 맺치마음 고진감내 온쟁며
고닫서히 가난행색 고원이장 재목의
고향금야 사철이리 구규에 구짜운은
구치업난 만주일행 구산서영 아지하고
구상유치 에란자삭 막연하며 구고간장 싸연하
구천길노 가는듯이 구실구실 눈물이라
나냐에 나짜운은 나라집 혁파대어
나무나라 매인동포 나고난니 눈물지여
나심일족 걱거내니 나에마음 온전하며
나라가는 비행기야 나에자식 전쟁하니
나오지 안니한니 나에자식 엇잇든야
나무아미 염불하며 나한불공 축수하고
나오기만 고대한니 나나리도 고통이라
너녀에 너짜운은 너무나 심한정치
너에마엄 채우랴고 너르고 너른천지
너에나라 통일하고 너도나도 병정간니
너머가는 물꼬개에 너분바다 태평양에
너에군사 몰살하면 너에일본 엇지할기

노뇨에 노짜운은 노소간에 조선사람
노심초사 살수업시 노약만 남겨노코
노동씍힐 보국댄지 노상행객 굴먼사람
노파지로 잠바저서 노래불너 밤노래라
누뉴에 누짜운은 누거만명 조선동포
누굴밋고 사라나며 누거한 리국풍토
누수가 앞을막아 누누이 생각한들
누천년 우리조선 누추한 이세상을
누로하여 희복할고 다댜에 다짜운은
다정한 붕의유신 다터나고 이별한니
다시볼날 은재이며 다행이 다시보면
다다익선 조흔일이 다시히복 할터이나
다짜먹은 김치독에 다시다물 제료없이
다썩어진 전풍속 다시오기 만무료다
더뎌에 더짜운은 더늬가는 이징치가
더망할 정조이라 더러운 금전시대
더못먹어 한이댄니 더삼내야 살수없고
더욱히 모진압박 더할말이 무어신가
도됴에 도짜운은 도처춘풍 봄바람에
도득심은 날나거고 도불섬유 도회지가
도적놈에 굴혈뒤야 도득과 청공맹지도
도망하여 없으진니 드탄중에 우리들이
도저이 댈수없내 두듀에 두짜운은

287

두고살지 못할세상 두서차릴 에가없이
두번진난 보리나락 두말다시 뺏기고
두귀로 듣는말과 두눈으로 보는일이
두통겨리 절반이라 마미에 마짜운은
마음에 먼전마음 마음대로 안니대나
마음이 착실하면 미정방종 할찌라도
마음심짜 굿계먹어 마구행동 하지말게
머며에 머짜운은 머나먼 만주일본
머무난 조선동포 머지안은 전쟁시국
머근마음 변치말고 머대비에 칼나상과
머물느 행사말고 머리갈일 생각하게
모묘에 모짜운은 모모를 물논하고
모책을 연구하다 모시는 제시으로
모월모일 언재하고 모수자천 하지말고
모리잇게 행동하야 모골리 소언하근
모자부자 상봉하게 무뮤에 무짜운은
무궁한 인세행락 무수이 만큰만은
무료이 없어지고 무도한 불법지사
무상식한 저사람들 무선성공 일우랴고
무수작당 떼를지어 무쥐한 양인포책
무서운 이세상이 무이화가 언제되여
무사태평 은잴는가 바뱌에 짜운은
바야흐로 직힌마음 바리지 못할오륜

바이없이 멀리가고 바늘방석 이세상에
바지버선 양복쟁이 바른창자 몇몇치며
바독장기 상산사로 바랬망자 그뜻지나
바위암상 는든신선 바래볼수 읊어또다
버벼에 버짜운은 버서나지 못할시국
버러먹고 살길읇어 버시멀리 다뜨나고
버리촉에 헤대드서 버성지기 알지말고
버선신발 버선녹고 버러먹을 그주의를
버면관과 하지말게 보보 보짜운은
보통으로 동서양에 보국강병 다잇난대
보배대난 우리나라 보국조선 못해놓고
보처자만 생각하여 보국충신 업서신니
보명해서 사는백성 보따리집 싸서지고
보하키로 문청년 보국대로 다나간다
부뷰에 부자분은 부생같탄 우리성인
부유근곤 이세상에 부평종적 이안니며
부자궐이 간대읇요 부세급만 비열비게
부귀공명 으대가고 부인반장 동리
부가금과 부가세며 부인들의 회이금을
부락마다 고라 사샤에 사저은
사천여원 우리나라 사대분의 절열으로
사백년 말단에라 사군은 안니하고
사색당파 분쟁할제 사옵으로 인정하야

사사어 당을지여 사화시비 열두번에
사육신이 생겨시며 사월귀정 새조대왕
사자같이 맹열하야 사읍이 로하다
서셔에 서짜운은 선천이라 하난대난
서역국이 안일는가 서일리 상분하고
서기가 영능하매 서가열래 불상숭상
서책팔만 대장경은 서기발 엎머이며
서산대사 사명당은 서기옐에 연원이라
소쇼에 소짜운은 소진장으 구변으로
소중낭의 절개으로 소부허류 영천수료
소꼴비를 겨사리며 소화불쏙 자운동에
소대성미 명장이요 소행무적 초패왕은
소도저에 승천이요 소동파에 문장으로
소년월들 동산상은 소자첨에 적벽부요
소화정치 만국쪼로 소년시절 적용자로
소도처에 다나갯다 수슈에 수짜운은
수신○를 동달하면 수화금창 만군즁엑
수비대로 갈지라도 수명의 따로있으
수부귀에 다남자로 수절충관 직힌사람
수륙대장 도원수로 수십만병 그냐리고
수군문밧 썩나서니 수문장이 개패한다
아야에 이짜운은 아동방에 우리조선
아태조가 등국하셔 아들임 팔형제의

아망위가 손서이라 아망이난 태종부마
아참하다 제죽을제 아성자손 맹사성이
아만이를 살해했고 아조이라 五백년에
아천이속 팔집이아 동방으로 흔드럿다
어여에 어짜운이 어지르운 이세상에
어려울사 태평건곤 어미이른 적자이라
어천만사 골난중에 어더먹고 살길없이
어육대온 조선사람 어복표 팔진도에
어망중에 글이온듯 오요에 오운은
5백년 에의동방 五륜이 뜨러진니
五행정기 바다나서 五당을 축수하나
五十서해 한대공과 五자서에 충혼이며
五강에 황우능녁 五장원에 져갈공명
五관참장 관운장도 오복을 고로못하
오버인락 힝액으로 오신명 안보는가
우유에 우짜운은 우압군에 치수후로
우순풍조 지면세월 우산에 밧찰가라
우주건곤 태평년에 우당우애 지내다가
우연이 이리대야 우매한 지식으로
우등대우 못밧드매 우섬이 우점되매
우수사려 생각해도 우매한 그리시라
자쟈에 자짜운요 자고이래 흥망성쇠
자기의개 달인바요 자작을도 잇난비나

291

자시모른 고금사르므 자시알자 글을배위

자불가이 불효하고 자로에 백니무미

자공이도 십철리요 자온이도 아철리면

자사는 ○이이라 저져에 짜운은

저마다 못할일은 저잠도 어려울샌

저술도 난처이며 저할도리 제가하고

저울때에 분금증쑤 저저한 어천만사

저마다 못할터라 조죠에 조짜운은

조심하면 잘사난니 조심성이 업고보면

조화불칙 못하오며 소변석화 하난일도

조심이란 마음심사 소고여생 잘아나도

조심이 엇듬이요 소자룡이 날낸장수

조심하여 칼을써고 소선명장 이충무공

소작으로 거북선에 조화탄식 수전싸흠

조선강산 삼철리를 조심하여 평정했다

주쥬에 주짜운은 주야로 고동댑은

주장읍는 우리나라 주인되리는 누길는고

주공발안 성인나서 주장여 대고보맨

주퇴를 늘히자 주류천하 통일하여

주면석매 편이자고 주류주예를 바로자바

주장잇난 우리나라 주객지에 하여보세

차차에 차짜운은 차새상에 우리동포

자회라 설푸도다 차마못할 궁천기통

차를타고 전쟁가며 차차름 보국대와
차회에난 흘련강섭 차처에 늘근부모
차마당에 기절한다 차마못볼 거광경은
차세상에 안넛드면 차악핫일 안볼터라
처쳐에 처짜운은 처지가 이리되야
처신이 난처로다 처자권식 이별하고
처소로 물너갈제 처마밧개 나서본니
처음길이 병정가내 초쵸에 쵸짜운은
초로갓탄 우리인생 초동목수 그래볼니
초산에 날글비에 초당에 군불엿코
초초명장 다모이서 초한건곤 영웅호걸
초패왕이 도강하야 초라한 패공을
초다짐에 선입관주 초땅흐르 조차내니
초초명장 다모엿다 추츄에 추짜운은
추상강에 달이뜬다 추월이 양명화도
추풍에 낙엽한니 추수하여 등장이라
추위선 겨울든니 추절인 지미가고
추동이 다기내면 추추이 오는세월
추칙하여 불지어다 카캬에 카짜운은
칼잘씨난 영웅들도 칼나상은 못당하여
칼빼녹코 절을한다 커켜에 커짜운은
커야좋은 나라이요 커서못씰 여자의라
커야좋은 곡식이요 커서못씰 신짝이라

커야좋은 살림이요 커서못할씰 여자음성
코코에 코짜운은 서흘너 으린아래
코물딱고 것먹이여 코방귀를 통통래고
코우숨에 귀해글매 코쌀을 물고빨고
코춤바는 엄마자정 코큰사람 한패공도
코흘보뗀 젖먹다 쿠큐에 쿠짜운은
쿠수양복 벳트리고 쿠두발길 저벅저벅
쿠짜운은 할말읍서 크불카이 무언이라
타타에 타짜운은 타국풍토 일본민족
타락댈날 불원이라 다고 천명이야
타고가난 호마상에 타한총쌀 드러노아
타연무심 사라간다 터텨에 터짜운은
터늘닐날 조선와서 터운업난 느에들이
티세력이 장관이라 토토에 토짜운은
토지가옥 매수한다 토지사서 무엇하매
토벌띄의 쪼기갈때 토지가옥 뜨갈트냐
투튜에 투짜운은 투고버서 든저두고
투항하여 쪽기깔날 투족도 못할로라
파퍄에 파짜운은 파진할일 생각하면
파의할일 만큰만은 파면이나 속히하야
파탈하고 도라가라 퍼펴에 퍼짜운은
퍼서먹고 잘노라고 퍼부리저 땅을치며
퍼진밥이 맜이없으 퍼서먹을 에가없어

포표에 포짜운은 포악한 느이릏이
포함먹고 드라칼때 포병객이 댈터이라
포덕천하 우리조선 포일한 일이잇서
포준할때 업실손나 푸퓨에 푸짜운은
푸달진 는에권세 푸림하늘 운무갗이
푸실푸실 훗날니여 푸런청춘 악기여서
푸먼마음 푸리내여 푸럼바다 조심해라
하햐에 하짜운은 하도락서 버리논니
하서출어 진주이라 하난님이 정한운수
하월하일 언제라도 하교영이 업실손야
허혀에 허자운으니 허송세월 하지말고
허다하 만은날에 헤허실 가슴때에
허따리를 집고보면 허무맹낭 한터이리
호효에 초짜운은 호호말말 는른천지
호소식 이닌이매 호종이 지퇴하면
호호이 선인이라 호호탕탕 는른천지
호적인증 갈듯 후휴에 후짜운은
후들한 그사람이 후청운수 바다서서
후박이 평균하야 후세일은 미필하니라

1972.2.1.

해방 전후 역사의 전개와
가사문학

제7장

〈망부가〉

입력대본 : 한국가사문학관 홈페이지(http://www.gasa.go.kr) jpg 필사본 자료.

망부가

천지만물 조판할제 인간만물 셍양대고
일월성진 각분설에 삼황오제 싸라나고
은왕성탕 대성들은 선천후천 배설하고
화도낙서 주역서 펼친후에 체긔자 인간이라
인생이 출세하여 삼강오륜 매련할제
인의예지 돗철다라 혼인예법 매련이라
아부임전 쎄을타고 어머임전 살을빌고
칠성임전 명을빌고 제석임전 복을비러

이세상에 탄생하여 한살먹고 두살먹고
심심규중 자래나서 십칠팔이 당도하이
동서남북 혼설이라 천상연분 배필잇서
허신왕내 하연후에 택일하여 바랄적에
유수갓치 닷첫도다 동에난 청포관대
서에난 녹의홍상 청실홍실 느려놋코
백연계약 매진후에 일낙서산 황혼이라
하월삼경 심야경에 자미잇게 노랏드라
수삼일을 지난후에 신헹날이 닷첫도다
부모동기 이별하고 고향산천 바리두고
구비구비 도라간이 시댁이 닷첫도다
자우을 살펴본이 아난이는 그대로다
산도설고 물도설고 풍속도 비관한대
수삼삭을 지나온이 고향과 일반이라
군속한 살임이나 자미잇게 살자하고
나지면 호미들고 밧매기가 제일이요
밤이면 길삼방적 치마끈을 졸나매고
알쓰리도 사잣든이 야속할사 세월이여
남방국의 풍진이라 국가명영 어길손야
할수업난 이별이라 군속한 살임사리
뉘게다 전장하며 이가정을 버리두고
써나가는 그간장 오작 하오릿가
사창에 비켜안자 가난곳을 바라본이

인홀불견 간대업고 호접등만 분분하내
가소롭다 이내일신 이세상에 타고나서
무삼제가 마나서 낭군까지 그리온이
애들하고 가소롭다 한달두달 넘어서
사시절이 지나간이 일만사가 간심이라
동지한식 백오절에 봉제사도 간심이요
삼월가색 수묘전에 수묘전도 간심이라
슬슬한 저동방에 전전반칙 누엇슨이
잠이오나 쑴이오나 상하촌에 달게소래
놀나쎄여 살펴본이 동창문이 발가오내
한숨짓고 이러나서 조식이라 지여먹고
변쏘밥을 엽패차고 쌀씨잘을 손에들고
섹기사리 억게미고 저산천을 바라볼대
누수가 압펼가리 지향을 분별못헤
노중에 방항타가 다시정신 가다듬고
심산심고 드러간이 창송은 울울하고
산수는 잔잔한대 쌀씨잘을 엽헤놋코
한숨짓고 시엿다가 이산저산 단이면서
낭구한싹 헤여놋코 구비구비 셍각한이
탄식만 나난구나 마음이 울적하여
상상봉에 올나가서 남천을 망견하이
운산이 원격하여 심사만 살난이라
남풍이 슬슬부러 이내가심 후리친이

임에헤포 부러옷듯 녹수간에 우는세는
요내간장 녹이난다 그리저리 하다본이
서산낙일 황혼이라 낭구단을 머리이고
지항업시 나리와서 문전애 드러선이
어린아기 문을열고 밥달낙고 우난소래
금수가 안이거던 참아엇지 모양보리
어린아기 품에안고 방이락고 드러선이
슬슬하기 그지업내 세상에도 이런이리
어대다시 쏘잇슬가 장산대야 돗난초목
겨울가고 봄이온이 기하방초 유정하고
송구영신 헤포댄다 거리에 나여서서
가는곳을 바라본이 우주간에 백운만 왕내하내
이팔청춘 이내몸이 백발을 제촉하내
도라오소 도라오소 승부을 결정하고
하로밧비 도라오소 남산에 불당지여
시주공덕 전허업고 후원에 단을모와
백일기도 정이하고 칠성임게 축수하야
주야로 발원한들 그정도 씰대업다
이것저것 펄치두고 빈빈한 살임사리
배가곱파 어이하며 설풍이 소슬하이
낭구업서 어이하나 슬슬한 찬방안내
어린아기 품에안고 구비구비 생각하니
이내가삼 불이로다 명월사창 요적한대

중문잡고 바랄적에 난대업난 홍안성이
소상동정 향을하내 기력기야 기력기야
거게잠간 유치하여 이내소식 전헤다고
약수철이 면면길에 청조가 싣어진이
허헤탄 쑌이로다 진시황 말이장성
상사불견 만타든이 요내몸이 그실는가
세월도 신속하여 철철리도 다처오내
상원절이 도라온이 남에집들 소연보소
헌옷벗고 세옷입고 상하촌에 왕내하여
세배하기 야단인대 우리임은 상원가절 모르시나
어린아기 압서우고 동서촌에 왕내하며
탄식하고 하는말노 머다머다 남방국아
소식쫏차 돈절하노 왕손에 저방초는
연연이 푸러잇고 뒤동산 형화목은
철을차자 만발한대 도라올줄 기모르노
절승강산 만타든이 풍월차로 못오는가
오히압주 한격상에 한격상으로 못오는가
삼월삼진 춘화절에 강남국에 연자격은
연연마다 엣집을 차자온대 우리임은
도라올줄 모르시나 만경창파 너른물결
일엽편주 싣쳣든가 우주간에 쓰난구름
그속에 싸여오소 바람싯태 날여오소
오히월여 체지하에 채지하로 못오는가

301

야속할사 남방국아 염나국이 거길는가
녹수진경 널분길에 쌍거쌍내 만타마는
우리임은 안이로다 낭군거시 일세아도
등동산에 초가로다 풍진세게 싯듯하고
바라볼길 아득하다 천하절승 강낭국에
산수가 좃타던 별게을 삼겨두고
처자권속 이젓는가 천상에 견우성도
오작교가 다리노와 일연일차 상봉한대
남에업는 우리낭군 한변일별 돈절하고
산천마다 피난곳천 연연이도 싹이돗고
이골저골 장유수는 한변가면 안이오고
저봉넘어 썻뜬구름 종적좃차 볼수업고
공산야월 두견조는 날과갓튼 한일는가
초수오산 도로난에 도로난으로 못오는가
오히월여 향풍속에 체홍으로 못오는가
바라본들 씰째업고 탄식한들 별수잇나
부체임게 시주하여 영험이나 엇자하고
어느절이 제일린고 낙산사을 차자갈가
명주사을 차자갈가 통도사을 차자갈가
혜인사을 차자갈가 부체임도 영험업고
금강산에 드러가서 머리깍고 승이댈가
구비구비 셍각하이 아모게책 전허업내
저자식을 압서우고 동서촌에 단이면서

품을파라 저자식을 길너내여
작식에 영화을두고 불피풍우 지내다가
다시금 생각하이 원방을 이질손야
고서에 이른말이 팔연풍진이 잇다던이
오날내게 당헷도다 금정산 용용월은
그대면목 대한갓고 국포야 소소우는
그대성음 방불하다 욕망이 난망이요
불사이 자사로다 동원도리 편시춘을
내엇지 허송하랴 청천에 뜬난구룸
할양업시 놉흘시고 그구룸에 안잣스면
그에곳을 가련마는 날게업서 어이할고
이하에 두견울고 오동에 밤비올제
상사몽 훌처쎈이 적적한 빈방안
나에몸 쑨이로다 심신이 살난하고
혜포만 익심토다

해방 전후 역사의 전개와
가사문학

제8장

〈사제곡〉

입력대본 : 조애영, 정임순, 고단 공저, 『한국현대내방가사집』, 당현사, 1977, 133~139쪽.

思弟曲

우리남매 이별후에 소식이 적조하니
목석지심 누이라도 조운모우 그리웁고
주주야야 못잊어서 원천을 바라보니
운산은 첩첩하야 망안이 욕천이라
욕망이 난망이며 불사자 사로어라
그린심사 간절한줄 맥맥히 앉았으니
반가울사 홍앙성은 북망한천 울고갈제
우리무영 만폭서찰 내책상에 던져준다

반갑고 반가울사 쌍수로 바삐잡아
정불자유 느껴보고 비불자성 울더라도
다정한 네옥안이 여취여광 황홀하야
이향수도 객지중에 너의일신 천길삼고
동서상거 운소상거 나의일신 무양하니
이도또한 행복이라 하나님이 도우시사
성공귀국 바라더니 어이한 일편 부운
광명을 가리운다 어화애재 이왠일고
진몽을 미분이라 우리무영 잡은뜻이
이러할리 만무하고 활달한 그기상이
이런일이 없으리라 창공에 뜨는구름
한량없이 높은지고 저구름에 올랐으면
네옥안을 보련마는 만경창파 푸른물은
주야장천 흘러가니 저물같이 갈량이면
너있는곳 가련마는 중벽한촌 잠긴몸이
신무비우 어찌가며 우주사해 넓은곳에
어느곳을 찾을손가 엇그제 이별서울
새벽서리 지는달에 통곡하며 보았더니
무정세월 여류하야 양춘가절 돌아오니
남산광야 돋는초목 개자추를 기념하고
백화는 만발하야 봉접이 가무하며
청산에 두견성은 귀촉도를 일삼으니
네아무리 가지위에 불여귀라 울건마는

우리무영 귀국한을 네가알아 전할소냐
광음이 신속하야 송춘영하 여름되니
남풍지훈 허하고 녹음방초 처처한데
방초방초 저믄날에 일거왕손 불부회라
나무가지 그늘속에 매암매암 우는매암
너는무슨 한이있어 하소연을 아뢰느냐
좌우청산 숙곡조는 주야불게 슬피울어
우리무영 그린심사 일층더 돋우는듯
궁시같이 빠른세월 고인을 조롱하야
일야상풍 높이불어 만산에 수엽들은
오색단청 그림하고 화원의 황국적국
아름다운 꽃망우리 머리위에 이고서서
떠오기를 기다릴제 반가울사 중향가절
기약맞춰 돌아오니 송이송이 성개하야
웃는듯한 꽃봉오리 너와함께 볼량이면
경계좋다 하려니와 도도심사 울울하야
모두가 수색이라 상하평야 너른들에
오곡은 결실하야 황운이 어렸는듯
용산의 늦은경을 이를두고 이름인가
송옥의 비추부가 내심사에 더할소냐
추천명월 은은한밤 운소에 높이솟아
우주천지 곳곳마다 월광이 조요하니
우리무영 옥모풍채 궐하에 거니는듯

상아래 우는실솔 추야장 긴긴밤에
잠시도 긋지않고 조조절절 섞여울어
겨우겨우 들려는잠 아조영영 깨우느냐
잠안자고 일하는데 유공타 하려니와
아우그린 내심사가 깨친잠을 못이룬다
와불민 좌불안석 전전반칙 앉았으니
유유한 내심사를 억제할길 없었구나
산연연 일편월은 서산에 걸려있고
낭자한 계명성은 새벽시를 보고하니
반야진관 맹상군은 걸음바삐 왔건마는
우리무영 오는길에 네가무삼 유익하랴
서산에 지는해를 뉘라서 금지하며
창해유수 흐르는물 만집할이 뉘있으랴
어언간 겨울되니 한풍은 소슬하고
백설이 비비하니 창하에 비껴앉아
설경산천 바라보니 천수만수 가지가지
이화가 만발한중 분분이 나는백설
백접분분 날아들고 백구편편 떠나는듯
백마강 맑아있어 낙화암 절벽아래
삼천궁녀 나리는듯 월백설백 천지백에
백설강산 이뤘으나 우리무영 있는곳을
네가알수 있을소냐 청산에 섰는장송
네절개가 장하도다 우로천을 잡으랴고

종남산 풍설중에 한상냉노 감수하고
백설한풍 이겨내어 지지엽엽 울창하니
호걸기상 네아니리 장부웅심 네로구나
네아무리 굳센충의 만수목의 으뜸이나
우리무영 있는곳을 네가알아 전할소냐
약수천리 멀고먼곳 배달청조 끊어지고
북해만리 너른곳에 명안성이 전혀없다
운무청청 밝은달에 명월시를 지어볼까
만리청강 맑은물에 잠용시를 지어볼까
통곡하는 내심사를 억제할길 바이없어
문방사우 갖다놓고 사제시를 짓자하니
귀귀이 원억하고 자자이 누수나려
지묵이 아롱지니 허무한 세간만사
모두가 춘몽이라 신춘이 다시오니
기화방초 유정하고 송구영신 회포된다
비나이다 비나이다 천지신명 비나이다
사랑이신 상제님이 우리무영 붙드시고
주님권능 순풍되어 흑운을 허치시고
십오야 명월처럼 새벽동방 홍일처럼
금의환향 돌아오면 억울창창 깊은한을
웃고풀고 울고풀고 이세상에 살아풀리라

해방 전후 역사의 전개와
가사문학

제9장

〈원망가〉

입력대본 : 영천시, 『규방가사집』, 도서출판 대일, 1988, 117~122쪽.

원망가

천지간 만물중에 남자나고 여자나서
선왕에 법도따라 남여로 부부되어
평생언약 굳게하고 이별없이 사는것이
인간에 제일이라
유정할사 우리양인 남북으로 생장하여
십오십육 가까워서 부모님의 은덕으로
무인시월 엽칠일에 서산가약 깊이맺어
승안교배 하온후에 동방화촉 상대하와
군자숙여 쌍을지어 이로평생 굳은맹서

철석같이 깊이맺고 수년이 지나도록
삭왕삭래 자로하와 부부유별 그별자는
옛날에도 있었으나 타인유별 우리양인
지성으로 극한정회 록수에 원앙이라
광음이 살같기로 추풍락엽 분분하와
불행한 나의여운 고법을 못이겨서
옥매화 그늘속에 몇년이나 느꼇드니
애지하신 조상부모 유별다정 동기숙당
원근친척 다버리고 명문구택 입문하여
수양부모 의를맺고 타인동기 벗을삼아
승순군자 의지하고 사오년을 넘겼드니
기묘년은 무슨일로 나의액운 있었는가
천운이 불길한가 차돌에 바람들줄
어느누가 알았으랴 부모처자 이별하고
수천리 먼먼길에 일본인가 미지련가
꿈결같이 원별하니 춘몽중에 생시련가
진야몽야 못깨닫네 광음이 유수같고
세월이 여류하여 어언삼년 가까우니
서신은 자로하와 대함같이 반가우며
정회상달 하였드니 삼춘화발 지난후로
사오삭 가깝도록 소식이 돈절하와
사생존망 그리나니 그아니 답답하고
이아니 애닲으리 칠월이라 초파일은

천지명문 좋은소문 만인이 화락하와
봄아닌 춘색인듯 말씀끝에 꽃이피고
희색이 만만하야 우리나라 해방될줄
어느누가 알았을가 동서남북 수천리에
각각으로 흩어진이 고향환고 하는구나
오늘이나 소식올가 내일이나 사람올가
섭섭하고 헛분마음 풍문은 오건마는
영영소식 돈절하니 무슨일로 그러신고
산중으로 피란가서 우리조선 십삼도에
독립된줄 모르신가 태평세월 만났다고
고향을 잊으신가 인간이 만선이라
연락이 부족하여 배를몰다 못오신가
이삼년 정든땅에 신정이 흠뻑들어
이별못해 못오신가 금전에 포한이라
사업에 몰두하여 부모처자 잊었는가
원수로다 원수로다 대해가 원수로다
우리도 간다하면 몇해를 가드라도
그대찾아 가련마는 비조라 날아갈가
일월이라 비춰볼가 개천에 유수되어
흘러서나 만나볼가 중천에 백운되어
뜨서나 상봉할가 이도저도 할수없고
광대한 천지간에 활달못할 여행이라
생각사자 병이되고 잊을망자 뜻이없네

일본땅이 어디메뇨 동편이란 말만듣고
그를향해 바라보니 산은첩첩 천봉이요
물은중중 대해로다 호호막막 이천하에
묘창해지 일속이라 중천명월 야삼경에
우리양인 집수상대 그리다가 만난인정
새뜻이 향기롭다 심중에 그린정을
한없이 풀자하니 건풍은 소슬하야
간장을 놀래우고 무심한 계명성은
창밖에서 슬피울어 깊이든잠 놀라깨니
이것이 참이련가 사방으로 살펴보니
꿈에보든 군자님은 불현듯 간곳없고
적막침소 홀로누워 섭섭하기 그지없고
헐은마음 한량없네 심신이 산란하여
사창을 왈칵열고 밖앗을 내다보니
이삼경 기러기는 짝을잃고 슬피울고
유유창창 저월색은 천하인을 완월하야
양심을 비치이고 인적은 적적한데
영천읍내 기차성은 곁에같이 처량하와
수천리 먼먼길에 오다가 저물어서
저역차에 앉았는가 그날밤 다가도록
한정잠을 못이루고 그럭저럭 날이세니
헛사로다 헛사로다 바란것이 헛사로다
헛부다 나의회포 하루이틀 가는세월

손들고 바랏드니 하루가 열흘같고
일년이 백년같다 상사불견 상사회는
불여불 불상사라 일각이 여삼추라
백리가 천리로다 어떤사람 팔자좋아
부모양친 묘서두고 부부화락 백년해로
이별없이 넘기는고 헛부다 내세월은
이팔방년 좋은시절 어이이리 더디든고
산천초목 변함없이 연연히 때를알아
춘생추사 하고있고 강남땅 연자들도
춘추시절 때를알아 삼월상사 하래하여
옛집을 다시찾네 칠월이라 칠석일은
견우직녀 상봉하여 그인연을 기약한데
은하수를 어찌건너 부부정을 새로맺고
초목금수 양유지도 추절인줄 알았든가
단풍들기 재촉하네 일기도 철을알아
건풍이 소슬한데 하물며 사람이야
천륜이 온전하고 어이그리 무정하오
삼년이 다가도록 만날봉자 기약없어
제집을 못찾는고 애들하고 답답하여
오장육부 섞은회포 눈물모아 한강수요
개천에 흘러간들 어느누가 알아줄가
마당에 저잿불은 날과같이 속만타네
연기가 나는고로 속타는줄 알건마는

315

남모르게 타는간장 어느누가 알아줄까

동아불이 피는듯고 운애안개 자진듯다

어떤사람 팔자좋아 부모양친 묘서놓고

자유있게 행락하며 동서양을 빛내는고

헛분지라 이내몸은 남과같이 태어나서

전생에 무슨죄로 광명한 천지간에

자유행락 못하는고 굴안같은 규중속에

구구한 여자생활 비속하고 답답하고

골수에 맺힌여한 어이다 풀어내리

가지가지 여한이야 여자된몸 한탄이야

그대못본 한탄이야 원수로다 대동아전쟁

그전쟁이 원수로다 이별이라 할지라도

그다지도 무심하오 무정하다 기차야

야속하다 연락선아 나와무슨 원수있어

우리군자 실어다가 내지땅에 던저두고

고향길을 막었는고 답답하고 애들하다

소원을 말로하면 물이깊어 못온다면

한강수를 헐을태고 산이높아 못온다면

태산을 낮추리라 금전없어 못온다면

금전을 없애리라 타향에 낙이붙어

고향을 잊었다면 그대가 무정하오

상사불망 그리워라 이제야 할수없다

못잊어 원수로다 전전반척 사모하여

근심삭을 약이없고 근심잡을 칼이없다
차시에 좋은명절 팔월보름 당해와도
참으로 아니올가 무정하다 우리군자
추석인줄 모르신가 지화자 좋을시고
만인이 화락하야 녹의홍상 찬란한대
오고가는 저길가에 처가가고 친정가고
허다행인 측량없다 헛부다 내일신은
원부모 이형제 나의유행 가소롭다
전생에 무슨죄로 산도설고 물도선대
이내몸 홀로쳐저 백년군자 이별하고
상사불망 친정생각 일편단심 그대생각
일천간장 녹이는고 무정하다 이양반아
아무리 무정한들 유식자를 그만두고
나에마음 반만두면 무슨수를 하드라도
고향을 못오실가 사후생전 조상부모
뉘한데 막겼는고 이세상 바꿔되어
을축갑자 뒤박이리 부모양친 묘셔놓고
부부동락 백년하고 효양부모 극진하며
동기우애 자별하고 금실정을 서로맺어
이별없이 사련마는 애들하고 원통하다
옛적에 어느누가 이별리자 내여놓고
너무나도 애들하와 야심촉하 적적무인
혼자앉아 기록한다

제10장

〈자탄가〉

입력대본 : 한국가사문학관 홈페이지(http://www.gasa.go.kr) jpg
필사본 자료.

자탄가

십칠세에 단을가서 일년을 고생타가
십팔세에 도라드려 상주로 전학하야
그력저력 잇해만에 농업학교 졸업하고
십구세에 장가가서 요조숙녀 다리다가
신정을 미흡하고 일본청삼 들어가서
일년을 나마있어 고국으로 돌아와서
임오년 시월달에 자모한갑 잘치르고
지원병에 억제하여 사차불피 못면하고

결성으로 입소하야 육계월 훈련하고
계미년 시월달에 대구로 입영하야
일주일 훈련하고 흉지로 떤난후에
편지야 오근마은 세세정답 하나업고
갑신년 윤사월에 편지한장 부치고서
내무반장 지내고서 상동병 입경하야
다시한번 편지업고 전쟁으로 드러가서
남경북경 드려갈제 대륙장을 거우발고
호남산성 드려갈제 기치창금 찬란하고
금고함성 진동하며 형양양성 공파하고
호남성 영릉터와 양부근 다달아서
병이가 날라들어 두병화상 홀로누어
의사에개 치로할제 목이매여 말못하고
중대장 중위앞에 진충헐성 말을하고
음옥장서 들어갈세 부모생각 오작하며
이십팔세 청춘으로 처자생각 오작할가
애고애고 우리만섭 신채조코 기력조코
인심까지 좋건마는 전쟁고혼 불상하다
칠팔십을 다살고서 부모국에 죽드라도
죽을때는 원통커든 하물며 만리타국
화중고혼 대잔말다 에고에고 불상하다
상근상근 웃는얼굴 어느천년 다시볼고
옛날에 초패왕도 천지망해 탄식커든

천지을 잘못만나 이지경이 되였도다
하느님요 하느님요 아까워라 우리만섭
명문대하 좋은집에 인도환생 씩커주소
초목군생 비둘기는 봄을만나 좋아한데
불상하다 엄도만섭 다시한생 못하는가
오천만년 지내간들 자기전에 잊을손가
애고애고 불상해라 보고서와 어이할고
잠은어이 아니오노 꿈에나마 만나보자
부자간에 중한천륜 세상을 서로몰라
갑십년에 죽으너을 을유년을 다지나고
병술년 삼월까지 날마다 바랄적에
어린손자 등에업고 문에서서 바래나니
거리나서 바래다가 산에올라 바래다가
오늘이나 편지올가 내일이나 편지올가
조흔기별 바랬드니 참혹한 너에소식
꿈이거든 어서깨고 참이거든 하양가자
애고답답 내일이야 말하자니 목이매고
조문을 짖자하니 문물이 앞을막고
자자이 수먹이요 귀귀이 서름이라
같이간 동행들은 부모쳐자 만나보고
히히낙낙 반기난대 너의권세 쳐자들은
우름으로 벗을삼고 한숨으로 세월보내
꿈이라도 다시보면 세세원정 하오리라

터날때 하든부탁 오늘까지 축원이되

히축원을 너무해서 너무잘된 탓이로다

해방전에 반혼이나 반혼이나 하여시며

꽃다운 너에영혼 위로하리 만컨마는

해방후 반혼하니 허방무실 불상하다

선산계하 안장하고 이같이 위로한들

너가오니 올줄알며 너가가니 간줄아나

육신으로 가든몸이 육골이 왠일이며

입신양명 하온후에 금에한양 몰랬더니

옥합속에 싸여오니 불상하고 가련하다

홍안소부 어린손자 철천지 한이되여

날마다 아비찾아 목불인지 어이보노

욕사욕사 분한마음 살자하니 속이아파

아마도 헛말이지 너죽음 찬말이냐

녹음방초 성한시에 어서어서 만나보자

애고애고 하나님요 어이이리 무심한고

나갔다가 집에오면 귀히길러 족하걸쳐

다시한번 못보고서 어디가서 홀로노노

이별이야 이별이야 계미년 생이별가

병술년에 영결하니 애고불상 어이할고

옛날에 이르기을 인제명 호불피라

천추만대 지내간들 너에이름 잊을손가

첩첩이 싸인한을 어느곳에 호소할가

전사을 하였는가 병사을 하얐는가
부모쳐자 형제들이 물한번 못떠넣고
돌시가 지나도록 타국에 굶어않아
동지장야 하지일에 밴들오작 고파으면
고국으로 오고시와 허이탄식 많이했지
세세이 생각하니 삐가녹고 원통하다
아비나이 육십이요 어미나이 육십오라
이세상 살아와서 다시한 만나스면
삼사년 기린정이 부자자효 하올것을
천지신명도 무심하고 귀신도 무심하다
허다한인생 살아온데 구우일모 구한네을
참옥하기 버리는고 애고애고 불쌍해라
하느님이 사람낼제 별로후박 업건마는
부모지가 많엤는가 저허물은 업건마는
하나님요 하나님요 에고답답 하나님요
남이라도 원통커든 하물며 부모쳐자
일일평균 십이시에 한시라도 잇을손가
고초같이 추운날에 드신방에 잠못자고
불같이 더운날에 부모그늘 못피하고
밤낮으로 행군이요 적군을 물리칠제
괴로움 오작하여 기한인들 오작할가
천자한권 못갈치고 지통성을 다알고
남에앞에 민진것을 한가지도 업건마는

악마같은 요놈들아 남에자식 빼어서다가
육신이나 보내주지 재봉지가 원이요
대동아을 건설하고 무운장군 한다드니
일조에 폭망되야 나무에 원지친놈
천만년을 살아간들 무슨복을 받을소냐
절치분심 이내마음 너에간을 먹고싶다
용맹있는 미소군이 삼년전에 나왔으면
일조에 처리하고 천하가 평화되여
내자식도 남과같이 부모쳐자 만나볼걸
애고답답 만섭이도 일곱달만 살았으면
압록강에 배을타고 고국으로 돌아올걸
부모죄가 많앴든가 내집운수 불길든가
조문이 시기한가 천신이 저이한가
수천명 군사중에 영소경에 한토막과
금에환양 바래면서 주야축원 바랬드니
이일이 되었으니 내두사을 어이할고
너간후 한달만에 순산으로 생남하야
죽기라고 이름짖고 편지한장 하얐드니
아들난줄 알았으면 편지도 보앗난지
전쟁에 정신쌔져 집생각은 업서난가
이내가슴 묻은불을 그뉘라서 끈단말과
곱기곱기 길러내여 손자하나 안아보고
황천후토 가신후에 손자녀을 출생시켜

남에칭찬 많이받고 만년영화 바랫드니
이비참을 당했으니 애고엄마 왠일이냐
애고아비 왼일이요 세째손자 만섭이을
거무황천 만내거든 인도환상 시켜이면
애고답답 내일이여 운수을숙 녀수할고
한숨지어 바람되고 눈물지어 피가된다
아사라 별수업다 이내마음 굶기먹고
명대로 본존다가 불상한 저모자을
아들이나 거두어서 연한명을 살게하자
어느친척 보존할까 남전북담 별로업고
앞일을 생각하니 썌가녹고 살아탄다
사지보고 수적보니 새로새로 생각난다
슬프다 세월이여 성화갓치 지나가고
어린손자 장대하면 이서름을 업에볼까
너에동무 볼때마다 가슴이 두근두근
삼화가 날때마다 한출첨배 땀이난다
산으로 치지올라 천변을 바라보고
혼자탄식 하는말이 중지가 어디매요
산은몇산 넘어가며 강은몇강 건너가노
악약누 동경호을 꿈같이 구경하고
화북 화남성을 몇달이나 유했으며
연산팔월 찬바람에 구강풍 소소한데
사진박아 보낼적에 몇칠이나 놀았으며

이리좋은 무한경을 재미있게 못보고서
동서남북 전쟁으로 분주불가 여가업서
풍우을 날피하고 사직을 무릅쓰고
적진을 합락하고 아기양양 행할적에
사생을 불과하고 혈기지용 뿐이로다
천운인들 어찌하며 용맹인들 쓸때없다
범같은 미소군이 합전하여 공격하니
전시왕에 세력이며 초패왕에 힘이로다
한패공을 못당하고 천하을 잃었거든
자는범을 코찔러서 당랑거치 이상하여
미소군에 달가드니 종족지혈 이아닌가
아무거나 생각하니 죽은것이 불상하다
불상한 영산앞에 홀로앉아 채읍하고
지나간일 생각하니 세로세로 생각난다
너에나이 아홉살날때 마누라는 열에하나
둘째누이 아홉나고 셋째누이 여섯날째
두누이 너을업고 셋째누이 뒤을따라
윈드받에 올라가면 단건족족 골라주고
말햇비 아니하고 지순차순 자라나서
지나지북 단이면서 지혼자 공부하고
부모앞에 더려나서 담화도 못해보고
다정한 이야기을 부자간에 못해보고
어엿분 부부간에 산림도 못해보고

조용히 서로안아 담하도 못해보고
애고답답 내일이야 이생각 저생각을
날이가고 달이가면 잊을가 하였드니
불상한 너의생각 오매불망 못잊겠네
가련하다 청춘고혼 적막고상 홀로누어
이새상 지낸역사 누을다려 설한할고
귀족 부르기을 볏절삼아 울어보니
불으기도 너와같다 타국에 죽은혼이
고국에 돌아와서 울때마다 피을토해
제철분분 두견화는 꽃가지에 부여들어
해마다 꽃이피면 장부심장 다녹은다
춘초난 년연하되 왕손언 기불기라
공자왕손 사대부요 한번아차 죽어지면
죽은몸만 불상하지 움이돈나 싹이돈다
초한제에 실픈사직 옛글에만 보았드니
너게와서 미칠줄을 꿈에도 생각업서
마라마라 울지마라 불에기야 울지말라
너우름을 들을적에 내의심사 생각하니
심이여회 맘이타서 잡불안식 못견딜세
늙고병든 너에어미 눈물로 새월보내
천만가지 슬픈사적 옥황전에 호소하고
원통한 원정지억 지부황천 호소할가
이리생각 저리생각 만가지로 생각해서

327

한가지도 못믿치고 간장마다 다녹온다
에고답답 서름이야 에고답답 만섭이야
개가짖기에 내달으니 만섭이 오는구나
마당을 나서보니 만섭이는 아니오고
창망의 하늘에는 별과달 뿐이로다
달아달아 밝은달아 화남성 비친달아
우리만섭 찾아보고 고국으로 보내다고
양복장이 얼른하면 저기아마 만섭인지
두눈이 뜰어져도 한번도 안마치니
금년삼월 온다든지 명년삼월 온다든가
물이깊어 못오는가 산이높아 못오는가
육로만리 수로만리 중지가 몇만린고
일거에 무소식은 영결밖에 또있는가
아무리 생각해도 너는필경 살아오지
부모형제 쳐자들도 남에게 적악업고
어여뿐 너에마음 적악한일 없건마는
일구월심 도라옵이 죽을이가 만무하다
영천사는 제골들이 너에형편 안다하니
그사람이 오기되면 너에사직 자시알리
언제나 올라는지 마음이 조조하다
아무리 잊을라도 또한생각 절로난다
거년정월 돌아들어 세배하는 청년들가
망월하는 소년들이 삼삼오오 짝을지어

오락가락 들기난대 너하나가 아니오고
이월이라 한식일에 원산에 봄이드니
계차추에 충혼비니 국파국망 실어하야
배살을 마다하고 원산에 지피숨어
아무리 간청해도 절개을 안굽히니
산에다 불지르니 그불에 타서죽어
한식이라 돌아오면 불안때고 찬밥먹고
삼월이라 삼진일에 천리강산 저제비는
옛주인을 다시찾아 매년마다 오근마는
불쌍하다 초로인생 다시올줄 왜모르노
사월이라 초파일은 석가열례 생신이라
집집마다 등불달고 불썬다시 보고지고
오월이라 단오절은 청춘가절 이아닌가
녹의홍상 미인들은 이팔청춘 남자들은
군에줄에 올리않아 반선이올 즐기는데
우리집 만섭이는 그도한번 못해밧지
유월이라 유두날에 대상왕제 신곡자시
억조창생 생각하고 중신모의 치제한다
칠월칠석 추웅날에 백중노름 조을시고
건누직녀 거동보소 쌍부채을 열어놓고
구만장천 은하수에 오작불려 다리노아
일년일차 만나보니 두번한탄 하지말라
인생은 죽어지면 다시한번 만낼소야

중추팔월 돌아들어 광명할손 저달빛은
만리타국 빈치건만 이내몸은 어찌하야
한입골수 중지땅을 오도가도 못하난고
구월구일 돌아들어 동인에 열린국화
상근상근 우는모양 우리만섭 태도로다
십월이라 돌아들어 선산요사 치루라고
노소함직 다모인데 또하나이 업섯구나
십일월 도라들어 곳곳마다 동지치자
충신열사 위로커든 너에영혼 불상하다
십이열 도라들어 낙목환천 찬바람에
상설가치 독한충절 천상천하 왕래할때
너도같이 동찰하면 산후신위 하오리라
금년정월 도라드려 이삼월 바랠적에
삼월이 다가니 사월에 올라는가
날마다 바랠적에 그간장 어뜨하며
애고답답 어이하노 이렬을 알았으면
갑신 정월달에 너아달 낫다고서
일흠지어 편지할제 불상한 그에모자
편지만 하지말고 저에모자 사진박아
사진박아 보낸드면 부자상봉 하여보지
부자간에 중한천륜 얼굴도 못보고서
이세상을 떠나자면 너에한이 무궁했지
선미견후 실기라 이와같이 원이덴들

어느천년 다시만나 이소원을 풀어보고
악아악아 우리주기 불상하다 우리악아
세살먹은 너에몸이 아비구경 못해보고
귀동이라 천동이라 혈혈단신 불상하다
혜업고서 가는세월 아무커나 자라나서
열자식 부렵잔기 이원을 풀어다고
초생달 반달굴듯 이실아침 오이굴듯
사광에 초명으로 이태백 문장겸해
너에아비 무덤앞에 만대항황 빗이나기
불상 그영혼이 흠양감동 하오리라
긴도하고 나진갈때 별생각이 다나온다
철가난이 자심하니 줄인배을 채우려고
간다온다 말도없이 돈한푼 안가지고
남양땅을 들어가서 돈이없어 밥못먹고
친행으로 자도만나 변또하나 사주기에
반가이 요귀하고 나진을 덜어가서
별별고생 다해가며 돈도한푼 못벌고서
일년만에 돌아와서 그런설화 하올적에
안잣든 부모맘과 제마음은 오죽할까
자여간 칠남매을 귀한거동 모르고서
호의호식 못시키고 그와같이 지낸일을
이제와서 생각하니 백골이 진토된들
이질가망 만이없네 삐가녹고 속인탄다

애고답답 살림살이 남종남식 안햇건만
귀한자식 천기돌려 이지경을 당했도다
아비을 잘못만나 고생을 낙을삼아
이십오년 지낸일을 낫낫이 생각하니
활란세계 태여나서 구천날을 못살았네
걱정없이 지낸날이 십년도 아니되어
무정한 부모형제 다시한번 아니보고
세새상에 태여나서 공자왕손 댈라는가
부귀공명 할라는가 왕후장상 될라는가
정국공신 영혼들이 어느곳에 모여안아
천운을 탄식하고 세월을 보내난고
오호애제 통곡이요 섭귀참이 압갑도다
수만명 군사들이 행군하야 나올적에
기치창금 들어매고 행진곡을 노래한다
목석간장 이거든 누아니 눈물날가
슬프다 우리부모 십삭만에 나을나여
우지말라 달래면서 안아주고 업어주고
목마을때 젖을주고 배곱을때 밥을주며
곱기곱기 기를적에 지원병될줄을 알았으며
이십여세 청춘으로 왜병정 될줄알가
아참엄마 어이할고 에해류 낙류로다
논뚝밭뚝아 날살이라 유성탄알 비오듯한다
쳐다보니 배행기요 내다보니 군함이라

앗참엄마 날보내고 문에서서 기다리지
우리도언제 고향가서 부모앞에 놀아볼고
아참엄마 수리술엄과 이루하 낙루로다
피가흘려 내가되고 군사죽어 산이로다
임진군안 떤기러기 안호장천 높이떠서
청량포로 날어들어 수백리 평사장에
첩첩이 찢었으니 평사낙안 이안인가
이리좋은 무한경을 부모앞에 풀어보자
이리시고 저리시구 열심으로 징전하고
수삼년 기린부모 우슴으로 인사하고
충으로 영접하자 지하자야 우리부모
이렷타시 노래하고 천명만기 기다릴제
혈통에 나는눈물 씰게에 나는눈물
고국을 생각하여 몇변이나 울었을까
행진 수심곡을 몇이나 불렸을가
자식이 애물이다 별생각이 다나온다
복상살구 다익어도 그하나도 맛못보고
육칠월 외가나면 너생각 하느라고
먹기실타 팽개치고 맛있기 못먹었네
작년칠월 외밭놀때 수박타다 감차놓고
너하나 줄라고서 인제는 수일오리
날마다 바랫타가 그수박이 다상해도
소식이 돈절하네 신곡을 잡아비어

333

햇쌀밥을 먹을적에 남모르게 눈물탁고
사명절 좌사마다 그렵게도 바랫드니
인간에 못할일은 나간자식 바릴길세
오는사람 가는게람 허수이 아니보고
편지만 한장와도 만섭이 소식인가
남에아들 왔다하면 그개가서 물어볼가
생각사로 못잊어서 일각삼추 바랫드니
허망한일 생각하니 정신이 흡미하여
만가지가 듯이업고 백개가 모책이라
시시 생각날재 너무덤 나가보니
금잔대가 포른포른 아비심장 다녹은다
일편청산 고요한대 만고원혼 불상하다
일성창졸 슬피우고 나는간다 일어서서
도답무삼 홀로누어 아무말도 업이서서
참옥한 너에일신 야속한기 죽음일세
한거름에 돌아보고 두거름에 돌아보니
눈물이 앞을막아 그자리에 주저않아
눈물을 다시닦고 좌우을 살펴보니
얼골도 안보이고 음성도 안드끼어
집으로 돌아와서 너방예 바도업고
꽃다운 영상우에 너에사진 자시보니
두눈이 캄캄하야 말못하고 물려나와
불상한 너에쳐자 서로서로 위로하고

이날저날 지내하니 아무쪼록 혼이라도
극락세계 돌아가서 여한업시 잘지내라
참옥하다 너에혼을 한잔술로 위로하니
혼이라도 너와나와 넉시라도 나오느라
천리강남 저제비는 옛주인 다시찾고
만리전쟁 가든군자 제부모을 다찬는데
우리집 만섭이는 아비을 왜안찾나
부자형제 비하건데 달이날가 일반일세
팔하나을 잊었으니 왼팔로 어이하여
아무리 어색한들 다시잊기 어렵든가
사후에 공명부귀 불러생전 일배수라
너는었지 몰랐느냐 아이아이 불상하다
어여뿐 너에가족 상식상을 바쳐놓고
문박에 나올적에 눈물을 음무어라
살아서 그밥상을 먹은것을 보았으면
우음으로 영접하지 눈물로 드릴소냐
아무리 혼이라도 부부간에 여한없이
집으로 흡미하고 내소래을 감동하라
욕시욕시 분한마음 눈물썩여 원정지어
호소할곳 전혀없서 영상우에 걸어놓고
이와같이 애통하리 혼신이 명백하면
머리우에 둥둥쳐서 네서름을 내아리라
한두달 지나가면 잊을가 하였드니

335

날마다 서른히포 봄풀같이 세로난다
불상하다 우리주기 일취월장 자라나서
불철주야 공부하여 아비사적 두려바라
중지나 화남성에 너에아비 원사로다
살부지수 갚자하니 호천망극 가이업다
아비생각 날때마다 사전보고 수적바라
불상한 원정서요 이대강 기록하니
이원수을 잊지말고 장래도록 전하여라
가삼이 답답하고 정신이 압삽하여
신중에 병이되니 눈앞에 어리기로
여광여치 못건너서 원통한 너에자식
붓을잡고 울다보니 만분일도 못하노라
아비를 비옵다시 장래도록 두고바라 終

己亥 十二月 十七日

제11장

〈춘풍감회록〉

입력대본 : 백두현, 「일본군에 강제 징병된 김중욱의 〈춘풍감회록〉에 대하여」, 『영남학』 제9호, 경북대학교 영남문화연구원, 2006, 419~470쪽(필사본 영인은 447~470쪽).

춘풍감회녹

상하사방을 우라ᄒ고 고왕금래를 주라하니

우주운힝이 시어갑ᄌ함애 천운을 순종ᄒ여

갑신연 츄칠월에 남에쌈에 칼을쌔여

부모쳐ᄌ 싱별ᄒ고 영문을 차져드러

순일을 지난후에 평양셩 떠나가니

대동강 부벽루야 을밀대○ 작별ᄒ며

류셩을 ○○○○ 신의쥬 ○○가니

가는길 ○○○○ 날자부리 ○○○뇨
갈딕로 가려무나 일시장성에
쳘마질주 희수할지 단장심혈 구즁토혈
심즁이각 차경이나 고국리별 임당ᄒ니
쳘셕간장 다녹는가 픠슈에 떳는배야
청춘장사 귀불귀를 너또한 셔러하라
압강을 건너셔니 어와 괴이하다
청이홍상 단발머리 풍물도 긔묘할사
산쳔조차 별경이라 일대장강 사이노코
조물의 변화함이 이어이 신비한가
경탄할 이이로다 잠시를 머무리다
갈길을 직촉ᄒ여 안동현 떠나셔니
일모쳔리ᄒ고 홍진 광야에
오곡이 파도친다 안젼에 낫타남은
쳐쳐 기관이오 곡곡 초견이라
일모 다르○ 원망이 ○○○○
야기닝닝
봉쳔과 금쥬셩을 몽즁에 흘켜보고
산희관 당도하니 연연한 셩벽이
준영틱산을 상산에 장사쳐럼
셔북을 기여가니 쾌직 장ᄉ라
진시황에 말리장셩 진졍코 이거시라
긔쳔연을 지낫건만 상유당당하니

영웅의 경영함이 장함에 놀랫노라

오호 의히라 일거불래 쳘리마야

잠간쉬여 울고가자 회두 동망하니

묘묘창해애 범션니 널니뜨고

북쪽을 바라보니 흥안령 나린추풍

열하의 빅사장을 닝닝히 쓰다드며

쳔험을 이루우고 셔망 장셩ㅎ니

고쇠이 창연하여 영고셩쇠가

젼란에 시드럿고 남행 강남○○

몽롱한 ○○○○ 황혼이 ○○○○

차창을 젼픠ㅎ고 용력을 가다듬어

과거사 물니치고 오는시름 싱각ㅎ니

싱사이로가 흉즁에 판연ㅎ여

닉맘이 탁연하니 갈곳아라 무엇하리

촌각을 낫투어셔 갈대로 가다보자

란하를 건너셔셔 빅하에 당도하니

고루대하가 반공에 졀비하고

차마왕래가 번화ㅎ니 불문가지 쳔진이라

고국떠나 반삭만에 창주에 이르니

암야 삼경에 총검이 셔리차고

원산에 포셩이 은은ㅎ다

잠만깨면 총을믹고 총만노면 잠을자니

창검에 피곤ㅎ고 미인에 굼쥬러셔

밍호갓튼 남아이천 북방으로 적을마져
적전에 임졉ᄒ니 사면포성 이〇〇
풍진졀 〇〇〇〇 포연탄우 〇〇〇〇
반공애 작열하여 쳔붕지괴 수라장이
왼종일을 거치다가 우렁찬 함성속에
추젹 원방ᄒ고 파옥발화 강탈ᄒ니
잔인포악 이극이라
납월 준한에 남ᄒ힝을 명령바더
수양제 되운하를 차창에 바라보고
황하를 건너셔셔 재남애 머무리다
셔쥬에 다려쉬고 포구에 도래하니
젼젹이 싱싱하고 풍물이 호화하여
장관에 놀래다가 젼면을 바라보니
양양한 황류가 셔셔이 파도치고
되소 함션에 히구가 춤을추니
이시황히 변경하라
기역을 돌여보니 즁원되물 장강이라
양자강의 비를모라 남경에 발을벗고
시가를 도라보니 장엄한 셩〇이
주위를 〇〇〇〇 강영의 옛〇〇〇
건업의 옛모양이 마차에 완연하고
고루 고궁이 장탄을 벗부르며
현무호 말근물에 자금산이 비초인다

남경을 다못보고 양자강에 비를띠워
구강에 이르러셔 로산을 바라볼지
로나라 옛사적이 눈압히 완연ᄒ다
션개 졀경을 눈물로 바라보고
남경떠나 슈일만에 남망 무창ᄒ고
북망 하구ᄒ니 소동파에 젹벽부가
시로이 역역ᄒ다 동동차심 감쳔ᄒ여
고인이 노는땅애 내여기 이르럿다
한구를 널이보고 장강을 다시건너
무창애 진을치고 군령을 기다릴지
젼고미문 수라장이 구사일싱하여
근근이 보존할지 드듸여 명을바더
을유년 ○○○○ 군비를 가○○고
힝군을 이르켜셔 포군에 당도하니
일몰셔산에 원촌 픠셩이오
믹젼 산야에 셕연이 잠들럿다
로방에 핏는꼿과 총임의 우는싀는
사지를 향하여셔 칙쥭아래 염소쳐럼
이식업시 발을옴겨 묵묵히 거러가는
슈쳔장사 맘을찔러 향슈에 잠겨쥬니
닉맘이 쳐연하여 갈길이 아득하다
슈일을 지난후에 빅셕의 둔을치고
피로를 고칠적에 일싱듸사 결단하니

쳔지가 막막ᄒ고 심장이 고동쳐셔
마음을 잡을일이 아마도 아득하다
싱사가 일반이니 가다가 아모되나
청산의 집을지어 록슈에 물을먹고
화조로 벗을삼어 쥭은드시 사러보자
마음이 이졍하니 갈길이 확연하다
사면초가에 교묘이 틈을타셔
일좌 고산에 이슬을 피힛터니
사고적료 무덤속의 북두가 교결하다
늬고향 잇는곳은 져칠셩 아래엿만
조물이 시기하고 직신니 져쥬하여
연운만리에 소식이 돈졀ᄒ나
늬아즉 몸을앗겨 쳔명이 다하다도록
사라셔 도라가자 굿게굿게 손을잡고
왼졍신을 귀에쏘다 숨결업시 안젓더니
동방이 이빅하고 산싀가 노래함애
굼쥬린 빅를쥐고 일산의 기여오니
일게노옹이 되경질쥬라
후사를 염여하여 추격기후하여
일촌에 이르니 인영이 젹젹ᄒ고
양게 로파가 괴아이 바라본다
기아를 형용하여 로픽 향슌되호에
수십쳥연이 일직 하산ᄒ여

지필문답의 이사 상통ᄒ니
피등이 딕히하여 쥬육 상ᄃ어늘
쾨음 다식ᄒ고 후사를 이론하여
정형을 살핀후에 일인을 인도하여
병부를 차져가니 흠연 우ᄃᄒ여
보호를 승락터라 오회라 인명이 ᄌ쳔토다
사지를 버셔나셔 한숨을 길게쉬고
피둥의 호송아래 비조도 못나드는
다암영 깊은산에 고요히 꿈을밋고
일군의 눈을피히 마을마을 마음ᄃ로
먹고놀고 자고깨며 고기잡고 쌜래ᄒ여
쥭순캐다 반찬ᄒ니 장부의 살림사리
넉넉하고 통쾨하다 일게월 화ᄒ여
그들과 상종한지 일삭이 다진할지
언어가 상통ᄒ고 인정이 깁히드러
누수로 이별ᄒ고 장셔졀경을
수심쩍긔 바라보며 도쳐에 환영바더
누누에 도착하니 긔묘할사 미인들에 우ᄃ로다
장교에 사령바더 션무조를 편셩ᄒ고
월여를 지난후에 창검을 다시들어
일군과 졉견할지 날마다 빅여리를
반연이나 거럿더니 쾨ᄌ통ᄌ라
을유연 팔월보름 일군니 투항ᄒ니

343

고진감래로다 고국산천 부모쳐자

천강혈연니 쳔지조화로

악수상봉 기약흐니 히히통이라

비히가 교집흐여 눈물이 압흘가려

전전불민터니 시야장반이라

늬가사러 여기잇나 원혼니 안젓느냐

쳐량한 종소리에 등불을 다시발켜

파연의 먹을가러 심즁소회 그려늬여

우리부모 개신곳애 나의임이 잇는곳애

하로밧비 보늬고져 혼계야 어셔우러

지구를 쌜니돌여 날이싀게 하려무나

강물에 낫츨씻고 동향직비 하온후애

조반을 지어먹고 누누를 이별하니

산쳔이 긔이하고 인졍이 변화흐여

간곳마다 히싁이라 오든길을 다시거러

슈도 소쥬성을 악연이 바라보고

우능에 이르러셔 상희를 널이보고

오믹불망 고국향히 황포강을 고이도라

셔히에 빅를모니 오호 익직라

너어듸 도라가고 나와함개 못오느냐

비부비부라 쳔운신명이 회진슈포흐니

호쳔소지에 일역이 가당흐랴

비부비부라 너싱젼 관후흐니

깁히널니 싱각ᄒ고 구원야듸에
유구히 꿈을믜져 후싱을 허용하라
오호 통지라 희풍을 크게마셔
마음을 진정ᄒ니 한라산 놉흔봉이
즁천에 웃둑솟고 듸소 어션이
다도히를 왕래ᄒ니 아득한 슈평션에
일발청ᄉ 낫타나니 지난일 눈물지고
오는히망 압흘가려 장부소회 다못ᄒ니
오호 의히라 황히바다 건너와셔
늬여기 소리친다. 끗

　이 노래를 고 이슈호 고 김춘섭 두 영전에 고하며 동시에 우리들을 마음끗 보호하여 쥬든 즁국 사람 다암영 보장 장여천 육군 소교 오문학 즁교 이경방 힝동듸 총듸장 소장 당신 져위에게 감사의 뜻을 표한다. 졍히 윤이월 김즁욱 씀.

해방 전후 역사의 전개와
가사문학

제12장

〈신세자탄가〉

입력대본 : 이대준, 『안동의 가사』, 안동문화원, 1995, 350~357쪽.

신세자탄가(身世自嘆歌)[1]

말없는 청산이요 무슨비밀 꿈꾸오며

중천에 걸린달은 뉘바라고 저있는고

화엽에 고운경치 시드른지 오래이며

암상에 나무떨기 찬서리만 쓸쓸하다

앞내에 맑은물빛 절개을 자랑하며

추월에 높은뜻을 정고함도 그지없다

무정한 이세월은 누구에게 쫓기여서

---

1 원텍스트는 "인人류類에 최最대大기基초礎 청靑춘春에 한 시時절節은"과 같이 한
  자를 병기했다. 여기에서는 병기한 한자를 빼고 옮겨 적었다.

쉬지않고 달아나며 자취없이 도망는가
빠른시일 야속해라 만인의 원망소리
알아듣지 못했든가 심술궂은 지구연환
저앞길만 빨리닷고 남의사정 전혀몰라
늙은인생 섧어함을 조금도 용서찬코
사정없이 쫓아부면 다시만날 기약없다
인류에 최대기초 청춘에 한시절은
한번가면 다시올까 귀중한 이시기에
생세에 흥락이란 아침이슬 순간에도
가져보지 못하고서 눈물과 비관속에
덧없이도 허송한다 절후의 순환이란
어김없이 찾아왔다 삭풍이 소슬하니
서리마즌 낙엽들이 폭풍에 못이겨서
몸부림 치는소리 창외가 요란하다
깊은공상 억제하고 겨우든잠 깨였고나
청한잠은 달아나고 좇은번민 다시와서
온두뇌를 뒤흔드네 이리뒤척 저리뒤척
복잡한 이가슴을 또다시 괴롭히네
전전불매 잠못드러 창문열고 밖을보니
사면이 적막하게 깁흔잠이 들었는데
낙엽들은 바람곁에 우수수 하품치며
침묵을 깨트린다 난간에 비켜앉아
막연한 나의시선 하늘가에 던져두고

하염없이 바라보니 청소에 밝은달이
교히 빛을펴니 유심이 내려보며
고민에 젖은나를 비웃는가 애무한가
이마음이 창연할때 너만보면 긴장한다
반가운듯 정다운뜻 무언의
나의호소 전해다오 행복세상 쪼겨나서
방향을 잃은몸이 이누구에게 하소할꼬
의념을 다시돌려 열인군생 관람하니
무산자 전재동포 식식에 난망이라
국정에 분투자로 환뇌에 번민일세
수천만 창생들아 생애에 주저하며
발분망식 하는현실 가석하기 그지없다
생존경쟁 단병접전 폐참에 이사회를
알길이 없는다시 무사하며 노려본다
동식물이 잠든밤에 저홀로 나타나서
온대지를 정복밧고 오즉이 강산임자
저혼자 되난듯이 기세도 양양하며
색능도 명랑하다 너는뭘로 생겨나서
세상에 사람들이 흥분간 너를보고
반기며 느끼난고 춘풍추우 허다성상
지쳐짐도 바이없고 눌과약속 하였난대
희망에 굳은언약 고금에 여일한가
인심은 시로변코 만물은 날로변해

조석변화 하는세상 너의절행 장하도다
시중천자 이태백도 강남 풍월찾아
채석강에 달건지고 고금에 문장가수
너를보고 노래하고 번민망상 많은수인
너를보고 호소한다 나는또한 너를따라
속세를 비겨앉아 운소에 높히떠서
난하로 집을짓고 풍월로 벗을삼아
태평한 선경에서 병없이 늙어가며
사바세계 사는인생 웃고웃는 쌍갈래를
객관으로 고찰타가 인세에 진선미가
원만히 해결커든 서서히 내려와서
인생에 갖은복락 색색이도 누리리라
어와세상 사람들아 구름같은 이세상에
초로같은 이세상에 그무엇이 그리워서
것츠러운 인간세상 곤드라운 낡은희망
구하면서 찾으면서 따라가서 숨이차서 헐일까
가소롭다 인생들아 내일의 일생행로
탄탄이 닦아놓고 자연이 가실것을
압길을 예비못해 예불소학 견사불학
다본후에 애닯혀라 손두고 일못하고
눈뜨고 압못보아 저앞길을 못찾고서
준령에 기오르며 허공에 빠지는가
가정적 사회적과 저약한 우리여성

불행이도 우시는분 얼마얼마 얼마이며
어느시절 그풍속이 남존여비 구별함로
과하시게 규정되며 개성없는 규방안에
숨끼없이 드러앉아 아름다운 기재묘재
속절없이 다썩이고 구고군자 밧들기에
골몰하며 성심하기 배운재조 끝까지로
성심성의 다하것만 비위좋은 남자들은
무슨유세 그리많아 유법무법 그위권을
함부로 남용하며 순간적 꽃바람에
도취하며 혹취하여 조강지처 배반하기
헌신보다 더쉽더라 바람에 휩쓸리며
눈서리를 맞으면서 무엇을 붓잡으러
더듬어 헤메는가 경제와 문맹으로
구속됨이 이뿐인가 오백년 규법에서
이나지도 거룩한가 처세지인 부상하다
인지가 암매하기 일분일각 앞모르니
백년전정 뉘가아랴 인간일생 가난길에
풍우험로 많은것을 인지로 예측하며
인력으로 예방하랴 하물며 이인생
이전세에 중죄짓고 차세에 귀양와서
초년고생 많았기로 세상안지 수십년에
사정많은 나의역사 추억이 괴로와서
희미한 옛생각에 정신이 사로잡혀

결말없는 이생각이 이어지며 끊어지고
기막히난 나의입장 현실인가 몽환인가
내일도 내몰라라 성혼전후 이십년에
무궁한 곤고속에 정혼은 다라나고
육체만 나문걸사 신경이 차오하고
병마만 친입하니 살뜻을 다버리고
희망이란 전혀없어 허무함과 비애함이
절망에 타락으로 줄다름질 치는판애
반평생 여자년광 지리하며 속하구나
어느사이 이나인가 나도언제 구름버서
병역없난 세상에서 만족히 우서볼까
만감을 선해하며 마음속에 얽힌상처
낫낫치 쓰다듬고 여자된 죄목으로
본능양심 일치말고 나의직분 실천하며
외오리 낡은희망 원리를 기다리며
어리석은 나의지각 못생긴 유순으로
이국의 화란중에 신고함도 오즉할까
폭격소동 날적마다 간담이 서늘하며
심신이 괴로워서 모쪼록 위험면해
살아서 돌아오길 조모로 비럿더니
뜻밖에 일봉서가 생리사별 잇자하니
감언이설 가지로다 이마음 돌려놓고
어이없고 기막히며 사형언도 방불하다

차라리 이럴진댄 이국에 무덤되며
이름없는 무덤될걸 친구님내 권유마라
주위에 모든것이 사사이 실망이라
충천할 분심이야 울분을 못이겨서
몸부림 치는행색 부모님전 죄스러워서
붉은입술 깨물면서 아모리 잠잠한들
속으로 병이나서 미음으로 연명하며
수삼삭을 누워나니 일로해서 심화보첨
불효막대 괴로워라 하늘같은 부모은덕
초목에 우로같이 무궁한 장래기대
극진히 교도하심 태산이 평지같이
협곡이 광야같이 꾸지시며 위로하심
효우지심 화순하고 정덕관홍 우리부주
불초소녀 이자식을 측은하고 애무서워
시시로 교훈하심 뉘엇지 이즈올고
심중에 간직하여 효우제순 하려하고
유공불급 하였시니 천성본의 일치말고
선심수덕 하지말고 살앞은 노력이며
폐앞은 고민이며 괴로운일 실은일은
바가운듯 감수하고 설한풍우 다지내고
해동한 봄이올줄을 은근히 기다리며
체면양심 보잣더니 미친개를 돌아보지
순응하는 나의심정 뉘능히 다알손가

유익없는 의논만해 알면은 무엇하리
치가하는 가정환경 갈수록 언극일세
환경이 절박하니 만사가 시들하다
인생이 존재함의 뚜렷한 목적이면
말할여지 없으련만 못난인물 가난뱅이
인격에 좀이붓고 심신에 서리마저
시고떫운 갖은맛이 구비구비 새맛일세
야속할사 그누구요 당신이 누구기에
멀리비췬 그림자에 철갑이 얼켰난대
끈토벗도 못하는가 일본국에 이주민이
하년하시 오시련가 삼생에 좋은인연
만리타국 갈라앉아 그림자도 볼수없다
누를위해 늙었엇나 어우아 가석해라
설마가 날속였네 성인이라 자칭하니
성인이라 믿으릿가 둥그다 자처하니
둥근줄 아오릿가 성인인지 악인인지
둥그온지 모가난지 비밀에 그열쇠를
바로잡지 못하고서 십년후 반평생에
굴래벗은 발이되며 무엇찾아 해메다가
내전정이 저물었다 타고나온 이끈줄은
끈어야 올을소냐 이어야 옳탄말가
친구들이 말하기를 봉건이니 인습이니
바보니 숙맥이니 가즌공격 만컨많은

십유년을 고로하여 인의정로 닦은뜻은
운우를 벗어나서 밝은빛 보랴더니
세년이 있엇던지 내일이 더되여라
이세상에 나의전망 시드른지 오래오니
차라리 비켜앉아 심산명사 경계에서
이고의 몸이되어 성스러운 도를닦아
속세에 희로애락 초개같이 여기면서
천진한 동식물에 자연에 맛드러서
여생을 편히지나 후세에 인연되여
차세설원 하여볼까

갑오년 정월 14일 작.

해방 전후 역사의 전개와
가사문학

제13장

〈일오전쟁회고가〉

입력대본 : 임기중 편, 『역대가사문학전집』 제16권, 여강출판사, 1994, 436~468쪽.

일오젼징회고가라

을유팔월 초팔이은 일오젼징 시초이라
철벽갓흔 국경션의 총셩이 자자하고
무변쳔지 너른들의 화광이 츙쳔하니
식기평화 쑴쑤든일 일조일셕 낭픽로다
식기강국 외놈들도 빅기을 들엇스니
코큰사람 식력의은 강한놈도 소용업닉
공즁이은 비힝기요 지구의은 철갑차라
곳곳마다 아우셩은 승픽을 불웃짓고

무지한 되놈들은 친일파을 뭇지른다
삼십여년 외놈의게 모든악박 못이겨서
남부여딕 가는곳지 남북만이 긋치로다
불상홀손 우리동포 간곳마다 귀션이라
누구의게 신민ᄒ며 어나곳의 시민ᄒ리
산쳔도 무심ᄒ고 시월도 야속ᄒ다
놋밧희 심은곡식 눌은빗쳘 쒸엇건만
고이고이 자란늬논 그양두고 가잔말가
하나님이 사람닐직 식기인종 갓근만안
엇지타 우리동포 간곳마다 방황는고
셜이앗참 찬바람의 살몸둥이 갈곳업닉
그럭져럭 겨울딕니 빅셜은 분분코니
노소을 물논ᄒ고 남북으로 귀환이라
비곱흔 얼인의기 줄임을 참지못ᄒ
엄마아바 불으근만 그뉘라셔 안아줄야
남분셔쥬 피란즁의 부모좃차 일엇고나
엽희사람 부여잡고 익걸복걸 ᄒ근만안
무졍한 총소릭의 인슌인희 홋터지니
울고잇든 그아기가 사싱존망 그뉘아리
공즁으로 솟은탄환 소낙비셔 더할손야
쌍은쩌져 바다딕고 물은말나 육지딕니
이거시 날이로다 제각기 도망이라
동을갈가 셔을갈가 방향을 못찰이며

역마당 모인군즁 눈물썩인 우름이라
셕탄실은 바구니와 기관차의 쏙디기는
귀환인민 가득차셔 다시탈슈 업기되니
남은사람 울음소리 쳔지가 진동는다
약소민족 희방되여 동입만시 불엇근만
압길이 틱산이니 귀환동포 가이업다
근근득신 차을어더 셕탄속의 뭇쳐스니
사람마다 도젹이요 보호ᄒ리 바히업늬
구ᄉ일싱 오은것시 일면가셔 ᄒ차로다
쳔힝으로 조션군되 무기차고 보호ᄒ니
하로밤 여관싱활 어렷든발 녹히도다
그잇튼날 다시떠나 합인을 긔와오니
홍군의 사령불너 차가업나 단고이라
오늘갈가 닉일갈가 나날이 기둘이니
덧업는 광음이야 뉘을위ᄒ 기드리야
여관한등 찬바람의 양역셜을 쉬엿고나
그럭져럭 지난거시 활빈온지 열날이라
쥬야불문 모은돈을 도젹놈게 쎅앗기고
젹슈공권 셜은몸이 쥭지못ᄒ 살자ᄒ늬
살영부의 등긔(장)ᄒ여 봉쳔차션 긔와어더
그날당일 날엿스나 압길이 쏜친다
한쪽은 즁앙이요 남쪽은 팔오로다
이두군사 시기ᄒ여 국경을 만들도다

359

하로잇틀 인노라니 여비좃차 써러지닌
이럭져럭 기둘이다 음역과시 쏘하엿닌
남풍불어 싸쓰하며 거러라도 가련만은
압길은 슈말이요 산야의은 적셜이라
오도가도 못할사정 귀환인민 가이업다
정월이라 초삼일의 단체로 길을나셔
첫제국경 당도ㅎ니 황혼이 디엿고나
하나님이 도움인지 동포군을 만나셔라
그군듸의 늬력들어 자시자시 알고보니
듸한독입 위하여셔 죽엄불문 위용듸라
불근피을 쏨으면셔 긱지풍성 몃히른고
산과덜이 집이듸고 굼쥬리기 여ᄉ로다
이갓흔 졍셩긋히 한국독입 차졋고나
만시만시 불너보시 우리나라 독입만시
고마울손 외낫군은 귀환민을 위하여셔
거리거리 보초보고 남힝열차 틔워쥬니
하히갓흔 애국심이 뉘아니 감복ᄒ리
그날종일 차즁이셔 츅원츅슈 ᄒ엿고나
밤은깁허 삼경인듸 둘직국경 당도로다
만쥬의 쓰치듸고 강건너면 조션이라
식관의게 검ᄉ맞고 강변여관 하슉이라
빅두산셔 나린물이 압녹강이 되엿고나
만쥬조션 국경삼아 쥬야로 흐르도다

호호망망 되강이야 물결도 잠잠코나
평화시되 갓흘지며 강산션유 좃큰만은
일힝신식 가련ᄒ니 강을바도 심화로다
오고가는 날우빅은 범범증유 쎠단이고
비거비릭 물식들은 썩을지어 단이로다
쳥강의 말근물은 사람심회 돕는구나
빅한구셕 몸을실어 국경션을 넘엇고나
오민불망 팔도강산 눈압픽 닥쳐오닉
반갑기은 ᄒ오마난 마자쥴이 그뉘든고
신의쥬익 상육ᄒ니 모든거시 식로워라
그리옵든 고국산쳔 오고보니 젹막ᄒ다
거리거리 모인동포 살지못힉 헤민이닉
여기가도 홍군이요 져기가도 홍군이라
졍치인은 눈만쓰고 탐재호식 일삼노나
신의쥬셔 일슉ᄒ고 남힝열차 가라타다
경계졀승 평양지난 살이원을 당도하니
셔남으로 가는길익 멀지안어 국경이라
조곰만한 조선쌍이 남북으로 갈엿스니
고토을 차져온들 몸둘곳지 바이업닉
삼십팔도 국경션은 만쥬보다 더심하다
되한사람 되한으로 불원쳘이 왓근만안
쳘망느린 국경션을 무삼슈로 씩틀일가
북션졍식 살핀후 남션을 구경코져

히쥬방면 도라들어 학현을 당도ᄒ니
무슈한 군즁들은 밤들기을 기다린다
삽은쳡쳡 험한길이 야반도쥬 국경이라
산지사방 느린쇠쥴 모르고 발기되며
불문곡직 자바다가 히쥬감옥 슈감이라
삼쳘이 금슈강산 삼십팔도 원말삼가
먼촌의 달기소리 국경넘어 쳥단이라
쥬겸이셔 몸을쉬여 미명이 승차로다
싯제국경 근근넘어 기셩을 당도로다
샹읍도시 경기기셩 엣일이 싀롭도다
기셩을 써난차은 남을향히 닷는고나
일낙셔산 져문날이 경셩역을 당도ᄒ니
삼쳘이 즁앙이요 오빅년 도읍터라
삼각산은 병풍되고 남산봉은 노적이라
그즁의 만호장안 경복궁이 두렷하다
동셔남북 구든문은 엣말삼을 ᄒ옵는듯
거리거리 집웅이은 틱극기가 휘날인다
왕도낙토 조흔곳을 반싀게을 비윗스니
이아니 원통하며 이아니 분할손야
남산슈이 송빅들은 엣졀기을 직혓건만
싱존경징 빅셩들은 흑쇠잠여 바싯도다
쳔운이 슌환이라 우리조션 차젓스니
미국젹을 잡아쥭여 쳔싀만싀 사라가싀

사천만의 형제자민 사리사욕 그만두라
삼십육연 긴동안의 틱극기을 보앗는가
당파싸옴 그만두고 빅셩들을 단결식여
한님금을 셤길지며 시기강국 딕리로다
엣날국수 살펴보며 남인북인 당가르니
희망조션 오날날도 당파싸홈 일솜는가
나라위히 죽은목슘 불근피을 흘여건만
독입이후 근일연의 임금님은 어딕간고
오호라 우리동포 하로밧비 건국ᄒ자
양호투한 이시결의 약차ᄒ며 노에딘다
셔울장안 두로도라 경부션의 몸실으니
그리든 고향산쳔 눈압픽 완연ᄒ다
딕구역의 ᄒ차ᄒ여 경경철을 가라타고
낙동강을 건너와셔 안동이셔 일슉ᄒ후
다시차을 곳쳐타고 영쥬역의 다랏도다
거년셧달 금은날의 작별ᄒ든 엣터로다
틱백산셔 부든바람 소빅을 것쳐ᄒ니
쌀쌀한 봄바람이 살졈을 어이도다
그날당일 닉셩와셔 손쑵아 히아리니
한달이라 이십삼일 온갓풍샹 격엇도다

병슐이월필기긋

해방 전후 역사의 전개와
가사문학

제14장

〈해방가라〉

입력대본 : 한국가사문학 홈페이지(http://www.gasa.go.kr) jpg 필사본 자료.

해방가라

철언황하 다시막고 반공서운 써서돈다
조흔경사 이실거슬 분명이도 짐작힛네
천사계서 전한보금 향복이요 광명일세
금수강산 삼철니에 봄소식이 반갑도다
무궁화에 꼿치피여 곳곳마다 찰난하고
틱극기의 깃발날여 집집마다 광칙난다
삼천만의 우리민족 피가글코 힘돗나네
남북동서 장안듸도 만세소리 웅장ᄒ다

자유회복 깃부고도 평화소식 반갑도다
천지신명 놉푼은덕 감격슷테 눈물짓네
열광해서 흥분되나 탈선힝동 한나업다
질서경연 힝열하니 디국민에 기상일세
오천연의 오린역사 다시빗닐 우리로세
단기조선 장한위업 자손도리 이즐손야
전도할일 틱산갓네 놉다히서 아니할가
철니길이 머지마는 보보전진 당도ᄒ리
삼천만인 먹은마음 일치단결 쑨이로세
합한마음 모인힘은 위디ᄒ고 거룩하다
예이도덕 기초사마 틱평성디 이루리라
친히화목 조흔규모 자자손손 전ᄒ리라
과거사를 회고ᄒ니 일시악몽 가소롭다
악박고통 엇터튼가 분하고 원통하다
밍호독사 모진정사 혈무성품 처참ᄒ니
산천초목 빗틀일코 싱명도탄 어인일고
우리들에 지사만어 히니회회 분투홀제
천신만고 일싱밧체 악헹고문 멧변인고
위국위민 타는장열 도탕부화 피할손가
빅절불굴 굿은결심 목적달성 못할넌가
우미악심 도익들아 침약야심 부당ᄒ다
빅천만에 만은싱영 포연탄우 속절업다
미친도지 중한죄악 신인공노 업슬소냐

졍이자유 연합국에 빅기들어 항복할샨
와신상담 삼십육연 우리민족 히방일세
어화우리 동포형제 산호만세 불너노세
독닙만세 환호소리 방방곳곳 터저난다
반갑고도 깃붐이여 천지일우 오날일세
우리국가 빅연되게 반석갓치 터를닥가
우리졍사 선치하여 국틱민안 ᄒᆞ오리라
화기이이 봄바람에 강구연월 노리하세
천세만세 억만세에 우리산하 직혀보자

을유팔월 십오일 히방익일

해방 전후 역사의 전개와
가사문학

제15장

〈한인사〉

입력대본 : 한국학중앙연구원 홈페이지(http://www.aks.ac.kr) 〉 한국학진흥사업(단) 〉 성과포털 〉 경상북도 내방가사 조사·정리 및 DB 구축.[1]

한인사

부어라 술부어라 새술한잔 부어다고

새로서운 우리나라 새술한잔 부어다고

화기술잔 유리그럭 이것저것 다치우고

황동색 놋술잔에 새술한잔 부어다고

삼천리의 이강산에 이천만의 우리동포

삼십륙년 깁흔잠을 오날이야 깨엿구나

---

1 이 DB 자료는 원 필사본을 첨부하지 않아 필사본을 구해보지 못했다. 여기서는 따로 교정을 보지 못하고 DB 자료를 그대로 옮겼다.

대몽을 슈선각고 평생을 마자지라
창외에 일지지니 호아허니 문객래라
어화새상 벗님내야 황동색 놋술잔에
새술한잔 가득먹고 이내노래 들어보소
장백산맥 가리노아 백두산이 쥬봉이오
백두산에 끈을달아 태백산맥 길엇도다
태백산맥 척추되여 범갓치 생긴 것이
무궁화 삼천리의 우리쌍의 혈맥이요
백두산상 천지물이 동서로 분류하야
압록두만 양대강이 북쪽지경 눌녀잇고
대동한강 락동강이 서남으로 완류하니
무궁화 삼천리의 우리땅의 열액일세
아름다운 이강산에 춘하추동 분명하고
기후풍토 적합하야 우리민족 살기좃코
일면륙지 삼면바다 해륙에 련통하니
물산이 풍부하고 광휘가 찬란하다
화기가 만공하야 사시절에 꽃이픠니
무궁화 삼천리가 우리동포 집이로다
만새만새 만만새로 금수강산 찬송하고
만새만새 만만새로 우리형재 즐겨보세
사쳔년견 녯녯적에 태백산중 그늘속에
크나큰 단목하에 성인이 낫타나니
서기가 만천하고 룡봉이 출현하고

산천초목 춤을추고 비금주수 환영하니
옥황상졔 하사함이 강산졍기 타고남이
사람마다 울으름이 우리님군 삼엇도다
단군쳔년 오랫동안 국태민안 하올적에
용감무적 하는기상 굿세게도 양성하고
문화의 감수성을 사람마다 북도둬서
춘원의 봄풀갓치 훈풍에 길너내니
우리조선 기초석이 반석갓치 굿엇도다
기자님께 동천할졔 문화를 옴겻스니
인의례지 엇듬이오 삼교구류 무불통지
동방례의 우리나라 만국에 엇덤이요
충효를 겸전하니 고금에 무상하고
지용을 겸비하니 사람마다 걸출이고
륜기가 만국하니 조야가 태평하다
만세만세 만만세로 단군기자 칭송하고
만세만세 만만세로 우리선조 추원하세
영웅이 봉기하니 곳곳마다 건국하네
만쥬땅 넓은천지 부여가 창업하고
남조선의 화려경에 삼한이 재립하고
동북방 고령하에 예맥옥조 병기하야
간과가 불식하고 침략이 불멸하니
홍로즁의 단련이요 칼끝우의 시련이라
부여의 뒤를니어 고구려가 건국하니

주몽의 웅장한뜻 전만쥬를 덥허잇고
영락대왕 웅도에는 만리장성 경개넘네
우리민족 성할시고 우리조선 용감하다
얼지문득 지용에는 대국이 불범하고
개원에 도읍함이 세 번이나 되엿구나
온조의 장한뜻은 백재를 나앗스니
불교의 추축이요 평화의 리상지라
박석금 삼성신령 경쥬에 도읍하니
문화의 찬란한빛 지금까지 비처잇고
외교를 능히하야 당나라의 원조바더
전조선을 통일하니 문무무열 위업이라
대각간 김유신이 보국성을 다햇스며
고운설총 헌신들의 문예교도 엇덤이라
동도의 백오십만 미술의 그자리고
석굴암 첨성대는 만고에 빗치난다
만세만세 만만새로 오십륙왕 암송하고
만세만세 만만세로 신라위업 추모하세
개성땅 그 자리에 새님군이 낫타낫네
경순왕이 선위하니 왕근태조 이아닌가
오백년 왕업기초 철통갓치 굿엇스니
녀진걸단 료동등이 순순이 침범해도
강감찬 갓흔장수 적병을 물니치고
국경을 막는사졸 충혼의 엇덤되니

국부민강 하야지고 학술공예 진보되여
여천지 무궁토록 길개길개 바랫더니
국운이 불행하야 승려가 범륜하고
민망이 점쇠하야 군도가 봉긔하니
선죽교 다리우에 포은선생 피를싯고
두문동 외진골작 칠십이현 들어가니
만월대 추초우에 실솔성이 애원하고
황성락일 찬바람에 귀촉새가 슯이운다
아태조영준함이 석왕절터 차저가서
무학선사 해몽하니 님금왕자 분명하다
신도읍 기지차져 삼천리를 해맬적에
왕십리 십리더가 삼각산하 한양성에
일월룡봉 상개하예 긔치창금 패일한데
초등보위 하올적에 문무백관 호만세라
세종대왕 거륵함이 집현전 창립하사
학박사를 초모하사 학문을 연구함이
훈민정음 위시하야 가진책이 출판되고
수시계를 위시하야 가진공예 진보되니
젼조선에 숭학열이 벌갓치 일어나니
퇴개선생 갓흔분은 우맹을 교도하고
율곡선생 갓흔분은 향약을 지어내니
골마다 향교잇고 동리마다 서당이라
문예의 찬란한빛 왼동양에 빗첫스니

도득군자 속출하고 문쟝서화 광휘나나
문약에 넘우빠져 용감성이 적어지고
군비를 소홀하야 국방을 등한하니
임진년 외날리에 이왕자가 피금되고
쳥군이 입경하니 강화천도 붓그럽고
압록두만 새국경에 판도가 재한되고
명쳥에 입조하니 북면충신 활기업다
시속이 변천하야 태서문명 동진하니
기독교 들어서서 병인양요 일어나고
동서양이 개명하야 강성을 도모할제
열강이 쟁패하야 식민지 확득멀에
일쳥이 입경하야 축록어 강쟝하니
쳥군이 대패하야 강화어 마관할제
우리조선 독립하야 대한이라 국호하고
리태왕이 충재하니 광무황재 이아닌냐
삼정승 다버리고 내각을 조직하니
만천하 백성들이 대한만세 바랫더니
로론소론 당파끈이 아직까지 미식하야
신경부 추축에는 정권쟁탈 일을삼고
한양기수 쇠진하야 궁중이 음란하고
관기가 문란하야 매관독작 일을삼고
국고가 탕진하야 국방이 해이하고
원성이 일고하야 도적이 취기하니

호시탐탐 로서아가 우리조선 먹을야고
남만주에 철도깔고 려순진해 군항모아
의욕탐병 동양하니 일로개선 유시로다
일군이 대승하야 로국병정 원축하나
무력한 우리조선 보호하의 잔명이라
해아에 사신가나 만국재판 슬때업네
이등박문 통감되여 합병을 수모하니
륭희황재 할말업서 신정부에 일님했네
침침칠야 어두운밤 근정젼에 등불달고
각부대신 소집하니 출석대신 구명이라
이등이 개인하니 즁구가 묵묵하다
가부를 핍박하니 면면상휴 볼뿐이다
각각이 물엇슬때 가답자가 삼인이오
부답자가 이인이고 묵언자가 사인이다
묵언함은 승인이라 이등이 선언하고
칠대이로 가결지워 우리대한 망햇도다
통분한말 어듸하며 호소할곳 바이업다
해아에 갓든사신 그 자리에 자결하고
위국열사 분발하야 의병이 처져기며
충지지사 운유하야 백성을 선동하나
슬때업네 슬때업네 모도다 허사로다
우이에 조롱이오 비참의 우슴거리
의거사절 멧천명고 위국충혼 멧만명가

사람마다 혈누나니 초목조차 슬허운다
금하에 고혼이며 총 끝에 망령들의
천추에 곧든절행 죽어도 일홈업네
경성에 총독들어 시정을 반포하고
각도에 장관들어 집정을 선언하니
삼천리의 이강산을 일조애 남을주고
이천만 우리동포 견마갓치 끌녀가네
일홈은 합방이나 사실은 식민지다
일시동인 방명하에 금수갓흔 대졉밧네
국호는 일본이나 법률은 딴대잇고
교육은 의무이나 취학시절 부족하네
관공리를 임명하나 주구에 불과하고
국네의 래왕에도 증명이 필요하네
조종의께 붓그럼이 성명을 일엇스며
선왕의께 황송함이 남의님군 섬겻도다
우리국문 내던지고 내자질 교육하고
우리언어 말못하고 생벙어리 짓을하니
원통한말 어듸하며 애닯은졍 엇지할고
만국재판 무력하고 국제련명 슬때업네
이천만 동포들의 애원의 하소연이
구만리를 벗처나서 령소전에 들엿스니
옥황상졔 살피시사 새새론졍 들으시고
우리민족 구하랴고 새개대젼 일으켰네

젼쟁중의 그고생을 엇지다 기록하리
금은동철 녹그럭은 낫낫치도 다바치고
피땀흘어 농사지어 배곱흔졍 허다하고
목화마져 심어다가 내몸하나 못가루고
초근목피 다캐여서 군수에 골몰하고
공출갑사 소한돈 허다히도 달나하네
공출리야 공출리야 인간공출 공출히야
지원병에 공출하고 증병에도 공출하네
젊은청년 공출하네 늙은 어른 공출하네
시악시도 공출하네 처녀들도 공출하네
리별이야 리별이야 생사간 리별이야
부모자식 리별이야 청춘남녀 리별이야
삼대독자 전송하고 정신일은 그어머니
중학대학 마치도록 독수공방 저시악시
어미업시 기른자식 보내노은 늙은애비
리별리야 리별리야 생사간 리별이야
비나이다 비나이다 부쳐님전 비나이다
우리아들 도라오기 부처님전 비나이다.
비나이다 비나이다 신령님젼 비나이다
우리남편 살아오기 신령님젼 비나이다
신사불사 그압해는 로소부녀 말을닛고
명산대쳔 그자래는 축원문이 랑자하다
옥황상재 요량하사 전쟁을 거두시니

일본이 항복하야 새개평화 회복햇네
영미소즁 사개국이 해로에 회담하야
조선땅을 분리하야 독립식힐 의론햇네
삼십여년 객지에서 독립운동 하든분을
사개국에 조력하니 그분들의 성공일세
팔월말 십사일날 일본님군 항복하고
잇흔날 십오일에 전국에 반포하니
깁겁도다 반갑도다 우리동포 반갑도다
매인몸 자유되니 그아니 깁불소냐
해외에 갓든형재 상취하니 깁겁구나
사지에 갓든가족 도라오니 반갑구나
평화새월 다시보니 발뼈치고 잠을자고
문견옥토 농사지어 배불으개 먹어보세
큰갓밋 도포자락 백수노옹 반겨뛰고
젼투모자 버서놋코 중졀맥고 춤을춘다
방방곡곡 만세하니 쇠북소리 요란하고
사람마다 환호하니 칭칭이도 듯기죳타
만세만세 만만세로 우리민족 축복하고
만세만세 억만세로 우리강산 찬송하세

개국 사쳔이백칠십팔년 팔월 이십일
김해 김광정 잡감리

제16장

〈조선건국가〉

입력대본 : 「조선건국가사집」, 대한민국역사박물관 홈페이지(http://www.much.go.kr) jpg 필사본 자료.

朝鮮建國歌詞集

조흘시고 조흘시고 우리朝鮮 조흘시고
天運循環 無往不復 萬古애 歷歷하다
가엽서라 우리同胞 野蠻民族 되단말가
白頭山이 다시높고 漢江水가 맑아서라
枕上片時 春夢中애 새벽문이 열렷서라
一陣風 오난머리 獨立聲이 들날이니
하날에서 나렷든가 땅애서 이러든가
자든잠을 깨우치고 귀뿌리를 놀래이내

荒谷에 썩은붓대 今日이야 빼여보세
短文拙筆 不計하고 所懷一曲 털어내니
字字이 피가맺고 句句이 淚水로다
遠遊하든 여러분내 우리經歷 어이알리
妄侫되다 말어시고 容恕하야 샬피시오
開國元祖 檀君게셔 唐堯氏와 并立하니
鴨綠江을 境界두고 東北으로 갈라있어
代代로 賢聖之君 文治武政 一體로다
그리로 人民發展 三代日月 가추어서
鄒魯遺風 받드려 禮義之國 이안닌가
燦然한 歷代史記 五千年이 되얏구나
地方百里 可以王은 古聖人의 格言인대
하물며 朝鮮疆土 적다해도 三千里라
江山도 秀麗하고 土地도 肥沃하다
忠君愛國 人心風土 世界에 有名하다
三韓百濟 新羅高麗 自主自體 相傳터니
東方이 虛疎하야 島夷侵掠 자조만나
末來난 漢陽王氣 五百年에 마첫도다
神聖한 우리民族 그손밑에 命을바처
有死之心 無生之計 不共戴天 할터이나
强弱이 不同이라 人力으로 回復할가
腔子속에 끌른피가 主辱臣死 그뿐일세
內三千 外八百은 一朝에 간곳없고

乙巳條約 庚戌合邦 有國以來 初事로다

슯으다 自刃自處 喬木世家 어너大臣

不死寃魂 血竹돋아 舊國遺黎 鼓動하니

文天祥과 岳武穆은 朝廷에 멷멷인가

屈三閭와 伍子胥은 草野間에 太半이라

잇대에 英雄志士 入山蹈海 멷멷이고

父母妻子 다바리고 古國山河 離別하고

손목잡고 눈물흘려 西北으로 헐어저서

萬里을 咫尺같이 草行露宿 不計하고

復國情神 품에품고 海外各國 鳴寃하니

壯할시고 壯할시고 誰某誰某 壯할시고

往往이 博浪椎聲 天地을 掀動하고

處處에 邯鄲會席 毛遂自薦 일밧으니

人心은 一般이라 뉘아니 感服하라

뜻밖에 世界大戰 西北으로 이러나셔

그中間에 우리同胞 壓迫이 더욱甚타

物品統制 商業整備 稅金貯金 國防獻金

各種各色 通帳告知 星火같이 督促하고

債券配付 公賣差押 紙匣닷을 餘暇없네

더구나 食糧供出 一粒穀이 如金이라

生命關頭 不顧體面 人心物情 突變하고

蓋草一束 自由없어 家屋까지 頹窓破壁

風風雨雨 긴장마에 置身할곳 바이없고

白鐵黃鐵 鋤器等屬 낱낱이 다털이니
木造匙箸 沙器쪼각 粥飯間에 걱정일세
銀金반지 비녀等屬 보는대로 뺏아가서
불상투 맨손가락 女子貌樣 鬼物갖고
遺漏없는 供出毒害 草木禽獸 掃如하니
是日害麥 그怨聲이 목속에만 우물주물
입있어도 못벌리고 假面生活 寒心하다
偶語沙中 棄市하든 商鞅苛法 以上이라
一二日도 어렵근만 支離할事 十年間을
먹으라면 草根木皮 죽으라면 죽는形容
一號令에 몰려다녀 牛馬鷄犬 한가지라
老弱만 남겨두고 靑年子弟 몰아가서
二三箇月 訓鍊하야 箇箇이 充軍하니
徵用徵兵 陸海兵과 報國隊 義勇隊로
獨男獨女 區分없이 家家戶戶 編成하야
東西南北 실어다가 戰地로 驅送하니
鳥合之卒 무었할가 앞서죽일 作定일세
하나라도 違令하면 罰金徵役 砲死로다
이地境 當한목숨 살아난들 무선榮光
日月도 빛이없고 山川도 찡거린다
늙고病든 우리내도 忠魂義魄 남아있어
비나이다 하나님게 在外同胞 힘을도아
趙氏의 連城壁이 完歸할날 있게하소

淸晝같은 捷書夜報 何日何時 바랫드니
功든塔이 문어질가 所願成就 消息왓네
반갑도라 반갑도다 乙酉八月 반갑도다
라디오 한소리에 跛躄聾瞽 모도뛰니
舞袖가 翩翩하고 歡聲이 우뢰같다
東西大戰 終了되고 天日復明 누가알가
돌라왓내 돌라왓네 우리朝鮮 돌라왓네
弱肉强食 그氣焰이 卽時에 죽어지니
强剛必死 仁義王은 楚漢前鑑 不遠이라
月正黑 鴈飛高에 單于遁逃 보겟구나
人力으로 어이하리 理致숩이 分明하다
아차아차 今日이여 자직고도 자직하다
二三個月 더됫드면 血氣方强 하나없어
父老들만 마주앉어 飢寒이 到骨하니
잡으라도 손목없고 쓰라도 財産없어
還國하신 여러分내 雙手空拳 어니할가
아직도 우리運命 때가나마 도라왓네
天理가 있난以上 禍가도로 福이로다
金玉같은 靑春子弟 戰場에서 다썩을가
千古永訣 그거럼들 도라올날 다시보네
가든車에 도로싫고 나날이 回還하니
이것이 누힘이고 하나님의 造化로다
歡迎나온 父母妻子 驛路에 밑고차니

눈물섞인 우숨속에 大慶事가 이안인가

갓다오난 그마당에 喜劇悲生 왼일인고

그中에 못오난자 消息까지 漠然하니

自己子息 차자와서 헛거름 돌아설제

그父母들 心臟이야 뉘가能히 慰勞할가

나오시네 나오시네 海外先輩 나오시네

太極旗 손에들고 國歌을 合唱하니

듯는者 拍手하고 보난者 뛰고노네

怨讐도로 恩人되고 먹은마음 다풀린다

높으도다 높으도다 海外僉位 높으도다

有志者 事竟成은 今日이야 보겟구나

千辛萬苦 先生諸氏 生男生女 얼마신고

海嶽精氣 받아나서 個個聰明 俊秀로다

小中大學 다마치고 堂堂國士 그럭하다

그려나 先生任네 靑春時節 건너가서

想像하니 모도白髮 世間公道 避할손가

이와같은 오늘날을 準備한지 멷멷해요

銃釰가진 子弟들을 앞서우고 뒤셔와서

西洋文化 배에싣고 朝鮮땅 돌아설제

우리民族 數가불어 三千萬이 되얐구나

太平洋 건너서서 大朝鮮 將來事業

우리들의 雙肩上에 무겁게 가치싣고

億萬年 坦坦前途 이집을 再建하니

仁義禮智 터를닦아 三綱五倫 지추박고
孝悌忠信 立柱하야 平和主義 大樑언저
士農工商 窓戸달고 法樂刑政 장치한後
四天門을 通開하고 治安經濟 文明發展
萬國瞻視 羞恥없이 하로밥이 進行하소
坊坊谷谷 無窮花가 依舊히 滿發하니
우리槿域 慶事나면 이꽃이 徵驗일세
三千萬 우리同胞 한말삼 비나이다
이와같은 大幸運을 探小誤大 하지마소
自肅自重 하고보면 獨立日이 迅速하고
輕擧妄動 하고보면 大事業이 늦어가네
勤儉節約 더욱하야 富國强兵 하야보새
雨順風調 今年秋事 時節조차 大登하니
含哺鼓腹 하지말고 節用節食 하야보세
建國準備 日吉良辰 獨立萬歲 불러보세
萬歲萬歲 萬萬歲 朝鮮獨立 萬萬歲

金陵樵人 自放

해방 전후 역사의 전개와
가사문학

제17장

〈사국가사〉

입력대본 : 고전자료편찬실, 『규방가사 I 』, 한국정신문화연구원, 1979, 614~622쪽.

亽국가亽

여보시오 친구임니 이니말슴 드러보소
이가사 드러보면 가통하고 애석ㅎ지
우리조션 지닌亽적 亽쳔이빅 년이라
단군이후 대한가지 반만년 가전역亽
쳘종딕왕 마조임금 민중전쳐 다간亽아라
용亽도 간곳업고 옥시조츠 파라먹니
일본통감 조션자라 경복궁의 좌정ㅎ고
쳘종딕왕 덕수궁이 혼즈안즈 싱각ㅎ리

귀슴젼의 팔백년 추울여론 어되가며
슘쳔궁여 조흔일물 어난곳슬 볼려갓노
이희가 어난히고 경술년 하방이라
동방익국 우리조션 외놈머노을 베푸리니
쥭도스도 못ᄒ고셔 그놈들익 종이되여
슘쳔만 우리동포 예법ᄌᄎ 간되업다
삼쳔리 금수강산 일홈조ᄎ 업셔진다
기억니면 배쳑ᄒ고 아이우익 즁ᄒᄒ다
곰곰이 싱각ᄒ니 너무나 원통커요
합방후 9연만에 기미년이 닷쳐구나
하도답답 우리동포 독립만시 불어보ᄌ
삼쳔리 이강산이 동셔남북 동분되야
슘월이라 초하룻날 한날한시 작졍하고
틱극기 놉히들고 방방곡곡 모이여셔
독립만시 부른소리 이강슨이 뒤눕는다
외놈들 거동보소 총ᄉᆺ히 칼을줍고
총소리 칼날빗츤 이곳져곳 번득인다
굴할션 우리션빅 몃빅명이 쥭이셔며
앗가운 우리동포 쳘츙싱할 다닷는가
셩공도 못ᄒ고셔 일흠익 조음ᄒ야
광공젹을 파젹ᄒ고 스승ᄌ로 취급하니
머리만 길기ᄒ면 스승ᄌ라 말을하며
칠십노인 승토빅고 하이카라 업시하며

이것시 보기실허 동서남북 헛트질직
청국이며 노서아며 미국이며 영국으로
천리말리 외국쌍에 산지사방 헛터지며
우리조션 구할낫고 조취를 감촛구나
사중시 우구진비 오손츄슈 험한곳쇠
몃지셔중 지닛난가 삼심연이 갓갑도다
그리그리 넘긴광음 무졍시월 여류하다
기미연 만시후로 이십연이 갓갑ㅎ니
비슝시기 닷쳐와셔 인싱이 홀난ㅎ다
일본놈들 그동보소 군귀군방 모라늬며
만쥬사변 낫다ㅎ고 육군희군 일본군인
ㅎ로에 몇쳔명식 군희부슨 상육ㅎ늬
젼슐갓튼 기추로셔 북죽을 올려간다
일연이 못대여서 만쥬을 먹었다고
승리힛다 말을ㅎ며 빈자인지 무엇인지
청쳔기 바려두고 일월기가 힛날이늬
거리거도 부족하여 진아사변 쏘낫구나
새계영웅 중개석을 직놈들리 줍어려고
새어가 조로라니 흉연도 조조진다
풍진난시 스오년이 우리동포 도탄이라
이러한 도탄중이 시계되젼 쏘다시낫늬
영국미국 한편이요 일본독일 한편이라
진아노국 흔편이요 미국불국 한편이라

일본놈들 그동보소 장기젼이 되여가니
식양도 부족ㅎ고 물자가 부족ㅎ니
공출분지 명영ㅎ며 조셕으로 독촉ㅎ다
피쌈흘려 지은곡셕 일등이등 등급밧쳐
군인식양 공출가고 남은기 쑥득나락
두홉오작 소비식양 이것으로 먹고슬가
늘근노인 어린ㅈ식 기한이 ㅈㅈ하니
무드운 여름날이 분여들 호미들고
애탄가탄 목화갈와 낫낫치 공출ㅎ고
부족ㅎ다 말을ㅎ야 줍아다가 미질ㅎ고
밤낮을 잠안자고 졍신드려 누애먹여
하낫업시 공출ㅎ니 분ㅎ기 즉이업다
삼밧틱 바로쳐셔 공들여 밤낮길와
분치분치 가져가고 비로갑도 아니쥬닉
슬림스리 여러가지 일일이 공출ㅎ니
늘근노인 어린아히 헐벗ㄴ이 반이로다
촌가살림 소한마리 군인포육 속할낫고
크고젹고 골나닉여 농스인들 지을손야
은반삼긔 놋징받과 행노행합 촛되등불
젼부다 공출ㅎ리 조상직스 분행시이
붓그러워 엇지ㅎ며 불효를 말할손야
가마니 식기공출 집쌀마저 공출ㅎ니
집붕이 비가시고 소양식도 업셔진다

아쥬짜리 호박이며 무우배추 고초마늘
감주등줄 놋가지며 칙임공출 밧치라니
즐긴노인 환갑고륙 죽을지경 당힛구나
슈십년 길운나무 ᄉ오년 길운대며
개금지 소금지녀 칠기슬믜 씁지로다
공출가지 말을하며 ᄉ십칠종 분명ᄒ다
더구나 이즁이다 사람공츌 무슴일고
지원병이 ᄌ도나셔 혈기당당 졀문청연
강ᄌ로 다려가셔 지원힛다 말을하며
일션이 줍혀가셔 죽도ᄉ도 못ᄒ고셔
모진흉년 독한일에 피골이 상졉한다
올마가 못되야셔 징용ᄌ도 졍명줘도
학병짜지 모라닉니 이것시 흘짓인가
조션임군 위한다며 죽음을 앗기잔코
낭낭히 츌젼ᄒ야 맛당히 할일이나
외놈임군 셤기라고 강ᄌ로 호령한들
가기실헌 그즁이다 용밍인들 잇실손야
삼천만 우리동포 지남지북 다나갑다
이십청년 병정가고 ᄉ십즁연 징용가고
ᄉ오십에 보국대고 그동보소 반갑잔은
보국되 깃발을 골목골목 셔와노코
사람마다 하는말이 셩공하고 오라하나
속말이 아닌지라 징용중 바다줘면

온가족이 놀닌다시 졍신업시 쩌날적에
일년이년 그동안에 늘근부모 뉘맛기고
졀문가족 공방소리 어린동생 고독함을
일일이 싱각하니 중부애 간중인들
누뉴방방 압흘막닉 가기실허 다라라며
부모쳐근 자바다가 늘고졈고 물논ᄒ고
가죽으로 믹질ᄒ리 불효한 그ᄌ석이
ᄂᄌ속인 엇지ᄒ리
보국되를 말을ᄒ며 늘고졈고 막논하고
한달기한 두달기한 한달애 슴ᄉ번석
아모리 밧부단들 아니같이 이실손냐
슬자릭 허리츠고 집신쥭 등애지고
중단지 손애쥬고 가기실헌 그름그리
현중애 가셔보니 쳔장애는 별이라고
이와빈되 다름박질 쒸노나니 벼룩이라
마암이 농신ᄒ야 줌인들 일울손야
학생들은 엇도턴가 글공부 안식히고
약한몸이 무거운일 시간마다 ᄌ급ᄒ며
집으로 도라오며 밥먹을 여가업닉
소나무익 둥치ᄒ야 송진싸기 이리로다
남ᄌ만 이러ᄒ나 여ᄌ들도 싸러간다
십칠팔식 다큰처져 일본을 다려가셔
공중애 슨단하며 강죄로 다려간다

슌지사방 헛트진니 농ㅅ인들 지을손가
슈만명 나간즁이 슬아서 도라올가
앗가운 우리동포 불상흔 쳥춘시졀
춍마져 죽은동무 폭탄마즈 죽은동포
즈결하야 죽은쳥연 쥬려셔 죽은낭자
멱쳔명이 될것시요 무쥬고혼 칙양업다
이놈들 그동보소 공즁젼애 급을닉셔
소기흔다 말을ㅎ며 경셩부슨 되회지애
이즁삼즁 벽돌집을 이리져리 해쳐부고
우리애 조선동포 산즁으로 가른ㅎ니
갈곳업는 우리민족 이리져리 이ㅅㅎ니
지물만 손지ㅎ고 집조츠 업셔졋닉
이일져일 싱각ㅎ니 목이미여 말못ㅎ지
즈고로 두고보면 국가이나 스가이나
싀도가 과도ㅎ년 안망ㅎ고 엇지할고
독일이 망ㅎ기난 노국익기 망해지고
일본이 망ㅎ기난 미국진아 안일년가
일본소화 그동바라 져싱명 위려ㅎ야
영국미국 진아소련 연합국애 항복햇닉
잇되는 언직른가 을유년 칠월이라
칠월칠셕 견우직녀 일년일츠 상봉한듸
우리죠션 일은후익 슴십육연 지나다가
칠셕날애 해방ㅎ니 쳔우신조 안일런가

세계국가 연합국애 우리조션 싱각하야
독립하라 말을하며 ㅈ유해방 츠져쥬니
빅두슨 고목애도 싀곳치 만발하고
마른남기 슥이나니 ㅈ유당음 ㅅ졀이라
삼쳘리 금슈강슨 삼쳔만 우리동포
집집마다 태극기요 부러나니 독립만세
춤도추고 노릭ㅎ며 우리조션 독립만싀
ㅅ람이 이를진듸 미물인들 무심할가
금수강산 초목들도 가지능쳥 입피흔들
나무입 나풀나풀 춤추는 모양갓고
한강수 져강물은 유유이흐른 물결소리
조션독립 반가와서 만싀소래 방불하고
비금조슈 져금싱도 쳐랑한 우름소릭
독립을 축하하며 비비배배 우름운다
보국되 갓든사람 그날당즁 도라오고
징용갓든 동무들도 츠릭츠릭 도라오니
그부모 그동보소 죽은ㅈ식 ㅅ랏다고
응등춤 흔들면서 만세만세 춤을츄고
소셕업는 부모들은 반가운쥴 몰으고셔
독립은 반갑구나 비회가 교집흔다
우리동포 남녀노소 근국쥰비 힘안시고
도젹놈은 무슨일고 군인창고 ㅅ힌물결
지것갓치 써닉여서 만흔돈 밧고파라

스리스욕 치울나니 이것스 될일이며
황금애 눈어두어 강도졀도 만이난다
솜십육년 그동안애 우리쌍 솜쳘이을
팔활이상 츠지하고 그양두고 드르갈지
층고의 스인곡식 한츠두츠 시려내여
조션스람 죽일랏고 불속의 투중하고
금은포빅 조흔물결 우리쥬기 앗가와셔
여기저기 파고무슨 스람을가지 스해하닉
왜놈소위 볼즉시며 즈즈손손 다죽이도
원수가 남을지라 일것잇는 우리동포
오백만 남은민족 행여나 해칠난지
경기망동 할수업고 면심을 츰앗스나
이놈들 악한흉기 우리동포 도라올쎼
바다의 슈릐노와 배마다 파션된니
얼마이나 죽잇셔며 슈중고혼 불상하다
외국가셔 고생타가 조션독립 되잇다고
어린즈석 품에품고 늘근부모 손목줍고
반겨고국 도라와셔 종반슉질 친척이며
그리든 친구들과 옛말하고 슬자드니
슈중고혼 될쥴이야 쑴애인들 싱각할가
모지고 도독한놈 피흘려 모은돈을
낫낫치 다쌔앗고 사람까지 죽여닉니
엇지아니 애달하며 엇지아니 원통하리

해방된후 얼마후에 연합군인 상육한다
우리조선 활반하야 북죽은 노국군인
남죽은 미국군인 추리로 상육하늬
우리조선 무슨일노 한나라로 활반하느
이것시 이승하고 연합군도 욕심이지
북죽은 모를지나 남죽을 볼죽시면
팔척신중 노랑머리 높푼코 깁푼눈을
식력을 주랑노라 애기행행 왕늬하늬
군정하려 나와서며 일본군인 무중해직
조선스람 싱명직물 치안이라 할것이지
정치애 쯧을두고 내졍간습 무슨일고
연합군애 득택으로 주유해방 식혀시며
정치나 간습하겄 겸잔히 다니다가
고요히 도라가며 정당흐다 할것신되
삼천만 동포중애 노동농민 무슴대중
팔활이나 넘기되고 그동안 난식중애
맛칠난지 판단은 못할기나 설설갈라
고다고로 흐여보주 주본이 국도딕면
공화가 딕난기요 공화가 국도되면
주본이 딕난길식 아마도 이스람은
공화정치 직일조소 보시는 양반들은
보시고셔 비소마소
오주낙셔 듀셔업고 추래도 션후업소

지금부터 힝할일은 일본싀치 이져부고
우리예법 슌즁ᄒ고 우리글을 슝슝하고
무싀즈를 업시하고 영국방면 힘을셔셔
셔양나라 쏸을바다 세계각국 되여보싀
쓸말은 무궁하나 무싀하여 못지깃소
갯고니 인문고로 지닌역ᄉ 일왓노라

해방 전후 역사의 전개와
가사문학

제18장

〈해방환회가〉

입력대본 : 한국가사문학 홈페이지(http://www.gasa.go.kr) jpg 필사본 자료.

히방환회가

어화 번님니야 히방환회 깁불시고
일싱애 대경사라 가사일곡 읍슬소야
태세는 무어시요 을유년이 되여잇고
씩도좃타 팔월보름 천지가 삼긴후에
일월건곤 분명하고 인물이 화싱하며
인에예지 분명하고 삼강오륜 법을바다
천황지황 황데헌원 천리을 순엉하여
빅성의 씻을바다 지방을 다사리니

무궁한 철니순환 흥망성세 업슬손가
사시아주 극동방에 성군이 하강하사
히동을 빗닉시고 이임군 단군이요
국호는 조선이라 풍토도 조흘시고
산야에 ○친보화 용지불길 한이업고
인물인들 범연하리 일월이 발가잇고
오천연을 나린역사 동서양에 엇덤이라
뉘아이 흠선하리 부러나니 례어지국
문무지적 이러하니 남부럴것 업건마는
이조말년 풍진셰상 내의정세력 괴상하니
자조침노 몹실행동 천인이 공로하리
문존무비 우리나라 당할길이 잇슬소냐
강약이 부동이라 반석갓치 생각하든
국운니 탕진하니 텬운을 엇지하리
닉삼천의 팔빅잇 적의소굴 란면이라
불사츙혼 피만졸치 주욕신사 할일업고
오천연을 나린역사 무주공산 되단말가
대대로 성현지군 요순치적 군자지풍
일시에 자최업고 틱성틱 총감부의
예동총감 왼말이뇨 충신열사 헛쳐지고
에적간신 충신되니 야월산성 문허저서
여호굴이 되여잇고 사틱문안 너런궁궐
주인일헌 한을자아 춘풍추우 저문날에

망국지풍 깁허잇고 룡상우의 씌글안고
듸늬에 바람차니 한도자못 깁흘시고
비원에 두견울어 귀촉지한 자아닉고
추원이 설피울어 원한니 깁헛서니
참아어이 들을소냐 삼각산 나린비는
방울방울 서럼이요 한강물 깁흔물은
구비구비 한숨이라 무궁화 빗츨일코
리화낙엽 어이업고 추로유문 볼수업다
군자지풍 말도마소 례의지국 말샌이지
전성후성 전수하신 성비성수 녁녁하다
창오산 구름속에 황능모가 깁흣스니
소상반야 거문고를 뉘게다 무러리요
의관문물 조흔풍속 쓸듸업난 자치로다
우리풍속 남을주고 남의풍속 일삼어니
말곳차 간곳업시 왜말이면 제일이라
교목셰 어나대신 백인자처 멧멧치요
입산도회 제일이라 초행노숙 멧멧치뇨
우리국법 쓸대업고 남의법을 힘을쓰니
부지순종 느저지면 도로혀 국적이라
삼천만 약한백성 구박이 자심하니
부모지국 저바리고 갈곳지 어대매요
앙천통곡 쓸대업고 일월이 무광이라
유순한 우리백성 이러나니 호민이요

삼강오륜 조흔법이 말끗마다 만풍이릭

오천년 나린역사 찬연한빗 잇슬소냐

인심물정 뭇지마소 군국의 태강하니

이리저리 싸홈걸고 각쉭물자 공출예난

식기수전 자유업고 개초일속 말을마소

각색통제 가관이라 초목금수 물논이요

이목구비 다막엇고 수족도 자유업고

일왕일늬 겁쌘이라 걸주의 재출이야

진씨황의 폭악폭정 상앙의 가법인들

이에서 더할소야 먹어라면 초건목피

목시저가 케격이릭 갈째업난 우리형제

쥭어라면 죽는형용 일홈조흔 동용정명

이용대 보국대는 청춘남녀 모라늬여

우마게견 일반이라 일호령을 어길소야

인의도덕 생각하면 도로이러 숙맥이요

조선독입 울울하면 위볍이라 가막스리

명직경각 뉘말하리 남을쏙겨 지잘살면

이려히야 인물이요 나라파라 제잘되면

방가위지 영웅이라 매관매직 말를마소

미안게가 조석사라 이러터시 가는세월

외선상담 몟해든고 손을곱아 삼십육년

오날이 되엿서라 천운순환 흥망성세

공도를 이절소야 고진감늬 흥진비래

말노만 드럿드니 오날이야 보갯고나
지리막심 세계대전 긋치낫다 소문나자
약육강석 왜놈들의 용렬이 날쮠자최
그림자 사라지고 어화이 어인일고
봄이왓내 돌아왓내 갓든왕기 새움돗고
방방곡곡 곳치피내 반갑도다 요순지풍
그리웟다 우리풍속 어루만저 번님내야
천언이 망극하사 천일부명 보갯고나
강강필사 인의왕은 엣글애 보왓근만
좌이독지 조선해방 하일하시 바랏드냐
생시드냐 쑴이드냐 환성이 진동하고
체의로 춤을추니 이런경사 쏘잇난가
여광여취 참지못해 서로만나 치하하고
밋친더시 내다르니 동남화순 일풍의
씨근피가 다시쓸코 말은살이 다시찐다
남녀노소 히히낙낙 조선독닙 만세성애
강토가 부활이라 태극기 물결우에
지난고싱 쓸러지고 홍거글한글 조흘시고
갓든사람 도라오고 팔도옥문 통계ᄒ니
요순적 시절이야 단군쎄서 개국하신
시월삼일 도라왓다 동유들아 들어보소
시절은 엇더튼고 우순풍조 년풍하이
요지일월 순지근곤 시절조타 겨걍가라

하양성에 샛친저긔 삼각산에 서기돌고
한강물 푸른무리 새로이 말갓서라
만고에 에의지국 새로이 빗치나고
을사경술 바든치욕 절치부 남은한이
오늘깁쏨 비저닉니 비홍이 상반이라
해외각국 망명인사 구사일생 도라오니
그절개 장할시고 그공노를 이절소야
보난자는 쒸고놀고 듯난자는 갓치박수
금의환향 멧치요 오며가며 히히낙낙
강산이 진동이라 국내국외 영웅열사
중할시고 건국준비 가지가지 싀로워라
충신열사 모여드니 금수강산 삼철이라
다시생긔 발발하고 서긔어려 영농하니
초목금수 다쒸논다 여보소 동긔분내
우리도 대장부라 공수방광 일아니라
집을지어 속히드새 텬하명긔 옛집터에
만연무궁 집을지어 화려문물 누려보새
일홈좃타 조선반도 오천연전 단군쎄서
개국하신 쏜을밧고 삼천연전 기자게서
건국하신 쏜을밧고 변한딘한 마한이며
백재선과 고려조선 력사하든 쏜을바다
일대명긔 해동에다 여천무궁 집을짓새
동모야 들어보소 오날이 홧창해도

명일일기 뉘아리요 바람불고 비나리면
집짓기 극난이라 삼천만 우리끼리
협심동력 집을짓새 각국문화 시러다가
취장긔단 하여두고 어긔여차 집을짓새
부동평화 줏초놋코 충신열사 입주하고
삼강오륜 대들보애 인에예지 혓가래에
사농공산 긔와덥고 법악형정 문을다라
응시개문 법을직혀 턴디를 발켜노코
국태미난 구들노코 민주의 벽을하여
오대양 륙대해주로 채색을 올인후에
무궁화 장석하야 옛풍물을 이절소야
억만년 단단지게 사이부생 우리들이
이르구러 성가하면 허수이 못할게라
의유냉강 율을쓈여 태극으로 문패걸고
입텍도 시가업다 길일양신 조혼날애 입택이야
억만연 누릴집에 입택인들 허수하리
삼현육각 풍유소래 절차잇고 화장하니
선이 분명하고 화동무동 부러닉니
가무도 신긔하다
동원에 목단화는 어사화 빗겨보고
정원에 촉국화는 화욱저소래 화답하니
환성부 조흔곳에 풍유도 장할시고
쥬억성 습하는 풍경도도 과흅도다

옥반에 산진해미 주육도 낭자하니
배회주 가화주를 잔과갓치 가득부어
아릿다운 명기불너 옥수을 거듯치고
권하고 공수할제 풍유도 조크니와
쾌횔흔 남자 이아니야
물너서면 남전북답 분을직혀 게가나
충신열사 애국가을 겨강가로 화답하고
일연제일을 추수동장 쌱을짓고
희호세게 새로우니 함포고복 죠흘시나
일월영책 이절소야
이러터시 과이평생 부족함이 잇슬소야
쒸노나니 건국무요 부러나니 애국가라
손을들면 만만세요 입버리면 만만세라
억만연 구든맹새 조선독입 만만세요
만세만세 만만세요 부슬노아 굿치오니
보난사람 갓치만세 부러소서

제19장

〈백의천ᄉ〉

입력대본 : 한국학중앙연구원 홈페이지(http://www.aks.ac.kr) 〉 한국학진흥사업(단) 〉 성과포털 〉 경상북도 내방가사 조사·정리 및 DB 구축.[1]

백의천ᄉ

우주가 개벽할제 태○○○ ○○○○

태양이 왕자되고 팔대왕○ 생겼고나

팔대왕성 생길적에 지구성의 생겼으니

오대양육 대주가 우리사는 별이로다

오색인종 생겨나서 십육억만 되였으니

동양에는 황색인종 서양에는 ○색인종

---

[1] 이 DB 자료는 원 필사본을 첨부하지 않아 필사본을 구해보지 못했다. 여기서는 따로 교정을 보지 못하고 DB 자료를 그대로 옮겼다.

이십세기 오늘까지 무상하○ ○○○○

상전벽해 되는변동 몇○○○ ○○○○

아세아주 동편바다 한반도가 생겼으니

삼연은 둘이대고 일면은 대육이라

백두산 머리에서 한라산 발끗까지

높은대는 밭이되고 낮은대는 논이된다

삼천리 금수강산 편편옥토 이아니냐

사천춘광 오랜역사 삼천만의 거울이라

단군기자 이천년은 평양성이 도읍이요

신라천년 호화문화 경주가 도읍지요

왕건태조 오백년은 송도가 도읍지요

이태조 오백년은 지금한양 서울이라

태종대왕 등극하사 정종태종 시비로서

국규을 못새웠고 세종대왕 등극하사

황방촌 맹사성의 어자군신 뭉였으니

국법을 마련하고 문자를 지으시사

백성을 가리키니 오륜으로 뼈를묻고

삼강으로 돗을세워 인의예지 순풍속에

국태민안 하였으니 요지일월 순지건곤

이때가 아니련가 길거리에 만나서도

안왕알태 정인사요 하로밤을 같이자도

애끓는 눈물이라 예의동방 인정지국

인국에 자랑터니 국운이 비색하여

상세를 못지나서 문종대왕 승하후에
단종사화 일어나니 일월도 히여하고
신인공노 하였고나 천지가 생긴후에
처음생긴 일이로다 그뒤를 이여나셔
연산사화 일어나고 얼마를 못지나서
김효원 심의겸의 동서당좌 생겨있고
설상의 가상으로 기묘사화 일어났다
말엽에 이르러서 대원군이 국부대니
외당의 모진세력 기리기리 부서지니
대원군의 쇄국정치 천하를 호령했다
민비의 음흉정책 도다시 깊어가서
대원군을 감금시켜 운형궁에 가두오니
이씨사촌 대지말고 민씨팔촌 대여지란
민요의노래소리 나날이 높아갈제
임오군란 일어나서 대원군 입소하니
백성의 환호성이 다시금 높았는대
민비의 마술에서 다시걸린 대원군은
마근충군 힘에실여 부지거처 되였으니
차홉다 운형대감 불운한 인생이여
영웅의 뒤를따라 나라도 다했도다
오백년 쇄한정치 여자개는 어찌했나
남여칠세 부동석에 십칠팔세 되고보면
시집살이 감옥안에 인형생활 틀림없다

삼종지의 철망속에 필거지악 밥을먹고
현모양쳐 이불속에 남존여비 꿈을꿨다
앞으로 오는세상 여자해방 없을손냐
흥망은 유수하니 오는일은 어찌될고
삼천만 눈물속에 찾아왔든 팔일오야
눈있으면 볼것이요 입있으면 말을하라
마슬의 삼팔선을 누구가 만들었나
관리도 백성도 어른도 아해들도
백두산 신령님도 지리산 까마귀도
까맛게 몰랐그던 어대에서 만들었나
일시동인 우리동포 두나라도 갈라놓고
집집마다 삼팔장벽 철편으로 질렸으니
부자형제 부부간에 기한없는 영결이라
대관령 맺인뒤는 삼팔장벽 되여있고
삼강오륜 인간본위 민주주의 빼서가고
사대오상 좋은풍속 자유두자 훔쳐가고
남여유별 좋은예의 동동권이 아서가고
수지부모 좋은머리 파마넨트 잘라먹고
단순호치 좋은입술 뽈근물이 왠일인고
네부모 내부모는 벙어리등 되여있고
네안해 내안혜는 장돌뱅이 판을치고
네아들 내아들은 도적놈다 다되었고
네딸도 내딸도 양갈보 틀림없다

웃음의 말이오나 사실인것 엇찌하나
논팔아 배운자식 삼강을 헤이라면
압록강 대동강을 이심없이 해여내고
조상의 기일이라 지방을 쓰라며는
사각모자 아들양반 거주성명 써붙인다
시대의 죄이런가 부모의 죄이런가
큰도시 거리에는 여자로 체워있고
한달육장 촌시장도 여자천지 되였고나
젊은자식 군에가고 한집식구 열이며는
칠팔은 여자되니 여국나라 이아니냐
오십넘은 안해라면 세상을 알었마는
철모르는 따님네와 파마머리 며는님내
자유피도 쌍철우에 해방포를 타가지고
급행열차 올랐으니 장치일을 어찌할고
헌법도 소용없고 육법전서 쓸때없다
자기마음 자기믿고 스스로 자중하소
청암절벽 저노송은 만고에 한빛이니
군자지절 틀림없고 푸르는 저대잎은
천추에 차웠으니 열여지절 틀림었다
설중의 피는매화 년년세세 한뜻이니
힌옷입은 아녀자를 몇이나 울렸든고
대자연의 봄이와도 너를꺽지 못하였고
춘하추동 돌아가도 너를변치 못하려니

411

장하다 네절개여 귀엽도다 ㄴ뜻이여

세상사람 일으기를 세한삼우 일렀고나

열차타신 여러분들 세한삼우 본받오소

지토에 쿳이여도 금이었지 변하오며

형산에 백옥인들 빛이었지 변하릿가

근화동사나 백의들아 힌옷입은 뜻을알자

이때는 어느때냐 때마침 중순이라

상양이 태회커든 만물이 생동한다

초당춘수 깊은잠을 피리소리 놀라깨니

훈풍에 젓은마음 봄이장차 세로워라

설상가상 저매화는 숙여자태 자랑하고

무릉도원 범나비는 군자호기 좋을시라

차문주가 하러재냐 술마시든 호걸들아

목동요지 행화촌에 술권하는 여인내여

봄은그때 그봄이되 그양자 없고보니

행화촌 봄이와도 그봄은 아닐러라

공중의 저종달이 길길이 노래하고

옥동에 저도화는 가지가지 뿜었고나

서호시호 부제래라 권정부지 이아니냐

만춘에 지는꽃은 지고싶어 지는거며

우산에 지는해를 누구라 막어내리

양유산 천만인들 봄을엊지 잡아매여

천춘에 뛰는핏줄 누구나 억제할리

망양정 해저문대 행구없는 배한척이
구세역군 담아싣고 방항없이 흘러간다
범범중류 떠나가니 저배장치 어찌될고
신들은 청춘에서 지향없는 방량이냐
여명의 항구에서 새로운 출발이냐
비노니 되옵기를 백의천사 되여주소
종
四二九二년 七월 八일 수정

해방 전후 역사의 전개와
가사문학

제20장

〈해방후환희락가〉

입력대본 : 한국가사문학 홈페이지(http://www.gasa.go.kr) jpg 필사본 자료.

히방후환히락가

반갑도다 반갑도다 나지요소식 반갑도다
경슐연 합방되야 우리민족 된모양이
싱노난 가망업고 스지가 익심ㅎ여
겨익쥭기 도얏든이 나지요 흔마디익
우리동포 스라낫다 어화 조흘시고
이덕이 뉘덕인고 성공ㅎ신 이양반들
부도청숨 다ㅎ리고 각국익 히슌ㅎ여
슴십육연 이동안을 피쌈을 흘리면서

기포을 무호시고 동립성공 바다닉여
억조충싱 슬여닌이 딕락흥성 높흔일홈
동서양이 빗치낫다 어화우리 남여동포
싱야즈도 부모이요 화라즈도 부모이라
부모갓치 높흔은덕 천지간이 다시업다
성공흐신 이양반들 부모이 다랄손야
시급도다 시급도다 비홀흐기 시급도다
비힝기 타은힝츠 어이그리 더듸신고
황국소식 오시그든 연심흐신 우리존구
분부로 작발흐스 즈즈손손 번종흐여
비홀흐여 가옵소서 후덕흐신 우리존구
일월히틱 늘흔은덕 틴손이 가비압고
흐히가 엿홀지라 작약부철 이한몸을
무홀충이 흐실스록 십스싀 실문여흔
이들흐고 원통흐다 우리신야 지섯든들
츌싀흐신 츄효시로 문명강잘 직화시면
츈츄승흡 스든분이 빅알발힝 흐시려손
도도숭이 흐시련만 무슨연심 고심흐스
인싀연납 흐압시고 구원천리 연화봉이
유유읍읍 늣기신고 시국평화 흐올스록
부모이 원흔이야 깊고도 높흔지라
아무쪼록 우리구고 만슈무강 흐압시와
기린봉츅 다즈연을 변변성취 성가흐여

만당흔 ᄌ여손이 입신양면 조흘일홈
ᄉ히명망 빗날적이 거록ᄒ신 우리구고
당승ᄌ기 ᄒ압시고 ᄌ손이 연몽이연
인인츄앙 골여ᄒ고 일인지ᄒ 만인지승
만ᄉ무량 ᄒ압시기 합슈발원 이안인가
더듸도다 더듸도다 환국힝ᄎ 더듸도다
어이그리 더듸든고 오시다가 굴원만나
명나슈이 초승ᄒ고 희ᄉ정이 직명튼가
슈양순 깊흔곳이 ᄎ미ᄎ로 가옵다가
빅이슉지 승봉ᄒ여 고금ᄉ로 이논튼가
ᄌᄒ슈 깊은물이 비양을 ᄎ지신가
일즁불결 진조회예 판설식이 춤이튼가
슴빅초 약을지여 병든인싱 구ᄒ신가
어이그리 더듸신고 시일이 어서가서
거록ᄒ신 이존안을 황국소식 보담ᄒ소
숨십육연 이동안을 명철보신 못ᄒ다가
금연칠월 독립소식 진야몽야 반갑도다
융이버서 목이걸고 고국향ᄉ ᄎᄌ올지
구비구비 계가이요 ᄌ치 모도로다
깃ᄲ고 괴흔마음 비할곳 전혀업다
목믹슈통 이아인냐 고목싱화 그히ᄒ다
옛날이 조진ᄌ이 육국정셩 인을ᄎ고
본가로 도라온들 이예서 드ᄒ오면

츈당되 알셩ᄒᆞ야 어ᄉ화을 슉여시고
화종을 압서우고 승식을 울리면서
돈무츠로 날은들 이이서 더할손야
유쾌ᄒᆞ고 깃쌉도다 더구나 우리슉당
노경의 옛말ᄌᆞ로 강진피츰 못면ᄒᆞ여
일본동국 ᄒᆞ온후로 쥬쥬야야 일여지망
츠마엇지 뜻비오면 어엿분 우리ᄉ지
망부승 깊은간중 미ᄉ전 불망튼이
명철ᄒᆞ신 우리도령 무슨금이 환양ᄒᆞ이
부모슉당 ○은히틱 집슈쾌락 질기심은
불가현인 이안이면 어엿분 우리지ᄉ
눈셜밋틱 슘은희락 그히ᄒᆞ고 이승ᄒᆞ다
거록ᄒᆞ신 우리시틱 조승님 높은은덕
ᄌᆞ손왕성 충틱ᄒᆞ여 식식흥왕 ᄒᆞ올지라
천운이 슌황ᄒᆞ며 영이국 덕을입어
삼철이 명셩지가 쥬인의괴 도라옴은
서양각국 할지라도 틱보단 높피지여
미국보은 ᄒᆞ올적의 ᄌᆞ손이 유익ᄒᆞ고
식식불망 ᄒᆞ압소서 오날날 미국은덕
틱손이 가부압다 노좌노유 슈동빅슈
각익ᄒᆞ고 승예음왈 우리일월 다시보식
틱흔거치 반갑도다 아희아 잔좁아라
승평시쥬 노라ᄒᆞᄌᆞ 슴십육연 우리고통

적국이 도라갓다 무지흔 일본소화
천시을 부지ᄒ고 망발싱이 ᄒ려다가
쳔ᄒ이 취소로다 우리대한 동립만싀
만싀만싀 만만싀라 근화직발 우리조선
요지일월 슌지건고 틱평셩딕 이아인야
구구이 학이운이 환기슉쳐 집집이요
삼강이 용이난이 이견딕 인쳐로다
강손여슈 우난봉황 오현금을 화답ᄒ고
셕풍이 포곡조난 남풍시로 노릭흔이
남풍지훈 예여히 여민지 은지로다
녹임이 길인즈처 숭서로 빗치난이
송무열빅 깊흔곳이 사시중츈 쎄나즌코
벽도홍 즈진곳이 임슉이 옥이민즈
쳔도봉셩 딕얏도다 넉넉ᄒ신 딕궐안이
명쥬현신 모여안즈 팔진도 걸려녹코
문부로 이논흔이 거록흠도 거록ᄒ다
만싀만싀 만만싀라 우리조선 만만싀라
아여심규 깊히안즈 동서로 불분ᄒ나
여ᄎ흔 틱평셩딕 우리도 남즈연들
무어설 불여ᄒ랴 유힝이 이들ᄒ나
쾨락승활 이심신이 남여가 다름업서
가득흔 마음으로 딕강ᄒ고 긋치난이
보시난이 짐즉ᄒ소
졍희츈슘월 염슘일 백혀노라

해방 전후 역사의 전개와
가사문학

제21장

〈단동설육가〉

입력대본 : 한국가사문학 홈페이지(http://www.gasa.go.kr) jpg 필사본 자료.

단동설육가

초가삼간 집을짓고 거기안처 두어쓰니

그아니 적막하며 그아니 원통할가

그족하를 그리하고 형에뒤를 끝어쓰니

이런사적 보더라도 그족하를 생각안고

형을엇지 괄세하며 이것이 우리찬기

골륙상쟁 삼촌일세 찬기모친 하는말이

여보시요 찬기삼촌 형에아들 머가나바

상전뒤을 끝으시며 우리아들 삼형제가

나중에 자라나서 동서남북 품을팔아
인명을 건질태니 너무그리 마옵소서
부모시앞 엇지하야 족하위해 삼촌하니
형을엇지 생각안나 여러사람 하는말이
당신은 후한이나 가장조차 어진이며
반대한 찬기삼촌 엇지원망 안하리요
시동생 한태가서 울러볼가 웃어볼가
불문곡지 차자가서 부모동기 무엇이며
형에동생 무엇인가 서로인연 굿게매자
화목화순 하옵시다 시어머님 거동보소
고소되결 하신말삼 상주소송 내가질며
대구소송 내가간다 이런말삼 듯자하니
삼사월 긴긴해도 일락서산 너머가고
야삼경 마지하니 밤은점점 깊어는대
물소리 요란하며 나에심사 생가하니
눈물이 앞을가랴 길을분별 못하너라
허둥지둥 집을와서 문동답서 해아리다
지서에 올가니 해는저서 일모하고
여기서 불러가고 저기서 불러가서
굿게다짐 받은후에 찬기부친 불러다가
이땅을 다하겟소 혼자하지 안하겟소
화김에 하신말씀 다하겟다 하신후에
그곳을 나와서서 대서를 하신후에

마음이 불안하야 그곳에 다시오니
찬기[1]모친 생각하매 형의동생 무순원수
백수인연 맥겟느냐 이러게 마음먹고
찬기삼촌 차자가서 일해일비 하는말이
이술한잔 자시고서 이정두고 지냅시다
이러케 말씀하니 찬기삼촌 거동보소
잘먹고 못먹는것 누구원망 하옵시며
인정박대 도로하니 할말이 전여업내
하루이틀 지내니까 지서에서 부르거널
불문곡지 올가니 주님이 하신말씀
이땅을 다하겟소 찬기부친 대답하되
저이들이 집에나가 문전걸식 하드레도
그땅을 안부치며 나부치던 두마지기
그땅만 기약하고 자중에 안은사람
천하에 어진이여 무수히 칭찬받고
그땅을 팔고나니 그돈조차 차자가내
극진환란 적고나니 어지아니 서러우며
우리부모 주신제물 찬기삼촌[2] 생각안고
이다지 괄세하니 한자손 한혈육에
지채삼간 없사오니 너무그리 마옵소서
우리야 일가친척 예이도덕 외몰르며

---

1 원필체의 '찬기모친'이 지워지고 '우리모친'이 가필되어 있다.
2 원필체의 '찬기삼촌'이 지워지고 '찬기부친'이 가필되어 있다.

삼강오륜 있어는가 예전에 김갑수는
임진외란 피할적어 어린족하 업고지고
부지거처 도망할제 억고가던 어린자식
벽천에 던저두고 어린족하 억고가니
벽천에 던진자식 아니죽고 살수있나
그후로 김갑수는 후손이 끈어지고
족하에 은덕으로 칠십세를 살아쓰니
이런사적 보옵시면 오백년 지나사기
오늘까지 이름있고 군자도리 아니오면
이런일을 못하라 이집을 세짓고
어린자식 다리고서 근근덕신 지낼적에
남북이 협통하여 금수하제 벌라하고
만주봉천 가는사람 몇천명이 되었던고
남들가는 만주봉천 내들어이 못갈소냐
두주먹 웅케지고 만주봉천 들어가서
제산봉거 할라다가 고향산천 향할때에
만아강 공골위에 경찰이 조사하며
근사죄로 만든돈을 **뺏앗아** 노은후에
경찰서로 가자하니 여자팔자 무산죄로
말리타향 이곳에서 이다지 고생하니
예전에 서인말삼 갈소록 태산이요
설한강산 이라더니 이레두고 한말이다
세살먹은 어린자식 눈물흘려 떨처두고

날차지리 누가있나 사오일 굼고나니
엇지아니 서러우며 이러타시 지나니까
엄동설한 간곳업고 봄나춘이 닥처온다
입은피서 청산녹수 꽃은피서 화사지봄
산천경계 살펴보니 심신이 홀란하야
불러기를 일삼으니 슬픈마음 둘때업다
말리타향 이곳에서 감옥생활 왼일인고
천금같은 내자식을 ○벽천에 내처두고
이곳에 죽어지면 날차질이 없건만은
산도설고 물도선대 이곳에 내가와서
감옥생활 왼일인고 그럭저럭 지내다가
해방이 되였쓰니 옥문전 내달라서
고국갈일 생각하니 천지가 아득하다
이리저리 구비하여 고국가는 차를타니
사오일이 경과되니 김천을 도착하고
우리찬기 나를차자 김천까지 나와쓰니
방각고 길거운말 너어이 살라느냐
점천을 당도하니 고향산천 그리웁고
예천땅 들어서니 찬문이들 형제가
밥을지어 손에들고 나오는길 마중오니
방가운말 금치못해 눈물로 인사하고
집을향해 들어오니 풍진노수 전여업고
어린것을 살펴보니 천한인생 면치못해

살라날일 막연하다 청천백일 발은날에
어린자식 살펴보니 눈뜬봉사 이아닌가
청운이 날로하여 되사청을 발레더니
인생일상 안여자는 사람마다 못하오며
열여충신 만치마는 사람마다 다하리가
이몸이 원하옴은 자중손님 들으시고
가저지시 깨달고서 우리야 일가친척
화목화순 하옵시기 천만복축 비나이다

단기 4292년 십월오일

제22장

〈해방가〉

입력대본 : 『우리 고장의 민요가사집』(鄕土史料 제10집), 문경문화원, 1994, 219~228쪽.

해방가(解放歌)

기미년 유월달에 징용에 끌려가서
땅굴파고 그속에서 전쟁준비
별별영구 다하면서 조선까지 와가지고
놋기명과 온갓철물 다모아서 가져갈때
만주땅을 차지하고 싱가폴을 뺏았다고
기세가 양양하게 춤을추던 그나라가
졸지에 망해서 팔월이라 십오일날
손을들고 항복하니 만사는 이와같이

때가있는 법이로다

을유년 십오일날 해방이 되었다고

반가운 마음으로 환고향을 할라하니

열락선을 탈수없어 밀선을 타자하니

그고통이 오직할까 반갑도다 일점등화

앞길을 인도하고 즐겁도다 광풍이여

잠시만 진정하소 앞길을 재촉할제

죽은부모 살아온들 이보다 더좋으며

친구벗을 상봉한들 이에서 더좋을까

선인에게 문의하니 그선인 하는말이

이제는 안심하오 저건너 보이는불

부산이 분명하니 안심하고 가자하네

침침칠야 어둔밤에 등불이나 만났드시

칠년대한 왕가뭄에 홍류를 만난듯이

취한정신 다시깨고 어둡던안광 다시찾듯

우리조선 부산항이 눈앞에 다았으니

취한정신 깨라하니 정신없든 여러친구

일시에 일어나서 망나니 용천이라

그럭저럭 신고하여 부산항에 도착하여

내리라고 재촉할때 남녀간 급한마음

서로먼저 내리려고 쫓아가며 내려올제

전후를 돌아보면 여러동포 반가운중

도로변 살펴보니 각종음식 진열되네

주리든 창자라서 값도무를 여가없이
불문곡직 먹자하니 이정상이 오죽할까
우리일행 여러분요 우리가 약차하여
저바다서 죽엇으면 이런음식 볼수있소
천금은 일시이요 신외에 무물이라
않이먹고 무엇하리 어제아래 보든시체
참으로 불쌍하네 서산에 지는해가
지고싶어 넘어가며 대해중에 빠진사람
죽고싶어 죽었으랴 사람의 일평생이
이다지도 억울할까 수십년 해외에서
근근노력 지내다가 환고하는 중도에서
어복중에 장사할줄 어너누가 알수있나
이런일을 본다하면 우리일행 몇천명은
불행중 다행일세 사생동거 하든친구
동서남북 갈라설제 낙누하고 작별하며
짐을옮겨 운반할제 귀환동포 안내하고
짐도들고 달아나고 환전을 해준다고
별별유인 다하면서 금전까지 탈취하니
이난리는 오죽한가 차비없어 못가는이
부지기수 많았으며 의복없어 못가는이
어찌나다 기록하리 참으로 한심하다
우리조선 민족일세 무슨짓을 못하여서
불상하고 가긍할손 귀환동포 봇짐틀며

어떤행동 못하여서 전재민의 지갑틀까
역전에 당도하여 좌우를 돌아보니
인심도 소박할뿐 행동이 부정하다
어떤친구 다시잡고 통설할곳 하나없네
이렇드시 주저할제 부모형제 있는사람
전보치고 떠나오나 날같은 사람이야
부모형제 않게시니 전보한들 무엇하리
시간맞아 차를타고 고향산천 바라보니
반가운 마음이야 어찌다 기록하리
전쟁을 시작한놈 나와무슨 원수련가
징용법을 마련한놈 나와무슨 원수련가
전재민을 돌아보면 절절이 일반이라
홀로앉아 생각하니 독날리를 당하온듯
불쌍한 귀환동포 야속할사 조선민족
삼십여년 속국으로 그다지도 고생타가
해방이 되었거든 정신을 않차리고
살지못해 나온사람 짐뜰이를 일삼으며
가난하고 무식한자 박대하기 일삼으니
이런짓을 할것인가 여차고생 나온사람
무슨직업 잡을손가 농사일을 하자하나
일두농토 없아오니 작농할 밭이없고
상업을 하자하나 실액자본 없아오니
그짓인들 어찌하리 속담에 이르기를

자식없는 부인들이 태몽을 잘꾼다고
하나성사 못하면서 이것저것 생각타가
막노동을 하였으나 설상에 가상으로
백물이 폭등하니 인심을 동한라
십여명의 가족으로 칠팔개월 그사이에
한푼돈 버리없이 먹고쓰고 입는것이
곶감꼬지 빼먹드시 수중금액 쓰자하나
무슨돈이 있을손가 유정한 친구만나
박주일배 못나누고 동기친척 원근간도
일개정표 못하압고 다소간 있는금액
버리없이 쓰자하니 무슨대가 있을손가
내형편은 여차하나 남녀노소 여러분요
무한고초 받았으면 정신을 앓차리고
잠시간 법없다고 밀주밀연 마구하여
국세만 허비하니 이일인들 할짓인가
잡기도박 일을삼고 주색에만 종사하니
이일인들 할일인가
부자놈들 거동보소 결발부부 박대하고
화류장에 놀든계집 처첩으로 정하여서
가정까지 불화하니 이일인들 할짓이며
머리깍고 양복입고 구두신고 시계차고
자칭왈 신사라고 남한태 욕설하고
없는사람 박대하니 이일인들 할일인가

적산에 사방하여 양림이 되었거든
낙엽이나 끌어때지 무슨마음 그리먹고
별목정정 일삼으니 이일인들 할일이며
경평대로 좋은도로 우수에 훼손되면
치도할줄 모르압고 사이사이 쪼아내여
자기토지 만드오니 이일인들 할짓인가
참으로 야속하오 쇄잔하든 우리조선
남에힘을 빌렸던지 천우신조 하였던지
여차해방 되였그던 사철이 좋은강산
삼천만이 넘는동포 일심받아 단결하야
조국을 찾을려면 악한습관 저바리고
착한행실 본을받아 하루바삐 독립함이
우리의무 이아닌가 국가를 보드라도
군신이 유의해야 그나라가 장구하고
사가를 보드라도 부자가 유친해야
그가정이 왕성할줄 모르잔코 알듯한데
엇지타 우리조선 이다지도 한심하랴
경술년 합방후에 안중근 의사님은
조국을 빼낀것이 원통하고 설은마음
참을수 바이없어 부모처자 이별하고
조국을 위하여 이등박문 겨누고서
권총쏘아 설분하고 삼십이 너믄청춘
부모국을 위하여 옥중고혼 되였으니

만고충신 이아닌가 이른본을 잠시바도
하루속히 건국함이 그아니 좋을손가
자기것만 중히알고 남에것을 욕심내여
눈돌리기 일삼으니 이일인들 온당하랴
초로같은 우리인생 한번아차 죽어지면
다시살지 못하압고 천우신조 해방되야
독립기회 얻었거든 이기회를 잃치말고
부모국을 찾는 것이 우리의무 이아닌가
도탄중에 빠진창생 저저히 모였으면
서로서로 동정함이 우리할일 이아니리
누구를 막론하고 남녀구별 심히마라
대소사를 막론하고 시속을 따라가면
오는행복 바라나니 이아니 좋을손가
어화세상 칭구님요 이내말씀 들어보소
없다고 한단말고 있다고 자랑마오
예전사기 들어보면 요순같은 성인들도
청빈함을 견디면서 독장사 하시었고
한신같은 영웅들도 빨래하는 노모에게
밥을빌어 지냈다니 이런사기 들어바도
한탄할것 무엇이며 조선갑부 민영환는
그많은 좋은재산 이름없이 허비하여
간신이름 얻었으니 애통할것 무엇이며
간독한 일본놈도 우리조선 점령하여

433

기세하고 지낼때야 천년만년 지낼듯이
굳게굳게 행정트니 일조에 망하여서
이천년 내려오든 자국마져 뺏겼으니
권불십년 이아이며 호사다마 이아닌가
만사가 이와같이 대가있는 법이오니
삼천만의 우리동포 칼날같은 모진마음
꿈에라도 녹지말고 삼천리 우리강산
다시찾아 독립하면 이아니 좋을손가
남자행적 여차하니 여자행적 들어보소
규중에 깊이앉아 침선방직 일을삼고
외인교재 전혀없어 남녀유별 극진타가
경술년 합방후로 차차로 개명하여
노력도 같이하고 교육도 같이하여
삼천만이 넘는동포 여자라고 이름없고
이와같이 동등권이 해방되는 그날까지
차등없이 지날때야 여자생각 어기는듯
교육받은 여자들은 이른행동 하난법가
언어교제 하는일이 남자를 압도하고
주책없는 여자들은 몰라도 아난체로
못난것도 잘난체로 안하에 무인이라
생이빼고 금이하고 당장머리 단발하고
부모에게 불효하고 가장에게 조심없이
친척까지 불목하니 어너가정 물론하고

우의있게 지내자면 여자의무 무겁나니
여차하온 여자들은 행실인들 온당하랴
제멋을 못이기어 상하촌을 다니면서
이간하기 일을삼고 시장출입 심하오니
이골목도 여자싸움 저골목도 여자음성
눈이시여 볼수있소 주점에도 찾아가서
술마시고 취정하니 그가정이 어찌되며
길않든 청년들은 이것을 좋아라고
부모에게 받은시업 남전북답 다팔아서
삼삼오오 작반하여 주주야야 놀음놀제
이행실은 온당하랴 가장이 잘못하면
여자가 이혼하고 여자가 잘못하면
남자가 박대하여 시비를 일어킬 때
그판단을 누가할꼬 가엽도다 일본놈이
흑백을 가렸으니 이일인들 할짓인가
결발남편 박대하고 주색에 놀든계집
소첩을 정하여서 부모형제 불목하고
집안가사 생각없이 연지찍고 분바르고
그얼굴에 마음팔아 하잔대로 하다보니
무엇을 당해내리 대대로 내려오든
문전옥답 매도할때 눈치빠른 그소첩은
죽자살자 하든인정 매정하기 하올적에
구시월 시단풍에 초초낙엽 이아닌가

435

국가이고 사가이고 소첩두고 안망하리
누구누구 보았는가 부모가 정한배필
좋고글고 어찌하며 일부일처 적당한데
재처삼처 무삼일고 가난함도 여자타시
무자함도 여자타시 일천만사 집안사를
욕심대로 될량이면 가난하리 뉘있으며
무자하리 뉘있으랴 인간칠십 고래희난
말안해도 알듯한데 어찌타 여러분은
돈을주고 극정사면 고흔마음 상쾌할고
제것먹고 남의원성 제옷입고 남의악담
귀가있고 눈있으면 듣고보고 알듯한데
유수세월 신속하여 이팔청춘 백발되면
후회한들 어찌하리 피든꽃도 낙화되면
오든나비 아니오고 있든집도 가난하면
왔든손님 돌오가니 이아니 원통할까
혼몽천지 곤한잠을 순식간에 급히깨여
삼십여년 나쁜습관 일시에 져바리고
오백년 모든행실 하루속히 돌이켜서
오난영화 바래는게 우리의무 이아닌가
남의손에 갔든나라 다시찾게 되였으며
남의나라 갔든동포 부른드시 모였으니
이도역시 행복이라 고진감래 이아니며
고목봉춘 이로구나 좋타좋타 때도좋타

화류삼월 어떻든가 만화방창 더욱좋타
따뜻한 봄바람은 자던잠을 깨우랴고
정전에 피는꽃은 귀환동포 돌아보고
춤을추며 반기난듯 처마밑에 저연작도
옛집을 찾아와서 주인보고 방기난 듯
어화우리 동포들아 한번놀이 할만하네
삼십이라 육년만에 부모국을 찾게되고
소식없든 일가친척 부른드시 다시모여
북풍한설 찬바람에 낙엽졌던 저도화도
철을찾아 만발하니 이와같이 좋은시절
무정하게 허송마라 동산에 높이올라
꽃송이를 꺾지말고 농촌고을 불어가며
화전도 할만하고 이주를 찾아가서
낚시질도 할만하고 소동파의 뻔을받아
선유도 할만하다
남자마음 이럴진대 여자마음 다를손가
구중심처 깊은곳에 두문불출 지내다가
해방소식 반가울뿐 일난풍파 이때른가
만화방창 더욱좋다 슬프도다 우리여자
독립운동 하는대야 같이하지 못할망정
한번놀음 못할손야 상하촌을 다니면서
여러동포 불러내여 혹선혹후 모일적에
녹빈홍안 고은얼굴 녹의홍상 차려입고

437

만화방초 그사이에 이러저리 놀자하니
이도역시 꽃송이라 삼춘가절 이아닌가
어너사람 물론하고 좋은일을 당타보면
슶은일도 생긴다고 우리들은 어찌타가
여자로 태여나서 원부모 형제하고
출가외인 못면해서 남의가정 가자하니
이조심은 어떠하랴 쇠털같이 많은날에
전전긍긍 조심타가 한가지만 잘못해도
하날같은 양친부모 추상같은 가장에게
꾸중걱정 들을때야 무안하고 억울함을
누구보고 말해보며 어너동기 무더주랴
공맹서의 훈계보면 삼종지도 어렵삽고
칠거지악 원통해라 소학의 세소응대
무불통지 하드라도 실행하기 어려워라
불상한게 여자이고 원통한게 옛법일세
아무리 통분한들 천상으로 생긴것을
오날와서 고칠손가 시호시호 부재래라
한분놀음 하자한들 위인통행 많은곳에
여자의 체면으로 난잡하게 놀수없고
명산여수 가자한들 왕래없어 어찌가며
월색따라 놀자한들 여자행실 부당할듯
이러타시 주저할때 야속할사 우리시모
눈치빠른 우리시뉘 별별전언 이간할제

그따님의 말만듣고 각색허물 잡아내어
인물이 박색이내 언어가 불손하네
방적을 못하나니 이구박도 자심하고
자기복은 생각않고 못사는것 타시하고
자기일은 생각없이 못바다서 한을하고
이일인들 온당할가 외손자는 등에없고
친손자는 걸기가며 업힌아기 곤하다고
어서가자 재촉하니 남의이목 보드라도
이런일이 당연한가 모르난일 지도하여
불화불순 시키든가 부모도리 떳떳한대
여타한 흉허물을 가지가지 하자하니
착한가정 악해저서 서로서로 퉁이나서
이별까지 하난일도 종종히 하다보니
웃물이 부정하면 아랫물도 혼돈타고
이릴두고 한말인듯

(점촌시 윤직동 김민규)

해방 전후 역사의 전개와
가사문학

제23장

〈추월감〉

입력대본 : 임기중 편, 『역대가사문학전집』46권, 아세아문화사, 1998, 597~629쪽.

츄월감

무정하다 셰상사여 한셔럽다 인생고희
여럭풍상 격근회포 되강기록 하여볼가
세월은 흘너흘너 유파광음 덧업셔라
경인년 단양절의 난되업난 셔북풍이
한양서울 불어올되 우레갓흔 진격소릐
빗쌀갓탄 총알꼿틱 억조찬셩 다쥭어니
초록갓한 긔새상을 쳔츄에 한을품고
어딕로 가겻나냐 되천지 셔울쌍을

불바다로 변천되고 인산인헤 피란명은
조슈갓치 밀여올듸 가족일코 도도페하고
금쥬옥엽 잔자식을 오롱조롱 손을잡고
어서가자 밧비가자 어듸로 가잔말고
전지도지 가년행색 쳐참하기 그지업다
슬푸다 한강수야 잊지못할 삼각산아
구비구비 한을두고 옛긔약 슬르워라
쳘리강산 쎠난길이엇지거리 망연한고
유리걸겍 하는셍활 노변에 밤새우고
비참한 그셩상언 산쳔초목 합누할듯
원촌에 아침연기 멀이셔 바라보고
쳘모러는 잔자식은 잣취마당 밥졸를듸
한거름 쌜리가 문견글식 하여가면
되는듸로 먹고나셔 걸어갈길 밧부구나
얼마안여 셕양황혼 져역노을 빗쳐쥴듸
유난이 슬르워라 오륙권구 내가족을
어느뉘가 밥을쥬며 어느집의 제워쥬리
한숨계워 눈물듸고 공산적적 탄식일세
쎠지못할 등불이여 무산세월 보려하고
젼지도지 구명도생 사라영광이 이쑌인가
가소롭고 허무하다 날예날예 하엿지만
근곤이 조판후의 이른날예 쏘잇든가
만고의 나린역사 억만페지 소술인들

우리역사 다를손가 을유연 츄팔월에
우리민족 방방곳곳 만세소린
흥긔롭든 긔시졀은 편시츈몽 안일는가
아름다운 우리강토 남북을 갈나두고
우쳑좌쳑 왼말이며 삼팔션은 무산일고
무자비한 현실탄에 골륙상젱 엇지할고
청츈에 썰는졍신 어느누가 말리리요
셕양황혼 져문날의 불고가사 써난몸은
남북예 상제하여 사셍존망 망연하니
츈풍추우 사시졀을 졀후마당 여광엿최
초목심경 가진회포 뉘을맛나 하소할가
자식가장 뒤을짜라 쥬야불쳔 것고걸으
무죄한 폭격이이면 빗쌀갓한 총쌀속에
전후을 불고하고 가는길만 걸으라도 태산이요
밤이면 길을찻고 낫이면 숨고숨으
산을넘고 물을근너 가는잣취 어듸련고
츄팔월 데보름날 사듸명졀 조흔날의
잔쒸밧 찬이슬의 한경자고 일으나니
이광산 망월이요 고요잔잔 달빗앞의
들이나니 포소레라 어너듯 날이발아
어린자식 잠을쌔워 쏘다시 걸으갈쎄
전후사면 폭격소린 화강이 츙천이라
가든길을 멈츄고셔 한적히 바라보니

443

늬갈길리 망연하다 밤을다시 기다리고
불원철리 달라나도 태산이 높고높고
듸수가 깁고깊흐 못가는길 알리로다
반공의 불별악은 사정업시 망포기라
십사일 걸은몸이 싀진하고 발병나셔
여지업산 우리일헝 무산수로 간단말고
종부사내 못하고 심산심곡 차자가셔
인가을 살펴본이 삼칸초옥 오막살리
벡발노인 홀노안자 우리행색 뭇난말이
당신늬 엇진일노 내집을 외찻너냐
긔른거시 안이로다 피란길 가는도즁
발병나고 시진하여 도져히 갈수업셔
잠시짓최 하여쥬소 익글하여 빌으빌으
한칸방을 구하여서 하로하로 보낸세월
듯업이 흘너흘너 가을공산 발근달에
겍한등 잠을빌으 숨에나 맛나볼가
삼분사혈 헛턴머리 한경을 못이루고
안자시락 누엇시락 가진회포 총출할졔
한숨겨워 눈물이라
일거월졔 하는새월 어느듯 슈삼삭에
쎄는마참 언제련고 구시월 셰단풍에
산쳔초목 물드리며 경색을 자랑한이
비관자의 슬은마음 할양업시 소사난다

아침슬이 찬바람은 북한철리 불으올데
나애한경 쳐참해라 싸박적삼 힝쥬치마
벗고굼고 엇지하며 편모슬하 어린자식
기한을 못이겨서 울고불고 하는경상
어미된 나에쵝임 을마나 중하릿가
속수못책 싹한사정 무어라 말하리요
차라리 이일신이 비루한 이새상을
한부로 몰낫셔면 얼마나 영광일가
우리가족 오륙식구 소리업시 쥭단말가
산수강산 낫선곳의 누을쫏차 여기왓노
잣치마자 볼수업시 이듸도록 듸엿구나
죽음을 판단하고 고향산천 도라가자
업고지고 도라설듸 슬푸다 내일이야
가든길을 다못가셔 내엇지 도라설가
상막한 내일이여 엇지하면 산단말가
글리글리 팟수병과 부락마당 심한조사
무족건 굿타속의 죽음을 맛겨두고
일편단심 나에마음 변한길 이슬손냐
쳘썻갓한 내간장의 육신은 죽음이나
마음은 사라이셔 고함처 하는말리
애잔한 우리목숨 한칼의 죽여달나
내비록 원이거든 죽는거시 원통할가
소리처 바락할듸 창천이 살피신가

죽지안코 사라난몸 무죄옥결 내일신이

여지업시 도엿구나 젼신만신 부은몸이

유혈이 낭자하고 션혈이 점점난이

철곳갓한 내마음에 어나천지 구하리요

자식가장 위한몸이 죽음을 앗길손냐

죽어도 내썻시요 사라도 내썻시라

슬푸다 창쳔이여 사십평생 지난슌간

고이고이 자란몸이 이모양 도엿시니

새상인심 망칙하다 여자의 약한몸을

이데도록 하엿시니 무지뭉메 인셍들아

졔허물 전혀잇고 올바른길 원망하니

새상사 허무하다 도탄의 쌔진몸을

신명이 구호하여 쳔신만고 사라시나

분골쇠진 하는마음 언제하소 하오릿가

강박하다 인생들아 단군션조 피을타셔

삼천만 우리동포 한덩으리 한결례가

엇지하여 못되고 좌우을 구별하여

쇄사셜의 얼켜두고 졔국쥬에 긔형테을

긔듸로 쏜바드니 애국츙셩 이쌴인가

가소롭고 흐무하다 형식적 감방살리

쓸쓸한 빈집속에 살창만 남겨두고

냉슬갓한 한칸방을 자리업난 봉당에다

우리가족 자유업시 하여두고 하루에 양씌마당

쥬먹밥을 먹여가며 매일갓치 문초할쎄
죽지못할 내일이여 불상하다 인생들아
몹실새월 째을맛나 어미짜라 단이다가
이무산 모양인고 고딕광실 조흔집을
조금도 한치말고 고양진미 조헌음식
부듸부듸 생각마라 우리비록 남은정신
죽기을 밍셰한이 무어시 한일인가
서로안자 눈물겨워 가진훈게 다하면서
울으울으 보난새월 일망이 가작도록
무지한 억압속에 죽어죽어 지낫드니
동지월 설한풍의 다시오넌 ○날의는
물결갓치 닷쳐오니 쏨작업시 죽을몸이
곳곳이 피신하여 구차투생 오날까지
백결불구 가진용감 다하면서
하로하로 사넌새상 엇지괴리 비관인가
참고참고 다시참아 가진고생 극복하면
모쪼록 사라나서 올발은 나에잣취
다시한번 걸으보고 일단심 그린정을
언제라도 다시만나 옛츄억 넉겨넉겨
이한을 풀으볼가 슬푸다 새상사여
고해악막 이안인가 표루종적 수삼년에
난지난관 둘좌하며 구사일생 사라난몸
목적한 이정신을 일편일졈 잇지못할

447

귀중한 져자식을 후천전 견혜주고
만복을 극복하면 참다운 져새상을
힘차게 진보함을 그동안 목적이면
형명투사 써난몸은 불고가사 불고처자
울고불고 하든자을 성공하면 맛날길을
축원함도 나에목적 안일는가 우리무산 츙성으로
형형제계 혁혁하며 자식가장 보나두이
아부도 아군이요 아자도 아군이라
억만진즁 불꽃속예 아무쪼록 사라나셔
부모처자 차저쥴가 이팔이구 어린자야
엇지그리 조달하여 어미간장 이리썩고
어린일신 즁난하다 부데부데 성공하여
무궁화 삼쳘리예 빗나게 걸으보라
어미전생 무산죄로 새상풍조 날이속에
가군이별 자식이별 걱죄예상 가련하다
장장츈일 긴긴날과 츄야장 깊은밤의
일구월심 하는정을 어나필에 긔록하리
츄우작막 구진비와 강산츄월 밝은달의
써라린 나의간장 어나천지 허외하리
무정새월 양유파라 가는광음 덧업구나
연연차시 몃해든고 이별감이 새로워라
새상을 망논하고 나애환경 당는자도
비일비계 하근마는 생이고통 정신고통

졍말노 억울하다 무졍한 이새상아
인간사졍 살펴쥬소 어린자식 그린회포
언제맛나 하소할고 부듸부듸 다시보자
데장부 굿은결심 몹실어미 생각말고
너에책임 다하여서 셩공에 깃발차져
빗나는 저새승의 금에환양 하여다고
화월갓흔 너모습을 월궁황아 달소슬데
두렷시 비쳐쥬고 덧고져운 너소식을
일진광풍 불어올듸 전혜다고
그리운 나의자야 일편의 못잇져라
츈하츄동 사시졀을 싀지안는 공셥속의
피신할곳 어듸든고 세상과학 원쑤로다
간혈이 말나말나 전신이 쪼리근만
무산유익 하여쥴가 슬푸다 창쳔이여
초로갓흔 저군사를 부듸부듸 살여쥬소
츄월이 만졍한듸 울고가는 져긔력은
나의회포 일반이라 흑운의 모쳡간장
백일은 은제든고 총일하든 나의졍신
반공의 바람듸고 육신만 나마시니
가긍하다 나에졍신 누을밋고 산단말가
어셔어셔 셰화연풍 션왁갓흔 너을만나
나의한을 풀어다고 내비록 여자이나
셰상겸회 다려거든 강철갓흔 굿은에지

449

모든회포 비급하다 미레사을 생각하자
고진감늬 흥진비릐 옛적의 하엿신니
현계예 탄식함은 어리석고 약하구나
풍풍우우 격근파란 츄억이 새로웁다
부평의 나그늬로 방방곳곳 단일적에
팔도강산 유람인가 쑴의도 못한생각
츙청도 계룡산을 일연이 가작도록
궁박한 나의생활 거룩하신 친척이며
지극히 동정하여 못늬못늬 하든정을
쳔츄만고 이졀손가 적수공근 무산자가
엇지하면 산단말가 무지무지 만는고생
지긋지긋 무서워라 비지쥭 엽밥쥭에
나물먹고 물마시기 열하루을 하엿시니
맘업슨 나의생활 형각만 걸인가족
무산슈로 산단말고 한두말 돈졍미을
장사밋천 하녀락고 메일갓치 나션몸이
불피풍우 쥭을노력 다하여도
밥한씪을 못먹으니 긔진맹진 우리가족
근근이 부지하여 살길을 맹새하여
가진장사 다하잔이 츙쳔도 경쳔제는
엇지긔리 긔악든고 이고지고 단일적에
셕벽갓한 제을넘으 쇠약한 내일신이
씩은짬을 모욕하고 피부의 쒸난심경

졔멋딘로 쒸놀젹에 하도답답 기가막혀
산봉의 올나안자 새슝을 환상할졔
탄식겨워 허른눈물 옷깃을 다젹신다
슬푸다 내일이여 호가슈 봉군자의
원만하든 내가졍을 일조일셕 져바리고
가진풍파 만은고상 졀졀이 원통하다
고양진미 조흔엄식 한포고복 먹을쎅도
쇠약하든 내일신이 이딕도록 딕엿시니
지리고 망연하다 봉군자 하는사람
무산젹덕 하엿든고 현새슝 여주들아
초월신세 원통하다 생이별 ㅅ이별의
졍신고통 생이고통 얼마나 복잡할가
안여자 무능력예 엇지하여 산단말고
한만은 동지들아 자식가장 뒤를이여
불곳갓한 긔졍신을 부듸부듸 방심말고
굿게굿게 먹으보라 혈마혈마 밋든졍신
언제라도 올거시라
병신된 나애육신 정말로 분하도다
노력도 부족이요 영양도 부족이라
외롭고 설흐설흐 고향부모 차졀나니
오십쥴 나에졍신 면면이 그날이고
친졍이란 무산말고 쥭지못한 나의걸음
힘업시 차자들딕 그리든 내고향을

눈물노 더르선니 옛츄억 새로우며
백발양친 동긔질우 통곡으로 손을잡고
죽엇느니 맛난듯이 울며불며 반긴정에
만단정곡 슬으워라 구복이 원수로다
먹난거시 압을선이 미안지심 갈발업다
생휵부모 골륙동긔 쩟쩟한 내집인데
불안는 이마음을 무어라 기록할가
쌀자식 헛부구나 츌가외인 하엿든이
나을두고 한말인듯 고결한 나의마음
을마나 복잡할가 슈삼삭 지난거시
슈십연 듸난갓고 가지가지 회포로다
무넝역 나에힘을 다시한번 겡생하여
제힘으로 사는거시 인간에 용사로다
부모동긔 만은신세 긔만하고 사라볼가
가진고상 다하다가 남에집을 빌너오니
문호조흔 영감듹에 쥬인은 간곳업고
피란민 슈용소라 호가사 조흔집에
점잔케 안자시나 먹고살일 문제로다
후덕하신 우리친척 에석하는 정신으로
집집이 만은동정 고마울사 우리친척
지성으로 하신말삼 이절시는 업사리라
천시로 부모동긔 테산갓한 힘을입고
송천형아 원구백실 형우즤공 하는정신

일편일심 겨련겨련 지석지극 하는마음
언제언제 보답할고 새상이 우숩구나
내엇지 이래틱여 가지가지 회셍하여
요닉촌장 쓴어진다 여지업난 나의종제
발피고 쏘발피니 거울갓흔 네졍신의
혈마혈마 히망하여 슌풍이 부넌틱로
사라나면 새월이라 표박종젹 네신새여
망경창파 일엽편쥬 나에환경 일반이라
안심하고 살수업닉 곤도로운 세상조물
변색하는 새승인심 칼날의 츔을츄니
흠악한 이새승을 마음깁피 생각하여
본심을 일치말고 일졍하게 사라보자
금상여수 하엿셔면 물마당 금이나며
옥츌곤근 하엿션들 메마당 옥이날가
하물며 현새승에 사람마당 올으이요
자식이라 하엿슨들 다갓흔 자식일가
구생일사 내자식을 못먹이고 못입피나
하늘갓흔 히망으로 무션노력 다하여도
성공하면 살거시며 무식한 내머리로
생각이 만흘지라 멩호지교 못하나마
오남메 어린자식 고이고이 길너쥬어
하늘갓치 장성하여 한새상 볼거시요
오날오날 나의환경 암흑에 잠겻시니

가진유리 탐정에도 정신이 변할손가
부모육체 타고 청득을 일치말고
일생을 고이고이 하로갓치 지나다가
후새승 옥연듸 고이고이 가는거시
새상에 낫든잣취 참다운일 안일는가
만단역사 설은회포 필불가 형언이며
지불가 형이니 잔슬한 이간장에 긔록할가
적막공산 발근달은 나애한경 빈쳐오니
츄월을 환승하며 고금사을 기록하니
두셔업시 적은거슬 곳쳐보고 웃지마소
수심격든 이역사을 고만두고 붓을놋차

제24장

〈회심사〉

입력대본 : 영천시, 『규방가사집』, 도서출판 대일, 1988, 190~193쪽.

회심亽

어화 친구임너 이너말삼 들이보소
부모임젼 혈육타고 쳔지신명 명을바다
이너몸이 탄싱ᄒ야 분분시상 못이지서
부모실젼 불거ᄒ고 긱지타향 써나오이
허하의 불인사도 겨련이 불고ᄒ고
필부명장 거스리고 젹막한 소유즁이
은일처사 쯧을두고 일심양지 낙을삼아
일젼셔칙 손의들고 젹요ᄒ기 누어시니
긱창잔등 경경화는 방송이 달리되야

칠야보안 선결하다 무심히 누어다가
원쳔의 귀안소릭 심회가 우연ᄒᆞ야
창외를 늬다보니 강풍은 소실ᄒᆞ고
셩월은 이히한듸 설월에 두견조는
불러지 불워지로 토혈ᄒᆞ며 슬피우늬
슬피우는 두견조야 너도역시 날과갓치
이향회심 깁히들어 져리공중 슬피우나
두견조 듸답업시 소원ᄒᆞ기 날아가이
둘썩업는 이마음을 누구의썩 호소하라
일쳔변 싱각ᄒᆞ고 일만변 뉘쳐쳐도
속졀업는 이가슴이 탄식심란 샌이로다
분운한 이식월리 ᄒᆞ일ᄒᆞ시 틱평할가
지이지셩 우리부모 이식독ᄌᆞ 나한몸을
말연이 겨우어더 익지즁지 길을적이
장늬자황 보시라고 만단구로 ᄒᆞ신일은
구불가 형용이요 필부가 기록이라
원슈로다 이식상이 풍진이 틱심하다
일국으로 분중ᄒᆞ야 남북선을 갈나노코
동족혈젼 거지업다 이삼십이 쳥년이며
삼팔션이 거름듸고 육십여연 노약인은
독신싱활 가이업다 군운인지 쳔운인지
국ᄉᆞ는 창황ᄒᆞ고 민싱은 도탄이라
사오연을 연속ᄒᆞ니 ᄌᆞ라나는 쳥소연은

뉘라서 모면ㅎ리 츠지의 이ᄂᆡ몸도
쟝졍의 한몸으로 즁집이 낙인ᄃᆡ야
이ᄉᆞ회을 수렁하이 빈곤한 소쳐로셔
억지할길 젼혀업고 노부모 실견이라
참아가지 못할이라 돌연한 마음으로
회피로 작졍하고 타향이 이거하니
실하무인 부모임은 이지할곳 전혀업ᄂᆡ
노부모이 막연소쳐 부쥬님은 신양으로
십여연을 신고시고 노쇠하신 자모님이
궁한한 가졍사리 어이하야 경과하리
이ᄂᆡ소처 싱각하니 참아못할 일리로다
인싱시간 바라본니 모챵혜지 일속이라
유슈갓치 흐른시월 일싱이 얼마런고
빅연을 하로갓치 안과봉양 한다히도
부모은혜 못삽거날 하물며 이ᄂᆡ몸은
부모우러 시기고서 독자원유 하단말가
이이 부모시여
홋쳔망극 부모은혜 어느시이 갑사오리
고셩인 하신말삼 부모가 지어시든
불원유라 하여시되 불효한 이ᄂᆡ몸은
타향의 원유하니 이런불효 쏘잇슬가
이향한 고신누슈 어느뉘가 아라주리
이회알 억지하고 원쳔을 우러른이

자동지셔 흐른별이 일셩일셩 비감이라
소소하신 하나임요 압즁고읍 이마암을
일차강임 하옵시고 분난한 이시상을
일시이 소지하고 민싱들을 구지하고
틱평하기 하옵소셔 빅비사릭 비나이다
이욱고 바라보고 다시들어 안즈스니
초좌이 믹친회포 구비구비 나는심사
참을나이 가슴탄다 진정으로 나는사심
어이하야 참을손야 사고젹요 무인젹이
공방이 홀노안즈 아모리 수심한들
아라쥬리 뉘잇스리 창쳔도 무심하다
허황한 이시상이 어이이리 지한고
일고즁토 하여스며 은하슈 말은물노
구도이듯 시어닉고 억조창싱 구지하며
국틱민안 하여스며 불초한 이닉몸도
고향이 도라가서 부모임 섬기고셔
수신젹가 금시하고 만사형안 하올기살
비상할ᄉ 이시월이 이다지도 밍열한가
가탄가경 가비로다 무궁한 이회포을
억지할곳 바이업닉 첩첩한 오심소회
만분지일 기록고져 지필을 강작하니
눈이캄캄 다못하고 틱강이만 긋치오니
선후업난 이슈서을 보이난이 비소마소

제25장

〈원한가〉

입력대본 : 이대준 편, 『안동의 가사』, 안동문화원, 1995, 446~461쪽.

원한가(怨恨歌)

천지가 초판후에 음양이 생겼는데
남녀예절 밝았어라 장유유서 붕우유신
오륜이 유별하고 부자유친 지극한중
모자지간 살뜰한데 부모골육 받은혈맥
불초차신 이아닌가 생시로 혼약기질
약힘으로 자라나서 애지중지 이아닌가
육세부터 교육하여 내칙편 열녀전과
규중여행 침공예절 왕휘지에 필법인가
성현서를 배웠으니 유치할사 여식이오

미거할사 차신이라 전생에 무슨죄로
차생에 여신되어 칠거지악 지중한몸
딸자식이 되었는고 십세전 엄친잃고
홀로계신 자모애정 만고없는 자애시로
우리동기 삼남매를 금생여수 지여시로
옥출곤강 네가났다 이렇게 길러내어
수십세 불원하니 고법을 순종컨대
아무리 귀여운들 평생앞에 둘수없어
원근을 광구하니 경상도 함창땅에
삼한갑족 권씨가벌 백년언약 굳게맺아
만복원 일웠으니 천생에 배필인가
두신이 서로만나 백년동락 이뤄놓고
주야마주 수의하여 살아날길 의논할제
천고의 많은자미 우리앞에 다왔는듯
자고나면 새정이오 군색함도 많건마는
천만석도 부럽잖고 삼십미만 청년으로
애자지정 유별하여 살들이도 길러내니
세월도 여류하다 십칠팔세 처녀시가
어젠듯 하건마는 어언간 부모되어
슬하에 몸나누어 아버지요 엄마엄마
안하에 바라보고 서로서로 불어나니
공생하고 이상하다 조심많은 양친시하
귀엽다고 포시하리 어서어서 자라나서

장래에 옛말하고 길게길게 살자한게
허사로다 허사로다 세상만사 허사로다
강원도라 철원땅에 내고향이 아닐넌가
유정한 부모동기 정든친구 다버리고
산설고 물설은데 구면목은 하나없고
말소리도 상이한데 한가지 목적으로
천리원정 왔건만은 이내복이 이뿐인가
남북이 갈렸으니 평화향이 어디든고
소식이 막연하다 다시한번 못가보고
타향이 되었으니 원수로다 원수로다
삼팔선이 원수로다 모르는게 사람이라
이리될줄 어이아리 가정에 떨어진일
이일을 어이할고 장부의 품은뜻을
내어이 아잔말고 대한민국 충심으로
육군의 사관학교 열심으로 공부하여
좋은성적 졸업후에 군인대사 큰뜻품고
가정지사 다버리고 훌훌이 떠났으니
소란한 이심회를 안정키가 거북하나
수원수구 하잔말가 복잡한 이심회를
널리널리 위로하여 모든공포 청산하고
아무려나 축원하사 포부를 크게품고
국사에 가신남편 수이수이 성공하와
금의환향 하오실적 상주군 함창땅에

제일가는 충신되사 승리하고 오실때면

일광이 환희하고 충신이 되온후에

촉망이 클것이니 심정을 성취하여

깊이깊이 보관했든 우리가정 다시열어

명랑하게 살리라고 명천에 기도할제

창천이 무령한가 일일이 삼추더니

시운이 불길한가 운명이 그뿐인가

악마경인 육이오에 광풍같은 공산군이

일조에 습격하여 일동이 혼비백산

놀랍고 귀막혀라 우리동포 굳센마음

다시먹고 악마를 물리치소 피난지를 찾으려니

특출한 군인가족 잠시인들 어쩔손가

일동이 혼미하여 이리저리 업고안고

불행할사 오신이라 남하는데 해야겠고

양유에 달린유아 이일을 어찌할고

환장한 이광경이 모골이 송연하다

유자생녀 하여놓고 곱게곱게 길을적에

귀엽다고 조심하든 잔인할사 나의애녀

불상할사 영점이를 앞못보는 조고씨와

가엽게도 떨처놓고 천방지축 내다르니

앞을가린 피눈물이 장강하수 겨우는듯

모진마음 다시먹고 폭포같이 솟는눈물

옷소매로 뿌리치고 일보일보 행진할제

군자뒤를 따르려고 쌈는듯한 삼복더위
더운줄도 모르고서 열심히도 갔건만은
구비구비 그고통에 한기하신 존구님이
도중에서 병환나심 미루하게 위중하사
애탄하고 놀라울사 동서사방 헤매다가
신효한 약을얻어 동동촉촉 구완하여
물한모금 얻을려고 산지사방 헤매려니
본심아닌 광인행세 옛추억이 될만한고
갈팡질팡 헤매다가 군자통신 내어놓고
군인에게 만단으로 사정하여
닷지않는 힘일망정 있는대로 다하여서
수삼일 숙소얻어 미루하신 존구님이
겨우겨우 기동하심 부산행을 갈아타고
양무릎에 누운자식 철모르게 잠만자네
사중에 있는사람 군인외엔 다내리라
명령이 추상같아 하나둘 다네리고
남은자는 나뿐일세 목놓고 사정하고
염체는 불고하여 억지로 타고보니
병중에 존구님이 수하무인 내렸으니
새로이 내걱정을 또한층 어이할고
역실에서 밤을새와 함숨잠도 못이루고
그이튿날 오후경에 존구님을 다시뵈와
눈물이 앞을가려 감개무량 이심회를

다어찌 형언하리 시간을 재촉하여
부산진을 찾아가서 이곳이 피난지라
주인이나 정해놓고 금일명일 살자하니
그시에 당한고생 태산이나 비유할가
고향에 남은가족 다시만날 기회없어
주주야야 수심걱정 첩첩이 깊허지니
연약한 이몸마저 신경통 병이나니
신고막심 고통이라 근근이 부지하여
삼사삭을 지낸후에 악마같은 빨갱이를
용감할사 우리국군 공산군을 물리치고
남하했든 피난민을 고향으로 가라하니
진야몽야 아닐런가 신기하고 히안하다
고향산 찾아가나 폭격심한 그곳에서
집인들 남았으며 식구인들 부지할가
천사만사 생각하니 가슴속에 타는불은
둘도몰래 타고있네 끌사람도 하나없네
조급한 그심정에 한발두발 재촉하여
고향산천 다다르니 소리없는 눈물방울
소낙비가 쏟아진듯 그럭저럭 전진하여
구택을 당도하니 삼사삭 사모하든
존고님이 냇드시며 후려잡고 낙루하신
존전에 쓰러저서 생사존망 듣자오니
잔인할사 나의애녀 쌍생의 파리한몸

못잊을사 영점이를 어미앞을 멀리하고
자취없이 사라졌네 잔인하고 불쌍해라
인생이 불쌍하다 앞못보신 할머니가
생젓탠 어린혈손 아모쪼록 살리자고
주야로 고생하심 죄송하기 짝이없네
살란하고 상심되나 그표시 어이할고
심중에 품은채로 복잡한 내심정을
꾸짖다가 달래다가 군중에 가신양반
호소식만 축원하고 나날이 기대하며
일각삼추 기다릴제 통분할사 이일이 왠일인가
광풍에 날려온듯 전사했다 전보오니
그시에 당한광경 천지가 혼합일세
유월비상 왠일인고 내팔자가 이뿐인가
꿈이라도 흉몽이고 생시라면 어찌할고
억조창생 무너진듯 연로하신 구고님네
역리지통 괴로워라 땅을치면 부르지저
천방지방 하시나니 한심하고 가이없네
철모르는 저의형제 연약애통 불쌍해라
잔인하다 영철형제 산해같은 너의부친
만리구원 참말이냐 고로혈혈 너의거동
조그마한 그목통에 아빠아빠 부르짓고
자자지는 그형상이 목석아닌 어미간장
천신만골 녹아지고 너의형제 후려안고

465

나의일생 생각하니 천지가 아득해라
불쌍한 저의형제 차마어찌 두고갈고
모진마음 다시먹고 아무쪼록 내가살아
불쌍한 너의형제 남의자식 부럽잖게
조심조심 길러내어 군자뒤를 보전히기
굳게굳게 맹서하여 가슴속엘 맛겼으나
전일의 지난일이 하루이틀 밝아오니
새로새로 뉘우쳐서 살아갈길 아득하다
천신도 무상하고 귀신도 야속하다
영결종천 가신군자 어느하일 재봉하여
내심중에 서린한을 백분의 일이라도
풀어볼길 있으리오 사람마다 충동하네
특출한 제화인격 원통하고 극통하다
일생일사 못면커든 널리널릴 생각하게
이왕이면 충신되서 군부에 명성날려
만세에 애국가를 소리높히 부르면서
용감하게 마친후에 거룩하게 가셨으니
내마음이 상쾌하다 잘가소서 잘가소서
구원선경 좋은곳에 좋은자리 미리잡아
유유히 즐기시면 후세상에 다시만나
이생에 미진한일 마음껏 풀어보고
영혼만일 계시거든 고고한 영철형제
장래길을 열어주고 좋은경사 보여주오

이내몸은 백년동주 하잣드니
닷친운명 할수없어 혼자보고 살겠어요
꿈에라도 자주만나 만단설화 푸사이다
첩첩회포 다쓰려면 한강수로 먹을갈고
철벼루가 뚫어저도 한이없고 끝이없네
금일이 몇일인고 시월이랄 십오야에
이적은 고요하고 월색은 명랑한데
소슬한풍 찬바람은 문풍지를 울리나니
가뜩이나 소란한데 두어자 적어볼가
할말도 다못쓰고 눈물이 앞을가려
다만이만 끝이나니 세월이나 빨리가서
만날기회 재촉하여 꿈나라로 살아질가
죽어진 시신이나 고향산천 조상전에
묘봉이나 보렸드니 어느산천 깊이묻혀
찾을길이 아득하다 황천길이 멀다해도
이수없는 길이오니 참으로 멀고멀다
춘초는 연년세세 프르는데
왕손은 귀불귀라 이내몸이 죽어지면
군자뒤를 따르려든 인연을 다시맺아
전생에 맺인한을 한없이 푸사이다
서산에 지는해는 지고싶어 졌겠어요
우리인생 가고싶허 가겠어요
구원길이 아득하니 죽어지면 헛부도다

쓰고봐도 허황하고 불러봐도 헛부도다

억만사에 애절함을 참을길이 막연하다

제26장

〈고향 떠난 회심곡〉

입력대본 : 영천시, 『규방가사집』, 도서출판 대일, 1988, 15~17쪽.

고향 써난 회심곡

어와시상 동포임니 회심곡 드려보소

슬푸다 을유연은 한변가면 못오든가

수십여연 군손사리 팔월십오 반갑도다

삼철이 우리강토 삼천만 우리동포

일시이 희방된이 희방이 종소리는

곳곳지 들어오고 평화이 화답루는

거리거리 춤을추워 증병증용 갓든청연

틱국기 달인아릭 부모형직 추져부고

딕한민국 만만시을 부려고 쏘불너셔

천만연 지나도록 오날갓치 바라썬이
원슈로다 삼팔션이 쳘셕갓치 구더구나
무정ᄒ다 공슌군들 어이그리 악독ᄒ고
다갓탄 당군후손 좌우역이 외싱건난
좌우역은 잇슬망증 살인방화 무산말고
그듸들도 사남으로 농민을 몰나든가
믜야이 침물ᄒ야 싱양이복 화직등을
잇는듸로 탈취한이 빅셩이 의무로셔
졍보듄 ᄒ건이와 관가이 ᄉ연아라
범갓한 구경들은 농민을 불러다가
ᄉ람마다 치죄ᄒ이 양민도 잇건이와
범인이 업실손가 불상ᄒ다 농츈ᄉ람
위험을 못이기셔 싀포가임 죄인이요
밥츈것도 죄악이라 이갓탄 도탄즁이
이려ᄒ며 사라날가 시려ᄒ며 범죄될가
이려한 황황즁이 쯧밧기 속게명영
어이그리 ᄒᄒ든고 상일을 연기ᄒ야
기흔을 직촉ᄒ니 싱양이복 필유품을
겨우근근 운반하고 슈만은 옹슌을난
듸는듸로 다버리고 지남지북 헛터져셔
황황이 믜는양은 그안이 치은홀가
늘은부모 어린쳐ᄌ 도즁이 헛쳐두고
방을븨려 단일젹이 슈빅호 숫쳔동늬

호별방문 단이다가 근근이 단간빌여
가족을 인도ᄒ야 방으로 드려간이
슈년간 빈인방이 ᄎ기는 빙셜갓다
노부모 치워ᄒ고 어린아히 밥쳑한이
시상업난 고싱ᄉ니 말못ᄒ고 안져슨이
살인죄을 지여든가 강도졀도 되엿기로
여기이셔 더할손가 슬푸다 딕한국민
삼십여연 일졍ᄒ이 ᄌ유싱활 못한것도
하물며 오날ᄶ지 거거틱도 무슨일고
고싱ᄉ니 말하ᄌ며 ᄒ희가 부족이라
상식업은 이ᄉ람이 두셔업시 말삼으로
여려분이 발포하여 보시은 여려분ᄂ
부듸부듸 용서ᄒ소

해방 전후 역사의 전개와
가사문학

제27장

〈피란사〉

입력대본 : 한국가사문학관 홈페이지(http://www.gasa.go.kr) jpg 필사본 자료.

피란사

히방이후 우리민족 다시난리 업다ᄒ고
향곡 늘근늬들 예젼난리 이약할ᄌ
고려이승 다던지고 이조난리 볼ᄌ시면
임진연이 외놈날니 병ᄌ연이 호놈난리
홍경늬이 가순난리 임오연이 군ᄉ난리
갑오연이 동학난리 경슐연이 합방난리
합방이후 외졍난리 나라는 젹다만은
난리도 만을시고 이직는 난리업늬

평화시졀 스라보싀

허쌱다 늘근늬요 참난리 쏘오늬요

금연틱싀 경인이라 연운이 불길튼가

아람다운 금슈강산 피투셩이 되단말가

사랑ᄒ든 동포형직 골륙슝징 가소롭다

양역유월 이십오일 음역오월 즁슌이라

슴팔션이 터졋다고 원근이 소요터니

어듸셔 듸포소리 은은이 들여오이

압길이 피란민이 여기져기 푸쑥푸쑥

ᄒ로이틀 푸려져셔 물미더시 밀여오늬

여보시요 나그늬요 외그리 창황ᄒ요

큰닐나소 난리나소 다쥭난다 소리칠듸

근이들이 거동보소 날니풍싴 이려튼가

이고지고 업고안고 울며불며 한슘쉬니

초목이 셔난덧고 슨쳔도 춤담ᄒ다

영희영덕 다밀니고 기기쥭즁 비여스니

안니간들 엇지하며 간다ᄒ들 어듸갈고

유약한 나이마음 둘곳이 젼혁업다

부친겨셔 하신말슴 명염하여 듯ᄌ오니

난리난 낫다마는 졍신을 차려야지

속담이 이른말도 이미잇기 희셕하며

하날이 문어져도 소스날길 잇다ᄒ고

물이비록 쌔질망졍 졍신으로 슨다ᄒ니

비겁하기 싱각말고 피란방법 들어보라
몸피란 하기젼의 마음피란 먼져하고
시승난리 편키젼의 심중난리 평하여라
스지빅치 일신중의 마음이 으뜸되니
마음이 변심되면 충즈가 환중되고
충즈가 환중되면 피란히도 못슨단다
옛말슴을 들어보며 급한곳의 늣기ᄒ고
아는길도 물어가니 조심ᄒ난 방식이라
무지한 우리농민 난리모릭 알슈업고
일션중병 아닌바는 알어도 실곳업다
군기의 비밀지스 어듸셔 엇더한일
보아도 못본다시 들어도 못들른치
늬가가진 마음이나 씻그시 보존ᄒ야
이몸이 죽기젼의 쪽바리기 가진마음
쳥쳔의 빅일갓치 구름한졈 덥지말고
후원의 송쥭갓치 바람셔리 견된다면
피란방법 이분이라 멀이간들 피란할가
젼중하신 이말슴의 졍신을 ᄀᆖ우차려
우리가족 열늬식구 힝중을 졍돈ᄒ야
오금으로 향할젹의 초감직의 올나션이
콩복덧 즌총소리 산쳔이 쩌나가고
쿵덕쿵덕 듸포소리 하날이 문어질듯
양즈동 낙슨다리 건너션이

475

힝인은 길이넘어 산도찻고 들도춘니
경헌약방 줌시들어 빅부님을 안모시고
완가한 우리큰집 조모슬ᄒ 다다른이
조모임 ᄒ신말슴 닉나이 구십이나
이른날니 쳐음보닉 놀납고 무셥구나
엇지다 피란할고 빅부님 ᄒ신말슴
딕소가 다모여셔 피란공논 ᄒ여보즈
우리원티 칠형지로 지금은 다섯지라
아ᄒ들 십칠종반 면면이 불너노코
할머니는 걱정말아 닉혼즈 모실터니
각각다 피란가셔 싱문길방 츠즈여라
이분부 나리신이 좌즁이 묵묵타가
우리부친 하신말삼 피란일힝 규모업시
이리져리 삼빅말고 큰아부지 말슴딕로
슌셔잇기 진힝ᄒ되 식구을 분별ᄒ야
인솔하리 졍희보자 조모곗티 다섯식구
빅부님긔 부탁ᄒ고 그나머지 큰집식구
하양옵바 담당ᄒ고 윤딕닉 일곱식구
각촌옵바 담당ᄒ고 다산우리 열닉식구
큰옵바 담당ᄒ고 유야닉 일곱식구
ᄉ가슉부 담당ᄒ고 가호닉 싯식구와
우호닉 여섯식구 오가슉부 담당ᄒ고
관호닉 여섯식구 칠가슉부 담당ᄒ니

딕소가 피란식구 오십칠명 모여구나
이박기 두식구난 일션이 나가잇고
영슌닉 닉식구난 동닉안즈 피란하닉
장흐도다 우리식구 어딕가셔 피란할고
복덕방을 구흐닉셔 싱문방을 구흐보즈
황싀밧히 위션가서 쌍깍믹기 시죽할지
쳐음나가 슬펴보니 형직산 동이놉고
스갓봉 셔가낫고 금강이 북을막고
총명방 남혀진이 지리난 모를지나
피란지가 될듯흐다 슈남이 즁심지라
스면팔방 모여든이 만여명 피란민이
숭흐강변 즁관일싀 피란싱활 볼즉시며
돌둑이 닙비걸고 즁한슐 쥬먹밥이
동뒤씌미 식슬님은 온강변이 한빗칠싀
젼징상틱 엇더튼고 우리오든 그날부터
북으로 오난젹군 인동유금 넘어들고
남으로 막은아군 국당오금 둘너슨니
총소리난 이즉졋즉 불비가 소다지닉
공즁이 비힝기며 낙산머리 즁갑추난
불속으로 오락가락 불방셕을 둘너친이
우글우글 쓸난소리 바다물이 넘엇든가
작근작근 치난소리 홍몽이 빅판튼가
밤이며 밤식도록 나지며 져무도록

477

지리한 난즁시월 밤도길고 낫도기다

인심이 요란ᄒ니 각쳐소문 엇더튼고

형강이로 오난소문 쥭음이 꽉찻단다

화순으로 오난소문 폭탄괴변 무셥드라

사방강변 오난소문 발드놀틈 업드란다

안강으로 난소문 흔 집업시 다탓단다

현풍들노 오난소문 빅여명이 숭힛단다

숭거십이 못된길이 조흔소문 젼혀업닉

우리집을 바라보니 셜충슨 그넘이라

거문영기 뭉긔뭉긔 부리된가 직가된가

아무것도 싱각말고 싱명이나 구희보주

군인이 급흔호령 쏘흔번 혼이나닉

가소가소 다들가소 남으로 쌜니가소

안니갈수 업난ᄉ졍 가기ᄉ 가지마는

비가오고 져문날이 어듸로 간단말고

부득키 구쳐업시 허동지동 길써날듸

물비불비 무릅시고 업펴지며 줍싸지며

왕신학교 당도한이 젼진할힘 젼혀업닉

밤은이미 삼경이라 셕반도 못먹은취

흘다리 물옷스로 누습흔 닝셜안이

묵묵히 셔로보니 물허지비 분명하다

철모르난 인틱희명 못막가져 셩가시고

빅날젼 ᄎ슌이난 강보피란 아연ᄒ다

그럭져럭 날리신니 총소리난 그양나늬
사람마다 남을가고 안나간다 호령치니
우리난 엇지할고 가즈오즈 방황할지
큰옵바 하난말이 울순부순 그만두고
오금으로 다시가자 북으로 오난적군
두편이 갈나져셔 원골오젼 한편이라
동듸손이 넘어치고 강셔로 현실둘너
경쥬로 들어미니 스면이 다막히고
갈길이 젼혀업다 힝즁을 졍돈하여
오든길노 도라션이 어지밤 급한비의
걸불은 츙일ᄒ다 호령군닌 피하면셔
총소리 무릅시고 조모슬ᄒ 도라와셔
밤총소리 급할쎄는 언덕이 어지ᄒ고
낫총소리 급ᄒ듸는 들판으로 달여가셔
오락가락 단일젹이 쥭나스나 밋번인가
그리다가 다시밀여 왕신으로 지추가셔
듸소가 육십식구 빈집이 스흘쉴지
쳔신만고 지닌일을 엇지다 기록할고
싼츙골 도라들어 가진고초 다지닌고
긔우긔우 불속으로 아마도 오금오니
빅부님 ᄒ신말슴 오기난 즐와스나
피란약속 글너도다 젼가족이 한곳의셔
만일위험 엇지할고 옵바닌 ᄒ난말이

479

할머니 기신곳이 어련분니 모셔슨이
어련분니 기신곳슬 멀니엇지 더나리까
할마님 우셔시며 슬흐이 흐신말씀
너의들 걱정말아 그마음 피란할다
너의들 숭역으로 날니도 신난된다
뇌셩벽역 급흔소리 줌시덜걱 그쳐쥬고
급픽파도 셩닌물 어듸로 물너간노
인동유금 두곳스니 양군이 듸진흐야
스십구일 불비속이 우리엇지 스라든고
할머님이 덕퇵이며 옵바니 숭역으로
일션젼지 피란한일 히한코 기꺅도다
팔월리라 듸보름날 다슌우소 도라든이
난후이 경식이라 완젼흐기 바릴손야
두고간 슬님스리 잇다업다 다말마소
울넝울넝 큰총소리 어듸셔 쏘들니늬
비나니다 비나니다 흐나님젼 비난니다
우리동방 평화시월 난리업시 살기흐소
끗 피란스죵

제28장

〈나라의 비극〉

입력대본 : 임기중 편,『역대가사문학전집』22권, 여강출판사, 1992,
381~395쪽.

나라의 비극

을유혜방 총소리가 삼철이의 울일적의
자유평화 닷쳤다고 남여노소 춤을츄며
길리길리 뛰여건만 에통할ᄉ 우리민족
원통할ᄉ 우리겨레 오손도손 살슈업셔
남북어로 갈나지고 좌우로 분별하여
골육상젱 일삼으니 아비는 아들치고
형과아우 셔로싸워 금슈강산 골골마다
피비린네 낭자하니 거긋좃차 부족하여

경인년 오월달에 삼팔션니 처저저셔
총소리는 요량하고 칼날은 변쩍이나
쳐참하고 비통하 초록갓현 젊은목슘
원통히도 쓰러지고 에통하게 죽어진니
두눈어로 보지못할 그광경은 어이하리
억메인 가슘마다 눈물은 바다듸고
한슘은 테산이라 누구의 죄악을
이리깊이 바다든가 먼져가신 조상임늬
후손얼 버린언가 밤낮으로 죽어진니
젊은원운 가었어라 국제경세 바라보니
미소파운 큰나라의 부지렵시 조종듸여
이긴들 시원하고 져겨본들 신통찬은
에메한 싸움이라 약한민족 우리겨레
불상할 다음일네 사천년을 지키오든
아름다운 네고향에 난듸업난 총소리가
사정업시 울니든이 에고지고 어이할가
선혀묘소 다벼리고 사당제당 버러두고
슈벡년 살라오든 졍든집을 뒤로하니
망연하다 날이되여 남북여듸 하였으니
어듸갈까 어듸갈까 뒤에셔은 까시로다
어마아바 불너가며 에기도령 찾어가셔
아픈바를 숨겨가며 눈물이 먼쳐서고
한슘이 길을막가 걸엄걸지 못하겠네

앞에도 불바다○ 그몹쓸 비헹기난

지옥문을 열엇난듯 젊언목슘 아셔가며

벼락갓흔 폭탕을 곳곳마다 떳지나니

가기도 어렵고나 잇기도 어렵고나

가진고셍 격거가며 구사일셍 살라나셔

집이란고 찾아든이 안타고 술은지라

기동만니 남아서서 두눈어로 보지못할

서러운 광경일세 가족들을 찾아보니

아들이 업셔지고 형제들도 보이잔늬

불너바도 불너바도 돌라올쥴 모르나니

어듸간나 어듸간나 네아들아 네형제야

○하고도 안타까웁든 어이마즈 가닷말가

그몹슬 날이가 어이마져 다려가셔

이간장 이렀타시 쓰라리게 테우난가

하날이 말가잇고 구름은 오락가락

산쳔초목 의구련만 보이잔늬 옛경슈

업셔져늬 민풍양속 이화라 이강산이

예이리 어지러워 가슴마다 자유평화

목마린듯 바라근만 닷친는굿 골난이요

오난것은 지울음이라 츈츄져묵 탄시에도

법은어이 사라잇고 공부ᄌ님 높은이승

만듸을 나러올제 사벽가 고은쥬람

지금껏 살았으며 이격화만 쳐들어도

너그럽게 물니치고 문화에 줄기속에
부더러히 도햐시커 동양역소 빈나도록
다듬어 왔으며 우리나라 반만년에
빈난이럭 살펴보니 단금시조 건국이력
세게반 세게반 홍익인간 말하시고
수당벡만 물니치신 을지장군 있으셔며
겨레위한 삼국혼이 겸슈신임 거룩하고
외적을 물리치신 츙무공도 게셔것만
그조상 그피바든 우리들은 왜이르리
모진환경 격어가며 눈을보지 못하○
몹슬죄악 지언난고 원통헤라 원통헤라
이보다가 우리겨레 알지못할 타시련가
네겨레 네형제야 아직도 못미치니
총을두고 배워가리 피에무든 이강산을
그나마 바로잡바 세나라을 차져려
네형제야 네겨레야 한슘말고 일하여
이원한을 세워보세 끗

글시흉필
괴괴 權炳姬
甲午年 인쇄

제29장

〈셋태비감〉

입력대본 : 임기중 편, 『역대가사문학전집』25권, 여강출판사, 1992, 127~132쪽.

셋태비감

세월이 흐른닥고 청춘들아 설어말고
어서어서 일어나서 우리조국 찾읍시다
한번버린 우리조국 다시오지 안으리니
우리땅 찾아보세 일본의 악독하온
제국주의 삼십육년 길이길이 안탁까운
한국민족 악박시절 죽음을 다하여서
싸움에 보구하여 기름진 금수강산
모조리 쌔앗겨 삼철리 이강토의

삼천만 우리민족 날뛰는 가슴마당

단군에 뿔근피가 용소숨 치는차에

어대서 울려나온 난대업난 자유종이

것침업시 들려오니 숨겻든 태극기을

마음끗 흔들면서 모두기뻐 뛰여것만

일년이 다못가서 삼팔선이 왼말인고

남북으로 갈라저서 골육상쟁 어이할고

삼천만 우리민족 평화에 노래불러

동서남북 갈라있는 원한깊은 부모동기

일시상봉 바라든차 난대업난 인민군이

어려운 삼팔선을 제멋대로 께트리고

용감이 달려오니 이일을 어이하며

누구나 막으리요 평화의 꿈을꾸든

남쪽의 이나라는 사변에 일어나서

남여노소 물논하고 귀중한 제목숨만

생명보수 하다보니 사랑하든 부모처자

방방곳곳 이별이라 거리마다 골목마다

울고울며 찾는도다 초목인들 무심하리

날이외도 피난이며 국법의도 사정인대

우리가족 간곳마다 염점여 관대말며

밥먹이며 생명보전 하여주기 하늘의 ○수하며

신명께 발원하며 병업시 살아나가

세월이 돌고돌아 다시만날 그날까지

피차간 축복하며 막연이 지나건만
인민군은 힘을내여 삼육도선을 넘어
요란한 총소리는 천지를 울리는대
씩씩한 유엔군과 강철같은 우리국군
몸과마음 다밧치며 조국을 위하여서
고생을 극복하여 끝까지 싸워서니
하나님의 돌보왓나 대륙기운 바다든가
백두산의 왕기련가 금강산에 운기련가
어이하여 다시왔소 사랑하든 부모형제
난횡을 보낸후에 남아있는 가족들의
주야도 무릅쓰고 남쪽의 먼하늘을
막막히 바라볼재 말못하는 가슴속은
불이나며 제가대고 심중에 뛰는맥박
자유업시 더욱뛰내 가족이 헤여진지
이삼세월 지난후에 그리던 고향산천
반가히 다시와서 사변에 지난역사
세세히 설화하니 태산이 평지갓고
일만근심 다잇는듯 무슨근심 또잇서리
더울때는 언제련가 들벌판에 오곡들은
나날이 살지면서 서늘한 바람결에
향기를 풀어내고 먼산의 초목들은
색옷을 갈라입고 춘풍의 나부끼니
가을이 안인가요 첨첨히 흐른유수

바다를 향하엿고 발고발근 져일월은

서산에 기우리고 싸늘한 반공중의 벗업시

흘려가는 외기력기 가는곳도 남쪽의 안이련가

가지가지 모든곳이 행하는곳 있건마는

가련한 나의몸은 어대로 향하련가

조각달의 빗친밤에 철업시 잘못함을

누구에게 말하리요 철업고 어린가슴

뛰는피가 진정치 못

사변에 여려사람 잇건마는

어대로 다가고서 나의게만 맛기는고

출생후 첨가는 지서에 들어가니

뛰는가슴 진정하며 사찰게 형사보고

그언간 지난일을 세세히 설명하니

하르잇틀 지나든일 가슴오즉 타오리요

세월이 흘러는야 찬바람이 불어오니

뼛겻을 오리는대 잠인들 쉽게오랴

공상인들 업스리요 십구세의 어린

갓친몸이 대고보니 외로워 쏜는눈물

소낙비의 비하리요 저도언제 집에가서

평화로운 꿈을꾸나 쓸대업난 헛된공상

날개타고 집에가리 나의밤은 별빛치요

야월삼경 깊흐구나 싸늘한 바람속에

달빗치 칫터치니 어이하면 한경잘가

모지고 강한것이 사람밧게 또잇난가
안개어린 가슴우의 두손을 고이언고
어름갓치 찬마루에 무슨잠이 들어오리
찬바람 부는속의 백설이 날이건만
나의꿈은 엇지하여 만물이 생종하는
즐거운 봄철이라 백설의 싸인산은
록색을 변해지고 장기맥 농부들의
소쫒는 소리의 모진잠을 께고보니
또다시 슬푼생각 일월이 무광하니
오날이나 석방될가 내일이나 석방될가
메일갓치 기다리며 지나온지 어언십경
어이하여 진정할고 울어바도 웃어바도
힘업시 비관하니 십구연 지난일이
인간고회 몇회인고 꼿갓치 피는얼골
장미갓치 짓흔향귀 봄이갈가 두려우나
○지못할 세월이라 한숨이 흘려나고
지금은 다시와서 이십세월 맛이한이
세사업 세출발이 어이하여 지나갈가
취봉이 몽롱하여 나의희망 무엇인고
가련한 나의인생 인간고회 멀이떠나
산높고 물맑은곳 고요이 차자가서
이세상 모든영화 분노갓치 다버리고
청산고혼 대는것이 나의평화 아니려가

그려치 안이하여 이세상에 다시사라
부귀영화 누리면서 창창한 나의희망
영광을 찻을것이 말업는 청산들아
고금을 너아리라 나의게 아르켜자
새벽의 히망인가 황금의 앞길인가
미래를 모르고서 사라가는 우리인생
파도치는 이세상의 어이하여 살아갈가
누구보다 가련하고 의처로운 우리동기
어이하여 살어가나 나넌오즉 출가외인
나을생각 밋지마라 가슴오즉 저리고나
세월도 몹슬어라 끗업는 이세상에
한하이 슬대있나 본심대로 사라보자
나물먹고 물마시며 생면보전 하여보자
고인갓치 자라나서 빗나는 나의앞길
멀이서 등대불이 빗치고 잇스리라
꼿위에 날아드는 별과나비 춤추는듯
몽실몽실 자라나서 사람다운 사람대기
언니는 축원한다 부모님을 원망하리
세월을 한탄하리 수원수그 할그인가
원망말고 사라보자 고생을 회복삼아
병없이 자라거라 앞못보신 아버지와
철업는 어린동생 귀여이 살여주소
하늘에 기도하며 신명게 발원하며

만수무광 하옵기를 길이길이 비옵니다
어느듯 유수세월 백마가 달려가서
과지사과 대엇건만 사변에 가신모친
어느곳이 평화로워 소식조차 불통한이
어대락고 차자갈고 험악한 산이막혀
넘지못해 못오신가 푸른물이 가로막혀
건너지못해 못오신가 슬푸다 우리엄마
어이하여 못오신고 연연시 오는봄은
금년다시 차자오니 말업는 초목에는
새움이 만발한이 별과나비 춤추는 꿋

해방 전후 역사의 전개와
가사문학

1. 자료

〈고향 쩌난 회심곡〉, 영천시,『규방가사집』, 도서출판 대일, 1988, 15~17쪽.

〈나라의 비극〉, 임기중 편,『역대가사문학전집』22권, 여강출판사, 1992, 381~395쪽.

〈단동설육가〉, 한국가사문학관 홈페이지(http://www.gasa.go.kr) jpg 필사본 자료.

〈만주가〉, 한국가사문학관 홈페이지(http://www.gasa.go.kr) jpg 필사본 자료.

〈말이타국원별가라〉, 한국가사문학관 홈페이지(http://www.gasa.go.kr) jpg 필사본 자료.

〈망부가〉, 한국가사문학관 홈페이지(http://www.gasa.go.kr) jpg 필사본 자료.

〈망향가〉, 이대준,『안동의 가사』, 안동문화원, 1995, 186~195쪽.

〈백의천사〉, 한국학중앙연구원 홈페이지(http://www.aks.ac.kr) 〉한국학진흥사업(단) 〉성과포털 〉경상북도 내방가사 조사·정리 및 DB 구축.

〈부녀자탄가〉, 이대준 편저,『朗誦歌辭集』, 안동문화원, 1986, 23~38쪽.

〈思弟曲〉, 조애영, 정임순, 고단 공저,『한국현대내방가사집』, 당현사, 1977, 133~139쪽.

〈사향가〉, 안동 내앞마을(천전리) 김시중선생 소장 필사본 자료.

〈사향곡〉, 이화여대 한국어문학연구회,「내방가사 자료-영주·봉화 지역을 중심으로 한」,『한국문화연구원논총』15집, 1970, 450~452쪽.

〈삼신기명애무가〉, 조애영·정임순·고단 공저,『한국현대내방가사집』, 당현사, 1977, 89~94쪽.

〈셋태비감〉, 임기중 편,『역대가사문학전집』25권, 여강출판사, 1992, 127~132쪽.

〈신세자탄가〉, 이대준,『안동의 가사』, 안동문화원, 1995, 350~357쪽.

〈ᄉ국가ᄉ〉, 한국정신문화연구원 고전자료편찬실,『규방가사 I 』, 한국정신문화
연구원, 1979, 614~622쪽.

〈원망가〉, 영천시,『규방가사집』, 도서출판 대일, 1988, 117~122쪽.

〈원별가〉, 권영철 편,『규방가사 ; 신변탄식류』, 효성여대출판부, 1985, 443~448쪽.

〈원별회곡이라〉, 임기중편,『역대가사문학전집』26권, 여강출판사, 1992, 562~570쪽.

〈원별회곡이라〉, 한국가사문학관 홈페이지(http://www.gasa.go.kr) jpg 필사본 자료.

〈원한가〉, 이대준 편,『안동의 가사』, 안동문화원, 1995, 446~461쪽.

〈六·二五動亂歷史〉, 하동호 주해,「六·二五動亂歷史」,『시문학』96호, 시문학사, 1979년
7월, 28~34쪽.

〈일오젼칭회고가라〉, 임기중 편,『역대가사문학전집』제16권, 여강출판사, 1994,
436~468쪽.

〈자탄가〉, 한국가사문학관 홈페이지(http://www.gasa.go.kr) jpg 필사본 자료.

〈조선건국가〉, 권영철,『규방가사각론』, 형설출판사, 1986, 370~376쪽.

〈조선건국가〉, 대한민국역사박물관 홈페이지(http://www.much.go.kr) jpg 필사
본 자료.

〈조선건국가〉, 한국학중앙연구원 홈페이지(http://www.aks.ac.kr) 〉한국학진흥
사업(단) 〉성과포털 〉경상북도 내방가사 조사·정리 및 DB 구축.

〈조선건국가사집〉, 한국학중앙연구원 홈페이지(http://www.aks.ac.kr) 〉한국학
진흥사업(단) 〉성과포털 〉경상북도 내방가사 조사·정리 및 DB 구축.

〈추억감〉, 한국가사문학관 홈페이지(http://www.gasa.go.kr) jpg 필사본 자료.

〈추월가(秋月歌),『우리 고장의 민요가사집』(鄕土史料 제10집), 문경문화원, 1994,
210~218쪽.

〈추월가라〉, 임기중 편,『역대가사문학전집』46권, 아세아문화사, 1998, 491~505쪽.

〈秋月感 츄월감〉, 한국가사문학관 홈페이지(http://www.gasa.go.kr) jpg 필사본 자료.

〈추월감〉, 안동 내앞마을(천전리) 김시중선생 소장 필사본 자료.

〈추월감〉, 한국가사문학관 홈페이지(http://www.gasa.go.kr) jpg 필사본 자료.

〈추천이별가〉, 권영철 편,『규방가사 1』, 한국정신문화원, 1979, 60~62쪽.

〈춘풍감회녹〉, 백두현, 「일본군에 강제 징병된 김중욱의 〈춘풍감회록〉에 대하여」, 『영남학』제9호, 경북대학교 영남문화연구원, 2006, 419~470쪽.

〈츄억감〉, 한국가사문학관 홈페이지(http://www.gasa.go.kr) jpg 필사본 자료.

〈츄월감〉, 임기중 편, 『역대가사문학전집』46권, 아세아문화사, 1998, 597~629쪽.

〈피란가〉, 단국대율곡기념도서관, 『한국가사자료집성』3권, 태학사, 1997, 399~415쪽.

〈피란가〉, 임기중 편, 『역대가사문학전집』48권, 아세아문화사, 1998, 166~182쪽.

〈피란사〉, 한국가사문학관 홈페이지(http://www.gasa.go.kr) jpg 필사본 자료.

〈한인사〉, 한국학중앙연구원 홈페이지(http://www.aks.ac.kr) 〉 한국학진흥사업(단) 〉 성과포털 〉 경상북도 내방가사 조사·정리 및 DB 구축.

〈해방 후의 조선독립가라〉, 한국가사문학관 홈페이지(http://www.gasa.go.kr) jpg 필사본 자료.

〈해방가라」, 한국가사문학관 홈페이지(http://www.gasa.go.kr) jpg 필사본 자료.

〈히방환회가〉, 한국가사문학관 홈페이지(http://www.gasa.go.kr) jpg 필사본 자료.

〈히방후환히락가〉, 한국가사문학관 홈페이지(http://www.gasa.go.kr) jpg 필사본 자료.

〈회심스〉, 영천시, 『규방가사집』, 도서출판 대일, 1988, 190~193쪽.

〈회포가〉, 이대준, 『안동의 가사』, 안동문화원, 1995, 335~343쪽.

고단, 『소고당가사집』상·하, 삼성사, 1991.

고단, 『소고당가사속십전』, 삼성사, 1999.

구미문화원, 『규방가사집』, 대일, 1984.

권영철 편, 『규방가사-신변탄식류』, 효성여대출판부, 1985.

권영철 편, 『규방가사 1』, 한국정신문화원, 1979.

김성배 외, 『주해 가사문학전집』, 집문당, 1961.

단국대율곡기념도서관 편, 『한국가사자료집성』 전12권, 태학사, 1997.

문경문화원, 『우리 고장의 민요가사집』, 鄕土史料 제10집, 문경문화원, 1994.

신지연, 최혜진, 강연임 엮음, 『개화기 가사 자료집 전6권』, 보고사, 2011.

영천시 문화공보실 편, 『규방가사집』, 도서출판 대일, 1988.

이대준, 『낭송가사집』, 세종출판사, 1986.

이대준, 『안동의 가사』, 안동문화원, 1995.

이정옥 편, 『영남내방가사』 전5권, 국학자료원, 2003.

이종숙, 「내방가사자료-영주·봉화 지역을 중심으로 한」, 『한국문화연구원논총』
　　　제15집, 이화여대 한국문화연구원, 1970 : 367~484쪽.
이휘 편·조춘호 주석, 『견문취류』, 이회, 2003.
임기중 편, 『역대가사문학전집』 전51권, 동서문화원·여강출판사·아세아문화사,
　　　1987·1992·1998.
임기중 편저, 『한국가사문학주해연구』 전20권, 아세아문화사, 2005.
조동일 편, 『국문학연구자료』 제1·2권, 박이정, 1999.
조애영, 『은촌내방가사집』, 금강출판사, 1971.
조애영·정임순·고단 공저, 『한국현대내방가사집』, 당현사, 1977.
최태호, 『교주 내방가사』, 형설출판사, 1980.
한국가사문학관 홈페이지(http://www.gasa.go.kr) jpg 필사본 자료.
한국정신문화연구원 고전자료편찬실, 『규방가사Ⅰ』, 한국정신문화연구원, 1979.

2. 연구논저

강정숙, 「일제 말기 조선인 군속 동원-오키나와로의 연행자를 중심으로」, 『사림』
　　　제23호, 수선사학회, 2005, 171~206쪽.
고순희, 『근대기 역사의 전개와 가사문학』, 박문사, 2021.
고순희, 『만주망명과 가사문학 연구』, 박문사, 2014.
고순희, 『만주망명과 가사문학 자료』, 박문사, 2014.
고순희, 『조선후기 가사문학 연구』, 박문사, 2008.
고순희, 『현실비판가사 연구』, 박문사, 2018.
고순희, 『현실비판가사 자료 및 이본』, 박문사, 2018.
久住悌三, 「철수하는 날까지」, 『大東亞戰爭秘史 滿洲篇(上)』, 한국출판사, 1982, 404쪽.
권영철, 『규방가사각론』, 형설출판사, 1986.
권영철, 『규방가사연구』, 반도출판사, 1980.
김경일·윤휘탁·이동진·임성모, 「하얼빈의 조선인 사회」, 『동아시아의 민족이산
　　　과 도시-20세기 전반 만주의 조선인』, 역사비평사, 2004, 293쪽.
김광재, 「조선의용군과 한국광복군의 비교연구」, 『사학연구』 제84호, 한국사학
　　　회, 2006, 191~241쪽.
김용복, 「해방 직후 북한 인민위원회의 조직과 활동」, 『해방 전후사의 인식 5』, 한길

사, 1989, 183~185쪽.

김은수, 「가사의 해제와 현대역⑨ 해방 후의 조선독립가라」, 『오늘의 가사문학』 제
　　6호, 한국가사문학관, 2015, 320~334쪽.

김정화, 「현대 규방가사의 문학적 특징과 시사적 의미」, 『한국고전문학연구』 제32
　　집, 한국고전문학회, 2007, 139~184쪽.

나정순 외, 『규방가사의 작품세계와 미학』, 역락, 2002.

박경주, 『규방가사의 양성성』, 월인, 2007.

박선영, 「20세기 동아시아아사 변동 : 동북에서의 국공내전」, 『중국사연구』 제16집,
　　중국사학회, 2001, 169~173쪽.

백두현, 「일본군에 강제 징병된 김중욱의 〈춘풍감회록〉에 대하여」, 『영남학』 제9
　　호, 경북대 영남문화연구원, 2006, 419~470쪽.

백순철, 「규방가사와 근대성 문제」, 『한국고전연구』 제9집, 한국고전연구학회,
　　2003, 39~68쪽.

森田 芳夫, 「북한의 우수」, 『대동아전쟁비사 한국편』, 한국출판사, 1982, 167~168쪽.

森田 芳夫, 「탈출」, 『대동아전쟁비사 한국편』, 한국출판사, 1982, 172쪽.

서영숙, 『한국여성가사연구』, 국학자료원, 1996.

서중석, 『지배자의 국가/민중의 나라』, 돌베개, 2010, 62쪽.

신주백, 「한인의 만주 이주 양상과 동북아시아 : 농업이민의 성격 전환을 중심으로」,
　　『역사학보』 제213집, 역사학회, 2012, 233~261쪽.

아사히신문 취재반 지음, 백영서·김항 옮김, 『동아시아를 만든 열 가지 사건』, 창
　　비, 2008.

안자코 유카, 「총동원체제하 조선인 노동력 '강제동원' 정책의 전개」, 『한국사학
　　보』 제14호, 고려사학회, 2003, 317~348쪽.

염인호, 「중국내전기 만주 지방 조선의용군 부대의 활동(1945.8~1946.8) – 목단강
　　지구의 초기 조선인 부대 활동을 중심으로」, 『역사교육』 제86집, 역사교육
　　연구회, 2003, 135~167쪽.

영일정씨 생원공파 교리문중 세계도(http://cafe.daum.net/jin1122/9coq/5).

윤택중, 「발문」, 『고대사 동방대제국』, 정일영 저, 마당, 1997, 3쪽.

이재수, 『내방가사연구』, 형설출판사, 1976.

이정옥, 「가사의 향유방식과 현대적 변용문제 – 경북의 현대 내방가사를 중심으로」,

『고시가연구』제22집, 한국고시가문학회, 2008, 259~280쪽.

이정옥, 「여성의 전통지향성과 현실 경험의 문제 – 최근작 내방가사에 대한 보고」,
　　『여성문학연구』제8집, 여성문학회, 2002, 60~85쪽.

이정옥, 『내방가사의 향유자연구』, 박이정, 1999.

이중근 편저, 『한국전쟁 1129일』, 우정문고, 2014, 67쪽.

전성현, 「일제말기 경남지역 근로보국대와 국내노무동원-학생 노동력 동원을 중
　　심으로」, 『역사와 경계』제95호, 부산경남사학회, 2015, 169~206쪽.

田中總一郎, 「만철 終末의 날」, 『大東亞戰爭秘史 滿洲篇(下)』, 한국출판사, 1982, 256~
　　273쪽.

정길자, 『규방가사의 사적 전개와 여성의식의 변모』, 한국학술정보, 2005.

정혜경, 「일제 말기 조선인 군노무자의 실태 및 귀환」, 『한국독립운동사연구』제20
　　집, 독립기념관 한국독립운동사연구소, 2003, 55~91쪽.

정혜경, 「일제 말기 조선인 군노무자의 실태 및 귀환」, 『한국독립운동사연구』제20
　　집, 독립기념관 한국독립운동사연구소, 2003, 55~91쪽.

조애영, 정임순, 고단 공저, 『한국현대내방가사집』, 당현사, 1977, 9~10쪽.

진구자, 「재야 사학자 정일영씨」, 『영남일보』, 1999년 10월 18일 기사.

진희관, 「재일한국인 사회형성과 조총련 결성 배경 연구」, 『통일문제연구』제11권
　　1호, 편화문제연구소, 1992, 81~87쪽.

철도청, 『한국철도 80년 약사』, 철도청, 1979, 63쪽, 82쪽, 133쪽.

철도청, 『한국철도사 제 4권』, 철도청, 1992, 94쪽.

최두식, 『한국영사문학연구』, 태학사, 1987, 303쪽.

최한선·임준성, 「필사본〈자탄가(自嘆歌)〉해제」, 『고시가연구』제28집, 한국고시
　　가문화학회, 2011, 373~401쪽.

최현재, 「미국 기행가사〈해유가〉에 나타난 자아인식과 타자인식 고찰」, 『한국언
　　어문학』제58집, 한국언어문학회, 2006, 170쪽.

하동호 주해, 「六·二五動亂 歷史」, 『시문학』96호, 시문학사, 1979년 7월, 28~34쪽.

한국정신문화연구원, 『한국민족문화대백과사전 26 연표·편람』, 1991, 464~474쪽.

한국정신문화원, 『한국민족문화대백과사전 15권』, 1991, 539쪽.

한국정신문화원, 『한국민족문화대백과사전 21권』, 1991, 114쪽.

저자 약력

▌고 순 희

현 부경대학교 국어국문학과 교수.

저서
『교양한자 한문 익히기』(2004)
『고전시 이야기 구성론』(2006),
『만주망명과 가사문학 연구』(2014)
『만주망명과 가사문학 자료』(2014)
『조선후기 가사문학 연구』(2016)
『고전 詩·歌·謠의 시학과 활용』(2017)
『현실비판가사 연구』(2018)
『현실비판가사 자료 및 이본』(2018)
『근대기 국문실기 〈을사명의록〉과 〈학초전〉』(2019)
『근대기 역사의 전개와 가사문학』(2021)

공동저서
『신작로에 선 조성여성』(2020)
『여성, 한글로 소통하다』(2021)
『가사문학의 어제와 내일』(2021) 외 다수.